# DER KÄFIG DES ENGELS

MOLOTOWS BESESSENHEIT: BUCH 2

ANNA ZAIRES

Übersetzt von
GRIT SCHELLENBERG

♠ MOZAIKA PUBLICATIONS ♠

Veröffentlicht von Mozaika Publications, einem Imprint von Mozaika LLC.
www.mozaikallc.com

Aus dem Amerikanischen von Grit Schellenberg
Lektorat: Fehler-Haft.de

Cover von The Book Brander
thebookbrander.com

Fotografie von The Cover Lab

e-ISBN: 978-1-63142-696-4
ISBN: 978-1-63142-697-1

1

CHLOE

*Ich bin zurück. Zurück in der Höhle des Teufels.*

Dieser Gedanke schießt mir durch meinen schmerzenden Kopf, als das Auto vor Nikolais hochmoderner Bergvilla zum Stehen kommt. Ein Mann und zwei Frauen in Krankenhauskleidung – vermutlich der von Nikolai erwähnte Arzt mit seinem Team – warten auf der Einfahrt mit einer Trage auf uns. Hinter ihnen steht Alina, Nikolais Schwester, und ihr schönes Gesicht ist blass und besorgt.

Ich nehme das alles nur am Rande wahr. Alle meine Sinne werden von dem Mann vereinnahmt, der mich besitzergreifend auf seinem Schoß hält.

Nikolai Molotow.

Der Teufel höchstpersönlich.

Seine kräftigen Arme sind um mich geschlungen und drücken mich an seinen großen Körper. Obwohl ich gerade gesehen habe, wie er zwei Männer getötet hat, kann ich nicht anders, als mich von seiner

Berührung, seiner Wärme und seinem vertrauten Zedern- und Bergamotteduft trösten zu lassen. Sein Geschmack liegt mir immer noch auf der Zunge, meine Lippen pochen von seinem Kuss, und so sehr ich es auch leugnen möchte, ist Angst nicht das einzige Gefühl, das meine Magengrube bei dem Gedanken füllt, dass er mich gegen meinen Willen hier festhält.

»Nur noch ein paar Sekunden, *zajchik*«, murmelt er, streicht mein Haar zurück, und ein Schauder durchfährt mich, als meine Augen seinen tigerhellen begegnen.

Ich kann das Monster unter seiner schönen Fassade sehen. Jetzt ist es sonnenklar.

Pavel springt als Erster aus dem Auto und öffnet die Tür für uns. Ein Schwindel überkommt mich, als Nikolai aussteigt und mich an seine Brust drückt. Obwohl er vorsichtig ist, schickt die Bewegung einen Stich von ekelerregendem Schmerz durch meinen Arm, und die fernen Berggipfel drehen sich übelkeitserregend, während er mich sanft auf die Trage legt.

Ich kneife die Augen zu und konzentriere mich darauf, zu atmen und nicht ohnmächtig zu werden, während ich ins Haus gerollt werde. Nikolai ruft dem medizinischen Team Anweisungen zu, während er zu Alina und Lyudmila etwas auf Russisch sagt. Ich nehme an, dass er erklärt, was passiert ist, aber ich habe zu große Schmerzen, um mich darauf zu konzentrieren.

Ich bin noch nie zuvor angeschossen worden, und es ist wirklich nicht angenehm.

Als ich die Augen wieder öffne, bin ich in meinem Schlafzimmer, und der Arzt und sein Team wuseln um meine Bahre herum. Innerhalb von Sekunden wird eine Infusion an meinen linken Arm geklebt, und ich werde an mehrere Monitore angeschlossen. Ich habe keine Ahnung, woher all diese medizinischen Geräte kommen, aber mein Schlafzimmer scheint sich in ein Krankenhauszimmer verwandelt zu haben.

Der Arzt, der bereits einen Kittel und eine OP-Maske trägt, fragt mich, ob ich allergisch auf Latex oder Medikamente reagiere, während er sich ein Paar Handschuhe überstreift.

»Nein«, krächze ich heraus, und eine der Krankenschwestern befestigt einen Beutel mit Flüssigkeit am Infusionsständer. Sofort breitet sich eine angenehme Müdigkeit in mir aus, die meine Lider schwer werden lässt.

Das Letzte, was ich sehe, bevor die Welt verblasst, ist Nikolai, der in der Ecke des Raumes steht und seine goldenen Augen mit grimmiger Intensität auf mich gerichtet hat. Auf seinem Wangenknochen ist immer noch ein dunkler Fleck – das Blut des Mannes, den er gefoltert hat, um Antworten zu bekommen – aber mit der süßen Erleichterung der Narkose, die sich in meinen Adern ausbreitet, kann ich nicht verhindern, dass sich ein Lächeln auf meinen Lippen ausbreitet.

*Ich werde dich beschützen*, sagte er, und als die Dunkelheit mich einzuhüllen beginnt, glaube ich ihm.

Er wird mich vor jedem beschützen, außer vor sich selbst.

## NIKOLAI

Meine Schwester fängt mich ab, sobald ich aus Chloes Zimmer trete. Sie muss die ganze Zeit im Flur gewartet haben.

»Wie geht es ihr?«

»Sie wird überleben, aber nicht dank dir.« Mein Tonfall ist hart, aber das ist mir scheißegal.

Es ist Alinas Schuld, dass wir in diesem Schlamassel stecken. Sie hat Chloe erzählt, dass ich unseren Vater getötet habe. Sie gab ihr die Autoschlüssel und ermöglichte ihr damit die Flucht.

Bei meinen Worten zuckt Alina zusammen, aber sie bleibt stehen. Ihr Gesicht ist immer noch blass und aufgedunsen, aber ihre grünen Augen sind klar, und sie riecht nicht mehr nach einem Drogencocktail. »Ich meine, wie ist ihr Zustand? Was hat der Arzt gesagt?«

Ich seufze und fahre mir mit einer Hand durch die Haare. »Sie hatte Glück. Die Kugel ging direkt durch ihren Arm und verfehlte nur knapp den Knochen. Sie hat eine ganze Menge Blut verloren, aber nicht genug, um eine Transfusion zu benötigen. Außerdem hat sie einen verstauchten Knöchel. Ansonsten hat sie nur blaue Flecken und Schürfwunden am ganzen Körper.«

»Kolya …« Meine Schwester sieht so unglücklich aus, wie ich sie noch nie gesehen habe. »Es tut mir wirklich leid. Ich wusste nichts von dem …«

»Hör auf damit.« Ich bin nicht in der Stimmung, mir ihre Entschuldigungen und Rechtfertigungen anzuhören. Sie hat vielleicht nicht gewusst, dass die Mörder Chloe jagen, aber das entschuldigt nicht, was sie getan hat. Auch nicht die Tatsache, dass sie high von ihren Medikamenten war. Bevor ich etwas sage, was ich später bereue, frage ich: »Wo ist Slava?«

»Lyudmila ist mit ihm die Wachen besuchen. Ich habe sie gebeten, ihn vorerst aus dem Weg zu halten, da … du weißt schon.« Sie winkt in Richtung Chloes Tür.

»Gute Idee.« Ich weiß, dass ich meinen Sohn nicht verhätscheln sollte, aber es widerstrebt mir seltsamerweise, ihn der brutalen Realität unseres Lebens auszusetzen, so wie es unser Vater mit mir getan hat. Jagen und Fischen ist eine Sache – ich bin froh, dass Pavel Slava das beibringt, zusammen mit anderen vielleicht überlebenswichtigen Dingen – aber ich möchte lieber nicht, dass er seine Lehrerin blutverschmiert sieht.

Irgendwann wird er lernen, was es heißt, ein Molotow zu sein, aber jetzt noch nicht.

Alina sieht erleichtert über mein Lob aus. »Also,

was ist passiert?«, fragt sie und folgt mir, als ich in mein Zimmer gehe. »Wer hat die Attentäter auf sie angesetzt?«

»Das ist eine lange Geschichte.« Eine, die ich selbst noch verdaue. »Es genügt, zu wissen, dass sie immer noch in Gefahr ist.«

Alina ergreift meinen Ärmel und hält mich fest. »Du hast also nicht …?«

»Das habe ich.« Ich schoss einem der Attentäter eine Kugel ins Gehirn und verwundete den anderen so schwer, dass er kurz darauf starb – aber nicht, bevor ich nicht einen Namen aus ihm herausbekommen hatte.

Einen Namen, mit dem ich immer noch versuche klarzukommen.

Meine Schwester schaut mich stirnrunzelnd an. »Aber du glaubst, es kommen noch mehr.«

»Da bin ich mir ganz sicher.«

»Warum? Wer ist sie, Kolya?«

»Genau das will ich herausfinden.«

Ich ziehe mich aus ihrem Griff, gehe in mein Zimmer und schließe die Tür.

<hr>

Obwohl Chloe immer noch bewusstlos ist, will ich unbedingt zu ihr zurück, also dusche ich schnell und ziehe mich um. Dann schicke ich eine Nachricht an Konstantin, in der ich ihn auf den neuesten Stand bringe und sein Team von Hackern bitte, den Mann zu überprüfen, den der Attentäter als seinen Auftraggeber genannt hat.

Tom Bransford.

Der Präsidentschaftskandidat, der der Vater von Chloe sein könnte.

Den letzten Teil weiß sie noch nicht, und ich weiß nicht, ob ich etwas über meinen Verdacht sagen soll, bis ich konkretere Beweise habe. Im Moment sind die Beweise bestenfalls Indizien, und wenn ich mich irre, hat Chloe noch mehr Grund, mich für ein verdrehtes Monster zu halten.

Was ich auch bin. Aber ich will einfach nicht, dass sie so über mich denkt.

Meine Brust zieht sich zusammen, als ich an das süße, strahlende Lächeln denke, das sie mir schenkte, bevor die Medikamente in der Infusion wirkten. Ich will mehr davon, und nicht den leeren, verängstigten Blick, den sie im Wald hatte, als ich mit der Waffe in der Hand auf sie zukam, nachdem ich einen ihrer Angreifer getötet und den anderen verwundet hatte.

Ich will nie wieder diesen Blick auf ihrem Gesicht sehen.

Alina ist weg, als ich auf den Flur trete und zurück in Chloes Zimmer eile. Ich weiß, dass es ihr gut geht, wenn der Arzt und die Schwestern sie beobachten, aber ich kann nichts gegen die Angst tun, die in jedem Moment, in dem ich sie nicht im Blick habe, an mir nagt. Sie war so verdammt nah dran, zu sterben. Wenn ich ein paar Minuten später aufgetaucht wäre, wenn Konstantins Team nicht in der Lage gewesen wäre, sich in den NSA-Satelliten zu hacken, um ihre genaue Position herauszufinden, wenn die Kugel ihren Körper ein paar Zentimeter weiter links durchschlagen hätte – es gibt eine unendliche Anzahl von Möglichkeiten, wie das anders hätte ausgehen können.

Eine unendliche Anzahl von Möglichkeiten, wie ich sie hätte verlieren können.

»Sie sollte in ein paar Minuten zu sich kommen«, informiert mich der Arzt, als ich ihr Zimmer betrete. Er ist einer der besten Unfallchirurgen im Staat. Pavel hat ihn und sein Team mit einem Hubschrauber aus Boise einfliegen lassen, für eine exorbitante Gebühr, die sowohl ihre Dienste als auch ihre Diskretion erkauft.

»Gut. Danke.« Ich ignoriere die Blicke der beiden Krankenschwestern und nähere mich Chloe. Mein Brustkorb zieht sich schmerzhaft zusammen, als ich die gräuliche Färbung ihrer gebräunten Haut bemerke. Sie haben das Blut und den Dreck von ihrem Gesicht und ihren Armen gewaschen und ihr einen Krankenhauskittel angezogen, aber ihr Haar ist immer noch verfilzt, mit ein paar Zweigen und Blättern in den goldbraunen Strähnen.

Ich entferne den Schmutz und lasse ihn auf den kleinen Tisch neben ihrer Trage fallen. Ich hasse es, sie so zu sehen, so klein und zerbrechlich und verwundet. Ich würde alles dafür geben, wenn ich die Kugel für sie hätte abfangen können, oder noch besser, wenn ich ein paar Stunden früher aufgewacht wäre und sie davon abgehalten hätte, zu gehen.

Ich streiche zärtlich mit meinen Knöcheln über ihren zarten Kiefer. Ihre Haut ist weich und warm. Ich kann mich nicht zurückhalten, mit meinem Daumen über ihre leicht geöffneten Lippen zu streichen. Weiche, puppenhafte Lippen, die obere etwas voller als die untere. Sündige Lippen, die einen Heiligen verführen könnten – nicht, dass ich einer wäre oder jemals einer war.

Ich ziehe meine Hand weg, bevor mein Körper unangemessen reagieren kann. Ich gehe zu einem Stuhl in der Ecke des Raumes und setze mich hin, um zu warten, während der Arzt im Badezimmer verschwindet. Die Krankenschwestern packen die Ausrüstung zusammen – sobald Chloe wieder zu Bewusstsein kommt und stabil ist, werden sie gehen.

Wie der Arzt gesagt hatte, vergehen nur wenige Minuten, bevor Chloe sich rührt und ein leises Geräusch ihren Lippen entweicht, während sie die Augenlider öffnet. Ich bin sofort auf den Beinen und durchquere den Raum in ihre Richtung.

»Hi«, murmelt sie schläfrig und blinzelt zu mir hoch. »Haben sie schon …«

»Ja, *zajchik*.« Ich umfasse sanft ihre linke Hand, wobei ich darauf achte, die Infusion in ihrem Arm nicht zu berühren. Ihre zarten Finger sind kalt in meinen, obwohl das Laken sie bis zur Brust bedeckt. »Wie fühlst du dich? Möchtest du etwas trinken?«

Sie blinzelt wieder, immer noch deutlich benommen, also drücke ich einen Knopf, um die Liege in eine halb sitzende Position zu heben, und dann halte ich einen Becher Wasser mit einem Strohhalm an ihre Lippen. Sie saugt gierig daran, was mich zum Lächeln bringt.

Der Arzt eilt herbei, und ich trete zurück, um ihn und sein Team arbeiten zu lassen. Die Krankenschwestern legen Chloes rechten Arm in eine Schlinge, während er ihr ein paar Fragen stellt und ihre Werte misst. Dann entfernen sie die Infusion und alle Überwachungsgeräte.

Sie wurde als wach und stabil eingestuft.

»Nehmen Sie das je nach Bedarf gegen die Schmerzen«, sagt der Arzt und legt eine Packung Tabletten auf den Tisch. »Und achten Sie darauf, dass der Verband nicht nass wird. Er muss alle vierundzwanzig Stunden gewechselt werden.« Er blickt zu mir, und ich nicke.

Ich habe ziemlich viel Erfahrung mit Schusswunden und übernehme gerne die Rolle von Chloes Krankenschwester. Worüber ich nicht glücklich bin, sind die Schmerzmittel, aber ich weiß, dass sie sie brauchen wird.

Ihre Verletzung ist vielleicht nicht lebensbedrohlich, aber sie wird trotzdem höllisch wehtun.

»Ich mach das«, sage ich, als die Krankenschwestern Chloe hochheben, vermutlich, um sie in ihr Bett zu bringen. Ich scheuche sie weg, hebe sie vorsichtig hoch und trage sie selbst hinüber – keine schwierige Aufgabe, denn sie ist kaum schwerer als Slava. Obwohl sie in der Woche, in der sie hier war, wie ein Holzfäller gegessen hat, ist mein Zajchik immer noch viel zu dünn von dem Monat auf der Flucht.

Chloe zuckt zusammen, als ich sie hinlege, und ich spüre es wie einen Stich in den Magen. Ich war noch nie zuvor so sehr mit einer anderen Person verbunden, dass ich ihren Schmerz als meinen eigenen empfand. Wenn es irgendeinen Zweifel in meinem Kopf darüber gab, was sie mir bedeutet, verschwand er in dem Moment, als ich sah, dass ihr Toyota aus der Garage verschwunden war.

Ich hatte noch nie so viel Wut und Angst verspürt wie in dem Moment, als ich erfuhr, dass die Attentäter in der Gegend waren – als ich dachte, ich würde sie nicht rechtzeitig finden.

Mein Bauch rumort, und ich schiebe den Gedanken beiseite, bevor ich versucht bin, Alina zu erwürgen. Das Wichtigste ist jetzt, dass Chloe hier bei mir in Sicherheit ist. Ich habe Pavel bereits gesagt, dass er unsere Sicherheitsvorkehrungen verstärken soll, für den Fall, dass die Attentäter herausgefunden haben, wer Chloe angeheuert hat, und diese Information an ihren Auftraggeber weitergegeben haben, bevor ich sie gefunden habe. Ich bezweifele es – derjenige, den ich gefoltert habe, schien keine Ahnung zu haben, wer ich bin –, aber ich werde kein Risiko eingehen.

Außerdem gibt es immer die Bedrohung durch die Leonows. Alexej wird jetzt noch wütender sein, da wir den lukrativen tadschikischen Atomreaktorvertrag von

Atomprom, dem Unternehmen seiner Familie, gestohlen haben.

Ich verdränge auch diesen Gedanken und konzentriere mich darauf, Chloe auf ein paar Kissen zu stützen und sie mit einer Decke zuzudecken, während der Arzt und sein Team die Trage und die gesamte Ausrüstung aus dem Raum fahren.

Eine Minute später sind wir endlich allein.

Ich setze mich auf die Kante ihres Bettes und nehme ihre kleine Hand in meine. »Liegst du bequem, *zajchik*?«, frage ich und reibe ihre kalte Handfläche. »Kann ich dir etwas bringen? Etwas zu trinken oder zu essen? Ich kann mir vorstellen, dass du Hunger hast.«

Sie schluckt und nickt. »Etwas Essen wäre toll.« Sie sieht jetzt wacher aus, und ihre großen, braunen Augen sind deutlich vorsichtiger. Ihre Angst hat eine zweischneidige Wirkung auf mich. Sie lässt meine Brust schmerzen, während sie den primitiven, verdrehten Teil von mir erweckt, der sie jagen und markieren will, um sie auf die brutalste Art und Weise zu beanspruchen.

Ich unterdrücke den dunklen Instinkt, hebe ihre Hand an meine Lippen und küsse ihre Knöchel. »Ich werde dir etwas bringen. Willst du etwas zur Unterhaltung, während du wartest? Ein Buch oder …«

»Ich werde einfach fernsehen.«

Ich lächele und reiche ihr die Fernbedienung. »Okay. Ich bin gleich wieder da.«

Ich beuge mich vor, gebe ihr einen schnellen Kuss auf die Stirn und verlasse eilig das Zimmer.

## 3

CHLOE

Mein Herz schlägt ungleichmäßig, während ich dabei zusehe, wie sich die Tür hinter Nikolais großer, breitschultriger Gestalt schließt. Meine Stirn kribbelt immer noch an der Stelle, wo seine Lippen meine Haut berührt haben, auch wenn sich in meinem Kopf die rauen, qualvollen Schreie des Mannes abspielen, den er gefoltert hat.

Wie kann ein rücksichtsloser Killer so fürsorglich und zärtlich sein?

Ist irgendetwas davon echt – oder ist es nur eine Maske, die er trägt, um den Psychopathen in seinem Inneren zu verstecken?

Ich bin eigentlich nicht hungrig – mir ist etwas schlecht von der Narkose –, aber ich brauche ein paar Minuten für mich. Alles passierte so schnell, dass ich keine Chance hatte, meine Fragen zu formulieren, geschweige denn, zu versuchen, irgendwelche Antworten zu finden. In einem Moment spreizte einer der Mörder meiner Mutter voller Lust in seinen gefühllosen, dunklen Augen meine Beine, und im nächsten lag das Gehirn seines Partners überall auf dem Waldboden, und Nikolai schlitzte meinen Angreifer auf und drohte, ihm die Eingeweide herauszuschneiden.

Ich schlucke einen Anflug von Übelkeit hinunter und unterdrücke die Erinnerung. So brutal Nikolais Verhörmethoden auch waren, sie brachten doch einige Ergebnisse, und nachdem der Schock abgeklungen ist und sich mein Verstand vom Dunst der Narkose befreit hat, kann ich endlich über die Auswirkungen dessen nachdenken, was ich erfahren habe.

*Sie waren da, um euch beide zu töten,* hatte Nikolai mir im Auto gesagt, bevor er mich fragte, ob mir der Name *Tom Bransford* etwas sagt.

Was er auch tut.

Weil er in letzter Zeit überall in den Nachrichten war.

Mit unsicherer Hand greife ich zur Fernbedienung, mache den Fernseher an und schalte einen Nachrichtensender ein.

Natürlich berichten sie über die Vorwahldebatten, die Bransford zu gewinnen scheint, da er in allen Umfragen vorne liegt.

Mein Inneres kocht, während ich sein Bild auf dem Bildschirm betrachte. Wenn Nikolai die Wahrheit sagt, ist das der Mann, der für den Mord an meiner Mutter verantwortlich ist.

Mit seinen fünfundfünfzig Jahren ist der

kalifornische Senator jung und schlank und versprüht Charme und Charisma. Sein dichtes, goldblondes Haar ist kaum mit Grau durchzogen, seine Augen sind strahlend blau und sein Lächeln ist strahlend genug, um ein Lagerhaus zu beleuchten.

Kein Wunder, dass man ihn mit John F. Kennedy vergleicht – er könnte der noch schönere Bruder des toten Präsidenten sein.

Ich suche nach Zeichen des Bösen in seinem ebenmäßigen Gesicht und finde keine. Aber dann wiederum ... warum sollte ich? Wie gut Bransford auch aussehen mag, er kann Nikolais dunkel-magnetischer Anziehungskraft nicht das Wasser reichen, und ich weiß, wozu *er* fähig ist. Ich bin auch nicht die Einzige, die von Nikolai geblendet ist. Selbst als ich von der Narkose benebelt war, konnte ich die begehrlichen Blicke nicht übersehen, die die Krankenschwestern ihm heimlich zuwarfen.

Ich war noch nie mit meinem Arbeitgeber in der Öffentlichkeit unterwegs, aber ich stelle mir vor, dass links und rechts Höschen fallen, wenn er die Straße entlanggeht.

Ein bizarrer Anflug von Eifersucht befällt mich bei dem Gedanken, und ich merke, dass ich von der eigentlichen Frage abgelenkt werde.

Warum?

Warum sollte ein führender Präsidentschaftskandidat mich und meine Mutter töten wollen?

Das ergibt keinen Sinn. Überhaupt keinen. Mom

hätte nicht weiter von der Politik entfernt sein können, wenn sie im Amazonas-Dschungel gelebt hätte, und Gott weiß, dass ich das Zeug nicht verfolge. So peinlich es auch ist, das zuzugeben, aber bei der letzten Wahl habe ich nicht einmal gewählt, da ich zu sehr damit beschäftigt war, das College zu beginnen. Bransford habe ich auch noch nie getroffen. Ich habe ein gutes Gedächtnis für Gesichter, und seines ist einprägsamer als die meisten.

Vielleicht war Mom ihm irgendwo begegnet? Vielleicht in dem Restaurant, in dem sie arbeitete?

Theoretisch ist das möglich. Das gehobene Hotel, an das das Restaurant angeschlossen ist, wird von allen möglichen VIPs besucht. Vielleicht hatte Bransford dort während eines Besuchs in Boston übernachtet, und Mom wurde Zeuge, wie er etwas tat, was er nicht hätte tun sollen.

Aber warum sollte er mich dann auch noch töten wollen? Es sei denn … er hat Angst, dass Mom mir erzählt hatte, was immer sie über ihn wusste?

Heilige Scheiße. Vielleicht hat sie irgendwelche Beweise in ihrer Wohnung versteckt und er denkt, ich weiß, wo sie sind.

Aufgeregt setze ich mich auf, nur um mit einem Stöhnen zurück auf den Kissenberg zu fallen. Die Betäubung lässt definitiv nach, denn diese Bewegung *schmerzt*. Sehr sogar. Es fühlt sich an, als würden heiße Messer in meinen Arm einsinken, und dem Rest meines Körpers geht es nicht viel besser.

Es ist, als ob ich von einem echten LKW umgerissen

worden wäre, anstatt von einem Attentäter in der Größe eines LKWs.

Bevor ich zu Atem kommen und mich wieder konzentrieren kann, öffnet sich die Tür, und Nikolai kommt mit einem Tablett mit abgedecktem Geschirr herein.

Mein Herz beginnt zu rasen, und das bisschen Atem, das ich noch hatte, entweicht aus meinen Lungen.

Ohne den Schleier des Schocks, der meine Sinne trübt und die Ablenkung durch das medizinische Personal, das um mich herumwuselt, ist seine Wirkung auf mich verheerend und erschreckend stark. Ich habe noch nie einen Mann gekannt, der meinen Körper dazu bringen kann, zu reagieren, nur weil er einen Raum betritt. Und es ist nicht nur sein Aussehen; es ist alles an ihm, von der rohen, animalischen Intensität in seinen markanten bernstein-grünen Augen bis hin zu der Aura der Macht, die er so bequem wie einen seiner maßgeschneiderten Anzüge trägt.

Im Moment ist er legerer gekleidet, mit einer dunklen Jeans und einem hellblauen Button-up-Hemd, dessen Ärmel bis zu den Ellenbogen hochgekrempelt sind. Er muss sich umgezogen und geduscht haben, während ich operiert wurde. Nicht nur seine Kleidung ist anders als im Auto, sondern auch der Fleck auf seinem Wangenknochen ist verschwunden, und sein rabenschwarzes Haar ist nass nach hinten geglättet, was die scharfe Symmetrie seiner markanten Gesichtszüge offenbart.

Gierig fahren meine Augen über sein Gesicht, von den dicken schwarzen Augenbrauen bis hin zu der vollen, sinnlichen Form seines Mundes. Ausnahmsweise ist er nicht auf seine dunkle, zynische Art gekrümmt – stattdessen ist das Lächeln auf seinen Lippen warm, voller beunruhigender Zärtlichkeit.

»Ich habe Pavel gebeten, ein paar Reste aufzuwärmen und eine Auswahl an verschiedenen Snacks vorzubereiten«, sagt er und durchquert den Raum in meine Richtung, während ich reflexartig den Fernseher ausschalte. Seine tiefe, rau-seidige Stimme ist wie eine Liebkosung für meine Ohren, so viel angenehmer als die schrillen Töne des Nachrichtensprechers. Er stellt das Tablett auf meinen Nachttisch, setzt sich neben mich und fängt an, die Teller einen nach dem anderen abzudecken. »Ich dachte mir, dass du vielleicht mit etwas Übelkeit zu kämpfen hast, deshalb habe ich hier auch ein paar einfache Toasts.«

Wow. Könnte er noch rücksichtsvoller sein? Hätte ich nicht mit eigenen Augen gesehen, wie er tötet und foltert, hätte ich ihm niemals solche Grausamkeiten zugetraut – trotz der dunklen, gefährlichen Aura, die ich immer wieder bei ihm wahrnahm.

»Danke«, murmele ich und versuche, nicht daran zu denken, wie seine Hände ein Messer geschwungen haben, um einen Mann aufzuschlitzen, während er mir das Tablett entgegenhält und mich auswählen lässt, was ich möchte. Es gibt alles, von aufgeschnittenem Obst über gefüllte Blintze bis hin zu Aufschnitt und verschiedenen Käsesorten. Aber mir *ist* immer noch schlecht, vor allem, weil die grausamen Bilder nicht aus meinem Kopf verschwinden wollen, also nehme ich nur den einfachen Toast und eine Handvoll Weintrauben.

Er sieht mir mit einem zufriedenen halben Lächeln beim Essen zu, und ich versuche, nicht daran zu denken, wie warm angenehm ich mich durch dieses Lächeln fühle – und das nicht nur auf eine sexuelle Art und Weise. Es ist eine Illusion, dieses Gefühl der Sicherheit und des Trostes, das er mir gibt, ein Überbleibsel aus der Zeit, als ich dachte, er sei ein guter Mann, der nur Schwierigkeiten hatte, eine Basis mit seinem kleinen Sohn zu finden.

Ich fing an, mich in diesen Mann zu verlieben.

Nein. Ich belüge mich selbst. Ich *habe* mich in ihn verliebt, so sehr, dass ich trotz Alinas erschreckender Enthüllungen, die mir in den Ohren klangen, mein Auto wendete und auf dem Weg zurück war, als die Attentäter mich überfielen.

Seine eigene Schwester sagte mir, dass er ein Monster sei, und ich glaubte ihr nicht. Ich *wollte* ihr nicht glauben.

Das will ich immer noch nicht.

»Wo ist Slava? Wie geht es ihm?«, frage ich und entscheide mich damit für das unverfänglichste Thema, das mir einfällt. Es gibt so viele Dinge, die wir besprechen müssen, von Bransfords Motivationen bis hin zu der Frage, ob ich hier eine Gefangene bin oder nicht, aber ich bin noch nicht bereit, das zu tun.

Vor allem die letzte Frage ist im Moment zu beunruhigend, um darüber nachzudenken.

»Er ist gerade von einem Spaziergang mit Lyudmila zurückgekehrt«, antwortet Nikolai. »Alina hat ihn vor unserer Ankunft wegbringen lassen.«

»Ah, gut.« Ich war besorgt, dass das Kind uns von seinem Fenster aus gesehen haben könnte. »Was wirst du ihm erzählen … du weißt schon …?« Ich zeige mit der linken Hand auf meine Schlinge.

»Wir werden einfach sagen, dass du auf einen Ast gefallen bist.« Sein Kiefer strafft sich. »Mir wäre es lieber, er wüsste nicht, dass du ihn verlassen hast.«

»Ich habe ihn nicht …« Ich halte inne, denn genau das habe ich. Ich wollte zurückkommen, aber Nikolai weiß das nicht. Ich habe auch nicht vor, es ihm zu sagen.

Ich will nicht, dass er weiß, wie leicht er mich getäuscht hat, und dass ein Teil von mir sich selbst jetzt noch weigert, zu glauben, dass er ein ebenso skrupelloser Killer ist wie die Männer, die meine Mutter ermordet haben.

Seine Tigeraugen verengen sich mit spekulativem Interesse. »Du hast *was* nicht?«

»Nichts.« Das Wort kommt zu schnell aus meinem Mund. Ich rede weiter, um es zu überspielen. »Ich meinte nur, ich habe nicht *ihn* verlassen.«

Es ist, als würde eine Gewitterwolke über Nikolais Gesicht ziehen, die alles Licht und alle Wärme ausblendet. Sein Blick wird verschlossen, und seine umwerfenden Gesichtszüge nehmen eine statuenhafte

Härte an. »Ah. Du hast *mich* verlassen. Wegen dem, was Alina dir erzählt hat.«

Ich schlucke trocken. Ich bin mir auch nicht sicher, ob ich schon bereit bin, darüber zu reden, aber es sieht so aus, als hätte ich keine Wahl. Ich ignoriere den pochenden Schmerz in meinem Arm und drücke mich in eine aufrechtere Position. »Hat sie gelogen?« Meine Stimme zittert leicht. »Hat sie sich das alles ausgedacht?«

Er blickt mich an, und die Stille dehnt sich zu schmerzhaft langen Sekunden aus. »Nein«, sagt er schließlich. »Hat sie nicht.«

Etwas in mir verdorrt. Bis zu diesem Moment hatte ich immer noch die Hoffnung, dass seine Schwester sich geirrt hat, dass er trotz dessen, was er den beiden Attentätern angetan hat, nicht seinen eigenen Vater umgebracht hat. Aber jetzt gibt es keinen Raum mehr für Zweifel.

Der Mann vor mir hat gerade zugegeben, seinen Vater ermordet zu haben.

»Was ist passiert? Warum …« Meine Stimme versagt. »Warum hast du das getan?«

Er antwortet für einen weiteren langen, nervenaufreibenden Moment nicht. Sein Gesicht ist das eines Fremden, dunkel und verschlossen. »Weil er es verdient hat.« Seine Worte fallen wie ein Hammer, schwer und brutal. »Weil er ein Molotow war. Wie ich.«

Ich befeuchte meine trockenen Lippen. »Ich verstehe das nicht.« Mein Herz pocht gegen meinen

Brustkorb, jeder Schlag hallt in meinen Ohren wider. Ein Teil von mir will die Sache beenden und schreiend weglaufen, während ein anderer, unendlich viel törichterer Teil, sich danach sehnt, meine Handfläche über die harte, kompromisslose Linie seines Kiefers zu legen und mit meiner Berührung Trost zu spenden.

Denn unter dieser harten, emotionslosen Fassade verbirgt sich Schmerz.

Das muss er.

Er öffnet seinen Mund, um zu antworten, als jemand an die Tür klopft. Das Geräusch ist leise, zaghaft, aber es tötet den Moment so sicher wie ein Pistolenschuss.

Nikolai springt auf und geht zur Tür, um sie zu öffnen.

»Konstantin ist am Telefon«, sagt Alina von der Tür her. »Sein Team hat etwas gefunden.«

## 4

CHLOE

Als Nikolai zurückkommt, ist mein Magen wie verknotet, und der Toast, den ich gegessen habe, liegt wie ein Stein darin. Ich weiß, dass Konstantin sein älterer Bruder ist, das technische Genie der Familie, und ich vermute stark, dass das *Etwas*, das sein Team gefunden hat, sich auf meine Situation bezieht.

Jetzt, wo ich die Chance hatte, darüber nachzudenken, ist Konstantin wahrscheinlich der Grund, warum Nikolai von Anfang an all diese Dinge über mich wusste – wie zum Beispiel die Tatsache, dass ich während meines Monats auf der Flucht nichts auf meinen höchst privaten sozialen Medien gepostet hatte. Durch ihn bekam Nikolai auch Zugang zu den Polizeiakten und entdeckte, dass sie verändert wurden, um den Mord an meiner Mutter noch mehr wie einen Selbstmord aussehen zu lassen.

Konstantin und sein Team müssen die *Ressourcen*

sein, die Nikolai während der Autofahrt hierher erwähnte, der Vorteil, den er gegenüber Bransford hat.

Auf jeden Fall ist Nikolais Gesicht grimmig, als er auf der Kante meines Bettes Platz nimmt und meine linke Hand fest umfasst. Seine Berührung wärmt mich und ruft gleichzeitig eine Gänsehaut hervor. »Chloe, *zajchik* …« Sein Ton ist besorgniserregend sanft. »Es gibt etwas, was du wissen solltest.«

Mein Herz, das bereits in meiner Brust rast, macht einen Rückwärtssalto. Sein Blick ist nicht mehr der eines Fremden, stattdessen liegt Mitleid in seinen goldenen Tigeraugen.

Was auch immer er sagen wird, ist schrecklich, das kann ich sehen.

»Wie viel weißt du über die Umstände deiner Empfängnis?«, fragt er mit derselben sanften Stimme. »Hat deine Mutter jemals darüber gesprochen?«

Es ist, als würde ein eisiger Wind durch mein Inneres fegen und jede Zelle auf dem Weg dorthin einfrieren. »Meine Empfängnis?« Meine Stimme klingt, als käme sie aus einem anderen Teil des Raumes, von einer anderen Person.

Er kann nicht meinen, was ich denke, was er sagt. Auf keinen Fall ist Bransford …

»Vor vierundzwanzig Jahren lebte deine Mutter in Kalifornien«, sagt Nikolai leise. »In San Diego.«

Ich nicke automatisch. So viel hatte mir meine Mutter erzählt. Sie hat überall in Südkalifornien gelebt, um genau zu sein. Nachdem das Missionarsehepaar, das sie aus Kambodscha adoptiert hatte, bei einem

Autounfall ums Leben kam, wanderte sie von einer Pflegefamilie zur nächsten, bis sie sich mit siebzehn Jahren emanzipierte – im selben Jahr, in dem sie mich zur Welt brachte.

»Sie war nicht die Einzige, die zu der Zeit in San Diego lebte«, fährt Nikolai fort. »Das tat auch ein gewisser brillanter junger Politiker, bei dessen lokalem Wahlkampf sie sich freiwillig meldete, um zusätzliche Punkte für amerikanische Geschichte zu bekommen.«

Der eisige Wind in mir verwandelt sich in einen Wintersturm. »Bransford.« Meine Stimme ist kaum ein Flüstern, aber Nikolai hört sie und nickt, drückt sanft meine Hand.

»Genau der.«

Ich starre ihn an und koche gleichzeitig mit Emotionen und Taubheit über. »Was willst du damit sagen?«

»Deine Mutter hat versucht, Selbstmord zu begehen, als sie sechzehn war. Hast du davon gewusst?«

Mein Kopf nickt wie von selbst. Als ich ein Kind war, hatte Mom immer Armbänder und Armreifen um ihre Handgelenke getragen, auch zu Hause, sogar beim Kochen und Putzen und Baden von mir. Erst als ich fast zehn Jahre alt war, kam ich zu ihr, um mich umzuziehen, und entdeckte die schwachen weißen Linien an ihren Handgelenken. Sie setzte sich zu mir und erklärte mir, dass sie als Teenager eine schwierige Zeit durchgemacht hatte, die darin gipfelte, dass sie versucht hatte, sich das Leben zu nehmen.

»Sie sagte, es sei ein Fehler gewesen.« Mein Hals ist so eng, dass jedes Wort auf dem Weg nach draußen an ihm kratzt. »Sie sagte mir, sie sei froh, dass sie versagt hatte, denn kurz darauf erfuhr sie, dass sie schwanger war. Mit mir.«

Seine Augen werden undurchsichtig. »Ich verstehe.«

Er versteht? Was? Plötzlich wütend, reiße ich meine Hand aus seinem Griff, setze mich ganz auf und ignoriere die begleitende Welle von Schwindel und Schmerz. »Was genau willst du mir damit sagen? Was hat ihr Selbstmordversuch mit Bransford zu tun? Hat er auch damals versucht, sie zu töten? Ist das seine verdammte Masche?«

»Nein, *zajchik*.« Nikolais Blick füllt sich wieder mit diesem beunruhigenden Mitleid. »Ich fürchte, dieser Versuch war nicht inszeniert. Aber es gibt Grund zu der Annahme, dass Bransford dafür verantwortlich *war*. Laut den Krankenhausunterlagen, die das Team meines Bruders ausgegraben hat, war deine Mutter in diesem Jahr zweimal in der Notaufnahme: einmal wegen des Selbstmordversuchs, und zwei Monate zuvor als Opfer einer Vergewaltigung.«

Ein Vergewaltigungsopfer? Ich starre ihn an, und schwarze Flecken sprenkeln die Ränder meines Blickfeldes. »Willst du damit sagen, dass Bransford sie *vergewaltigt* hat?«

»Sie hat nie Anzeige erstattet oder ihren Angreifer benannt, also können wir es nicht mit Sicherheit wissen, aber ihr erster Besuch in der Notaufnahme fiel mit dem letzten Tag ihrer Freiwilligenarbeit beim Wahlkampf zusammen. Sie ging danach nie wieder zurück – und neun Monate später, fast auf den Tag genau, brachte sie ein kleines Mädchen zur Welt. Dich.«

Die schwarzen Punkte vervielfachen sich und nehmen immer mehr Platz ein. »Nein. Nein, das ist nicht … Nein.« Ich schwanke, als der Raum in meiner Sicht verschwimmt.

Nikolais starke Arme liegen bereits um mich. »Hier, lehn dich zurück.« Ich werde zurück auf den Kissenberg gedrückt. »Nimm ein paar tiefe Atemzüge.« Seine warme Handfläche streicht mein Haar von meiner klammen Stirn. »Genau, genau so«, murmelt er, während ich versuche zu gehorchen und flach in meine unnatürlich steifen Lungen atme. »Es ist okay, *zajchik*. Einfach atmen …«

Das Schwindelgefühl lässt langsam, aber sicher nach, und als Nikolai sich zurückzieht, funktioniert mein Gehirn wieder – und ich beginne zu verarbeiten, was er mir gesagt hat.

Mom war vergewaltigt worden.

Neun Monate später wurde ich geboren.

Ich möchte kotzen.

Ich möchte meine Haut blankschrubben und meine DNA in Desinfektionsmittel kochen.

»Sie hat nie …« Meine Stimme stockt. »Sie hat nie über meinen Vater gesprochen. Nicht ein einziges Mal. Und ich habe gefragt, immer wieder.«

Nikolai nickt und beobachtet mich mit dem gleichen beunruhigenden, mitfühlenden Blick.

Die Worte kommen immer wieder aus meinem Mund, wie Wasser, das aus einem defekten Rohr austritt. »Sie erzählte mir, dass es eine schwierige Zeit in ihrem Leben war. Sie hat die Highschool abgebrochen. Sie bekam einen Job als Kellnerin und beantragte die rechtliche Volljährigkeit, wegen der Schwangerschaft und so.«

Er nickt wieder und lässt mich das selbst zusammenpuzzeln – und das tue ich. Denn zum ersten Mal ergibt so vieles mit meiner Mutter Sinn. Es war mir immer ein Rätsel, wie sie schwanger werden konnte, denn soweit ich wusste, war sie das genaue Gegenteil eines wilden Teenagers. Obwohl Mom selten über sich selbst sprach, hatte ich genug erfahren, um zu wissen, dass sie eine Einser-Schülerin war, bevor sie die Schule abbrach, zu ruhig und introvertiert, um auf Partys zu gehen und mit Jungs zu flirten. Sie hatte auch kein Interesse daran gezeigt, sich als Erwachsene zu verabreden. Sie hatte nie einen einzigen Freund mit nach Hause gebracht, hat mich nie mit einem Babysitter allein gelassen, um auszugehen und Spaß zu haben. Als Kind dachte ich, dass das normal sei, aber als ich älter wurde, wurde mir klar, wie seltsam es für eine hübsche junge Frau war, so zurückgezogen zu leben.

Es war, als hätte sie ein Keuschheitsgelübde abgelegt ... *oder sich nie von dem Trauma der Vergewaltigung erholt.*

»Denkst du ...« Ich schlucke die saure Galle in meiner Kehle herunter. »Meinst du, er wusste es? Dass sie schwanger war? Dass es mich gab?«

Ich dachte immer, mein Vater hätte sich einfach aus der Verantwortung gestohlen, obwohl Mom das nie direkt gesagt, sondern nur angedeutet hatte. Ich dachte mir, dass er selbst ein Teenager war, jemand, der einfach noch nicht bereit war, Vater zu sein. Aber das – das ändert alles. Mom hat ihm vielleicht nicht einmal von meiner Existenz erzählt. Warum sollte sie das tun, wenn er sie vergewaltigt hat?

Nur ... er muss es jetzt wissen.

Weil er sie getötet und versucht hat, dasselbe mit mir zu machen.

Oh Gott.

Ich kann einen Schwall von Erbrochenem kaum zurückhalten.

Mein biologischer Vater ist nicht nur ein Vergewaltiger – er ist auch ein Mörder.

Nikolai nimmt wieder meine Hand in seine, seine Berührung ist schockierend warm auf meiner eisigen Haut. »Ich denke, er musste es wissen«, sagt er und gibt meine Gedanken wieder. »Vielleicht nicht von Anfang an, aber später ganz sicher.«

»Weil er versucht hat, uns zu töten.«

»Ja – und wegen des Stipendiums, das du bekommen hast.«

Ich blinzele und begreife zunächst nicht. Dann dringen seine Worte durch. »Du meinst ... *er* hat für mein College bezahlt?«

»Konstantin spürt die genaue Quelle dieser Gelder auf, aber ich bin mir fast sicher, was er aufdecken wird.« Nikolais Blick ist düster auf mein Gesicht gerichtet. »Es war ein privates Stipendium, *zajchik*, das nur für einen Empfänger bestimmt war: dich. Weißt du noch, wie du mir erzählt hast, dass deine Freundin sich dafür beworben hat und die Stelle nicht bekommen hat, obwohl sie sogar qualifizierter war als du? Das liegt daran, dass es nie für sie bestimmt war. Das Geld war die ganze Zeit für dich.«

Scheiße. Er hat recht. Meine Freundin Tanisha war die Abschiedsrednerin unserer Klasse mit perfekten Bewerbungstestergebnissen, aber sie bekam nicht das Vollstipendium für Middlebury – ich schon. Ich habe sogar Nikolai erzählt, wie seltsam das war. Aber …

»Ich verstehe das nicht. Warum sollte er das tun? Warum sollte er für meine Ausbildung bezahlen, wenn er mich und meine Mutter hasst? Wenn er … geplant hat, uns zu töten?« Ich kann die letzten Worte kaum aussprechen.

Nikolai drückt meine Hand. »Ich weiß es nicht genau, aber ich habe eine Theorie. Ich glaube, deine Mutter hat ihn irgendwann kontaktiert und ihm von dir erzählt. Und ich glaube, sie hat ihn bedroht. Es war wahrscheinlich etwas in der Art von ›wenn du nicht das Geld für die Ausbildung unserer Tochter zur Verfügung stellst, werde ich mit meiner Geschichte an die Öffentlichkeit gehen‹.«

»Du denkst, sie hat ihn erpresst?«

Auf Nikolais Nicken hin sinke ich tiefer in die

Kissen und schüttele den Kopf. »Nein. Nein, du liegst falsch. Mom hätte das nicht getan. Sie ist nicht – sie war keine …« Zu meiner Schande füllen sich meine Augen mit Tränen, und meine Kehle schnürt sich zu, als mich eine Welle erdrückender Trauer unvorbereitet erwischt.

»Kriminelle? Erpresserin?« Nikolais tiefe Stimme ist sanft, während sein Daumen meine Handfläche in beruhigenden Kreisen massiert. Taktvoll wartet er, bis ich mich unter Kontrolle habe, dann sagt er leise: »Du darfst nicht vergessen, *zajchik*, sie war vor allem eine Mutter. Eine alleinerziehende Mutter, die als Kellnerin arbeitete und deren Verdienst nicht einmal einen Bruchteil der exorbitanten Kosten einer College-Ausbildung in diesem Land hätte decken können. Was hättest *du* getan, um die Zukunft deines Kindes zu sichern?«

Ich hätte alles getan, was getan werden müsste – und höchstwahrscheinlich hat Mom das auch.

»Wenn das wahr ist, warum hat er dann gewartet?«, frage ich verzweifelt. Ein kindlicher Teil von mir hofft immer noch, dass das alles ein riesiges Missverständnis ist, dass mein biologischer Vater kein Monster ist. »Warum zahlte er für alle vier Jahre meiner Ausbildung und versuchte dann, uns zu töten? Wenn er das Geld schon ausgegeben hatte …«

»Es ging nicht um das Geld. Er ist reich genug, um für zehn uneheliche Töchter zu bezahlen.« Nikolais Ton wird härter. »Es geht um seine Karriere. Seine Präsidentschaftskandidatur.«

Natürlich. Während einige Politiker von Skandalen profitieren, ist Bransford eine amerikanische Ikone der Mittelklasse, mit einem blitzsauberen Ruf, der einen solchen Schlag nicht überleben würde.

Trotzdem, wenn das alles stimmt, gibt es etwas, was nicht vollständig Sinn ergibt. Ich kann verstehen, dass Mom eine Bedrohung für ihn war, da sie jederzeit mit ihrer Geschichte an die Öffentlichkeit hätte gehen können. Aber warum will er mich töten?

Wie niederträchtig muss man sein, um Attentäter auf sein eigenes Kind anzusetzen? Vor allem, wenn es nichts über dich weiß?

Aber dann verstehe ich es plötzlich.

»Ich bin der wandelnde Beweis für sein Verbrechen, nicht wahr?«, sage ich und blicke Nikolai an. »Ein einziger DNA-Test, und er ist weg vom Fenster. Selbst wenn er versucht, zu behaupten, dass es einvernehmlich war, war Mom zum Zeitpunkt meiner Empfängnis noch minderjährig. Sechzehn Jahre alt im Gegensatz zu seinen über dreißig.«

Nikolai nickt. »Zumindest ist er der Vergewaltigung schuldig. Es ist der seltene Fall, dass nicht sein Wort gegen ihres steht. Egal wie er versucht, es zu drehen, was er getan hat, es ist ein Vergehen.«

»Und er weiß wahrscheinlich nicht, dass Mom mir nie von ihm erzählt hat. In seinem Kopf könnte ich jeden Moment auftauchen und ihn öffentlich als meinen Vater bezichtigen.«

»Ich fürchte ja, *zajchik*.« Er legt den Kopf schief und mustert mich aufmerksam. »Geht es dir gut?«

Ich nicke automatisch, dann schüttele ich den Kopf. »Nein. Nein, es geht mir nicht gut. Ich brauche eine Minute.« Oder zehntausend Minuten. Oder den Rest meines Lebens.

Mein biologischer Vater ist ein Vergewaltiger und ein Mörder, der mich umbringen will.

Ich weiß nicht, wie ich das überhaupt verarbeiten soll.

Mit verständnisvollem Blick drückt Nikolai wieder meine Hand, dann legt er seine Handfläche über meinen Kiefer und beugt sich vor, um mit seinem Daumen über meine Wange zu streichen. »Ich werde dich ausruhen lassen, *zajchik*«, murmelt er, und sein Atem dringt warm und leicht süß an meine Lippen. »Wir reden weiter, wenn es dir besser geht.«

Er überbrückt den kleinen Abstand zwischen uns und küsst mich. Seine Lippen sind sanft auf meinen, zärtlich, doch ich kann den hungrigen Besitzanspruch unter der Zurückhaltung spüren. Sie erschreckt mich fast so sehr wie die instinktive Reaktion meines Körpers.

Ich kann Bransford mit seiner Hilfe entkommen, aber ich werde *ihm* nicht entkommen können.

Dem Teufel kann man nicht entkommen.

5

NIKOLAI

Ich schließe die Tür hinter mir und behalte im Hinterkopf, dass ich in Chloes Zimmer ein paar Kameras installieren werde, so wie ich es in Slavas getan habe. Nicht, weil ich mich gezwungen fühle, sie jeden Moment des Tages zu beobachten – obwohl dieses Bedürfnis definitiv vorhanden ist – sondern weil ich mir Sorgen um sie mache.

Ich hatte mein ganzes Leben lang Zeit, mich mit meinem beschissenen Erbe zu arrangieren, und es gibt immer noch Tage, an denen ich versucht bin, mir selbst die Kehle aufzuschlitzen. Das – oder eine Vasektomie, damit sich der Fehler, den ich in der Nacht mit Ksenia gemacht hatte, nie wiederholen kann. Ich war mir nicht einmal bewusst, dass das Kondom defekt war, aber das muss es gewesen sein.

Das ist die einzige Erklärung für die Existenz meines Sohnes.

Ich hatte vor, in mein Büro zu gehen, aber meine Füße tragen mich stattdessen in sein Zimmer, angetrieben von demselben Zwang, den ich bei Chloe verspüre.

*Daddy* hat er mich gerufen, als ich gestern Abend nach Hause kam. Ich war zu sehr von allem, was mit Chloe zu tun hatte, abgelenkt, um es vollständig zu verarbeiten, aber jetzt kann ich nicht anders, als an dieses Wort zu denken und daran, wie sich mein Brustkorb mit einem seltsamen, stechend süßen Schmerz gefüllt hat. Und das alles nur ihretwegen.

Chloe Emmons hatte nicht nur meinen tiefsten, geheimsten Wunsch bezüglich meines Sohnes erkannt, sie hatte ihn mir auch erfüllt.

Leise drücke ich die Tür zu Slavas Schlafzimmer auf und trete ein. Wie immer liegt er auf dem Boden und arbeitet fleißig an seiner Legoburg. Lyudmila sagte mir einmal, dass mein Sohn eine bemerkenswert lange Aufmerksamkeitsspanne für ein Kind hat, das noch nicht fünf Jahre alt ist, und ich nehme an, das muss stimmen. Soweit ich mich an meinen jüngeren Bruder Valery in diesem Alter erinnern kann, rannte er immer herum und brachte sich in Schwierigkeiten. Slava hingegen ist ruhig und konzentriert, viel mehr so, wie Konstantin als Kind war. Ich frage mich, ob Slava auch die Begabung meines älteren Bruders für Mathe und Programmieren geerbt hat. Ich sollte ihn wahrscheinlich in diese Themen einführen und es herausfinden.

Als ich eintrete, fliegen seine Augen – meine Augen in klein – zu meinem Gesicht hoch, und der Blick in ihnen ist zu gleichen Teilen neugierig und wachsam. Meine Brust zieht sich mit dem üblichen Unbehagen zusammen, aber ich ignoriere den Drang, zurückzutreten und mich von dem beunruhigenden Gefühl zu distanzieren. Stattdessen hocke ich mich vor meinen Sohn und schenke seiner Kreation meine volle Aufmerksamkeit, so wie ich es bei Chloe gesehen habe.

»Das ist eine sehr schöne Burg«, sage ich auf Russisch und betrachte die sorgfältig zusammengebauten Bausteine vor mir. Obwohl Slavas Englischkenntnisse sich unter Chloes Anleitung schnell verbessern, ist er weit davon entfernt, die Sprache unserer Wahlheimat fließend zu sprechen. »Hast du lange gebraucht, um sie zu bauen?«

Er blinzelt mich ein paar Momente lang an, bevor ein schüchternes Lächeln auf seinem Gesicht erblüht. »Gefällt sie dir?«

»Ja, das tut sie.« Ich meine es auch so. Die Burg zeigt eine bewundernswerte Symmetrie und Komplexität, vor allem wenn man bedenkt, dass sie von so winzigen Händen zusammengebaut wurde. Selbst wenn sich herausstellt, dass Mathe und Computer nicht Slavas Stärken sind, könnte er eine Zukunft in der Architektur und im Bauwesen haben.

Das heißt, wenn er nicht nach mir und Valery – und jedem anderen Molotow vor uns – kommt.

Meine Stimmung verdüstert sich, aber ich zwinge

mich, einen ruhigen, neugierigen Gesichtsausdruck beizubehalten, als ich wieder frage, wie lange er für den Bau der Burg gebraucht hat.

»Ich habe am Morgen daran gebaut, und dann weiter, nachdem ich aus dem Wald zurückkam«, sagt Slava, der sich jetzt sichtlich wohler bei mir fühlt. Er ist immer noch nicht so gesprächig und lebhaft wie bei Chloe, aber ich betrachte das als Fortschritt. Früher hat er auf die meisten meiner Fragen nur mit ein oder zwei Wörtern geantwortet, oder er blieb ganz still.

In den nächsten Minuten zeigt er mir alles von der Burg – es gibt Türme und große Fenster, die denen in unserem Haus ähneln – und dann fragt er schüchtern, wo Chloe ist und warum er sie den ganzen Tag nicht gesehen hat.

»Sie ruht sich aus«, sage ich zu ihm. »Ein Ast hat ihren Arm verletzt, also mussten wir ein paar Ärzte kommen lassen, um ihn zu richten. Es geht ihr jetzt besser, aber sie wird noch ein paar Tage im Bett bleiben, während er verheilt.«

Während ich spreche, werden seine Augen vor Sorge groß. »Chloe ist verletzt?«

»Nur ein kleines bisschen. Es wird ihr bald besser gehen.«

Er sieht immer noch besorgt aus. »Sie wird nicht sterben, wie Mama?«

Es ist, als ob eine Glasscherbe durch meine Brust schneidet. »Nein, Slavochka. Das werde ich nicht zulassen.« Alina hat mir erzählt, dass er sie gelegentlich nach Ksenia fragt, aber das ist das erste Mal, dass ich ihn über seine Mutter sprechen höre – und ich hasse es.

Ich hasse sie dafür, dass sie ihn all die Jahre vor mir versteckt hat, und ich hasse es noch mehr, dass sie bei einem Autounfall ums Leben gekommen ist und ihn bei ihrer abscheulichen Familie zurückgelassen hat.

Bei meinen Worten hellt sich Slavas Gesichtsausdruck auf. »Kann Chloe für immer bei uns bleiben?«

Das ist eine Frage, die ich gerne beantworte. »Ja.« Ich schaue meinem Sohn in die Augen. »Sie kann, und sie wird.«

Keine Macht der Welt ist mächtig genug, um mir Chloe wegzunehmen, jetzt, wo ich sie zurückhabe. Ich werde alles tun, was nötig ist, um sie zu behalten – sowohl für Slava als auch für mich selbst.

---

Sie schläft schon, als ich auf dem Weg in mein Büro bei ihrem Zimmer vorbeikomme, also lasse ich sie sich ausruhen. Das ist es, was sie jetzt braucht. Ihre körperlichen Verletzungen werden in ein paar Wochen heilen, aber die emotionalen Wunden sind eine andere Sache. Ich hatte erwogen, ihr nicht zu sagen, was Konstantin über Bransford und seine Beziehung zu ihrer Mutter aufgedeckt hatte, aber ich entschied, dass es wichtig ist, dass sie es weiß – dass sie das volle Ausmaß der Gefahr versteht, in der sie schwebt.

Ich habe ihr aber nicht alles erzählt, wie z. B. die Tatsache, dass sich ihre Mutter im Teenageralter die Pulsadern aufgeschnitten hat, *nachdem* sie erfahren hatte, dass sie schwanger war. Oder dass sie nach dem erfolglosen Selbstmordversuch zweimal eine Abtreibungsklinik aufsuchte, nur um beide Male in letzter Minute zu kneifen. Nichts davon ist wichtig. Was zählt, ist, dass Marianna nach Chloes Geburt in der Lage war, ihr Trauma zu überwinden und die fürsorgliche Mutter zu werden, die Chloe gekannt und geliebt hat.

Das Erste, was ich mache, als ich in mein Büro komme, ist, Pavel anzurufen und ihm zu sagen, dass er hochkommen soll. Das Zweite ist ein Videocall mit Valery.

»Du musst ein Dutzend deiner besten Männer herschicken«, sage ich zu meinem jüngeren Bruder anstelle einer Begrüßung. »Ich brauche sie sofort.«

»Bin dabei«, sagt Valery, so kühl und emotionslos wie immer. Konstantin muss ihn bereits über meine Situation informiert haben. »Sonst noch etwas? Waffen? Sprengstoff?«

»Ja. Alles.« Ich habe bereits einen großen Vorrat hier auf dem Gelände, aber mehr kann nicht schaden. »Schick auch ein paar Medikamente rüber.«

»Kein Problem.«

Er legt gerade auf, als es an meiner Tür klopft.

Ich gehe zu ihr, um Pavel zu öffnen.

Die metallischen Augen meiner rechten Hand blinzeln nicht. »Krieg?«

»Krieg«, bestätige ich grimmig.

Ich warte nicht darauf, dass Bransford noch mehr Attentäter zu Chloe schickt.

Jetzt, wo wir wissen, wer ihr Feind ist, nehmen wir den Kampf mit ihm auf.

## 6

## CHLOE

Meine Augen springen auf, als ich mit einem Keuchen aufwache. Mein Herz rast, und mein Krankenhauskittel ist schweißgetränkt. Nur die pochenden Schmerzen in meinem Arm und meinem ganzen Körper halten mich davon ab, mich reflexartig aufzusetzen. Stattdessen zwinge ich mich dazu, stillzuliegen und den atemberaubenden Blick auf die Sonne zu genießen, die hinter den fernen Berggipfeln außerhalb meines bodentiefen Fensters untergeht.

Langsam beginne ich, mich zu beruhigen.

*Ein Alptraum.*

Es war nur ein weiterer Alptraum.

Im Gegensatz zu den lebhaften Träumen im Stil eines Horrorfilms, die mich seit Moms Tod quälen, war dieser Traum eher ein Durcheinander von Bildern und Eindrücken. Das Zischen einer Kugel, die an meinem

Ohr vorbeifliegt, Äste, die mich im Gesicht treffen, als ich vor einer bestialischen Kreatur durch den Wald renne, ein schweres Gewicht, das mich zu Boden wirft – man muss kein Psychologe sein, um zu wissen, dass mein Verstand die Begegnung mit den Attentätern noch einmal durchgespielt hat, um den anhaltenden Schrecken zu verarbeiten.

Ein leises Klopfen lenkt mich von der herrlichen Aussicht ab. Bevor ich etwas sagen kann, schwingt die Tür auf, und Nikolai tritt ein. Ein warmes Lächeln umspielt seine sinnlichen Lippen, als er mich wach sieht.

Mein Herzschlag beschleunigt sich wieder, aber mit einer Emotion, die viel komplexer ist als Angst. Er hat sich schon wieder umgezogen, dieses Mal trägt er einen der perfekt geschneiderten Anzüge, die er beim Abendessen bevorzugt. Ein enganliegendes weißes Hemd und eine schmale schwarze Krawatte vervollständigen das formelle Outfit und betonen seine männliche Schönheit auf eine Art und Weise, die eigentlich illegal sein sollte – nicht, dass er sich um etwas so Triviales wie Legalität kümmern würde.

Nach dem, was ich ihn heute von ihm gesehen habe, ist mein Entführer nicht gerade ein Freund der Rechtsstaatlichkeit.

Zumindest vermute ich, dass er mein Entführer ist. *Dieses* Gespräch müssen wir auch noch führen.

»Wie geht es dir?«, fragt er leise und bleibt neben meinem Bett stehen. Bevor ich antworten kann, tastet er meine Stirn mit dem Handrücken ab und zieht stirnrunzelnd ein Thermometer aus der Innentasche seiner Jacke.

Hm. Ich glaube, ich fühle mich ein bisschen fiebrig.

»Öffnen«, befiehlt er und bringt das Thermometer an meine Lippen. Ich gehorche und fühle mich unangenehm wie ein Kind, als er es mir in den Mund steckt und mir befiehlt, es zu halten. Ein paar Sekunden später piept das Thermometer, und er blickt auf den kleinen Bildschirm an der Seite.

»Achtunddreißig«, sagt er und sieht erleichtert aus, als er das Gerät wieder in seiner Tasche verstaut und sich auf die Bettkante setzt. »Der Arzt hat mich gewarnt, dass du leichtes Fieber bekommen könntest, bevor die Antibiotika wirken.«

»Wirklich? Ist das normal? Ich bin noch nie angeschossen worden.«

Seine weißen Zähne werden in einem umwerfenden Grinsen freigelegt. »Das ist es – ich weiß es aus eigener Erfahrung.«

Mein widerspenstiges Herz nimmt wieder Fahrt auf, und meine Haut erwärmt sich auf eine Weise, die nichts mit dem leichten Fieber zu tun hat. »Großartig. Ich schätze, wir haben jetzt alle unsere Kriegsgeschichten.«

»Ich schätze, das tun wir.« Sein Lächeln verblasst. »Wie geht es dir, abgesehen von dem Fieber?«

»Als hätte mich jemand als Tennisball in einem Match mit Serena Williams benutzt«, sage ich, ohne nachzudenken, nur um es zu bereuen, als sich seine Miene verfinstert und sein Kiefer sich gefährlich anspannt.

»Diese Scheißkerle. Wenn ich nur früher gekommen wäre ...« Seine Finger krümmen sich bedrohlich auf seinem Oberschenkel.

»Nein, nicht.« Instinktiv greife ich hinüber, um seine Hand mit meiner zu bedecken. »Wenn du nicht gewesen wärst, hätte ich nicht ...« Ich schlucke, als unzusammenhängende Bilder des Alptraums in meinem Kopf aufsteigen. »Ich hätte das nicht überlebt.«

Und das ist hundertprozentig die Wahrheit. Ich hatte noch keine Gelegenheit, wirklich darüber nachzudenken, aber wenn er nicht hinter mir her gewesen wäre, wenn er nicht seine unheimlichen *Ressourcen* genutzt hätte, um mich so schnell aufzuspüren, wie er es tat, wäre ich bereits zwei Meter unter der Erde, nachdem ich zuerst eine brutale Vergewaltigung durchlitten hätte.

Nikolai hat mich gerettet.

So schrecklich seine Methoden auch waren, er hat mir das Leben gerettet.

Sein Blick fällt für eine Sekunde auf meine Hand, und sein Ausdruck verändert sich erneut. Die Bedrohung in seinen Tigeraugen weicht einer dunklen Hitze, die sich unendlich viel gefährlicher anfühlt. »Zajchik ...« Seine Stimme wird weicher, tiefer. »Ich ...«

»Also danke«, platzt es aus mir heraus, und ich

ziehe meine Hand zurück. Retter oder nicht, ich kann nicht zulassen, dass ich wieder in seinen Bann gerate, kann nicht zulassen, dass ich vergesse, was er ist und was er getan hat. »Es tut mir leid, dass ich es nicht schon früher gesagt habe, aber ich bin wirklich sehr dankbar. Ich weiß, dass ich dir mein Leben verdanke und mehr. Du musstest mir nicht folgen, aber du hast es getan, und ich weiß das sehr zu schätzen. Wenn du nicht da gewesen wärst, wäre ich …«

Er drückt zwei Finger an meine Lippen und stoppt mein Gestammel. »Du brauchst mir nicht zu danken.« Er lehnt sich über mich, stützt eine Handfläche auf das Kissen neben mir und streicht mit der anderen über meine Wange. Sein Blick ist düster, und sein Ton ernst. »Ich werde dich immer beschützen, *zajchik*. Immer.«

Ich blicke zu ihm hoch, und meine Brust bläht sich mit einer widersprüchlichen Mischung aus Gefühlen auf. Erleichterung und Sorge, Dankbarkeit und Angst, Freude und Schmerz – es ist, als hätte ich ein Pendel in mir, das zwischen den beiden Extremen hin und her schwingt, den beiden Versionen von Nikolai, die in meinem Kopf existieren.

Die vor Alinas Geschichte und die danach.

Der fürsorgliche Liebhaber und der brutale Killer.

Welcher von ihnen ist echt?

Mühsam halte ich meine wirbelnden Gedanken im Zaum und blinzele, um die hypnotische Anziehungskraft dieses goldenen Blicks zu brechen. Das Wichtigste ist jetzt, herauszufinden, wo wir stehen.

»Du musst mich nicht beschützen«, sage ich und verleihe meinem Tonfall eine Zuversicht, die ich nicht annähernd verspüre. »Moms Mörder sind tot, und selbst wenn Bransford andere schickt, gibt es keine Garantie, dass sie mich finden werden. Ich kann einfach das Land verlassen, verschwinden und …«

»Nein.« Das Wort ist mit harter Endgültigkeit gefüllt, als er sich aufrichtet und seine Hand zurückzieht. Sein schönes Gesicht ist hart und kompromisslos. »Du gehst nirgendwohin.«

»Aber du bist mit mir hier in Gefahr. Deine Familie ist in Gefahr.«

Ich habe dieses Argument schon einmal vorgebracht, und es ist heute noch genauso unwirksam wie damals. Nikolais Gesichtsausdruck verhärtet sich noch mehr, und eine wilde Intensität tritt in seinen Blick. »Du wirst nicht gehen. Die Wachen werden dich aufhalten, wenn du es versuchst.«

Dann stimmt es also. Ich habe seine Weigerung, mich aus dem Auto zu lassen, nicht falsch interpretiert. Ich *bin* seine Gefangene.

Dieses Wissen erfüllt mich zu gleichen Teilen mit Angst und Erleichterung. Jetzt ist es raus – wir sind fertig damit, uns zu verstellen. Natürlich wird er mich nicht gehen lassen. Ich kenne das schreckliche Geheimnis seiner Familie. Ich habe ihn mit meinen eigenen Augen töten sehen. Die Verbrechen, die er begangen hat, würden einen normalen Mann auf den elektrischen Stuhl bringen, aber Nikolai Molotow ist zu reich, zu mächtig – und vor allem zu skrupellos, um jemals für seine Taten bezahlen zu müssen.

Was auch immer seine Absichten mir gegenüber vor Alinas Enthüllungen waren, jetzt kann er nur noch eines tun.

Mich festhalten. Mich dort festhalten, wo ich niemals preisgeben kann, was ich weiß.

Zumindest hoffe ich, dass das die einzige Möglichkeit ist, die er in Betracht zieht. Denn es gibt einen viel effizienteren Weg, mein Schweigen zu gewährleisten, den, den mein biologischer Vater anscheinend gewählt hat.

Aber nein. Es mag naiv von mir sein, aber ich kann mich nicht dazu durchringen, zu glauben, dass Nikolai mich töten würde. Nicht mit der starken, emotional geladenen Verbindung, die zwischen uns brodelt. Nicht, wenn er sich so viel Mühe gegeben hat, mein Leben zu retten.

Und genau das ist es, merke ich, während ich auf sein unnachgiebiges Gesicht starre. Deshalb ist es auf eine verdrehte Weise eine Erleichterung zu wissen, dass ich nicht gehen kann. Ich sollte gehen wollen. Ich sollte so weit wie möglich von diesem gefährlichen Mann und seiner scheinbaren Besessenheit von mir weglaufen wollen. Aber das will ich nicht. Nicht tief im Inneren, wo es von Bedeutung ist – und das nicht nur wegen meiner dummen Verliebtheit in ihn.

Die Wahrheit ist, dass ich nicht mutig und stark bin. Das habe ich heute gelernt, als ich dem Tod von Angesicht zu Angesicht gegenüberstand, als ich spürte, wie die Kugel durch mein Fleisch riss und in die ausdruckslosen Augen des Attentäters blickte. Ich war schon früher dem Tod nahe gewesen – als ich mich in Moms Kleiderschrank versteckt hatte, nachdem ich ihre Leiche gefunden hatte, in der Nacht, in der ich durch kratzende Geräusche an der Tür meines Airbnb aufgewacht war, als die Attentäter mich ein paar Male fast mit ihrem Auto überfahren hatten und als sie in Boise auf mich geschossen hatten – aber ich hatte noch nie eine so anhaltende, ekelerregende Angst verspürt wie diesmal, als ich mit meinem klapprigen Toyota auf dieser schlaglochübersäten Schotterstraße fuhr und die Kugeln an meinen Ohren vorbeiheulten.

Ich will nicht sterben. Ich bin noch lange nicht bereit, zu sterben – und ich weiß, dass Nikolai, so skrupellos er auch sein mag, mir nicht den Tod wünscht. Ganz im Gegenteil.

Er verspricht, mich zu beschützen.

Mich gefangen zu halten und mich zu beschützen.

Ich schlucke, um meine trockene Kehle zu befeuchten. »Darf ich bitte einen Schluck Wasser haben? Ich habe Durst.«

Der grimmige Ausdruck auf Nikolais Gesicht lässt nach. »Natürlich, *zajchik*. Und du musst auch Hunger haben. Ich bringe dir gleich das Essen.« Er beugt sich über mich, drapiert die Kissen zu einem Hügel und lehnt mich sanft dagegen.

Mein Atem stockt bei seiner Nähe, auch wenn mein Arm bei der Bewegung härter pocht und ich froh bin, dass ich das nicht allein versucht habe.

Ich muss trotzdem das Gesicht verzerrt haben, denn er streicht mir die Haare aus der Stirn und sieht mich besorgt an. »Willst du eine Schmerztablette?«, fragt er, aber ich schüttele den Kopf, als er mir einen Becher Wasser mit Strohhalm an die Lippen hält.

Der Schmerz ist nicht unerträglich, und ich will erst einmal einen klaren Kopf behalten.

Ich trinke den ganzen Becher aus, und als ich fertig bin, wird mir ein anderes dringendes Bedürfnis bewusst. »Ähm …« Mein Gesicht brennt, als ich mich zwinge, mich aufzusetzen und den Schmerz ignoriere, der die Bewegung begleitet. »Ich brauche eigentlich …«

»Das Badezimmer? Natürlich.« Er hebt mich hoch und trägt mich in das angrenzende Badezimmer, wo er mich vorsichtig vor der Toilette auf die Füße stellt. »Brauchst du hier Hilfe?«

»Nein, danke.« Ich hätte auch allein hierherlaufen können – oder zumindest humpeln –, aber es ist wohl das Beste, wenn ich meinen verletzten Knöchel ausruhe. Außerdem genießt ein schwacher, bedürftiger Teil von mir seine zärtliche Fürsorge, schwelgt in seiner Nähe, seiner Stärke, seiner offensichtlichen Sorge um mich.

Er kann kein kompletter Psychopath sein, wenn er sich so um mich kümmert, oder?

»In Ordnung«, sagt er, obwohl sein Blick immer noch von Sorge erfüllt ist. »Schließ die Tür nicht ab und ruf mich, wenn du etwas brauchst, okay?«

Auf mein gemurmeltes Einverständnis hin drückt

er mir einen leichten Kuss auf die Stirn, geht hinaus und schließt die Tür hinter sich.

Ich erledige mein Geschäft so schnell ich kann – was gar nicht so schnell ist, da ich nur einen Arm benutzen kann – und humpele dann zum Waschbecken, um mir die Hände zu waschen. Mein Spiegelbild lässt mich zusammenzucken. Ich kann nicht glauben, dass Nikolai mich vorhin küssen wollte. Ich sehe völlig mitgenommen aus, vollkommen zerkratzt und zerschrammt, mein Haar schlaff und verfilzt. Und … ist das ein *Zweig* an meinem Ohr?

Ich schaue auf die Duschkabine, dann auf die Schlinge, die meinen rechten Arm an meiner Seite festhält. Könnte ich es schaffen, zu duschen? Vielleicht nicht komplett mit Haarewaschen, aber zumindest ein schnelles Abspülen …

Ein Klopfen an der Tür beendet meine Grübeleien. »Zajchik, bist du fertig? Darf ich reinkommen?«

»Ja, okay.« Ich versuche, nicht vor Verlegenheit zusammenzuzucken, als er sich mir nähert, ganz sauber, elegant gekleidet und umwerfend gutaussehend. Im Vergleich dazu bin ich in einem Krankenhauskittel, den ich während des Alptraums durchgeschwitzt habe, und sehe aus – und rieche wahrscheinlich auch so – als hätte ich seit Wochen nicht mehr geduscht.

Ich muss wieder sehnsüchtig zur Dusche schauen, denn Nikolai fragt: »Möchtest du ein Bad nehmen?«

Ein Bad? Das klingt sogar noch himmlischer als eine Dusche. Allein der Gedanke, meine blauen

Flecken und schmerzenden Muskeln in heißes Wasser zu tauchen, lässt mich beinahe laut aufstöhnen.

Nikolai liest die Antwort in meinem Gesicht. »Ich bereite es für dich vor, während du isst«, sagt er lächelnd und hebt mich hoch, um mich zurück zum Bett zu tragen, wo bereits ein Tablett mit abgedecktem Geschirr auf dem Nachttisch steht.

Vorsichtig setzt er mich auf der Matratze ab, lehnt mich wieder gegen den Kissenhügel und deckt einen der Teller auf. Ein reichhaltiges, herzhaftes Aroma erfüllt den Raum und lässt mir das Wasser im Mund zusammenlaufen. Es sind Knoblauchkartoffeln nach russischer Art mit Champignons, mit denen ich mich am liebsten jeden Tag vollstopfen würde, wenn ich könnte.

Während ich vor Vorfreude sabbere, deckt er die restlichen Angebote auf dem Tablett auf, darunter einen griechischen Salat mit prallen schwarzen Oliven, eine Platte mit gebratener Ente und pochierten Birnen sowie gebutterte Baguettescheiben mit schwarzem Kaviar.

Es ist ganz eindeutig: Pavel ist zurück in der Küche. Die Kochkünste seiner Frau sind bei weitem nicht so ausgefallen und gut.

Was mich erstaunt, ist, dass Nikolai es geschafft hat, alles zusammenzusuchen und hier hochzubringen, während ich im Bad war. Er muss die Treppe hinunter und zurück geflogen sein, wie Superman.

»Pavel hat das hochgebracht«, sagt er und greift wieder einmal meine Gedanken auf. Es ist unheimlich, wie er das macht – wie er das schon immer gemacht hat. Von dem Moment an, als wir uns trafen, hatte ich das beunruhigende Gefühl, dass er direkt in mein Gehirn sehen kann und meine privatesten Ängste und Sehnsüchte wahrnimmt.

Es ist, als ob wir wirklich durch diese Schicksalsfäden verbunden sind, von denen er gesprochen hat, verbunden auf einer Ebene, die viel tiefer ist, als es die kurze Dauer unserer Beziehung erlauben sollte.

Aber nein. Das kaufe ich ihm nicht ab – vor allem jetzt nicht, wo ich weiß, was für ein Mann er ist. Es ist schon schlimm genug, dass ich die sexuelle Chemie, die zwischen uns wie ein Lauffeuer brennt, nicht löschen und auch nicht die Gefühle unterdrücken kann, die ich für ihn entwickelt hatte, bevor ich die Wahrheit erfuhr. Zu glauben, dass wir irgendwie füreinander bestimmt sind, dass dies etwas Dauerhaftes und Echtes sein kann, wäre mehr als dumm.

So etwas wie Schicksal gibt es nicht, und selbst wenn es so wäre, kann es nicht mein Schicksal sein, ein Monster zu lieben.

»Hier, *zajchik*«, sagt das besagte Monster, stellt einen Teller mit einer Auswahl von allem auf meinen Schoß und reicht mir eine Gabel. Sein wunderschöner Mund verzieht sich zu einem warmen Lächeln. »Fang an, zu essen, während ich dir ein Bad einlasse.«

Meine Brust zieht sich zusammen, als er sanft mit seinen Fingern über mein Ohr streicht, den Zweig herauszieht, den ich vorhin bemerkt hatte, und aus dem Zimmer geht – vermutlich, um mir ein Bad in seinem Badezimmer einzulassen, wo es eine riesige Wanne gibt. Wir haben dort gestern Abend ein Schaumbad genommen, nachdem er mich mit dem heißesten und intensivsten Sex meines Lebens erschöpft hatte.

Eine Welle sengender Hitze durchfährt mich bei der Erinnerung und verstärkt die schmerzende Enge in meiner Brust. Ich schließe die Augen, will das Gefühl unterdrücken, aber es ist vergeblich.

Die Erregung, die meinen Körper elektrisiert, ist nichts im Vergleich zu dem verzweifelten Verlangen in meinem Herzen.

Als Nikolai ein paar Minuten später zurückkommt, habe ich mich unter Kontrolle und arbeite daran, das Essen auf meinem Teller zu verschlingen. Es ist ein wenig unangenehm, mit der linken Hand zu essen, aber ich bin so hungrig, dass ich mit den Füßen essen würde, wenn ich müsste.

»Hier, *zajchik*, lass mich dir helfen«, sagt Nikolai und nimmt mir die Gabel ab, nachdem mir ein Stück Pilz auf die Brust gefallen ist. Er ignoriert meine Einwände und füttert mich, als wäre ich ein ungeschicktes Kleinkind – was ich, ehrlich gesagt, im Moment auch sein könnte –, und als ich so vollgestopft bin, dass ich keinen weiteren Bissen mehr schlucken kann, tupft er meine Lippen mit einer Serviette ab, trägt das Tablett weg und kommt ein paar Minuten später zurück, um mir zu sagen, dass das Bad fertig ist.

Zu meiner Überraschung kommt Lyudmila hinter ihm mit einem vorsichtig neutralen Gesicht in mein Zimmer, während Nikolai mich aufhebt und an ihr vorbei nach draußen trägt. »Sie wird die Bettwäsche wechseln, während du badest«, erklärt er und geht mit langen, leichten Schritten den Flur entlang, als ob mein Gewicht in seinen Armen nichts wäre.

Er ist stark, mein Entführer.

So stark, dass ich viel mehr Angst haben sollte als ich habe.

Er stößt die Tür zu seinem Schlafzimmer mit dem Rücken auf und trägt mich an dem Kingsize-Bett vorbei, in dem er mich letzte Nacht so oft genommen hat. Zumindest ein Teil des Schmerzes in meinem Körper muss davon kommen, stelle ich mit einem Erröten fest. Nikolai war unersättlich, und ich auch.

Ich habe aufgehört zu zählen, wie viele Orgasmen er mir geschenkt hat.

Die Erinnerungen spielen sich immer noch in meinem Kopf ab, als er mich vor der Wanne auf die Füße stellt und nach der Schleife meines Krankenhauskittels greift. Diese Erinnerungen müssen der Grund sein, warum ich wie ein gehorsames Kind dastehe, mir von ihm den Kittel abnehmen lasse und meinen Körper seinem Blick aussetze – und warum ich keinen einzigen Einwand erhebe, als er mich wieder hochhebt und mich in das heiße, sprudelnde Wasser legt, wobei er darauf achtet, meinen bandagierten Arm über den Wannenrand zu legen, damit er nicht nass wird.

Ich kann die Anspannung in ihm spüren, als seine Hände über meine nackte Haut streichen, dieselbe Spannung, die sich in mir zusammenzieht, meine Haut brennen und meinen Puls in meinen Ohren donnern lässt.

*Mörder. Foltermeister. Monster.* Die verdammenden Worte schweben durch meinen Kopf, aber sie tun nichts, um das Feuer zu kühlen, das in meinem Blut wütet. Nachdem ich das verheerende, süchtig machende Vergnügen seines Verlangens erlebt habe, sehnt sich mein Körper nach mehr, braucht mehr. Es ist ihm egal, dass die Hände, die den seifigen Schwamm über meine Brust und Schultern führen, vor wenigen Stunden zwei Leben genommen haben, dass ich nicht seine Geliebte, sondern seine Gefangene bin.

»Tauch ein bisschen tiefer ein«, murmelt er mit leiser und sinnlicher Stimme. Ich gehorche gedankenlos und genieße das Gefühl seiner starken Finger auf meinem Schädel, während er meinen Hinterkopf massiert und mein Gesicht über dem Wasser hält, während er mein Haar durchnässt.

Ich muss immer noch unter dem Einfluss des Medikaments stehe, das für die Anästhesie verwendet wurden, denn das hier fühlt sich nicht ganz real an, besonders dann nicht, als ich meine Augen schließe, um sie vor verirrten Wassertropfen zu schützen. Es ist, als ob ich mich in einem Traum befinde, in dem nichts anderes zählt als das warme Vergnügen seiner

Berührung und der beruhigende Trost seiner Zärtlichkeit. Alles daran sollte sich falsch anfühlen, abstoßend, aber stattdessen fühle ich mich wie ein verwöhntes Haustier, als er meinen Kopf aus dem Wasser hebt und das Shampoo auf meine nassen Strähnen aufträgt, es aufschäumt und in den Ansatz einmassiert, wo seine Finger genau den richtigen Druck ausüben und seine kurzen Fingernägel sanft über mein Haupt kratzen.

Es ist die beste Kopfmassage, die ich je bekommen habe, und ich kann nicht anders, als mir mehr davon zu wünschen, als er nach ein paar Minuten mein Haar für ausreichend eingeschäumt hält und meinen Kopf zurück ins Wasser führt.

Zum Glück ist es noch nicht vorbei. Als Nächstes trägt er Spülung auf mein Haar auf und reibt auch sie ein. Ich möchte ihm sagen, dass das falsch ist, aber ich genieße es zu sehr, um mich darum zu kümmern, dass meine Haare morgen flach liegen und schneller fettig werden. Letzteres könnte sogar ein Vorteil sein, wenn es ihn anspornt, dies bald zu wiederholen.

»Tauch deinen Kopf wieder ein«, befiehlt er heiser, und ich gehorche, während er mit seinen Fingern durch meine Strähnen fährt, die Spülung ausspült und die Haare dabei entwirrt.

Er macht das gut, so gut, dass er entweder ein Naturtalent ist oder Übung darin hat.

Ein scharfer Stich der Eifersucht überrascht mich. Ich öffne meine Augen, und die warme Müdigkeit, die mich umgibt, verblasst, während ich ihn mit meinem Kopf immer noch halb im Wasser anschaue.

Mit wie vielen Frauen hat er das schon gemacht?

Wie viele haben dieses knochenerweichende Vergnügen kennengelernt?

»Was ist los, *zajchik*?« Seine dunklen Augenbrauen ziehen sich zusammen, während er mir hilft, mich aufzusetzen. »Habe ich dir wehgetan?«

»Nein.« Ich weiß, ich sollte nichts sagen, aber ich kann nicht anders. »Du hast das schon für viele Frauen gemacht, oder?«

Er sieht eine Sekunde lang überrascht aus. Dann breitet sich ein verruchtes, sinnliches Lächeln auf seinem Gesicht aus. »Nicht vielen, nein. Tatsächlich bist du die einzige.«

»Oh.« Jetzt fühle ich mich wie ein Idiot. »Ach so. Ich habe nur …«

Ich will gerade meine Augen schließen und zurück ins Wasser gleiten, um meine Beschämung zu verbergen, als er mein Kinn sanft ergreift und mich zwingt, seinem Blick zu begegnen.

»Aber selbst wenn das nicht der Fall wäre«, sagt er leise, »jede andere Frau ist Vergangenheit. Du bist ab jetzt die einzige für mich. Vergiss nicht, *zajchik*.« Er beugt sich so nah zu mir, dass ich die waldgrünen Flecken im satten Bernstein seiner Iris sehen kann, »ich bin jetzt auch der Einzige für dich. Kein anderer Mann wird dich jemals berühren. Du gehörst genauso zu mir wie ich zu dir.«

Ich starre in diese hypnotischen Augen, fasziniert und erschrocken von der besitzergreifenden Intensität in ihnen. Er meint es ernst, das kann ich sehen. Aus welchem Grund auch immer, er hat entschieden, dass wir zusammengehören, und es gibt nichts, was ich sagen oder tun kann, um diese Überzeugung zu ändern – eine Überzeugung, die selbst dann gefährlich wäre, wenn der Mann nicht die Verkörperung von Dunkelheit wäre.

Es ist, als ob er von mir besessen ist … und das auf eine nicht völlig gesunde Art und Weise.

Er begegnet meinem Blick noch einige Sekunden länger, dann beugt er sich vor und drückt mir einen Kuss auf die Stirn. Die Geste sollte sich zärtlich anfühlen, sogar väterlich, aber stattdessen ist es ein Abdruck, ein Brandzeichen. Seine Lippen verweilen ein paar Sekunden zu lange auf meiner Haut, sein Griff um mein Kinn wird fester, um mich an Ort und Stelle zu halten. *Du gehörst mir*, sagt dieser Kuss. Als er sich schließlich zurückzieht, wiederholt sich dieselbe Botschaft in seinen Augen und in seiner Berührung. Er nimmt den Schwamm und wäscht mich weiter, wobei seine Hände mit einer platonischen Zurückhaltung über meinen Körper wandern, die nur den Hunger betont, den er so sorgfältig im Zaum hält.

Er denkt, dass dieser Hunger gefährlich ist, wird mir klar. Zu gefährlich, um ihm nachzugeben, während ich schwach und verletzt bin.

Mühsam schiebe ich den Gedanken beiseite und schließe die Augen, um einfach den Moment zu genießen. Morgen werde ich mir Gedanken über die

Zukunft machen, und darüber, was Nikolais Besessenheit von mir bedeutet – was der Preis für seine Fürsorge und seinen Schutz sein könnte. Heute Abend werde ich einfach in der Tatsache schwelgen, dass ich sein wertvollster Besitz bin.

Dass ich in den Armen des Teufels so sicher bin, wie man nur sein kann.

## 7

NIKOLAI

Es ist zwei Uhr nachts, und ich bin immer noch hellwach und starre an die dunkle Decke über meinem Bett. Zum Teil liegt es daran, dass mein Körper immer noch auf Duschanbe-Zeit eingestellt ist, aber hauptsächlich bin ich einfach zu aufgedreht. Meine Gedanken pendeln zwischen meinen Plänen für Bransford und den adrenalingeladenen Erinnerungen an gestern hin und her. Letztere sind besonders aufdringlich und füllen meine Brust mit allen möglichen heftigen Emotionen.

Chloe ist vor mir weggelaufen. Ich hätte sie fast verloren. Noch ein paar Minuten länger und …

Scheiße. Das reicht.

Ich springe aus dem Bett und gehe zum Schrank, um meine Laufshorts anzuziehen. Ich war heute Abend schon laufen. Sobald ich Chloe gebadet und ins Bett gebracht hatte, zog ich meine Turnschuhe an und machte mich auf den Weg. Aber ich brauche noch einen Lauf. Das – oder ein schönes, hartes Sparring mit Pavel oder den Wächtern. Oder noch besser einen Lauf *und* ein Sparring, denn ich muss auch ernsthafte sexuelle Frustration abarbeiten.

Chloes nassen, nackten Körper zu berühren, ohne sie zu ficken, erforderte meine ganze Willenskraft und noch einiges mehr.

Bevor ich den Raum verlasse, rufe ich eine Videoübertragung von Chloe auf meinem Handy auf. Ich ließ Pavel eine kleine Kamera auf dem Fernseher über ihrem Bett installieren, während ich sie badete, damit ich sie im Auge behalten kann, ohne in ihr Schlafzimmer zu kommen und ihren Schlaf zu stören.

Wie erwartet zeigt mein Handy-Display, wie sie sich in der Dunkelheit unter der Decke versteckt und nur das Geräusch ihres gleichmäßigen Atems die Stille erfüllt. Im Gegensatz zu mir schläft sie friedlich, und das freut mich. Sie braucht viel Ruhe, um sich zu erholen – deshalb muss ich die Finger von ihr lassen, egal wie sehr es mich umbringt.

Ich bin stärker als die wilde Bestie in mir.

Zumindest hoffe ich das.

Ich lasse das Telefon in meinem Zimmer, gehe die Treppe hinunter, und meine Brust weitet sich, als ich nach draußen trete. Die Nacht ist dunkel und kühl, die Bergluft klar und rein.

Ich mache mich auf den Weg in den Wald. Ich laufe wie immer den Berg hinunter und in den Wald hinein. Aber dieses Mal gehe ich nicht ins Haus zurück, nachdem ich den Großteil meiner unruhigen Energie abgearbeitet habe, sondern gehe zur Nordseite des Geländes, zum Bunker der Wachen.

Ich bin nicht überrascht, Pavel dort mit Arkash und Burev an einem Lagerfeuer kartenspielend anzutreffen. Wie ich muss er zu angespannt sein, um schlafen zu können, selbst mit Lyudmila an seiner Seite.

Als er mich sieht, springt er auf, und die anderen auch. »Alles gut«, sage ich und gebe ihnen ein Zeichen, sich zu entspannen. »Ich brauche nur ein Workout, das ist alles.«

»Das sollst du haben«, sagt Pavel, dessen Augen vor Eifer glänzen. »Messer oder nicht?«

»Natürlich Messer.«

Die Wachen stellen die Waffen zur Verfügung, und für die nächsten vierzig Minuten ist mein Kopf glücklicherweise frei von allem, außer dem primitiven Ziel, zu überleben und zu vermeiden, von Pavels rücksichtslos geschwungener Klinge in Stücke geschnitten zu werden. Zweimal werde ich fast ausgeweidet, dreimal wird mir beinahe die Halsschlagader durchgeschnitten. Pavel macht keine halben Sachen, und als ich endlich die scharfe Kante meiner Klinge an seinem Hals habe, sind wir beide mit brennenden Kerben und Schnitten übersät.

Keuchend trete ich zurück und gebe das Messer an Arkash zurück, der mir gratulierend auf die Schulter klopft. Keiner der Wächter ist gut genug, um mit einem Messer gegen Pavel anzutreten und zu gewinnen, aber andererseits wurde auch keiner von ihnen von ihm trainiert, seit sie so alt waren wie mein Sohn.

Pavel und ich gehen zusammen zurück« zum Haus und überlassen sie ihren Pflichten. Zuerst sind wir beide zu kaputt, um viel zu reden – der Kampf war so kräftezehrend, wie ich gehofft hatte – aber als das Haus in Sichtweite kommt, sagt Pavel leise: »Du solltest ihr wirklich verzeihen, weißt du.«

Ich schaue ihn überrascht an. »Chloe? Das habe ich schon.« So sehr es mich auch ärgert, dass sie weggelaufen ist, ich verstehe, warum sie es getan hat. Was meine Schwester ihr erzählte, hätte jeden erschreckt, nicht nur eine verletzliche junge Frau, die schon das Schlimmste der Menschheit gesehen hatte.

»Nein. Alina.« Pavel wirft mir einen Blick von der Seite zu. »Sie ist aufgewühlt. Lyudmila hat sie beim Weinen erwischt.«

Scheiße. Ich hätte wissen sollen, dass er in dieser Sache auf der Seite meiner Schwester stehen würde. »Sie sollte aufgewühlt sein. Sie hat es versaut, aber so richtig.« Meine Worte klingen härter, als ich beabsichtigt habe. Ich habe versucht, nicht auf Alinas Rolle in all dem einzugehen, aber Tatsache ist, dass Chloe fast *gestorben ist*.

Ich weiß nicht, ob ich Alina das jemals verzeihen kann.

»Sie weiß, dass sie es versaut hat«, sagt Pavel ruhig. »Aber sie ist immer noch deine Schwester.«

»Und Blut ist dicker als Wasser, richtig?«

Er ignoriert meinen Sarkasmus. »Es ist nicht gut

für sie, wenn sie so aufgeregt ist. Die Kopfschmerzen …«

»Ich weiß alles über ihre verdammten Kopfschmerzen.« Ich nehme einen beruhigenden Atemzug. »Schau, ich schicke sie nicht weg oder bestrafe sie in irgendeiner Weise. Wir werden ihren Geburtstag am Freitag trotzdem wie geplant feiern. Aber du kannst nicht von mir erwarten, dass ich einfach vergebe und vergesse. High oder nicht, Alina wusste, was sie tat, als sie ihre große Klappe öffnete und Chloe die Autoschlüssel übergab.«

»Nein, sie hat es nicht gewusst.« Pavels Gesichtsausdruck ist grimmig, als er sich vor mich stellt und mir den Weg versperrt. »Du hattest ihr nicht gesagt, dass Chloe in tödlicher Gefahr war. Und vergiss nicht, *warum* sie letzte Nacht high war.«

Meine Backenzähne knirschen aneinander. »Geh mir verdammt nochmal aus dem Weg. Jetzt.« Er mag mein Freund und Mentor sein, aber ich bin kurz davor, ihm mein Messer an den Hals zu halten – ich habe zu viele dunkle Erinnerungen, die in meinem Kopf auftauchen und meinen Magen mit einem giftigen Gebräu aus Wut, Horror, Trauer und Schuld füllen.

Alinas Bedarf an Medikamenten *ist* meine Schuld, ich weiß.

Egal wie viel Mist sie gebaut hat, sie kann mir nicht das Wasser reichen.

Pavel muss merken, dass er zu weit gegangen ist, denn er geht mir klugerweise aus dem Weg und lässt das Thema fallen. Wir legen die restliche Strecke zum

Haus in angespannter Stille zurück, und die Entspannung durch unser Sparring ist durch diesen kurzen Austausch zunichtegemacht worden.

Ich kann jetzt auf keinen Fall einschlafen.

Nicht, wenn ich noch einmal spüre, wie sich meine Klinge in den Bauch meines Vaters bohrt und ich wie das Monster, das ich bin, in seine sterbenden Augen schaue.

## 8

## CHLOE

Ich bin gerade dabei, die Gabel mit Rührei in den Mund zu nehmen, die Nikolai mir an den Mund hält, als ich Stimmen im Flur höre, gefolgt von einem Klopfen an der Tür. Mein Blick springt zu Nikolais Gesicht, und meine Wangen flammen bei dem amüsierten Schimmer in seinen Augen auf.

Wir wissen beide, dass ich nicht so behindert bin, dass er mich mit dem Löffel füttern müsste; es ist einfach eine seltsame, leicht perverse Dynamik, in die wir hineingeraten sind. Als er mir heute Morgen das Frühstück brachte, habe ich nicht einmal versucht, mit der linken Hand zu essen – er fing einfach an, mich zu füttern, und ich ließ ihn gewähren.

Sogar sein Vierjähriger isst ohne Hilfe, doch hier bin ich, mit einem voll funktionsfähigen Arm, und tue so, als ob ich nicht selbst eine Gabel halten könnte.

In meiner Verlegenheit schnappe ich Nikolai die

Gabel weg und lege sie auf das Tablett, das auf dem Nachttisch steht. »Herein!«

Ich habe Pavel oder Lyudmila erwartet, aber es ist Alina, die in mein Zimmer tritt, und Slavas winzige Hand in der ihren hält.

Die Augen des Kindes leuchten, als es mich sieht. »Chloe!« Er lässt Alina los und stürzt auf mich zu, wobei er aufgeregt auf Russisch plappert.

»Er hat sich Sorgen um dich gemacht«, übersetzt Nikolai und lächelt verschmitzt, als Slava mit der grenzenlosen Energie eines Welpen auf mein Bett springt. »Obwohl ich ihm gesagt habe, dass du nicht wie seine Mutter sterben wirst, hat er befürchtet, dass du es tun könntest, also hat er darum gebeten, dich zu sehen, als er heute Morgen aufgewacht ist. Was eine Ewigkeit her ist, weil – ich zitiere – du *so, so lange* geschlafen hast.«

»Oh, nein, Liebling, mir geht es gut.« Ich klopfe ihm mit meiner linken Hand auf den Rücken, während er seine Arme in einer so heftigen Umarmung um mich schlingt, wie es seine kindliche Kraft erlaubt. »Es ist nur mein Arm, der verletzt ist, siehst du?« Ich zeige ihm die Schlinge, als er sich zurückzieht.

Er runzelt die Stirn und rasselt eine Frage herunter.

»Er fragt, warum du im Bett liegst, wenn es nur dein Arm ist«, sagt Alina, und als ich aufschaue, steht sie neben dem Nachttisch. Ihr auffallend schönes Gesicht ist wieder makellos geschminkt, und sie trägt ein ärmelloses gelbes Kleid, das aussieht, als käme es vom Laufsteg. Keine Spur mehr von der gequälten, gebrochenen Frau, die mich gestern Morgen mit erschreckenden Warnungen vor dem Mann an meiner Seite konfrontiert hatte.

Ich schenke ihr ein vorsichtiges Lächeln, bevor ich meine Aufmerksamkeit wieder auf Slava richte. »Das liegt daran, dass mein Knöchel auch ein wenig wehtut«, sage ich zu ihm, und Nikolai übersetzt meine Worte. Ich bemerke, dass er es vermeidet, Alina anzuschauen – er hat ihre Anwesenheit überhaupt nicht zur Kenntnis genommen.

Slava starrt auf meine mit einer Decke bedeckten Füße und stellt eine weitere Frage.

»Er will wissen, wie du dir den Knöchel verletzt hast«, sagt Nikolai. »Ich werde ihm sagen, dass du ihn verdreht hast, als du auf den Ast gefallen bist.«

»Das macht Sinn.«

Während er mit dem Jungen spricht, blicke ich zu Alina auf und schenke ihr ein breiteres Lächeln. Sie ist wahrscheinlich besorgt, dass ich sauer auf sie bin, aber das bin ich nicht. Ich bin ihr sogar dankbar. Ich weiß nicht, was passiert wäre, wenn ich nicht weggelaufen wäre, aber ich vermute, dass es bestenfalls den Schlamassel, in dem ich mich jetzt befinde, verzögert hätte. Die Attentäter hätten mich irgendwann aufgespürt, und entweder dann oder zu einem späteren Zeitpunkt hätte ich erfahren, wozu Nikolai fähig ist. Zu diesem Zeitpunkt hätte ich vielleicht schon einige Wochen oder Monate eine intensive Beziehung mit ihm geführt, und es wäre noch viel verheerender gewesen, wenn meine Illusionen zerstört worden wären.

Oder vielleicht, aber nur vielleicht, hätte er es geschafft, mich im Dunkeln zu lassen, und ich hätte nie herausgefunden, dass er tötet und foltert, so einfach wie andere Männer Rasen mähen. Ich hätte in seinen Armen geschlafen und ihn in meinen Körper aufgenommen, während ich mir selbst eingeredet hätte, dass meine Instinkte falsch sind, dass der Faden der Dunkelheit, den ich in ihm gespürt habe, nichts weiter als meine überaktive Fantasie ist.

Pfui Teufel. Vielleicht sollte ich *sauer* auf Alina sein. Diese Art von Ignoranz klingt nach Glückseligkeit.

Sichtlich erleichtert erwidert Alina mein Lächeln, und ich schiebe die dummen Gedanken darüber beiseite, wie schön es gewesen wäre, der Wahrheit über Nikolai nie ins Auge sehen zu müssen – oder über Bransford und dem ganzen Rest davon. Wenn ich so denken würde, könnte ich mir genauso gut wünschen, dass meine Mutter noch am Leben wäre, oder noch besser, dass sie meinen leiblichen Vater nie kennengelernt hätte.

Im letzteren Fall würde ich nicht existieren, aber das wäre es wert, sie lebendig und glücklich in einem Leben zu haben, das nicht entgleist wäre, als sie ein Teenager war.

Als ich merke, dass ich mich wieder in sinnlosen Was-wäre-wenn-Fragen verliere, sehe ich zu Nikolai auf und sage fröhlich: »Wie wäre es, wenn Slava und Alina eine Weile bei mir bleiben? Ich möchte deine Zeit nicht nur für mich beanspruchen. Ich bin mir sicher, dass du viel zu tun hast, und ich kann Slava von meinem Bett aus genauso gut unterrichten wie überall anders.«

Nikolais Gesicht spannt sich bei meinem klaren Hinweis, dass ich ihn loswerden will, an, aber er steht auf und sagt ruhig: »In Ordnung. Bis nachher. Vergiss nicht, zu essen, okay?«

»Schon dabei.« Ich greife nach der Gabel und führe die Eier mit übertriebener Unbeholfenheit zum Mund. Mein Ziel ist es, Slava zum Lachen zu bringen, und das gelingt mir auch.

Als ich hinüberschaue, ist Nikolai schon weg.

Alinas Gesicht ist düster, als sie sich auf den Rand des Bettes setzt und Nikolais Platz einnimmt. »Wie fühlst du dich?«, fragt sie leise, während Slava zum Fenster hinüberläuft, offenbar neugierig auf die Aussicht aus meinem Zimmer.

»Gut. Schon auf dem Weg der Besserung.« Ich stopfe mir eine große Gabel voll Eier in den Mund, um zu zeigen, wie schnell ich gesund werde. Ich lüge auch nicht. Mein Arm tut immer noch weh, aber mit der Schmerztablette, die ich beim Aufwachen geschluckt habe, ist es erträglich, und ich kann etwas Druck auf den Knöchel ausüben, ohne dass er zu sehr protestiert.

Alina lächelt zögernd. »Das ist gut.« Sie atmet hörbar auf. »Hör zu, Chloe … ich war gestern Morgen in schlechter Verfassung. Wirklich schlechter Verfassung. Ich habe vielleicht Dinge gesagt, die keinen Sinn gemacht haben. Dinge, die nicht … unbedingt wahr waren.«

Ich lege meine Gabel weg, da mein Appetit spurlos verschwunden ist. Ich verstehe, was sie versucht zu tun, und ich hasse es. »Du musst nicht lügen. Er hat es zugegeben. Und ich habe gesehen, was er mit den Männern gemacht hat, die mich angegriffen haben.«

Eine bunte Mischung von Ausdrücken zieht über Alinas Gesicht, bevor es vorsichtig neutral wird. »Ich verstehe. Und das ist … okay für dich?«

Okay? Ist *nicht* aus dem Fenster zu springen oder schreiend aus der Tür zu rennen, ein Zeichen dafür, dass es okay ist? Wenn ja, ist es okay, und es geht mir gut, oder zumindest so gut, wie es einem gehen kann, nachdem man herausgefunden hat, dass der leibliche Vater ein Vergewaltiger und Mörder ist, der einen umbringen will, und dass man von einem Mann gefangen gehalten wird, der vielleicht sogar noch skrupelloser ist als dieser Vater.

»Ich komme damit zurecht«, sage ich, und zu meiner Überraschung ist es keine glatte Lüge. Vielleicht ist es der Monat, in dem ich auf der Flucht gelebt habe, oder der Horror, Moms Leiche zu finden und mich vor ihren Mördern im Kleiderschrank zu verstecken, aber ich flippe nicht annähernd so sehr aus, wie ich es erwartet hätte. Über alles – aber besonders über die Tatsache, dass ich Nikolais Gefangene bin. Es ist, als ob mein Geist eine Mauer zwischen der Gegenwart und der jüngsten Vergangenheit errichtet hat, zwischen dem, was ich erlebe, und dem, was ich weiß.

Im Moment habe ich es bequem, werde gut versorgt, und meine Sicherheit wird durch die gleichen Sicherheitsmaßnahmen gewährleistet, die mich daran hindern würden, zu gehen, wenn ich es versuchen würde. Und es ist möglich, sich nur auf diesen ersten Aspekt zu konzentrieren. Genauso wie es möglich ist, Nikolais wahre Natur zu vergessen, wenn er so liebevoll und zärtlich ist … wenn sich mein Blut bei seiner Berührung in warme Melasse verwandelt.

Irgendwie schaffe ich es, den ganzen Horror in eine kleine Schachtel zu packen und so zu tun, als ob er nicht da wäre.

»Gut«, sagt Alina. »Das freut mich. Aber wenn du jemals Probleme hast, damit umzugehen, oder einfach jemanden zum Reden brauchst, sollst du wissen, dass du immer zu mir kommen kannst.« Mit leuchtenden Jadeaugen fügt sie hinzu: »Egal, was du gerade durchmachst, ich würde es verstehen.«

Und das würde sie, das weiß ich. Mein Hals schnürt sich zu, als ich echtes Mitleid in ihrem Blick wahrnehme. Bis zu diesem Moment wusste ich nicht, wie sehr ich mich danach gesehnt hatte: es ist nicht gerade ein Freundschaftsangebot, aber etwas, was sich sehr danach anfühlt. »Danke«, sage ich mit belegter Stimme. »Ich weiß das zu schätzen – genauso wie ich es zu schätzen weiß, dass du vorher versucht hast, mich zu warnen und so.«

Vielleicht ist es eine weitere Illusion, die bald zerbricht, aber ich habe das Gefühl, dass ich in Nikolais Schwester eine Verbündete habe. Dass ich nicht ganz allein in diesem Schlamassel feststecke.

Sie lächelt verschmitzt und steht auf. »Ja, das ist nicht ganz so gelaufen, wie ich gehofft hatte. Ich …« Sie hält inne, als Slava uns von seinem Platz am Fenster aus etwas zuruft und zu uns kommt, während er aufgeregt auf Russisch redet.

»Er sagt, dass eine Waschbärenfamilie in unserer Einfahrt ist«, übersetzt Alina grinsend. »Anscheinend ist sie gerade aus dem Wald gekommen.«

»Wirklich? Ich will sie sehen.« Ich setze mich aufrechter hin, ignoriere die Schmerzen in meinem Arm und schwinge meine Füße zu Boden. Vorsichtig stehe ich auf und achte darauf, dass mein Gewicht nicht zu sehr auf dem verstauchten Knöchel lastet.

So weit, so gut.

»Hier, stütz dich auf mich.« Alina hält mir ihren Ellenbogen hin, und mit ihrer Hilfe humpele ich zum Fenster, wo die Waschbären – eine Mama und zwei Babys – tatsächlich in aller Öffentlichkeit herumtollen.

Slava lacht aufgeregt, als eines der Babys spielerisch auf das andere springt. Ich zerzause sein seidiges Haar, und meine Brust weitet sich, als er mir ein strahlendes Lächeln schenkt.

»Waschbären«, sage ich und erinnere mich an

meine Rolle als seine Englischnachhilfelehrerin. »Sie heißen *Waschbären*.«

Gehorsam wiederholt er das Wort, und wir drei beobachten die Tiere, bis sie wieder im Wald verschwinden. Dann hilft mir Alina, zurück zum Bett zu humpeln, und ich bitte sie, mir ein Buch zu bringen, das ich mit Slava lesen kann.

»Kein Problem«, sagt sie und macht sich bereits auf den Weg zur Tür. Sie kommt ein paar Minuten später mit einem Stapel Kinderbücher zurück, die sie neben mir auf die Decke legt. »Soll ich das wegnehmen?«, fragt sie und deutet auf das Tablett auf dem Nachttisch, und ich nicke, während Slava es sich an meiner unverletzten Seite bequem macht.

Es ist bald Mittag, und ich habe genug gegessen, um bis dahin durchzuhalten.

Sie nimmt das Tablett und geht wieder hinaus. Erst als sie fast an der Tür ist, merke ich, dass ich sie etwas Wichtiges nicht gefragt habe.

»Alina, warte«, rufe ich, als sie mit einem Fuß in Absatzschuhen die Tür öffnet.

Sie dreht sich mit einem fragenden Blick auf ihrem Gesicht um.

»Kommst du bald wieder? Ich würde gerne mehr darüber wissen, was passiert ist.« Meine Stimme wird unsicher. »Mit Nikolai und … und deinem Vater.«

Sie versteift sich, und ihr Gesicht wird ausdruckslos.

»Bitte, Alina. Ich muss es wissen.«

Ich muss herausfinden, in was für ein Monster ich mich verliebt habe.

Sie schließt ihre Augen und atmet tief ein, dann öffnet sie sie wieder. »Das ist nicht meine Geschichte.« Ihre Stimme ist tief und angestrengt. »Das war sie nie. Nikolai ist derjenige, mit dem du reden solltest.«

Und bevor ich sie weiter anflehen kann, tritt sie hinaus und schließt die Tür.

## 9

## NIKOLAI

Ich löse meine fest geballte Faust, klicke die Videoübertragung von Chloes Zimmer weg und öffne meinen Posteingang. Ich weiß nicht, was ich mit Alina gemacht hätte, wenn sie auf Chloes Bitte eingegangen wäre. Glücklicherweise hat meine Schwester genug von ihrem Verstand wiedererlangt, um zu erkennen, dass sie ihren Mund halten muss.

Es *ist* meine Geschichte – und ich bin mir nicht sicher, ob ich sie erzählen will.

Als Chloe mich gestern fragte, ob das, was Alina ihr erzählt hatte, wahr sei, war ich versucht, zu lügen, und ihr zu sagen, dass Alina sich das alles nur ausgedacht hatte – dass sie wegen der ganzen Medikamente wahnhaft war. Aber aus irgendeinem Grund, als ich in Chloes weiche braune Augen schaute, weigerten sich die Worte, sich in meinem Mund zu formen. So sehr ich es auch hasse, dass mein *zajchik* mich als böse ansieht, etwas tief in mir will, dass es mein wahres Ich kennt.

Mich kennt und mich trotzdem liebt.

Scheiße. Das ist ein Problem – aber nicht so ein großes wie die E-Mail von Valery, die gerade in meinem Posteingang aufgetaucht ist.

*LEONOW IN AMERIKA*, heißt es in der Betreffzeile in Großbuchstaben, und als ich die Nachricht öffne, informiert sie mich darüber, dass die US-Kontakte meines jüngeren Bruders von Alexej Leonows Anwesenheit in New York City erfahren haben. Was er dort macht, weiß niemand, aber allein die Tatsache, dass er sich auf dem gleichen Kontinent wie meine Schwester und mein Sohn befindet, ist eine schlechte Nachricht. Ich habe nicht vergessen, was er auf der Toilette des tadschikischen Restaurants zu mir sagte, die Drohung, Alina an ihren archaischen Verlobungsvertrag zu binden. Damals dachte ich, dass er mich nur ärgern wollte – und ich vermute immer noch, dass das der Fall ist – aber es besteht die Möglichkeit, dass er es ernst meinte.

*Sag Alina, dass es Zeit ist. Ich bin es leid, geduldig zu sein.*

Ich beiße die Zähne zusammen und verdränge die Erinnerung an diese leisen Worte. Was auch immer Alexej vorhat, er wird nicht in Alinas Nähe kommen. Es ist schon schlimm genug, dass mein Sohn fast zwei Monate in der zärtlichen Obhut des älteren Leonow verbracht hat, bevor ich ihn herausholen konnte. Das Letzte, was ich will, ist, dass meine emotional zerbrechliche Schwester in dieses Schlangennest gezogen wird.

Alina und ich mögen unsere Differenzen haben, aber sie ist meine Verantwortung, mein Kreuz, das ich zu tragen habe, und ich werde sie vor jedem beschützen, der ihr Schaden zufügen will – vor allem vor dem, der ihr zugedacht ist.

Ich unterdrücke die Wut, die in meinem Magen brennt, und lese die E-Mail erneut. New York City – weiter weg von Idaho geht es nicht. Könnte Alexejs Anwesenheit in den USA so kurz nach unserem Zusammentreffen in Duschanbe vielleicht doch ein Zufall sein? Ich bin mit unserem Privatjet nach Tadschikistan geflogen, und ich weiß, dass Konstantins Team Sicherheitsvorkehrungen getroffen hat, um zu verhindern, dass jemand meinen Flugplan erfährt, also ist es möglich, dass Alexej aus einem Grund in New York ist, der nichts mit meiner Familie zu tun hat.

Und es ist auch möglich, dass er erfahren hat, dass ich in Amerika bin, aber er weiß nicht, wo, also beginnt er seine Suche mit dem logischsten Ort: dem Big Apple.

So oder so, es ist ein Problem, das ich nicht gebrauchen kann, vor allem, da ich bereits die *Mission Impossible* habe, einen Präsidentschaftskandidaten zu ermorden.

Ich konzentriere mich darauf und rufe die E-Mail auf, in der Bransfords Termine für Reisen und öffentliche Auftritte aufgeführt sind. Schritt eins ist es, zu überprüfen, ob er tatsächlich Chloes Vater ist. Dafür brauchen wir seine DNA.

Es gibt ein Dutzend Möglichkeiten, dies zu tun, aber die einfachste wäre, wenn ich unter dem Deckmantel eines potenziellen Spenders an einer seiner Spendenaktionen teilnehme und mir diskret eine Probe besorge – zum Beispiel, indem ich sein Weinglas stehle. Das Problem bei dieser Strategie ist, dass diese Ereignisse weitaus öffentlicher wären, als mir lieb ist, vor allem in Anbetracht der unerwarteten Ankunft Alexejs in den Staaten. Jetzt muss ich mehr denn je unter dem Radar bleiben, um unseren Standort nicht zu verraten – was eine andere einfache Lösung ausschließt: ein persönliches Treffen mit Bransford.

In Anbetracht seines Status als Spitzenkandidat im Vorwahlkampf seiner Partei würde ich gründlich überprüft werden und meine Informationen würden in einer Datenbank landen, auf die die Hacker der Leonows zugreifen könnten. Außerdem wäre es nicht klug, sich auf Bransfords Radar zu begeben. Selbst wenn die Attentäter die Verbindung zwischen mir und Chloe nicht hergestellt haben, bevor ich sie ausgeschaltet habe, könnte Bransford wissen, dass sie zuletzt in dieser Gegend von Idaho gesehen wurde und wenn er irgendwie erfährt, dass ich hier wohne, könnte er misstrauisch werden.

Nein, so bequem und befriedigend es auch wäre, ich kann mir seine DNA nicht selbst holen – oder das Attentat persönlich ausführen. Nicht, ohne meine Familie und Chloe in größere Gefahr zu bringen. So wie es ist, tickt die Uhr. Wenn die Attentäter ihrem Arbeitgeber erzählt haben, dass Chloe sich bei der örtlichen Tankstelle nach meiner Stellenausschreibung erkundigt hat, ist es nur eine Frage der Zeit, bis ein paar andere von ihm angeheuerte Mörder vor meiner Tür auftauchen.

Ich muss Bransford als Bedrohung ausschalten, und zwar schnell.

Als ich eine Entscheidung getroffen habe, schreibe ich eine E-Mail, in der ich einen von Valerys Neuankömmlingen anweise, sich bei der nächsten Veranstaltung als Kellner auszugeben, damit er Bransfords DNA von einem gebrauchten Glas oder einem Besteck bekommen kann. An diesem Punkt ist es nur noch eine Formalität; ich weiß, dass ich mit ihm richtig liege – ich kann es in meinem Bauch spüren. Aber angesichts des Ausmaßes meines Vorhabens brauche ich eiserne Beweise, und das ist der beste Weg, sie zu bekommen. Der einzige stärkere Beweis wäre ein offenes Schuldeingeständnis seinerseits, aber ich sehe keine Möglichkeit, das zu bekommen, ohne den Mann zu entführen – eine Aufgabe, die noch schwieriger ist, als ihn direkt zu töten.

Für den Moment werde ich so vorgehen, als ob er schuldig ist, und den Anschlag planen. Auf diese Weise kann ich, sobald der DNA-Test seine Beziehung zu Chloe bestätigt, den Abzug betätigen – bildlich, wenn auch nicht wörtlich. Eine Scharfschützenkugel würde zu viel Aufsehen erregen, also ist unsere beste Chance, eines unserer sorgfältig hergestellten Medikamente zu verwenden oder eine Art Unfall zu inszenieren.

So oder so, er wird dafür bezahlen, dass er Chloes Mutter getötet und versucht hat, auch sie umzubringen.

Tom Bransford weiß es vielleicht noch nicht, aber er ist bereits tot.

Ich verbringe die nächsten zwei Stunden damit, verschiedene logistische Abläufe auszuarbeiten, und überprüfe dann noch einmal die Kameraansicht aus Chloes Zimmer.

Sie ist immer noch mit Slava zusammen. Er kampiert auf ihrem Bett, und seine Bücher und Legosteine sind überall auf ihrer Decke verstreut. Sie scheinen ein Spiel zu spielen, bei dem sie ihm etwas in einem Buch zeigt und er es für sie nachspielt. Als ich zuschaue, springt er vom Bett und hüpft durch den Raum, um ein Kaninchen zu imitieren.

»Das ist ein *zajchik*, richtig?«, fragt sie lächelnd, und Slavas Augen werden groß, bevor ein riesiges Lächeln sein kleines Gesicht erobert.

»*Da!*«

»Ja«, korrigiert sie, und ihr eigenes Lächeln wird breiter. »Wir sagen *ja*.«

Mein Sohn wippt energisch mit dem Kopf. »Ja, ja, ja!« Er springt jetzt auf und ab, zu aufgeregt, um stillzustehen, und ich mache mir im Geiste eine Notiz,

Chloe noch ein paar Worte auf Russisch beizubringen. Auf diese Weise kann sie ihn wieder überraschen, und ich werde es genießen, ihr süßes, amerikanisch akzentuiertes Russisch zu hören.

Wenn ich so darüber nachdenke, sollte ich ihr auch ein paar Sex-Wörter beibringen, damit sie sie mir mit ihrer weichen, heiseren Stimme im Bett zuflüstern kann.

Mein Körper verhärtet sich bei dieser Vorstellung, und ich muss tief Luft holen, um mich zu beherrschen. Ich hatte sie schon einmal – oder besser gesagt, mehrere Male in einer Nacht – und das ist bei weitem nicht genug. Ich fühle mich wie ein ausgehungerter Mann, dem ein einziger Bissen Eiscreme erlaubt wurde.

Ich will mehr. Ich will sie jede Nacht ficken, jede ihrer Öffnungen nehmen und sie auf jede erdenkliche Weise beglücken. Ich möchte mit ihr in den Armen einschlafen und tief in ihr vergraben aufwachen. Ich will alle möglichen dunklen, verdorbenen Dinge mit ihr machen und sie danach knuddeln, wenn sie vom Lust-Schmerz-Rausch herunterkommt.

Ich will sie so vollständig besitzen, dass sie vergisst, mich verlassen zu wollen.

Bald, verspreche ich mir und klappe den Laptop zu, während ich aufstehe. Es wird ihr bald besser gehen, und dann werde ich sie haben.

In der Zwischenzeit muss ich alles tun, was nötig ist, um sie zu beschützen.

## 10

## CHLOE

Ein paar Minuten vor der offiziellen Mittagszeit von zwölf Uhr dreißig kommt Lyudmila, um Slava nach unten zu bringen.

»Nikolai kommt bald mit dem Essen«, sagt sie in ihrem Englisch mit dem starken Akzent und vermutet richtig, dass die knurrenden Geräusche von meinem hungrigen Magen kommen. Ich lächele sie schüchtern an, aber sie drängt Slava bereits zur Tür hinaus, während sie in schnellem Russisch mit ihm spricht.

Um Punkt zwölf Uhr dreißig erscheint Nikolai mit einem Tablett.

»Was soll dieses militärische Festhalten an bestimmten Essenszeiten?«, frage ich, als er sich neben mich setzt und das Tablett auf den Nachttisch stellt, bevor er die köstlich duftenden Speisen abdeckt.

Das ist etwas, worüber ich schon seit Tagen nachdenke, aber noch keine Gelegenheit hatte, es zu fragen – und ich denke, diese Frage ist viel einfacher zu beantworten als die anderen, die ich noch habe.

Ein schiefes Lächeln zieht Nikolais sinnliche Lippen auf einer Seite nach oben. »Du hast es bereits gesagt: Es ist ein Überbleibsel vom Militär. Genauer gesagt Pavels Zeit beim Militär. Er führt unseren Haushalt, seit er vor etwa dreißig Jahren aus der Armee kam, und dies ist eine seiner Regeln. Sie stört mich nicht. Ich bin so aufgewachsen, deshalb finde ich das Ritual beruhigend.«

»Was ist mit der formellen Kleidung beim Abendessen? Ist das auch etwas von Pavel?« Das wäre seltsam, da ich den bärenartigen Russen noch nie in einem Anzug oder Smoking gesehen habe, aber in diesem Haushalt gibt es eine Menge seltsamer Dinge.

Die winzigen Muskeln um Nikolais Augen ziehen sich zusammen, obwohl das Lächeln auf seinen Lippen bleibt. »Nicht ganz. Das ist etwas, worauf meine Mutter bestanden hat. Sie sagte, wir bräuchten etwas Schönes in unserem Leben, um all das Hässliche zu überdecken.«

»Oh, ich verstehe.« Mein Puls beschleunigt sich vor Vorfreude. Das ist das erste Mal, dass er mit mir über seine Mutter spricht – oder überhaupt über einen seiner Elternteile. Alles, was ich vor Alinas erschreckenden Enthüllungen wusste, war, dass beide Eltern tot waren.

»Hier«, sagt Nikolai und hebt ein Stück französisches Brot, mit Butter und Kaviar bestrichen, an meine Lippen. »Aufmachen.«

Ich beiße gehorsam in das Gourmet-Angebot, wie die Invalidin, von der wir beide so tun, als ob ich es wäre. Meine Gedanken sind aber nicht bei unserem seltsamen Spiel, sondern bei all den Fragen. Es gibt noch so viel, was ich nicht über meinen gefährlichen Beschützer weiß, aber unbedingt wissen muss.

Ich muss alles wissen, denn ein kleiner, irrationaler Teil von mir hofft immer noch, dass die Dunkelheit in ihm nicht so pechschwarz ist, wie sie scheint.

Ich lasse mich von ihm mit einigen der anderen Vorspeisen auf dem Tablett füttern, ebenso wie mit dem saftigen weißen Fisch mit Zitronensoße und überbackenen Kartoffeln, die das Hauptgericht darstellen, und als er zum Dessert übergeht – pochierte Birnen mit Schwarzen Johannisbeeren und honigfarbenen Walnüssen – stähle ich mein Rückgrat und beginne mit meinem geplanten Verhör.

»Also«, sage ich so beiläufig, wie ich kann, »seid ihr die Mafia?«

Ich bin mir ziemlich sicher, dass ich die Antwort auf diese Frage schon kenne, aber ich kann sie genauso gut aus seinem großartigen Mund hören.

Zu meiner Überraschung verzieht sich besagter Mund nicht beleidigt oder wütend, sondern zuckt vor Belustigung. »Nein, *zajchik*. Zumindest nicht so, wie du es dir vorstellst. Wir haben nichts mit illegalen Drogen oder Waffen oder irgendetwas in dieser Richtung zu tun – das ist eher die Sache der Leonows. Die überwiegende Mehrheit unserer Geschäfte ist legal, und der kleine Teil, der es nicht ist, fällt in Konstantins

Bereich – Dark Web, Hacking, Social-Media-Bots, all dieser Hightech-Kram.«

Ich blinzele ihn ungläubig an, und das Bild der Waffe in seiner Hand ist klar und deutlich in meinem Kopf. Es gibt keine Möglichkeit, dass ein normaler wohlhabender Geschäftsmann, selbst einer mit militärischer Ausbildung, in der Lage wäre, so geübt zu töten und zu foltern, wie er es getan hat. »Aber ich habe dich gesehen … und deine Männer … und …«

»Ich habe nicht gesagt, dass wir Engel sind. Aufmachen.« Er führt eine Gabel voll Johannisbeer-Birne an meine Lippen und wartet, bis ich anfange zu kauen, bevor er fortfährt. »In Russland muss man rücksichtslos sein, um Macht zu erlangen und zu behalten. Man muss bereit sein, alles zu tun, was nötig ist. Das war schon immer so, seit Menschengedenken.«

Ich öffne den Mund, um etwas zu sagen, aber er füttert mich mit einem weiteren Bissen der Birne und fährt in einem ungezwungenen, ruhigen Tonfall fort, als würde er eine Gutenachtgeschichte vorlesen.

»Meine Familie hat das immer verstanden«, sagt er, »deshalb sind wir seit den Zeiten der Mongolenherrschaft erfolgreich. Tatsächlich war unser erster bekannter Vorfahre eine von Dschingis Khans rechten Händen – ein netter, freundlicher Kerl, der sich seinen Weg durch Sibirien und in die Moskauer Region im dreizehnten Jahrhundert plünderte, brannte und vergewaltigte. Seine Kinder traten in seine Fußstapfen, und zu der Zeit, als Peter der Große seine Stadt baute, waren die Molotows – oder Nebelevskys, wie sie sich damals nannten – ein fester Bestandteil des zaristischen Hofes, der die nationale Politik hinter den Kulissen lenkte und dirigierte. Wir waren auch stinkreich und besaßen Tausende von Leibeigenen – was es besonders ironisch macht, dass mein Urgroßvater während der Revolution einer derjenigen war, die den ›verachtenswerten Adel‹ und die ›böse Bourgeoisie‹ wegen Verbrechen gegen das einfache Volk vor Gericht stellten. Er änderte sogar seinen Namen in Molotow, dessen Wortstamm im Russischen *Hammer* bedeutet – ein viel kommunistenfreundlicherer Nachname als Nebelevsky. Aber so sind wir nun mal.« Ein Hauch von Bitterkeit umspielt Nikolais Lippen. »Wir tun alles, was nötig ist, um an der Spitze zu bleiben: ob es die Leitung der Gulag-Arbeitslager während Stalins Ära ist oder die Speerspitze der Propagandamaschine der Kommunistischen Partei in den Fünfziger- und Sechzigerjahren – oder der Sprung auf die Öl- und Gasgutscheine während der Perestroika und die anschließende Diversifizierung, um die daraus resultierenden Milliarden an Reichtum zu behalten. Wir sind wie Kakerlaken – nur, dass wir nicht nur wissen, wie wir überleben, sondern auch, wie wir unsere Ecke der Welt beherrschen können.«

Ich bin sowohl verwirrt als auch fasziniert, so sehr, dass ich vergesse, den nächsten Bissen des Desserts zu kauen, bevor ich frage: »Ihr seid also nicht wirklich die Mafia?«

Mein Mund ist so voll, dass die Worte

unverständlich sind, aber Nikolai versteht mich und lächelt. »Nein – aber das bedeutet nicht, dass wir davor zurückschrecken, uns die Hände schmutzig zu machen. In Russland an der Spitze zu bleiben ist wie ein Haus am Sandstrand zu bauen: Der Boden darunter wird mit jeder Flut weggespült, und am Horizont braut sich immer ein Sturm zusammen. Mein verstorbener Großvater zum Beispiel – der Vater meines Vaters – wurde in den Fünfzigerjahren fast hingerichtet, als ein hochrangiger Parteirivale ihn fälschlicherweise der Illoyalität gegenüber dem kommunistischen Regime beschuldigte. Er verbrachte zwei Jahre in einem der sibirischen Gulags, die er beaufsichtigt hatte, und als er wieder herauskam, war das Erste, was er tat, seinem Rivalen Beweise unterzuschieben und *ihn* in die Gulags schicken zu lassen, während die Regierung sein gesamtes Eigentum auf ihn übertrug. Dann, später, mein Vater ...« Er hält inne, und seine Miene verfinstert sich.

Ich setze mich aufrechter hin. »Dein Vater, *was*?«

Nikolais Gesicht wird ausdruckslos. »Nichts. Die Neunzigerjahre in Russland waren einfach eine besonders korrupte und unbeständige Zeit, deshalb musste meine Familie besonders wachsam und rücksichtslos sein.«

»Genauer gesagt dein Vater.« Ich werde nicht zulassen, dass er das Thema wechselt, nicht, wenn ich endlich dabei bin, ein paar Antworten zu bekommen.

»Und sein Bruder, Vyacheslav – mein Onkel. Sein Sohn, Roman, ist jetzt fast so reich wie wir.«

»Aha.« Zu jeder anderen Zeit würde ich die Chance ergreifen, mehr über Nikolais erweiterte Familie zu erfahren, aber im Moment konzentriere ich mich nur auf seinen Vater. Ich lasse mir von ihm noch ein paar Gabeln des Desserts geben, und nachdem ich heruntergeschluckt habe, frage ich vorsichtig: »Was musste dein Vater denn alles tun, um in den Neunzigern oben zu bleiben?«

Nikolais Augen werden grüner und bernsteinfarbener. »Nichts Schlimmeres als jeder andere Oligarch seiner Generation: eine Menge Bestechung, etwas Erpressung, ein wenig physische Nötigung und – wenn nötig – die gewaltsame Beseitigung von Hindernissen. Eine Taktik, die man vielleicht in den Bereich des organisierten Verbrechens einordnen würde, aber in Russland waren sie zu dieser Zeit Standard-Geschäftsstrategien. Und es waren nicht nur die Oligarchen – die Regierung spielte die gleiche Klaviatur. Das ist bis zu einem gewissen Grad immer noch der Fall. Rechtmäßigkeit und Kriminalität sind in meinem Land hochflexible, sich ständig weiterentwickelnde Konzepte, die jeweils viel Raum für Interpretationen zulassen.«

Ich gebe mein Bestes, um meinen Gesichtsausdruck neutral zu halten, auch wenn es in meinen Armen kribbelt. *Körperliche Nötigung* und *gewaltsame Beseitigung* – das sind offensichtlich Euphemismen für Folter und Mord. Und das ist das, was er als Standard-Geschäftsstrategie gelernt hat?

Die Molotows sind vielleicht nicht die Mafia im

formalen Sinne des Wortes, aber in mancher Hinsicht sind sie sogar noch gefährlicher.

»Hast du deshalb Slava hierhergebracht? Weil Russland so ein gesetzloser Ort ist?«, frage ich, weil ich mich einfach nicht zurückhalten kann. Das ist ein weiteres Mysterium, das an mir nagt, und obwohl ich vorhatte, mich bei diesem Verhör auf seinen Vater zu konzentrieren, kann ich mir die Chance nicht entgehen lassen, ein paar Antworten an dieser Front zu bekommen.

Nach dem, was er mir gerade über sein Zuhause erzählt hat, kann ich es ihm nicht verübeln, dass er seinen Sohn so weit weg von Russland wie möglich aufziehen möchte.

»Nein, *zajchik*.« Sein schöner Mund nimmt die zynische Kurve an, die er so oft hat. »Ich bin kein so guter Vater, fürchte ich.«

»Also, warum *bist* du hier? Du hast versprochen, dass du es mir sagst.« Eigentlich hat er das nicht versprochen. Alles, was er in dem Videotelefonat sagte, in dem ich ihn dazu befragte, war, dass es eine lange Geschichte sei.

Daran muss er sich auch erinnern, denn seine Augen glänzen vor Belustigung. »Netter Versuch.« Er wirft einen Blick auf das nun fast leere Tablett. »Bist du satt, oder möchtest du noch etwas?«

Ich bin so voll, dass mein Magen zu explodieren droht, aber ich will noch nicht, dass er geht. Nicht, wenn wir gerade zu den Dingen kommen, über die ich unbedingt etwas wissen will. »Ich hätte gerne etwas

Obst«, sage ich hoffnungsvoll. »Vielleicht ein paar Beeren, wenn du welche hast? Und Kaffee. Ich würde gerne einen Kaffee trinken.«

Er sieht noch amüsierter aus, steht aber auf, ohne zu widersprechen. »In Ordnung. Ich bin gleich wieder da.«

Er drückt mir einen Kuss auf die Stirn, hebt das Tablett auf und geht hinaus.

## 11

## NIKOLAI

Ich lächele immer noch, als ich die Küche betrete. Mein *zajchik* ist so wunderbar transparent in seinen Manipulationsversuchen. *Du hast es mir versprochen.* Ich musste mich zusammenreißen, um Chloe nicht auf der Stelle zu packen und zu küssen – vor allem, weil sie, als sie es sagte, ihre Unterlippe in einem kleinen Schmollmund vorschob, wie ein flehendes Kind.

Ich liebe es, dass sie jetzt weniger Angst vor mir hat, dass statt Entsetzen Neugierde in ihren hübschen braunen Augen liegt. Ich habe mein Bestes getan, um die Bestie in mir in ihrer Gegenwart an der Leine zu halten, damit sie sich wohl und sicher fühlt, und es sieht so aus, als ob ich damit Erfolg habe – was die ganze Zurückhaltung wert ist. Was also, wenn meine Hände fast durch das Bedürfnis zittern, sie zu berühren, sie fest an mich zu drücken, während ich mich tief in ihren glatten, warmen Körper schiebe?

Ich kann geduldig sein.

Ich kann sanft sein.

Ich kann mich um sie kümmern wie ein verdammter Eunuch, wenn es das ist, was nötig ist, um die Erinnerung an die Geschichte meiner Schwester aus ihrem Kopf zu löschen.

Nicht dass es wahrscheinlich ist, dass das passiert. Ich weiß, worauf Chloe mit all ihren Fragen hinauswollte. Sie will die ganze Geschichte wissen, und ich kann es ihr nicht verübeln. Der Kaffee, die Beeren – das ist nur ein Vorwand. Was sie will, ist mehr Zeit mit mir, mehr Zeit, um mich auszufragen, und ich muss entscheiden, wie viel von der Wahrheit ich bereit bin, ihr zu geben – wenn überhaupt.

»Wie geht es ihr?«, fragt Lyudmila, als ich das Tablett auf den Tresen stelle, und ich berichte ihr von Chloes Zustand – nämlich, dass es ihr besser geht. Ich habe heute Morgen ihren Verband gewechselt, und die Wunde sah aus, als würde sie gut heilen. Ich habe auch heimlich die Tabletten auf ihrem Nachttisch gezählt, und es sieht aus, als hätte sie bisher nur ein paar genommen – ein weiteres gutes Zeichen.

Rational gesehen weiß ich, dass Chloe von ein paar Schmerztabletten nicht süchtig werden wird, aber nachdem ich Alinas Kämpfe miterlebt habe, kann ich nicht anders, als mir Sorgen zu machen.

»Es ist gut, dass sie so einen großen Appetit hat«, sagt Lyudmila, nachdem ich Chloes Wünsche ausgerichtet habe. »Es wäre aber besser, wenn sie Tee trinken würde.«

»Das stimmt. Aber geben wir ihr den Kaffee, den sie will.«

Lyudmila grunzt zustimmend und bereitet ein Tablett mit kunstvoll arrangierten Erdbeeren, Himbeeren und Blaubeeren vor, zusammen mit einer Tasse dampfendem, heißem Kaffee. Ich danke ihr und eile wieder nach oben, wo mein *zajchik* wartet.

Ich habe beschlossen, dass es eine Frage von Chloe *gibt*, die ich heute beantworten kann, einen Teil der Wahrheit, den ich ihr sagen kann.

Ihre Augen leuchten neugierig, als ich ihr Zimmer betrete, mich auf die Bettkante setze und das Tablett auf seinen Platz auf dem Nachttisch stelle.

»Also«, beginnt sie, »wegen …«

»Aufmachen«, befehle ich leise und nehme eine Erdbeere. Als sich ihre prallen Lippen gehorsam öffnen, schiebe ich die saftige Beere hinein und beobachte, wie ihre weißen Zähne in dem Fruchtfleisch versinken – so wie ich meine Zähne in ihrem Fleisch versenken möchte.

Mein Verlangen kommt so plötzlich, ist so stark, dass ich jeden Muskel in meinem Körper anspannen muss, um mich davon abzuhalten, dem Drang nachzugeben. Es liegt etwas fast Kannibalisches in der Art, wie ich sie will, wie mir das Wasser im Mund zusammenläuft bei dem Gedanken, ihre glatte, gebräunte Haut zu schmecken und die Schweißtropfen von ihrem nackten Körper zu lecken, nachdem ich sie wieder einmal bis zur Erschöpfung gefickt habe. Ich erinnere mich, wie sich ihre Nippel auf meiner Zunge anfühlten, an ihre salzige und beerige Essenz, und die Kontrolle, auf die ich gerade noch stolz war, fühlt sich plötzlich so dünn und ausgefranst an wie ein altes Seil.

Auch sie spannt sich an, ihre Augen sind auf meine gerichtet, und ihr schlanker Körper versteift mit dem Urbewusstsein der Beute. Ein Rinnsal Erdbeersaft läuft aus ihrem Mund, und ich fange ihn instinktiv mit meinem Daumen auf. Mein Herz hämmert heftig, als ich ihre warme Haut spüre, die Fülle ihrer Unterlippe, die rot und klebrig vom Saft glänzt. Ich schaue ihr in die Augen, während ich meinen Daumen zum Mund führe und ihn sauber sauge, so wie ich an ihren süßen, von den Beeren klebrigen Lippen saugen würde, wenn ich mir zutrauen würde, dort aufzuhören.

Ihre Augen weiten sich, und ihr Atem stockt, während ihr Blick für einen Moment auf meine Lippen fällt, bevor er sich wieder auf meine Augen richtet. Sie ist genauso erregt wie ich, das kann ich sehen. Die sengende Spannung schwelt in der Luft zwischen uns und heizt den Raum auf, bis sich meine Knochen anfühlen, als würden sie brennen, und mein Schwanz so hart ist, dass der Reißverschluss einen Abdruck auf seiner Länge hinterlassen wird. Ich kann ihr geschmeidiges Fleisch unter meinen Handflächen fast spüren, ich kann diese glitzernden, rot gefärbten Lippen fast schmecken.

Ein entferntes, kindliches Lachen bringt mich zur Besinnung, und mir fällt auf, dass ich mich zu ihr gelehnt habe und meine Hand bereits ihre Decke umklammert. *Fuck.* Ich balle meine Faust, stehe auf und gehe zum Fenster. Ich atme tief ein und betrachte meinen Sohn, wie er auf der Einfahrt umherrennt und Arkash ihn verfolgt. Er lacht so sehr, dass ich ihn sogar durch das Panzerglas hören kann, und der Klang lichtet den Nebel der Lust, der mein Gehirn umhüllt, weiter.

Verdammte Scheiße. Ich dachte, ich hätte mich im Griff – da war ich mir sicher, nachdem ich sie gestern gebadet und dabei eine strenge Selbstbeherrschung aufrechterhalten hatte. Ich wollte sie, ja, aber ich konnte mich von diesem Wunsch lösen und mich nur auf ihr Wohlergehen konzentrieren, auf die Tatsache, dass sie gerade eine Operation hinter sich hatte und mich als ihren Pfleger brauchte. Heute geht es ihr allerdings besser – und meiner Selbstbeherrschung tausendmal schlechter.

»Ähm, Nikolai …« Chloes Tonfall ist unsicher, ihre Stimme leise und leicht heiser. Sie zu hören lässt mich wieder einmal vor Hunger erschaudern. Doch dieses Mal ist sie nicht genau hier neben mir, und es fällt mir leichter, mich zusammenzureißen und das wilde Verlangen zu zügeln.

Ich entspanne meinen Gesichtsausdruck, verschränke meine Hände hinter meinem Rücken und drehe mich zu ihr um. »Ja, *zajchik?*«

Ihr zarter Hals bewegt sich, als sie schluckt. »Was macht Slava da draußen?«

»Er spielt Fangen mit einem meiner Wächter.« Ich gehe zurück zum Bett und setze mich ans Fußende, so weit weg von ihr, wie es auf demselben Möbelstück möglich ist. »Pavel muss ihn gebeten haben, auf Slava aufzupassen, während er nach dem Mittagessen aufräumt.«

Ihre kleinen weißen Zähne kauen auf ihrer Unterlippe. »Ah. Alles klar.« Sie sieht mich aufmerksam an, nimmt die Kaffeetasse und bläst auf die heiße Flüssigkeit. Ich kann erahnen, was ihr durch den Kopf geht – sie überlegt, wie sie das Thema, das sie am meisten interessiert, am besten angehen kann – also beschließe ich, ihr zu helfen.

Ich bin nicht bereit, über meinen Vater zu sprechen, aber ich kann ihr die Wahrheit über meinen Sohn sagen.

Ich begegne weiter ihrem Blick und sage ruhig: »Vor fünf Jahren feierte mein Bruder Valery seinen zweiundzwanzigsten Geburtstag in einem Nachtklub in Moskau. Es war die Party des Jahres. Jeder, der in unserem Teil der Welt etwas auf sich hält, war da – einschließlich, wie ich später erfuhr, Ksenia Leonowa, die zurückgezogen lebende Tochter des langjährigen Feindes und Rivalen unserer Familie.«

Chloe runzelt verwirrt die Stirn. »Leonowa? Wie bei den Leonows, die du vorhin erwähnt hast? Die eigentliche russische Mafiafamilie?«

»Sie würden dieses Etikett auch ablehnen, aber ja. Sie fischen in einem viel schmutzigeren Teich. Auf jeden Fall hatte sich Ksenia, anders als ihr Bruder Alexej, immer aus der Öffentlichkeit herausgehalten, so dass ich keine Ahnung hatte, wer sie war, als sie mich ansprach.« Ich atme tief durch, um die vertraute Wut zu kontrollieren, die in mir aufkeimt. »Ich dachte, sie wäre nur eine weitere Möchtegern-High-Society-Tochter oder ein Model, also tanzten wir, kippten ein paar Kurze und gingen dann zum Ficken in ein Hotel.«

Chloe zuckt leicht zusammen, und der Kaffeebecher wackelt in ihrer Hand. Mit einer schnellen Bewegung schnappe ich ihn mir und stelle ihn zurück auf das Tablett, bevor etwas von der dunklen Flüssigkeit überschwappen kann. Dann setze ich mich näher zu ihr.

Das Gute an der Erinnerung an Ksenia ist, dass sie meine Libido totschlägt.

»Ich habe ein Kondom benutzt, wie ich es immer tue«, fahre ich fort, und Chloes Augen weiten sich. Sie muss erkennen, wohin die Geschichte führt. »Ja«, sage ich, bevor sie fragen kann, »es war kaputt. Entweder das – oder sie hat es irgendwie manipuliert. Ich weiß es immer noch nicht. Zum damaligen Zeitpunkt habe ich nichts bemerkt. Ich hatte ein paar Drinks gehabt, und die Nacht war nicht besonders erinnerungswürdig. Tatsächlich hatte ich alles vergessen, bis ich vor etwas mehr als acht Monaten einen Anruf von einer Freundin Ksenias bekam, der mir mitteilte, dass Ksenia bei einem Autounfall gestorben war und einen Sohn hinterlassen hatte – *meinen* Sohn, laut ihrem Tagebuch.«

»Oh mein Gott«, haucht Chloe entsetzt. »Also war Slavas Mutter ...«

»Jemand, den ich nicht in einem Schutzanzug angefasst hätte, wenn ich gewusst hätte, wer sie ist, ja.

Die Beziehungen zwischen unseren Familien waren seit Jahrzehnten angespannt, um es vorsichtig auszudrücken.«

»Jahrzehnten? Warum?«

»Erinnerst du dich an die Geschichte, die ich dir gerade erzählt habe, über meinen Großvater, der in den Gulag geschickt wurde?«

Chloe nickt und nimmt vorsichtig ihren Kaffee wieder in die Hand.

»Der Mann, der ihn der Illoyalität gegenüber der Partei beschuldigte, war Matvey Leonow, Ksenias Großvater.«

Sie erstarrt mit dem Becher auf halbem Weg zu ihrem Mund. »Oh. Wow.«

»Ja. Er war eine giftige Schlange, wie alle Leonows – und besonders Ksenia.« Obwohl ich ruhig bleiben will, trieft meine Stimme vor bitterem Hass. »Bis heute weiß ich nicht, ob sie die ganze Zeit geplant hatte, mich zu hintergehen, oder ob es ein Unfall war, dass sie schwanger wurde. Wie auch immer, sie hat mir nicht gesagt, dass ich einen Sohn habe. Sie hätte es mir wahrscheinlich nie gesagt. Wäre sie nicht gestorben, hätte ich vielleicht nie von Slavas Existenz erfahren – zumindest nicht, bis er alt genug gewesen wäre, um in unseren Kreisen zu erscheinen. Zu diesem Zeitpunkt hätte die Ähnlichkeit jeden auf sein Molotow-Erbe aufmerksam gemacht, wenn auch nicht unbedingt auf seine tatsächliche Vaterschaft.« Mein Mund verzieht sich. »Du hast meine Brüder und meinen Cousin nicht gesehen, aber wir sehen uns alle sehr ähnlich.«

Chloe stellt den Kaffee zurück auf den Nachttisch, ohne auch nur einen Schluck zu nehmen. »Was glaubst du, warum sie dich in dieser Nacht angesprochen hat? Sie muss doch gewusst haben, wer *du* bist, oder?«

»Natürlich hat sie das.« Im Gegensatz zu ihr war ich in der Moskauer High Society gut bekannt. »Ich habe immer noch keine Ahnung, warum. Vielleicht hat sie die ganze Sache geplant, bis hin zu dem kaputten Kondom, oder vielleicht war sie einfach nur jung und dumm und wollte mit der Gefahr flirten. Ich weiß nicht einmal, warum sie auf der Party war oder wie sie hineingekommen ist – auf jeden Fall war keiner der Leonows eingeladen. So oder so, das Ergebnis ist dasselbe: Ich habe einen Sohn, von dem ich bis vor acht Monaten nichts wusste. Einen Sohn, der ein halber Leonow ist.«

Chloe holt tief Luft. »Warte mal kurz. Ist das der Grund, warum du …«

»Warum ich hier bin?« Auf ihr Nicken hin lächele ich humorlos. »Du hast es erraten, *zajchik*. Die Familie seiner Mutter hat ihn nicht gerade in meine Obhut gegeben. Ich erfuhr von Slavas Existenz eine Woche nach Ksenias Tod, und zu diesem Zeitpunkt lebte er bereits bei Boris Leonow, Ksenias Vater – einem Mann, der für seine grausamen und gewalttätigen Neigungen bekannt ist. Ich wollte nie Kinder, hatte nie vor, welche zu haben, aber ich konnte meinen Sohn nicht in seinen Fängen lassen, konnte ihn nicht im Stich und in dieser Schlangengrube aufwachsen lassen.«

»Also hast du was getan? Ihn entführt?«

Ich nicke. »Meine Brüder und ich haben fast zwei Monate gebraucht, um einen Weg zu finden, ihre Sicherheitsvorkehrungen zu durchbrechen, aber wir haben ihn rausgeholt, und ich habe ihn hierhergebracht, wo niemand weiß, wer wir sind, und den Leonows berichten kann, dass ich plötzlich ein Kind habe.«

Ihre glatte Stirn legt sich verwirrt in Falten. »Ich verstehe das nicht. Warum hast du nicht einfach den Rechtsweg beschritten? Du bist Slavas Vater. Hättest du das Sorgerecht nicht mit einem einfachen Vaterschaftstest bekommen können?«

»Ich hätte es tun können – und würde es tun –, wenn es jemand anderes als die Leonows gewesen wäre. Sie hassen unsere Familie genauso wie wir ihre, und sie würden alles tun, um Dinge für uns zu vereiteln ... *für mich.* In dem Moment, in dem ich das Sorgerecht beantragt hätte – in dem Moment, in dem sie gemerkt hätten, dass ich von Slavas Existenz weiß –, wäre er weggebracht worden, irgendwo versteckt, wo wir ihn nie gefunden hätten. Vielleicht wäre sein Tod für die Justiz vorgetäuscht worden – vielleicht hätten sie ihn aber auch tatsächlich getötet. Alles, um mir die Chance zu nehmen, meinen Sohn aufzuziehen.«

Chloe keucht entsetzt auf. »Denkst du, sie hätten ...?«

»Ich würde dem alten Leonow alles zutrauen.«

Oder Alexej und Ruslan, Ksenias ebenso rücksichtslosen Brüdern.

Chloe sieht entsetzt aus. »Das ist schrecklich.« Dann weiten sich ihre Augen, und sie keucht erneut. »Opa Ente! Oh Gott … glaubst du, dass Ksenias Vater Slava wehgetan hat, als er bei ihm lebte?«

»Es würde mich nicht überraschen.« Ich versuche, meine Stimme ruhig zu halten, aber dunkle Wut sickert hinein und macht sie hart und kehlig. »Slava hat nie über die Zeit mit seinem Großvater gesprochen, aber die Art und Weise, wie er sich anfangs mir und Pavel gegenüber verhalten hat … die Art und Weise, wie er sich immer noch mir gegenüber verhält, bis zu einem gewissen Grad …« Ich halte inne, und mein Hals schnürt sich auf einer Welle von Wut zu.

Der vage Verdacht, den ich darüber hegte, wie Boris Leonow meinen Sohn behandelt hat, kristallisierte sich als nahezu sicher heraus, als Chloe mir von Slavas seltsamer Reaktion auf Opa Ente in der Kindergeschichte erzählte. Der einzige Grund, warum Ksenias Vater noch am Leben ist, ist, dass Konstantins Team die sorgfältig verheimlichte Tatsache aufgedeckt hat, dass er Bauchspeicheldrüsenkrebs im Endstadium hat und voraussichtlich nicht länger als ein paar qualvolle Monate überleben wird.

Ihn zu töten wäre eine Gnade, die ich ihm zu gewähren nicht bereit bin.

Chloe legt ihre Hand auf mein Knie. »Es tut mir so leid, Nikolai.« Ihre weichen, braunen Augen sind voller

Mitgefühl und ein Echo der gleichen Wut, die in mir brennt.

Auch sie würde am liebsten jeden in Stücke reißen, der Slava verletzt hat, das merke ich.

Mühsam zügele ich meine Wut. Die Natur hat sich bereits die exquisiteste Folter für Boris Leonow ausgedacht, und damit muss ich mich zufriedengeben. Das Einzige, was ein Auftragsmord an Ksenias Vater bewirken würde, wäre, sein Leiden zu verkürzen und einen regelrechten Krieg zwischen unseren Familien auszulösen. Im Moment haben wir, wenn nicht gerade einen Waffenstillstand, so doch zumindest eine Entspannung: Seit einigen Jahren ist kein Blut mehr geflossen, trotz ständiger Reibereien auf geschäftlicher und persönlicher Ebene.

Das wird sich ändern, wenn ich Boris töte – oder wenn sie erfahren, dass ich hinter Slavas Entführung stecke. Sie mögen einen Verdacht hegen – Alexej hat während unserer Begegnung in Duschanbe einige Andeutungen gemacht – aber sie werden nicht auf diesen Verdacht hin handeln, wenn sie nicht sicher sind. Nicht nur, weil das bedeuten würde, diesen Krieg zu beginnen, sondern auch, weil, wenn sie sich irren und ich nichts über Slava weiß, ihr Angriff mich aufklären könnte, was ein ganzes hässliches Wespennest aufscheuchen würde.

Von meiner Seite aus habe ich mein Bestes getan, um sicherzustellen, dass Vermutungen alles sind, was sie haben. Ich verließ Russland drei Wochen, bevor wir Slava aus dem Lager holten, so dass die Zeitlinien nicht allzu sehr übereinstimmen, und Ksenias Freundin, die mich angerufen hatte, nachdem sie das Tagebuch gefunden hatte, wurde mit einer Million Dollar und einer neuen Identität nach Neuseeland umgesiedelt – und dem Versprechen, dass ihre Familie in Russland den Preis dafür zahlen würde, sollte sie einen der Leonows kontaktieren, um unser Gespräch weiterzugeben.

Ich gehe jetzt mit Chloe nicht auf all diese Details ein. Das ist nicht nötig – sie kann ihre eigenen Schlüsse aus dem ziehen, was ich ihr erzählt habe. Stattdessen bedecke ich ihre Hand mit der meinen und sage ernst: »Danke, *zajchik*.« Ihr Mitgefühl und ihre Wut in Slavas Namen kühlen meine Wut, und die Wärme ihrer kleinen Handfläche dringt trotz des dicken Stoffes meiner Jeans in meine Haut ein.

Sie schluckt, zieht ihre Hand zurück, und wendet ihren Blick ab. Sie hat Angst davor, das merke ich mit einem Stich – Angst vor emotionaler Intimität mit mir. Es ist entmutigend und ermutigend zugleich. Entmutigend, denn ich möchte, dass wir das hinter uns haben, dass wir wieder so werden, wie vor Alinas Enthüllungen. Und ermutigend, weil es mir sagt, dass es Hoffnung für uns gibt … dass, egal wie sehr sie sich von mir abgestoßen und erschreckt fühlen mag, ihre Gefühle komplexer sind.

Um meine Frustration zu zügeln, warte ich darauf, dass sie mich wieder ansieht, und als sie das tut, nehme ich den Kaffee und reiche ihn ihr. »Hier, *zajchik*.« Mein

Tonfall ist ruhig. »Du solltest ihn trinken, bevor er kalt wird.«

Ich lasse sie sich vorerst vor der Wahrheit verstecken, erlaube ihr, ihre Mauern und Abwehrlinien aufzubauen. Sie werden sie nicht vor mir retten. Nichts wird das tun.

Ob sie es mag oder nicht, ich werde sie besitzen.

Herz, Kopf, Körper und Seele.

## 12

## CHLOE

Obwohl ich die volle Tasse Kaffee trinke, schlafe ich gleich nach dem Mittagessen ein und halte ein Nickerchen, bis Nikolai mir das Abendessen bringt. Ich denke, es sind die Schmerzmittel, die mich so schläfrig machen – oder mein Gehirn nutzt den Schlaf, um die jüngsten Enthüllungen zu verarbeiten und sich vor den angstauslösenden, unbeantworteten Fragen zu verstecken.

Sie haben Slava entführt und ihn der Familie seiner Mutter gestohlen. Ich sollte eigentlich schockiert sein, aber ich bin es nicht. Ich denke, dass ich so etwas auf einer gewissen Ebene vermutet habe. Es war Teil dieses beunruhigenden Gefühls, dass etwas nicht stimmt, das ich immer wieder von dieser Familie verspürte – besonders von meinem düsteren, hypnotisierenden Entführer.

Ich möchte seine Taten verurteilen, aber stattdessen

kann ich nicht anders, als sie zu begrüßen. Um seinen Sohn aus einer potenziell missbräuchlichen Situation zu befreien, hat Nikolai sein Leben komplett umgekrempelt, sein Heimatland verlassen und seine Rolle als Chef des Molotow-Konglomerats aufgegeben. Nicht jeder Vater würde das für sein Kind tun, schon gar nicht für ein Kind, von dem er nichts wusste.

Ein Kind, von dem er sagt, es nie gewollt zu haben.

Meine Brust zieht sich zusammen, als ich mich an dieses Geständnis erinnere, das so beiläufig ausgesprochen wurde, als ob es keine Rolle spielen würde. Er hat es nicht erklärt, ist nicht ins Detail gegangen, aber ich konnte zwischen den Zeilen lesen.

Es war nicht der Wunsch, für sich selbst zu leben oder zu reisen oder eine Überbevölkerung zu verhindern – oder irgendein anderer Grund, den Menschen typischerweise angeben, wenn sie keine Kinder wollen. Nikolai wollte kein Vater sein, weil er glaubte, dass er kein guter Vater sein würde … und weil er nicht wollte, dass seine Linie fortgesetzt wird. Es gibt einen Teil meines Entführers, der sich selbst verachtet, entweder aufgrund dessen, was er getan hat – oder was er ist.

*Ein Molotow.*

Ich habe über die Geschichte nachgedacht, die er mir erzählt hat, über die Geschichte seiner Familie und die Art, wie er aufgewachsen ist. Über Letzteres hat er nicht viel gesagt, aber seine Auslassungen waren genauso aufschlussreich wie die Dinge, die er erzählt hat. Es war offensichtlich, dass ihm beigebracht wurde, das Leben als einen nie endenden Kampf ums Überleben und die Vorherrschaft zu sehen, einen Kampf, den nur die Rücksichtslosesten gewinnen können.

Ich würde alles darauf wetten, dass seine Erziehung durch seinen Vater nicht weit von dem entfernt war, wie sein mongolischer Vorfahre *seinen* Sohn im dreizehnten Jahrhundert erzogen hat, mit Foltertechniken und allem.

Ich versuche, während des Abendessens tiefer zu bohren, aber Nikolai ist nicht mehr in der Stimmung, über sich selbst zu sprechen. Stattdessen füttert er mich mit in Wein pochiertem Wildbret mit Pilzsoße und Süßkartoffelpüree, während sich das Gespräch auf mich konzentriert: meine Vorlieben und Abneigungen beim Essen, meine Lieblingsfilme, meine Freunde im College. Und er macht das so gekonnt, dass ich mich dabei ertappe, wie ich ohne Vorbehalte mit ihm spreche, lächele und lache, wenn ich beschreibe, wie die Katze meiner Mitbewohnerin auf mein Bett gepinkelt hat, und wie einer meiner männlichen Freunde meine Mutter für eine Studentin hielt und sie während unserer Orientierungsphase im ersten Semester anbaggerte.

Es ist, als wären wir wieder bei unseren Videochats, und als wäre alles, was seit seiner Rückkehr passiert ist, nichts weiter als ein schrecklicher Fiebertraum gewesen.

Erst als das Abendessen fertig ist und er mir einen Gute-Nacht-Kuss gibt, wobei ich seine Lippen weich und kühl auf meiner Stirn spüre, wird mir klar, dass ich die Gelegenheit verpasst habe, Antworten auf den Rest meiner brennenden Fragen zu bekommen.

---

Das Muster wiederholt sich am nächsten Morgen, als Nikolai mir das Frühstück bringt. Er weicht meinen Versuchen, ein Gespräch auf seinen Vater – oder *meinen* Vater – zu lenken, gekonnt aus. Stattdessen füttert er mich mit *grechka* – dem gerösteten Buchweizen-Kascha, den Alina anstelle von Haferflocken mag –, und wir besprechen Slavas Fortschritte und die nächsten Lektionen, die ich geplant habe. Dann hilft er mir beim Duschen, wechselt meinen Verband und zieht mir auf mein Drängen hin eine Yogahose und ein weiches T-Shirt an.

Meinem Knöchel geht es besser, ebenso wie meinem Arm, so dass ich vorhabe, auf den Beinen zu sein.

»Übertreib es nicht«, warnt er mich, während ich entschlossen zu Slavas Zimmer humpele, anstatt mich von ihm dorthin tragen zu lassen. »Du brauchst noch Zeit, um gesund zu werden.«

»Ich werde es ruhig angehen lassen, keine Sorge«, sage ich und lasse mich auf Slavas Bett fallen – sehr zur Freude des Jungen. »Wir werden ein paar Bücher lesen, ein paar Burgen bauen … Nichts Anstrengendes, versprochen.«

Nikolai schaut immer noch besorgt, also schenke ich ihm ein strahlendes Lächeln. »Mir geht es schon besser, wirklich. Ich habe heute Morgen nicht einmal eine Schmerztablette gebraucht.« Letzteres stimmt nicht ganz – ich könnte definitiv eine Schmerztablette gegen die dumpfen, nagenden Schmerzen in meinem Arm vertragen – aber ich habe mich dagegen entschieden, um zu sehen, ob ich es ohne aushalten kann.

So oder so, meine Beruhigung funktioniert wie beabsichtigt. Nikolais Gesicht entspannt sich. »Also gut«, sagt er, und mit ein paar Worten auf Russisch an seinen Sohn überlässt er uns dem Unterricht.

---

Am Vormittag schmerzt mein Arm stärker – Slava ist versehentlich gegen die Schlinge gestoßen, als er auf meinen Schoß geklettert ist – also humpele ich zurück in mein Zimmer, um das Schmerzmittel doch noch zu nehmen.

Im Flur treffe ich auf Lyudmila, die einen riesigen Blumenstrauß trägt, alles von üppigen Rosen bis zu Sonnenblumen und Tulpen. »Alina hat Geburtstag«, informiert sie mich, als ich frage, wofür es ist. »Ein großer. Heute wird sie fünfundzwanzig.«

Oh, Mist. Alina hat erwähnt, dass sie diese Woche Geburtstag hat, als wir zusammen Gras geraucht haben. Ich hatte allerdings keine Ahnung, dass dieser heute ist.

Ich denke schnell nach und frage Lyudmila: »Wo ist Nikolai?«

Ich brauche eine Art Geschenk, und das Einzige, was mir einfällt, ist ein eigener Strauß – Wildblumen aus dem nahegelegenen Wald. Während meiner Wanderungen habe ich ein paar Stellen entdeckt, an denen sie in Hülle und Fülle wachsen.

Das Problem ist, an einen dieser Orte zu gelangen, wenn sich mein Knöchel danebenbenimmt, aber da kommt hoffentlich Nikolai ins Spiel.

Lyudmila nickt in Richtung seines Büros. »Er arbeitet.«

Sie geht an mir vorbei zu Alinas Zimmer, und ich beiße mir auf die Lippe, während ich Nikolais geschlossene Bürotür betrachte. Traue ich mich, ihn zu unterbrechen?

Ein trillerndes weibliches Lachen und angeregtes russisches Geplapper, das aus Alinas Zimmer kommt, nehmen mir die Entscheidung ab.

Ich komme nicht umhin, mindestens *etwas* für Nikolais Schwester zu besorgen.

Ich humpele hinüber zu Nikolais Büro und klopfe leise.

»*Da*«, antwortet seine tiefe Stimme – *ja* auf Russisch.

Ich atme tief ein. »Ich bin es, Chloe. Ich habe mich nur gefragt, ob …«

Die Tür schwingt auf, und die Worte ersterben auf meinen Lippen, als ich in atemberaubende grüngoldene Augen schaue, die mir den Atem rauben und meinen Herzschlag beschleunigen.

Verdammt.

Wird mein Körper jemals aufhören, so stark auf ihn zu reagieren? Zu diesem Zeitpunkt haben wir gefickt, und er hat mich mehrmals gebadet, aber seine männliche Schönheit blendet mich immer noch jedes Mal, wenn wir ein paar Stunden getrennt waren.

»Was ist los, *zajchik*?«, fragt er und zieht seine dunklen Augenbrauen zusammen, während er mir einen schnellen, besorgten Blick zuwirft. Bevor ich antworten kann, ergreift er meine Hände. »Ist alles in Ordnung?«

»Ja, alles ist in Ordnung. Ich habe gerade …« Ich werfe einen kurzen Blick über meine Schulter. Der Korridor ist leer, aber ich senke trotzdem meine Stimme, nur für den Fall. »Ich brauche ein Geschenk für Alina.«

»Ah. Komm rein.« Er schiebt mich in sein Büro und führt mich zu einem Stuhl, auf den ich dankbar sinke. Vielleicht habe ich es mit dem vielen Laufen heute übertrieben – meinem Knöchel geht es besser, aber er ist definitiv noch nicht ganz gesund. Mein Arm ist es auch nicht.

Das Schmerzmittel wird von Minute zu Minute notwendiger.

»Hier«, sagt Nikolai und zieht eine Schublade in seinem Schreibtisch auf. Er nimmt eine kleine schwarze Box heraus und reicht sie mir. »Das kannst du ihr geben.«

Verwirrt öffne ich sie – und blicke auf ein diamantbesetztes Armband.

Was zum Teufel …?

Mein Blick richtet sich auf sein Gesicht. »Was meinst du damit, es ihr zu geben?«

»Es kann dein Geschenk sein«, sagt Nikolai sachlich. »Ich schenke ihr ein weiteres Schmuckstück.«

Meint er es ernst?

»Natürlich kann es nicht mein Geschenk sein«, sage ich, als ich meine Fähigkeit zu sprechen wiedererlangt habe. »*Du* hast es für sie besorgt, nicht ich. Ich kann mir keinen einzigen Stein in diesem Armband leisten, und Alina weiß das.«

Er zuckt mit den Schultern. »Na und? Sie wird sich trotzdem freuen.«

Oh mein Gott. Ich atme tief durch und zähle bis drei. »Nein, wird sie nicht. Denn ich werde ihr etwas anderes geben – etwas, was wirklich von mir ist.«

»Zum Beispiel?«

»Blumen. Ich würde gerne einen Blumenstrauß für sie zusammenstellen. Ich habe ein paar wirklich schöne gesehen, die nicht weit von hier blühen.«

Seine Augenbrauen ziehen sich wieder zusammen. »Mit diesem Knöchel wirst du auf keinen Fall wandern gehen.«

»Es ist nicht weit. Ich kann es schaffen. Vor allem, wenn du mit mir kommst und mir hilfst.«

Ein eigenartiges Glitzern erscheint in seinen Tigeraugen. »Willst du, dass ich dich beim Blumenpflücken begleite?«

Jetzt, wo er es gesagt hat, wird mir klar, wie lächerlich es klingt – und wie groß die Bitte ist. Was zum Teufel habe ich mir dabei gedacht? Er ist nicht mein Freund; er ist mein Entführer, ein mächtiger, gefährlicher Mann, der weitaus wichtigere …

»In Ordnung«, sagt er, bevor ich einen Rückzieher machen kann. »Gib mir eine Minute, um hier fertig zu werden, und dann gehen wir.«

## 13

## NIKOLAI

Ich ignoriere Chloes Behauptungen, dass sie *richtig gut* laufen kann, trage sie in ihr Zimmer und kehre zurück, um die Nachricht zu beenden, die ich geschrieben habe, um Valerys Neuzugang zu instruieren, wie und wo ich die DNA-Probe genommen haben möchte. Es ist kein Mann, den mein Bruder für diesen Job schickt, sondern eine Frau – was noch besser ist.

Es eröffnet einige interessante Möglichkeiten in Bezug auf die Annäherung an Bransford.

Dann beantworte ich noch ein paar dringende Nachrichten und hole Chloe für unsere Blumensammel-Expedition ab.

Mein Herz pocht vor Vorfreude, als ich mich ihrem Zimmer nähere. Vielleicht interpretiere ich da zu viel hinein, aber ich fühle mich ermutigt, dass sie aktiv nach mir sucht, dass sie Zeit mit mir verbringen will, auch wenn es unter diesem bescheuerten Vorwand ist.

Meine Strategie, nichts weiter als ihr geduldiger, platonischer Betreuer zu sein, funktioniert. Langsam, aber sicher verliert mein *zajchik* seine Angst vor mir und gibt seine Deckung auf. Und das ist gut – denn ich weiß nicht, wie lange ich noch geduldig bleiben kann.

Je besser Chloe sich fühlt, desto schwieriger ist es, die Bestie in mir zu kontrollieren, mich davon abzuhalten, sie zu beanspruchen, wie es meine Instinkte verlangen.

Sie schaut gerade die Nachrichten, als ich ihr Zimmer betrete. Als sie mich sieht, schaltet sie den Fernseher aus und steht mit einem strahlenden Lächeln im Gesicht auf. »Ich bin bereit.«

Etwas tief in meiner Brust dehnt sich gleichzeitig aus und zieht sich zusammen. »Dann lass uns die Blumen holen.«

Ich lasse sie allein auf mich zugehen, nur um zu sehen, wie gut ihr Knöchel verheilt. Sobald sie mich erreicht, hebe ich sie jedoch hoch und ignoriere ihre erneuten Einwände. Ich kann ihr nicht beim Hinken zusehen – es tut mir zu sehr weh – also ist die einzige Möglichkeit, diese Wanderung zu machen, sie in meinen Armen zu halten.

»Du hast doch nicht ernsthaft vor, mich den ganzen Weg dorthin zu tragen?«, sagt sie, als wir das Haus verlassen.

Ich lächele zu ihr herunter. »Warum nicht, *zajchik*?«

Ich liebe es, sie zu halten und an mich zu drücken. Bis ihr Knöchel geheilt ist, habe ich vor, sie so viel wie möglich herumzutragen – und vielleicht auch noch danach.

»Also erstens ist es fast einen Kilometer bis zu dem Ort, den ich im Sinn habe«, sagt sie mit äußerster Ernsthaftigkeit, als ob ein Kilometer irgendeine Art von realer Entfernung wäre. »Wenn du mir nur deinen Ellenbogen leihst, könnte ich langsam dorthin laufen.«

»Das wird nicht passieren.«

»Aber ich bin schwer. Es ist unmöglich …«

»Du machst Witze, oder?« Ich grinse in ihr kleines, entrüstetes Gesicht. »Zajchik, ich habe ganze Tage lang Rucksäcke getragen, die schwerer waren als du.«

Sie blinzelt. »Du meinst … als du bei der Armee warst?«

»Und jetzt. Pavel und ich trainieren häufig mit den Wächtern, um fit zu bleiben.«

»So, so. Aber trotzdem …«

»Wie wäre es damit? Ich verspreche, dass ich dich gehen lasse, wenn ich müde werde.« Eher, wenn ich tot umfalle. Nur so kann sie mit ihrem Knöchel durch diese Wälder wandern.

Sie schnauft. »Gut. Sei ganz der Macho, mal sehen, ob es mich kümmert, wenn deine Arme abfallen. Die Blumen sind in dieser Richtung.« Sie zeigt auf einen kleinen Feldweg, der östlich von uns in den Wald führt und legt dann ihren Kopf auf meine Schulter, als wolle sie ein Nickerchen machen.

Ich lache und gehe den von ihr angedeuteten Weg hinunter, wobei ich darauf achte, sie vor tief hängenden Ästen und Sträuchern zu schützen. Ich kann mich nicht erinnern, wann ich mich das letzte Mal so leicht gefühlt habe, sowohl körperlich als auch geistig. Anstatt mich zu ermüden, beflügelt mich ihr geringes Gewicht in meinen Armen. Das Gefühl ihres Körpers an meinem ruft nicht nur den üblichen fleischlichen Hunger hervor, sondern auch etwas Warmes und Reines … fast etwas wie Freude.

Es ist, als ob sich die dunklen Wolken, die in den letzten Jahren über mir hingen, für einen Moment gelichtet haben und ein Stück sonnenbeschienener Himmel zum Vorschein kam.

Das Gefühl hält den ganzen Weg über bis zu unserem Ziel an und wird durch ihr gelegentliches Gemurre über dumme Macho-Männer und deren Egos verstärkt. Ich bin mir sicher, dass sie beleidigend sein will, aber alles, was ich fühle, ist Belustigung gemischt mit Erleichterung. Ich mag es, wenn sie bissig und mürrisch ist. Es bedeutet, dass sie sich bei mir sicher fühlt und die Dinge vergisst, die sie von mir gehört und gesehen hat.

Vergisst, dass ich ein Monster bin.

Als wir zu einer kleinen, mit Wildblumen übersäten Wiese kommen, setze ich sie ab und lasse sie die Blumen pflücken. Trotz der Schlinge ist sie schnell und effizient. Ihre flinken Finger zupfen die verstreuten Pflanzen und arrangieren sie zu etwas Schönem. Als sie fertig ist, muss ich zugeben, dass es eine gute Geschenkidee *ist* – meine Schwester wird diesen ungewöhnlichen, nach Wald duftenden Strauß lieben.

»Ich bin bereit für den Heimweg«, sagt sie mit

falschem Hochmut, und ich lache, während ich sie hochhebe, vorsichtig, um die Blumen, die sie in der Hand hält, nicht zu zerdrücken. Ihr Aroma vermischt sich mit dem frischen, berauschenden Duft ihres Haares, und mein Körper entzündet sich mit einer Welle der Erregung. Mein Schwanz verhärtet sich, als sie ihren Kopf auf meine Schulter legt und ihre Nase meinen Hals streift.

»Bergauf ist es härter, nicht wahr?«, fragt sie fröhlich, als ich den Weg zurück zum Haus antrete. Sie hebt den Kopf, legt ihre Handfläche auf meine Brust und grinst. »Dein Herz schlägt schon schneller.«

So ist es – aber nicht aus dem Grund, an den sie denkt. Ich muss mich zusammenreißen, um sie nicht gegen den nächsten Baum zu drücken und tief in ihren engen kleinen Körper zu fahren. Sie zu fühlen, ihr Geruch, das schelmische Funkeln in ihren Augen – all das schürt das Feuer, das in mir brennt, den heftigen Hunger, den ich so sehr zu unterdrücken versucht habe.

Mein Tempo verlangsamt sich, als mein Blick auf ihre Lippen fällt, die so schön und weich sind, so verführerisch geschwungen in diesem strahlenden, neckischen Lächeln.

*Tu es nicht.*

Mein pochender Herzschlag verstärkt sich zu einem Dröhnen in meinen Ohren.

*Tu es verdammt nochmal nicht.*

Ich bekomme einen Tunnelblick, die Welt um uns herum verschwimmt und gerät aus dem Fokus. Alles, was ich sehen kann, ist ihr Lächeln, strahlend und warm wie die Sonne. Alles, was ich fühlen kann, ist die Hitze, die meine Adern versengt.

*Tu es verdammt nochmal nicht.*

Ihr Lächeln verblasst, und ein misstrauischer Blick tritt in ihre weichen braunen Augen, als ich stehen bleibe und sie anstarre. »Nikolai, ich wollte nicht ...«

Meine Lippen bedecken die ihren und verschlucken den Rest ihrer Worte. *Fuck, sie schmeckt gut.* Wie Äpfel und Beeren und Blumen, etwas Gesundes und Wildes und Frisches. Der berauschende Geschmack füttert den dunklen Hunger in mir und verstärkt das wilde Bedürfnis, das unter meiner Haut brodelt.

Ihre Lippen öffnen sich unter dem Druck der meinen, und meine Zunge dringt in die feuchten, warmen Tiefen ihres Mundes ein und sucht nach jedem Stückchen ihres Geschmacks, ihres süßen, reinen Wesens. Gierig atme ich ihr keuchendes Ausatmen ein und schwelge in dem Stöhnen, das ihre Kehle vibrieren lässt, während ich mit meinen Zähnen an ihrer Unterlippe ziehe und dabei fast die empfindliche Haut verletze.

*Meine. Sie gehört verdammt nochmal mir.* Ich will sie verzehren, verschlingen, brandmarken ... sie nehmen, verwüsten, zerstören. Nein, nicht zerstören – besitzen, auch wenn das als Molotow im Grunde ein und dasselbe ist. Mein Bedürfnis nach ihr ist obsessiv und dunkel, gefährlich für sie und für mich. Aber ich weigere mich, jetzt daran zu denken, weigere mich, mich an die Streitereien meiner Eltern und die

Warnungen meiner Großmutter zu erinnern. Das Schicksal hat Chloe zu mir gebracht, und das Schicksal wird unseren Weg bestimmen. Im Moment will ich sie beanspruchen, sie besitzen.

Hungrig vertiefe ich den Kuss, und sie antwortet mit gleicher Inbrunst, ihre Zunge duelliert sich mit meiner, während ihr linker Arm sich um meinen Hals schlingt. Meine Arme legen sich um sie, drücken sie gegen meine Brust und entlocken ihr einen schmerzhaften Schrei.

*Scheiße. Ihre Schlinge.*

Was tue ich gerade?

Mit übermenschlicher Anstrengung reiße ich meinen Mund weg und setze sie ab. Schwer atmend weiche ich zurück, als sie mich mit großen Augen und vom Kuss geschwollenen Lippen anstarrt.

Schockiert. Sie ist geschockt von dem, was passiert ist, und ich bin es auch. Schockiert, dass ich sie losgelassen habe, dass ich die Kraft gefunden habe, sie freizulassen, während das Tier in mir heult und wütet und verlangt, dass ich sie hier und jetzt nehme, egal wie verletzt und zerbrechlich sie ist.

»Nikolai, ich …« Sie schluckt heftig und legt ihre linke Hand auf ihre Brust. Der Strauß, den sie in der Hand hält, ist beschädigt, einige Blumen sind zerdrückt und in der Mitte geknickt. »Ich glaube nicht, dass das eine gute Idee ist. Ich meine, du und ich …«

»Ich weiß, was du meinst.« Mein Tonfall ist so schneidend wie der Hunger, der in mir wütet und an meiner Selbstbeherrschung nagt.

Ich war so nah dran, sie zu ficken. Noch eine Minute, und ich wäre tief in ihre enge, feuchte Hitze eingetaucht und hätte alle ihre Verletzungen vergessen.

Es ist amtlich. Ich bin ein verdammter Höhlenmensch.

Es gibt keinen Zweifel mehr in meinem Kopf.

Sie kaut auf ihrer prallen Unterlippe, was mich dazu bringt, dasselbe zu tun. »Das tue ich nicht …«

»Du solltest sie in Ordnung bringen.« Auf ihren leeren Blick hin knurre ich: »Die Blumen. Sie sind zerdrückt.«

Sie blinzelt und schaut nach unten, als ob sie erst jetzt merken würde, dass sie noch in ihrer Hand sind. »Stimmt.« Sie tritt unsicher zurück. »Das werde ich.«

Sie kniet nieder, um die wenigen einsamen Blumen zu pflücken, die auf diesem Weg wachsen, und ich wende mich ab und atme tief durch. Als sie wieder meinen Namen ruft, habe ich mich unter Kontrolle. *Größtenteils.*

Ich drehe mich wieder zu ihr um und halte meinen Gesichtsausdruck neutral. »Gehen wir.«

Sie kommt humpelnd auf mich zu, und ich beiße die Zähne zusammen, als ich sie hochhebe. Probleme mit der Selbstkontrolle hin oder her, ich lasse sie nicht allein zurückwandern.

Ich drücke sie fest an meine Brust und verlängere meine Schritte, bis ich fast renne. Sie bleibt stumm, obwohl sie hören muss, wie mein Atem vor Anstrengung schneller wird. Es gibt keine Hänseleien mehr über Macho-Männer, keine Proteste mehr darüber, dass sie allein laufen kann. Sie will nicht meine Aufmerksamkeit auf sich ziehen, und das ist auch gut so.

Meine Zurückhaltung hängt nur noch an einem seidenen Faden.

Erst als wir uns dem Haus nähern, spricht sie wieder. »Danke«, sagt sie leise und zwingt mich, ihren Blick zu erwidern – etwas, was ich den ganzen Rückweg lang vermieden habe. »Ich weiß das wirklich zu schätzen.«

»Natürlich. Ich helfe gerne.« Mein Ton ist lässig, ruhig, als ob wir darüber sprechen, dass Ich sie zum Blumenpflücken begleitet habe. Aber wir beide wissen, dass wir das nicht tun.

Sie ist dankbar für die Tatsache, dass ich sie nicht gefickt habe – dass sie jetzt ihre Mauern errichten und sich verstellen kann.

14

CHLOE

Sobald Nikolai mich in meinem Zimmer abgesetzt hat, mache ich mich auf die Suche nach Alina. Ich finde sie in der Küche, wo sie mit Lyudmila plaudert, und überreiche ihr die Blumen zusammen mit den Geburtstagsglückwünschen.

»Danke.« Sie nimmt den Strauß mit einem strahlenden Lächeln entgegen. »Wo in aller Welt hast du die denn her? Sie sind wunderschön.«

Ich lächele zurück. »Ach, nur hier in der Nähe.«

»Wirklich? Mit deinem Knöchel?«

Meine Wangen werden heiß bei der Erinnerung an das, was im Wald fast passiert wäre. »Nikolai hat vielleicht geholfen.«

Ihr Lächeln verblasst leicht, aber sie sagt nichts dazu. Stattdessen wendet sie sich an Lyudmila, die an der Spüle Gemüse schnippelt, und spricht ein paar Worte auf Russisch mit ihr. Die blonde Frau eilt davon, um eine hübsche Vase mit Wasser zu füllen, und Alina arrangiert die Blumen darin, bevor sie sie ins Esszimmer bringt, wo sie sich zu dem anderen Strauß gesellen, der den Tisch schmückt.

»Wie geht es dir?«, frage ich, während ich ihr folge. Der Tisch ist bereits mit einer Vielzahl von Vorspeisen gedeckt; es sieht so aus, als würde es heute ein besonders ausgefallenes Mittagessen werden. »Hast du noch Kopfschmerzen?«

»Das sollte ich dich fragen.« Sie schaut mich an, und ihre jadefarbenen Augen glänzen. »Wie geht es deinem Arm? Deinem Knöchel?«

»Alles besser.« Der Knöchel im Moment nicht so sehr – ich habe es heute definitiv übertrieben – aber darüber schweige ich.

»Das freut mich.« Sie zögert, dann fragt sie leise: »Hast du mit Nikolai gesprochen?«

Mein Puls wird schneller. »Er hat mir von Slava und den Leonows erzählt.« Wird sie mir noch mehr erzählen? Hat sie sich doch noch entschieden, mir die ganze Geschichte zu enthüllen?

Ihr Gesicht nimmt einen sphinxartigen Ausdruck an. »Ich verstehe.«

Ich denke die Antwort ist Nein. Ich bin versucht, sie zu bedrängen, aber ich möchte an ihrem Geburtstag kein traumatisches Thema ansprechen – obwohl man argumentieren könnte, dass sie es gerade selbst angesprochen hat.

»Wollen wir heute Abend nach dem Essen etwas zusammen machen?«, frage ich spontan. »Vielleicht ein paar Brettspiele spielen, ein paar Bierchen trinken? Natürlich auch gerne mit Lyudmila.«

Mein Angebot ist nur teilweise durch meinen Wunsch motiviert, nach mehr Informationen zu suchen. Hauptsächlich möchte ich Alina besser kennenlernen, denn ich fange an, sie wirklich zu mögen.

Sie sieht erschrocken aus, erholt sich aber schnell. Mit einem herzlichen Lächeln sagt sie: »Das klingt toll. Mal sehen, wie lange das Essen dauert, und dann entscheiden wir, was wir tun.«

Da ich schon unten bin, gehe ich mit allen zum Mittagessen, anstatt mich von Nikolai in meinem Zimmer füttern zu lassen. Nicht nur, dass ich mich gut genug fühle, um wieder eine funktionierende Erwachsene zu sein, sondern nach dem, was fast im Wald passiert wäre, fühlt sich das Alleinsein mit Nikolai wie ein gefährliches Unterfangen an – besonders im Beisein eines Bettes.

Ich bin mir sicher, dass er nur aufgehört hat, weil er Angst hatte, meinen Arm zu verletzen. Das wäre viel weniger ein Problem, wenn er bequem auf einem Kissen liegen würde.

Mein Herz hämmert schneller bei dem Gedanken, und ich werfe ihm einen heimlichen Blick zu. Ich kann immer noch spüren, wie seine Lippen die meinen verschlingen, kann immer noch seinen warmen, minzigen Atem schmecken. Meine Brustwarzen fühlen sich übermäßig empfindlich an, und meine Unterlippe pocht an der Stelle, an der er sie gebissen hat, das Pulsieren hallt tief in meinem Inneren wider.

Ich will ihn. Und nicht auf eine ungezwungene Es-wäre-schön-wenn-Art-und-Weise. Obwohl ich weiß, was er ist, sehne ich mich so verzweifelt nach ihm, dass es wie eine Krankheit ist, eine Sucht, die so ungesund und gefährlich ist wie die eines Heroinabhängigen. Ich habe keine Willenskraft in seiner Nähe, keine Fähigkeit, seiner Berührung zu widerstehen. Eigentlich sollte er mich erschrecken und abstoßen, aber stattdessen fühle ich mich genauso sehr zu ihm hingezogen wie vorher, wenn nicht sogar noch mehr.

Es ist verdreht. Es ist falsch. Ich weiß das, aber ich kann es nicht ändern.

Mein Körper und mein Herz weigern sich, sich mit meinem Kopf zu synchronisieren.

Er registriert meinen Blick auf ihn, und seine Tigeraugen werden schwer, gefüllt mit unverkennbar dunkler Hitze. Mein Puls steigt weiter an, und mein Atem geht stoßweise, während ich wegschaue. Wie sehr ich ihn auch will, er will mich noch mehr. Und sein Verlangen ist nicht von der weichen und süßen Sorte. Ich spürte heute die wilde Dringlichkeit in ihm, das Bedürfnis zu dominieren und zu erobern. Wären meine Verletzungen nicht gewesen, hätte er mich auf der Stelle genommen, auf dem mit Laub bedeckten Boden. Und sanft wäre er auch nicht gewesen.

Wenn wir wieder Sex haben, wird es für mich

verheerend sein, sowohl körperlich als auch psychisch, und die einzige Möglichkeit, das zu verhindern, ist, ihm aus dem Weg zu gehen – etwas, was in meiner derzeitigen Situation unmöglich ist. Selbst wenn ich bereit wäre, eine Begegnung mit neuen Lakaien von Bransford zu riskieren, würde Nikolai mich nicht gehen lassen.

Zum ersten Mal erlaube ich mir, an die Zukunft zu denken, und an das, was sie bringen wird. Wird Nikolai mich jemals gehen lassen? Und wenn er es tut, werde ich dann jemals sicher sein? Wenn Tom Bransford mich tatsächlich tot sehen will, was hält ihn dann davon ab, mich weiterhin zu verfolgen? Den Umfragen nach zu urteilen wird er höchstwahrscheinlich der Kandidat seiner Partei sein. Wenn er dann die Parlamentswahlen gewinnt, wird seine Macht nahezu grenzenlos sein – nicht, dass es im Moment viele Grenzen gäbe.

Laute Stimmen reißen mich aus meinen dunklen Grübeleien. Es sind Alina und Nikolai, die sich, wie es sich anhört, auf Russisch streiten. Ich war so in meine Gedanken versunken, dass ich die angespannte Atmosphäre am Tisch nicht bemerkt habe, aber jetzt kann ich sie nicht mehr ignorieren.

Bruder und Schwester haben eindeutig eine Meinungsverschiedenheit, und Slava beobachtet sie mit seinen goldenen Augen, die vor Neugierde und mehr als nur einem Hauch von Sorge glänzen.

Ich ziehe an seinem Ärmel. »Hey. Wie nennen wir

das auf Englisch?« Ich zeige auf die Tomate auf seinem Teller.

Er blinzelt zu mir hoch.

»Wir haben es erst heute Morgen gelernt, erinnerst du dich?« Er sieht immer noch ratlos aus, also beschließe ich, ihm einen Hinweis zu geben. »Es ist ein Gemüse, das wir To…«

»Tomate!«, ruft er aus und strahlt mich an.

»Das ist richtig.« Grinsend streiche ich über sein seidiges Haar. Mein Ziel war es, ihn von dem Streit der Erwachsenen abzulenken, aber es sieht so aus, als ob meine Einmischung den Streit ganz beendet hat, da Alina und Nikolai ihre Aufmerksamkeit stattdessen auf uns gerichtet haben.

»Er lernt so schnell«, sage ich, und Slava bläht stolz seine Brust auf, während Alina ihm ein warmes Lächeln schenkt und etwas auf Russisch sagt, was wie ein Lob klingt.

»Wir sollten Englisch mit ihm sprechen.« Nikolais Ton ist immer noch schroff. »Zumindest wenn Chloe in der Nähe ist. Auf diese Weise wird er noch schneller lernen.«

Alinas Lippen spannen sich an, aber sie nickt. »Wie du willst. Er ist dein Sohn.«

Ich bin mehr als neugierig, worum es bei ihrem Streit ging, aber ich denke nicht, dass es eine gute Idee ist, nachzufragen. Stattdessen will ich von Alina wissen, wie sie ihren Geburtstag normalerweise feiert, und sie unterhält mich mit Beschreibungen von Reisen zu exotischen Orten und üppigen Partys in Moskau, die von allen möglichen Prominenten besucht werden.

»Moment mal«, sage ich, als sie beiläufig erwähnt, wie ein Filmstar während einer Geburtstagsparty in Mykonos auf ihrer Yacht ohnmächtig wurde. »Du kennst Hollywood-Promis?«

Sie lacht. »Natürlich nicht alle, aber einige. Sie sind auch nur Menschen, weißt du. Nichts Besonderes im Großen und Ganzen.«

Nichts Besonderes für *sie* vielleicht, aber ich bin fasziniert. Ich bringe sie dazu, mir alles über ihre berühmten Freunde und Bekannten zu erzählen, und ehe ich mich versehe, sind wir mit dem Essen fertig. Das ist auch gut so, denn selbst boulevardszeitungswürdige Geschichten über sich danebenbenehmende Promis haben mein Bewusstsein für Nikolai und seinen absichtlichen, unerschütterlichen Fokus auf mich nicht gemindert.

Während der gesamten Mahlzeit hat er mich mit der tödlichen Geduld eines Raubtiers beobachtet, das weiß, dass es nur eine Frage der Zeit ist, bis es seine Beute verschlingt.

Unsere Blicke treffen sich, als wir vom Tisch aufstehen. Ich schaue sofort wieder weg, und meine Haut kribbelt, während mein Puls unkontrolliert rast.

Das ist schlimm. Ich hatte damit gerechnet, dass Nikolai sich zumindest noch ein paar Tage zurückhalten würde, aber ich glaube nicht, dass ich auch nur annähernd so viel Zeit bekommen werde.

Vielleicht noch einen weiteren Tag, wenn ich Glück habe.

Wenn nicht, werde ich heute Nacht in seinem Bett landen.

»Lass uns in dein Zimmer gehen«, sage ich zu Slava und versuche, die Röte zu ignorieren, die meinen ganzen Körper erhitzt. »Wir können Batman und Robin spielen – oder Batman und Superman.«

Das Kind ergreift eifrig meine Hand, und wir gehen gemeinsam aus dem Esszimmer, während Nikolai und Alina einen weiteren Streit auf Russisch auszutragen beginnen.

## 15

## NIKOLAI

»Ich sage dir, du kannst sie nicht im Dunkeln darüber lassen«, sagt Alina erneut, während Chloe und mein Sohn aus dem Blickfeld verschwinden. »Es ist ihr Vater. Sie verdient es, zu wissen, was du vorhast.«

Verdammter Pavel. Er hat Lyudmila von Bransford erzählt, und sie konnte natürlich nicht widerstehen, meiner Schwester davon zu erzählen – die wieder einmal entschlossen ist, ein Mitspracherecht in einer Sache zu haben, die sie nichts angeht.

Ich funkele sie an. »Du musst dich verdammt nochmal da raushalten. Das geht nur mich und Chloe etwas an, verstanden?«

Alinas grüne Augen blinzeln mich ganz unschuldig und verletzt an. »Ich wollte mich nicht einmischen. Ich sage nur, wenn du eine Chance auf eine echte Beziehung mit ihr haben willst, musst du ...«

Ich schnaube. »Was weißt du schon über echte Beziehungen?«

Sie holt tief Luft und lässt die Schultern hängen. »Schau, es war falsch von mir, mich vorher einzumischen. Dafür kann ich mich nicht genug entschuldigen. Aber die Tatsache bleibt bestehen: Chloe ist nicht wie wir. Egal, was Bransford getan hat, er ist immer noch ihr biologischer Vater …«

»Er ist der Vergewaltiger ihrer Mutter, nichts weiter.« Ich kann mich nicht einmal dazu durchringen, ihn einen Samenspender zu nennen. Das war *ich* für Slava in den ersten vier Jahren seines Lebens, aber sobald ich von seiner Existenz erfuhr, konnte ich mir nicht vorstellen, ihm auch nur ein Haar zu krümmen, geschweige denn einen Anschlag auf ihn zu befehlen … nicht einmal, wenn er eines Tages einen auf mich befiehlt.

Alina zuckt bei meinem scharfen Ton zusammen. »Ich weiß. Ich sage nicht, dass sie ihn als Familie betrachtet oder so. Aber sie verdient es trotzdem, ein Mitspracherecht zu haben.«

»Warum? Damit sie seinen Tod auf dem Gewissen haben kann?«

»Was ist, wenn sie ihn nicht tot sehen will?«

»Das ist nicht ihre Entscheidung.« Auf keinen Fall lasse ich den Wichser am Leben, nicht einmal, wenn Chloe darum bettelt.

»Aber das sollte sie«, sagt Alina frustriert. »Wenn ich sie wäre …«

»Ich würde auch dir diese Last nicht aufbürden.« Ich würde sie selbst tragen, so wie ich es jetzt tue.

Ihre Augen verdunkeln sich. »Kolya …«

»Lass es.« Der Tod unseres Vaters ist kein Thema, das ich mit ihr besprechen möchte. Niemals. »Halt dich einfach aus meiner Beziehung zu Chloe raus, verstanden?«

Und bevor sie mich noch weiter verärgern kann, gehe ich fort.

---

Ich verbringe den Nachmittag damit, mich um das Geschäftliche zu kümmern – auch wenn meine Brüder die meiste Verantwortung für das Familienkonglomerat übernommen haben, gibt es genug für mich zu tun – und dann schalte ich die Videoübertragung aus Chloes Zimmer ein, wo sie sich gerade für das Abendessen fertig machen sollte.

Ich erwische sie dabei, wie sie, bereits mit einem Abendkleid bekleidet, aus ihrem Schrank kommt. Eine Sekunde lang frage ich mich, wie sie es geschafft hat, sich ohne Hilfe umzuziehen – ich hatte vor, ihr gleich zu helfen – aber dann tritt meine Schwester ins Bild.

»Stell dich hierhin«, sagt sie zu Chloe und führt sie zum Fenster. »Da dein Arm außer Gefecht gesetzt ist, werde ich dein Make-up machen.«

Ich lehne mich in meinem Stuhl zurück und beobachte amüsiert, wie sie beginnt, Chloes Gesicht mit den verschiedenen Tuben und Pinseln zu bemalen, die sie aus einer kleinen Tasche holt. Ich erinnere mich, dass sie ihre Puppen auf die gleiche Weise bemalt hat, als sie klein war; ich denke, sie ist dem nie entwachsen. Das stört mich nicht. Chloe braucht kein Make-up – sie ist auch ohne wunderschön –, aber das ist etwas, was Frauen tun, wenn sie sich herausputzen, und ich mag mein *zajchik* herausgeputzt. Oder leicht bekleidet. Oder besser noch … komplett nackt.

Mein Körper verhärtet sich bei dem Gedanken, und ich muss ein paarmal tief durchatmen, um meinen beschleunigten Puls zu kontrollieren. Ich kann sie nicht haben. Noch nicht. Egal, wie sehr es körperlich schmerzt, es mir zu verweigern.

Im Moment kann ich nur beobachten und planen, was ich mit ihr machen werde, wenn sie wieder ganz gesund ist.

## 16

## CHLOE

Zu meiner Erleichterung ist die Atmosphäre beim Abendessen nicht im Geringsten angespannt, auch weil Pavel und Lyudmila sich zu uns gesellen, anstatt in der Küche zu bleiben. Ihre Anwesenheit trägt zur festlichen Stimmung des Essens bei, fast so sehr wie all die exotischen, bunten Gerichte, die den Tisch füllen.

Pavel hat sich heute selbst übertroffen; es ist eher eine Gourmet-Hochzeitsfeier als ein Geburtstag zu Hause.

Neben dem herrlich arrangierten leckeren Essen gibt es reichlich Alkohol, alles, von Wein über Wodka bis hin zu Cognac. Alle paar Minuten bringen entweder Pavel, Lyudmila oder Nikolai einen Toast auf das Geburtstagskind aus, und wir trinken einen Kurzen – oder, in meinem Fall, nehmen einen Schluck Wein. Ich kann auf keinen Fall mit den Unmengen an hochprozentigem Alkohol mithalten, die die Russen konsumieren. Nun, alle außer Slava. Er trinkt Orangenlimonade – ein Leckerbissen für besondere Anlässe, vermute ich, denn es ist das erste Mal, dass ich das Kind etwas anderes als Wasser trinken sehe.

Als der Fleischgang kommt, steigt die Lautstärke und die Häufigkeit der Trinksprüche, bis es sich anfühlt, als würde jemand nonstop ein Glas auf Alinas Gesundheit, Schönheit, Klugheit oder zukünftigen Erfolg erheben. Die Unterhaltung ist eine ungestüme Mischung aus Russisch und Englisch, Letzteres wahrscheinlich nur mir zuliebe. Es gibt auch viel zu lachen, zusammen mit Witzen, die nicht immer einen Sinn ergeben, wenn man sie aus dem Russischen übersetzt – *Anekdoten*, wie Nikolai sie nennt. Sie sind so etwas wie *Ein Esel und ein Pferd gehen in eine Bar*, aber viel kreativer und aufwändiger. Er erklärt, dass das Erzählen dieser lustigen Anekdoten bei geselligen Zusammenkünften eine Tradition in seinem Land ist und dass so ziemlich jeder Russe, der etwas auf sich hält, ein Repertoire hat, das er ständig auffrischt, indem er das Internet durchforstet und spezielle Bücher kauft.

Als Pavel in der Küche verschwindet und mit einem Teetablett und einem dreistöckigen, kerzengeschmückten Kuchen wieder auftaucht, lache ich so sehr, dass ich überzeugt bin, trotz aller Vorsichtsmaßnahmen betrunken zu sein. Nikolai, der darauf aus ist, jemanden zum Lachen zu bringen, habe ich so noch nie gesehen, und ich habe nichts, was ich seinem trockenen, witzigen Charme entgegensetzen könnte. Genauso wenig wie alle anderen am Tisch, wie es scheint. Slava, vollgepumpt mit Zucker und erwachsener Fröhlichkeit, vergisst, sich von seinem Vater fernzuhalten und klettert auf seinen Schoß, während Alina betrunken ihren Arm um Nikolais Hals schlingt und ihm einen dicken Knutscher auf die Wange drückt – das erste Mal, dass ich sie wie eine verspielte kleine Schwester agieren sehe.

Das macht mir bewusst, wie reserviert sie und alle anderen in diesem Haushalt normalerweise sind, und wie wenig von einer normalen Familiendynamik ich zwischen ihnen bis jetzt gesehen habe.

Die Erkenntnis bringt mich wieder zur Besinnung und weckt meine Vorsicht, aber dann bläst Alina die Kerzen unter lautem Jubel aus, und ich vergesse, dass ich nicht auf einer typischen Geburtstagsfeier bin, dass der umwerfend gekleidete Mann, der mit seiner Familie lacht, genauso mein Entführer wie mein Beschützer ist.

Nikolai ist gefährlich, und das nicht nur, weil ich ihn mit eigenen Augen habe töten sehen.

Das liegt daran, dass er so viel komplexer ist, als ein Mann ohne Gewissen sein sollte.

Als ich ihn näher beobachte, stelle ich fest, dass er im Gegensatz zu allen anderen nicht betrunken zu sein scheint. Sein Lachen und seine Witze haben eine gewisse kalkulierte Qualität, die charmante, unbeschwerte Fassade, die er angenommen hat. Es erinnert mich an Alinas Behauptung, dass ihr Bruder nichts zufällig tut, dass alle seine Handlungen geplant sind.

Doch selbst das kann mein Herz nicht davon abhalten, sich vor Zärtlichkeit zusammenzuziehen, als ich die echte Sanftheit in seinen Augen bemerke, während er seinen Sohn vorsichtig umarmt – der jetzt kichernd auf seinem Schoß hüpft und dabei auf Russisch plappert. Ich höre das Wort *Papa* in dem schnellen Strom von Worten, und meine Brust schwillt mit einem Gefühl an, das so intensiv ist, dass Tränen hinter meinen Augenlidern kribbeln.

*Papa* hat Slava ihn unaufgefordert auf Russisch genannt.

Sie kommen sich endlich als Vater und Sohn näher.

Ich blinzele die brennende Feuchtigkeit zurück und schaue auf mein halb gegessenes Dessert hinunter – nur um zu spüren, wie es in meinem Nacken kribbelt. Als ich aufschaue, ist Nikolais Blick auf mich gerichtet, und seine Tigeraugen sind von nervtötender Intensität.

Ich hatte recht. Er ist nicht im Geringsten betrunken. Wenn überhaupt, dann hat ihn der Alkohol schärfer und fokussierter gemacht.

»Magst du den Kuchen nicht, *zajchik*?«, murmelt er, und seine Stimme ist zu leise, um zum Rest des Tisches zu gelangen, wo Pavel und Lyudmila wieder lautstark auf Alina anstoßen. »Oder bist du einfach zu voll?«

Mein Gesicht erwärmt sich. Warum fühlt sich diese einfache Frage wie eine sexuelle Anspielung an? Das sollte es nicht, nicht einmal mit diesem verführerischen, intimen Unterton in seiner Stimme.

Er hält seinen Sohn im Arm, verdammt nochmal.

»Ich bin voll«, sage ich, nur um die Worte sofort wieder zurückzunehmen, als sich sein Mund zu einem verruchten Halb-Lächeln verzieht.

Es ist Slava, der mir zu Hilfe kommt. »Daddy«, sagt er laut auf Englisch und dreht seinen kleinen Körper so, dass er seine Arme um Nikolais Hals schlingen kann. »*Mein* Daddy.«

Nikolais Blick wandert zu seinem Sohn, und das anzügliche Funkeln in seinen Augen wird von einem Ausdruck ersetzt, der so schmerzhaft zärtlich ist, dass sich mein Herz in meiner Brust fast auflöst. Das ist so viel mehr, als wenn das Kind beiläufig ein *Papa* fallen lässt.

Slava beansprucht Nikolai offiziell als seinen Vater und umarmt ihn mit all der Besitzergreifung in seinem kleinen Molotow-Herzen.

Ich zwinge die Worte durch den wachsenden Kloß in meinem Hals heraus. »Ja, mein Schatz. Das ist *dein* Daddy. Gut gemacht.« Die dummen Tränen brennen wieder auf meinen Augenlidern, und ich merke, dass meine Freude, dies mitzuerleben, bittersüß ist, gefärbt mit Neid.

Als Kind habe ich davon geträumt, meinen Vater zu treffen und ihn genau so zu umarmen.

Zum Glück sieht Nikolai mich nicht an. Seine ganze Aufmerksamkeit ist auf seinen Sohn gerichtet. Er murmelt etwas auf Russisch und streicht Slavas Haare sanft zurück ... und mein Hals droht sich komplett zu schließen, als ich ein winziges Zittern in seiner starken, schwieligen Hand wahrnehme.

Was ich in Nikolais Gesicht sehe, ist nur die Spitze des emotionalen Eisbergs. Der mächtige, rücksichtslose Mann vor mir wird von seinem Sohn völlig aus dem Konzept gebracht.

Ich schlucke belegt und zwinge mich, wegzuschauen, bevor ich auch aus der Fassung gebracht werde. Es ist schon schlimm genug, dass mein Körper für ihn schmilzt, und jetzt schließt sich auch noch mein Herz an. Es gibt keine Möglichkeit, ihn als Psychopathen abzustempeln, keine Möglichkeit für mich, so zu tun, als ob der skrupellose Killer, in den ich mich verliebt habe, unfähig zu echten Gefühlen ist.

Was auch immer Nikolai für mich empfinden mag oder nicht, er liebt seinen kleinen Sohn von ganzem Herzen.

## 17

CHLOE

Die Dinnerparty dauert bis spät in den Abend hinein, so dass ich keine Chance habe, danach Zeit mit Alina zu verbringen. Als Nikolai mich in mein Zimmer trägt und mir beim Duschen und Umziehen hilft, bin ich so betrunken und erschöpft, dass ich fast in seinen Armen einschlafe.

Erst am nächsten Morgen wird mir klar, dass ich entgegen meiner Befürchtungen nicht in Nikolais Bett gelandet bin. Einmal mehr war er das perfekte Kindermädchen, das sich um mich kümmerte, ohne eine Gegenleistung dafür zu verlangen. Selbst die große Menge an Alkohol hatte seine Selbstbeherrschung nicht untergraben – obwohl ich vermute, dass die Tatsache, dass ich mehr oder weniger komatös war, als er mich nach oben brachte, seiner Entschlossenheit half.

Nach der Szene mit seinem Sohn habe ich mich dem Wein zugewandt, um meine widerspenstigen

Emotionen in den Griff zu bekommen, und mit dem Wein, dem Schmerzmittel, das ich früher am Tag genommen hatte, und meinem immer noch heilenden Körper, war ich im Grunde ein Zombie.

Glücklicherweise habe ich keinen großen Kater, so dass ich es rechtzeitig zum Frühstück schaffe. Zu meiner Erleichterung – und mehr als nur leichten Enttäuschung – ist Nikolai nicht da.

»Am Telefon mit Russland«, erklärt Alina. Genau wie ich, scheint sie nicht übermäßig unter den Nachwirkungen der nächtlichen Feierlichkeiten zu leiden. Nach dem Frühstück schließt sie sich mir und Slava bei unseren Spielstunden an und geht sogar so weit, ihren Neffen beim Fangen zu jagen, obwohl sie ihre übliche Uniform aus einem schicken Kleid und hohen Schuhen trägt.

»Ich habe keine Ahnung, wie du es schaffst, dass deine Zehen nicht abfallen«, sage ich und beäuge ihre Absatzschuhe. Sie lacht und erklärt, dass sie es so sehr gewohnt ist, solche Schuhe zu tragen, dass sich Turnschuhe für sie komisch anfühlen.

»Russische Frauen sind stolz darauf, dass sie im Namen der Schönheit alle Arten von Unannehmlichkeiten ertragen können«, erzählt sie mir augenzwinkernd. »Es ist unsere langmütige, masochistische Natur. Auch wenn Leggings und Co. in meiner Heimat Einzug gehalten haben, müsst ihr uns die hochhackigen Schuhe von unseren kalten, toten Füßen reißen.«

Ich lache und lasse das Thema fallen. Ich mag Alina

wirklich sehr. Ihre Schönheit war anfangs so einschüchternd, dass ich eine Weile brauchte, um darüber hinwegzusehen. Jetzt, wo ich das getan habe, erkenne ich, dass viel von ihrer anfänglichen Zurückhaltung eine Form des Selbstschutzes war. Da ihre Familie so ist, wie sie ist, braucht sie ihre glänzende, stachelige Fassade, um ihre Verletzlichkeit zu verbergen – und das Trauma, von dem sie sich immer noch erholt.

In den nächsten Tagen geht mein Wunsch, Alina besser kennenzulernen, in Erfüllung, auch weil Nikolai einen Großteil meiner Pflege an sie delegiert hat. Jetzt hilft sie mir beim Anziehen und Duschen, obwohl er immer noch derjenige ist, der den Verband an meinem Arm wechselt, wenn es nötig ist.

Ich vermute, dass es daran liegt, dass er, während es mir besser geht, nicht darauf vertraut, dass er seine Selbstbeherrschung unter Kontrolle hat.

Das stört mich nicht. Es ermöglicht es mir nicht nur, ein gewisses emotionales Gleichgewicht aufrechtzuerhalten, wenn ich ihn sehe, sondern Alina und ich entwickeln auch eine echte Beziehung zueinander. Da sich mein Knöchel schnell erholt, und mein Arm endlich aus der Schlinge heraus ist, machen wir kurze Wanderungen in der Nähe des Hauses – wobei sie ihre Stilettos gegen stylische Stiefel tauscht –, und wir verbringen viel Zeit mit Slava, dessen Englisch blitzschnell Fortschritte macht.

Ich glaube, es hilft ihm, mir zuzuhören, wenn ich mit Alina spreche. Er fängt an, Wörter und Sätze aufzuschnappen, die ich ihm nicht offiziell beigebracht habe.

Der einzige Wermutstropfen ist Alinas Weigerung, darüber zu sprechen, was mit ihrem Vater passiert ist – oder generell über ihre Familie und ihre Vergangenheit. Egal, wie sehr ich nachbohre, sie gibt nichts preis, und da Nikolai mich außer beim Verbandswechsel und bei den Mahlzeiten meidet, bin ich keinen Schritt weiter, Antworten zu bekommen.

Auf gewisse Weise stört mich das auch nicht. So sehr ich auch darauf brenne, zu verstehen, wie ein Mann, der sich so offen zu seinem Sohn hingezogen fühlt, das schreckliche Verbrechen des Vatermordes begehen konnte, zwingt mich die Unkenntnis aller Details dazu, es aus meinem Kopf zu verbannen. Das Gleiche gilt für die Situation mit Bransford. Wenn ich keine Neuigkeiten erfahre, kann ich stundenlang, ja sogar tagelang, nicht an die Gefahr denken, die von meinem biologischen Vater ausgeht, und daran, was meine Zukunft bringen könnte.

Diese ruhigen, leichten Tage fühlen sich wie ein Zwischenspiel aus der Zeit an, eine Atempause von der erschreckenden Realität, die mein Leben ist.

Eine Atempause, die endet, als das mysteriöse Mädchen eintrifft.

## 18

## CHLOE

Slava und ich stehen vor dem Haus und beobachten drei Eichhörnchen, die sich gegenseitig von Baum zu Baum jagen, als der schwarze Pick-up die Einfahrt hochrollt. Die Scheiben sind nicht so dunkel getönt wie die des Fahrzeugs der verstorbenen Attentäter, aber ich erstarre trotzdem an Ort und Stelle und werde von einem so intensiven Flashback überfallen, dass mir der kalte Schweiß ausbricht.

»Chloe? Chloe, wer ist das? Wer ist das, Chloe?«

Ich blinzele Slava an, der beharrlich an meinem Ärmel zerrt, und verdränge die grausamen Erinnerungen an meinen Toyota, der gegen den Baum geknallt ist. Ich dachte, ich wäre über das Geschehene hinweggekommen – sogar meine Alpträume haben in diesen glücklichen Tagen nachgelassen –, aber ich schätze, ich habe mir selbst etwas vorgemacht.

Ich habe mich genauso wenig von meinem Trauma erholt wie Alina von ihrem.

»Wer ist das?«, fragt Slava erneut und wippt auf seinen Fersen, als das Fahrzeug einige Dutzend Meter von uns entfernt zum Stehen kommt. Da sich sowohl seine Englischkenntnisse als auch seine Beziehung zu Nikolai verbessert haben, ist er zu meiner großen Freude zu einem selbstbewussten – und manchmal auch nervigen – kleinen Jungen geworden.

Ich schaffe es, ihn herzlich anzulächeln. »Ich weiß es nicht, Liebling. Schauen wir mal.«

Wir beide starren gebannt auf das Auto, als sich die Fahrerseite öffnet und eine zierliche junge Frau in Jeans, einem eng anliegenden weißen T-Shirt und abgewetzten Wanderschuhen aus dem Sitz hüpft. Sie sieht aus wie siebzehn oder achtzehn und erinnert mich an eine Kreuzung aus Saoirse Ronan und Marilyn Monroe – wenn beide auf Speed wären. Sie hat zarte, symmetrische Gesichtszüge und dickes, blondes Haar, das zu einem unordentlichen Dutt hochgesteckt ist.

Wie ein Wirbelwind stürzt sie sich auf uns. »Hey! Du musst Chloe sein.« Bevor ich antworten kann, ergreift sie meine Hand und schüttelt sie enthusiastisch. Dann fällt sie auf die Knie und strahlt Slava an. »*A ti Slavochka, da?*«

Ihr plötzlicher Wechsel ins Russische überrascht mich – sie hatte mit mir in reinem amerikanischen Englisch gesprochen. Slava scheint ebenfalls überrascht zu sein. Keiner der Erwachsenen um ihn herum ist normalerweise so quirlig und energiegeladen.

»Hi«, sage ich, als sie wieder auf die Beine springt. Buchstäblich springt, wie ein Kind. Vielleicht ist sie sogar jünger, als ich dachte? »Ich *bin* Chloe. Und wer bist du?«

Ihr breites Grinsen hat Grübchen, und ihre grauen Augen funkeln verlockend. »Du kannst mich Mascha nennen.«

»Schön, dich kennenzulernen, Mascha. Bist du …«

»Wo ist Nikolai?«, unterbricht sie mich. »Ich bin hier, um ihn zu treffen.«

Etwas zwickt tief in mir, und ein hässlicher Verdacht regt sich in meinem Kopf. »Er sollte in seinem Büro sein. Willst du, dass ich dich dort hinbringe?«

»Nicht nötig«, sagt sie lässig und rennt zum Haus hinauf.

Das zwickende Gefühl verwandelt sich in ein regelrechtes Aufstoßen in meinem Magen. Dieses Mädchen ist hübsch – mehr als hübsch. Sie ist umwerfend, sogar in ihrer Freizeitkleidung. Steckte man sie in eines von Alinas Kleidern, sie könnte über den Laufsteg stolzieren – oder zumindest über den roten Teppich, dabei ist sie nicht einmal so groß wie ich. Und obwohl sie jung ist, ist sie alles andere als kindlich; tatsächlich lässt mich ihr selbstbewusstes Auftreten denken, dass sie vielleicht gar kein Teenager ist. Als ich sie im Haus verschwinden sehe, muss ich daran denken, dass Nikolai, bevor er mich kennenlernte, die Angewohnheit hatte, alle möglichen schönen Frauen einfliegen zu lassen – vielleicht auch diese Mascha.

Wie sonst scheint sie zu wissen, wohin sie gehen soll? Oder hat von Slava gehört?

Oder mir?

Das letzte Stück passt nicht zu dieser Theorie, muss ich zugeben. Wenn sie Nikolais Geliebte wäre, egal ob in der Gegenwart oder Vergangenheit, warum sollte er ihr von mir erzählen? Es sei denn, sie haben eine seltsame Freundschaft mit Extras am Laufen, und im Gegensatz zu mir ist sie nicht das kleinste bisschen eifersüchtig.

»Hast du sie schon mal gesehen?«, frage ich Slava und gebe mein Bestes, meinen Tonfall entspannt zu halten. »Ich meine, vor heute?«

Slava blinzelt zu mir hoch. Er versteht jetzt einiges von dem, was ich sage, aber nicht alles.

Seufzend nehme ich seine Hand und führe ihn zum Haus. Ich verstehe nicht, warum ich so erpicht darauf bin, herauszufinden, wer diese junge Frau ist – wenn Nikolai das Interesse an mir verliert, kann das nur zum Besten sein. Doch egal, was mein rationaler Verstand sagt, der bloße Gedanke an ihn mit Mascha bringt mich dazu, jeden Knochen in ihrem winzigen, Marylin Monroe so ähnlichen Körper brechen zu wollen.

## 19

## CHLOE

Ich lasse Slava mit Lyudmila in der Küche zurück, gehe zu Nikolais Büro, und mein Brustkorb spannt sich an, als ich die Treppe hochgehe.

Es ist dumm, eifersüchtig zu sein. Irrational. Aber ich kann nichts gegen das grüne Monster tun, das an meiner Brust kratzt. Was ist, wenn ich es völlig falsch interpretiert habe, dass Nikolai mir in den letzten zwei Wochen aus dem Weg gegangen ist? Vielleicht hat er, anstatt sein Verlangen nach mir zu bekämpfen, einfach aufgehört, mich zu wollen. Immerhin hätte die Versorgung meiner Verletzungen ihn dazu bringen können, meinen Körper in einem anderen Licht zu sehen.

Ich war noch nie besonders unsicher, was meinen Körper angeht, aber ich war auch noch nie in einer Beziehung mit einem Mann, der so umwerfend schön ist wie Nikolai.

Moment, nein, wir sind nicht in einer Beziehung. Das war vielleicht früher einmal so, als ich dachte, er sei ein normaler, gesetzestreuer, wenn auch obszön reicher Mann. Ich weiß nicht, wie ich es jetzt nennen soll. Wenn die Person, mit der man geschlafen hat, einen gefangen hält und gleichzeitig vor jemandem beschützt, der einen töten will, ist das dann eine Beziehung? Zumindest eine von der Nicht-Stockholm-Syndrom-Variante? Ganz zu schweigen davon, dass er technisch gesehen immer noch mein Arbeitgeber ist – die Geldumschläge kommen pünktlich jeden Dienstag in meinem Zimmer an.

Ich verwerfe diese Überlegungen vorerst und nähere mich seiner Bürotür. Sie ist geschlossen, und als ich mein Ohr dagegen drücke, höre ich Stimmen, die Russisch sprechen. Ich kann die hellen, weiblichen Töne des Neuankömmlings wahrnehmen, zusammen mit Nikolais tiefen, weichen, gefährlich verführerischen.

»Was machst du da?«

Erschrocken drehe ich mich um und sehe Alina an, die im Flur steht und den Kopf neugierig schieflegt. »Ähm …«

Belustigung schimmert in ihren Augen. »Spionierst du meinem Bruder nach?«

»Nein, natürlich nicht.« Ich spüre, wie mein Gesicht brennt, während ich nach einer guten Erklärung krame. »Ich war nur …«

»Komm.« Sie packt mich am Ellenbogen und zieht mich den Flur hinunter in ihr Zimmer, wo sie mich fast hineinstößt, bevor sie sich zu mir umdreht. »Okay, jetzt sag schon. Was ist los?«

»Nichts.«

Sie wölbt eine Augenbraue und sieht ihrem Bruder verblüffend ähnlich.

Ich knicke ein. »Okay, gut. Da ist diese junge Frau, die gerade angekommen ist, und …«

»Du meinst Mascha?«

Mein Herz wird schwer. »Du kennst sie?«

»Sie ist Valerys neuester Fund.« Auf meinen verständnislosen Blick hin sagt sie: »Mein jüngster Bruder sammelt Menschen mit verschiedenen nützlichen Fähigkeiten. Ich habe keine Ahnung, was ihre sind, aber ich habe sie kurz bei ihm getroffen, bevor wir Moskau verlassen haben, und im Gegensatz zu seinen anderen Haustieren hat sie sich vorgestellt.«

»Seine Haustiere?«

Sie nickt. »So nenne ich sie. Er weckt eine fast krankhafte Loyalität in diesen Menschen.«

Aha, okay. Vielleicht ist sie nicht Nikolais Affäre – oder zumindest nicht nur.

»Hat Nikolai sie auch schon getroffen? Damals in Moskau zum Beispiel? Oder …«

»Chloe …« Alina zögert, dann sagt sie sanft: »Ich glaube nicht, dass du dir, was das betrifft, Sorgen machen musst.«

Mein Gesicht wird wieder heiß. »Das tue ich nicht …«

»Das tust du, und ich verstehe es. Sie ist

ungewöhnlich hübsch. Aber sie ist nicht hier, um Nikolais Bett zu wärmen.«

»Du weißt also, weswegen sie hier ist?« Meine Erleichterung wird schnell von ängstlicher Neugierde verdrängt. Aus irgendeinem Grund fühlt sich Maschas Ankunft wie ein böses Omen an.

Alina zögert wieder, dann schüttelt sie den Kopf. »Nicht wirklich. Du solltest mit Nikolai darüber reden.«

»Worüber? Hat es mit eurem Vater zu tun?«

Ihr Zusammenzucken ist fast unmerklich, ebenso wie ihre schnell versteckte Überraschung. »Das kann ich nicht sagen«, sagt sie und verschleiert ihre Miene sorgfältig. »Mein Bruder ist derjenige, der alle Antworten hat.«

Ich starre sie an, und mein Kopf dreht sich. Wenn es nicht um ihren Vater geht … »Hat das etwas mit *meinem* zu tun?«

Sie seufzt. »Sprich einfach mit Nikolai, Chloe. Bitte.«

Und bevor ich sie weiter bedrängen kann, schiebt sie mich aus ihrem Zimmer.

Ich habe erst später am Abend die Möglichkeit, mit Nikolai zu sprechen. Er verbringt den ganzen Nachmittag mit Mascha in seinem Büro – ich weiß das, weil ich dutzende Male an seiner Tür vorbeigehe. Irgendwann gesellt sich Pavel zu ihnen, und aus zwei

Stimmen werden drei, wobei das Knurren des Bärenmannes leicht zu erkennen ist.

Vor dem Abendessen fährt Mascha wieder weg – Slava und ich beobachten ihren Pick-up durch sein Schlafzimmerfenster – aber ein Familienessen ist kein guter Zeitpunkt, um Nikolai über ein potenziell heißes Thema auszufragen, also schlucke ich meine brennenden Fragen herunter und warte ab.

Mein Moment kommt nach dem Abendessen, als Lyudmila den Tisch abräumt und alle aufstehen, um auf ihre Zimmer zu gehen. Das ganze Abendessen über habe ich Nikolais intensiven Tigerblick auf mir gespürt, habe die Spekulation in seinem Blick gespürt.

Was auch immer vor sich geht, es betrifft mich. Ich bin mir jetzt fast sicher.

Als ob sie meinen Plan durchschaut hätte, schnappt sich Alina Slava, verschwindet in Rekordtempo die Treppe hinauf und lässt mich und Nikolai allein im Esszimmer zurück.

»Können wir noch einen Schlummertrunk nehmen?«, frage ich, als er sich umdreht, um zu gehen. Meine Stimme ist ruhig, auch wenn mein Herz unregelmäßig schlägt. Das ist in mehr als einer Hinsicht gefährlich. Nicht nur, dass ich riskiere, dass der Frieden und die Ruhe, die in den letzten zwei Wochen in meinem Leben geherrscht haben, ein Ende finden, auch meine Schusswunde ist fast vollständig verheilt.

Wenn Nikolai immer noch auf diese Weise an mir

interessiert ist, gibt es wenig, was ihn davon abhalten wird, diesem Wunsch nachzugeben.

Er dreht sich wieder zu mir um. Sein Kiefer ist angespannt, und seine Augen schimmern wie alter Bernstein. »Ein Schlummertrunk? Ich dachte, du stehst nicht auf härtere Getränke, *zajchik*.«

Ich schlucke gegen die Trockenheit in meiner Kehle an. »Ich bin in der Stimmung für einen kleinen Cognac.«

Wenn überhaupt, dann könnte ich ihn gebrauchen, um meinen Mut zu stärken.

Nikolais Stimme wird rau. »In Ordnung. Gib mir eine Minute.« Er verschwindet in der Küche und taucht mit einem Tablett mit Kristallkaraffen, umgeben von passenden Gläsern, wieder auf. Pavel scheint heute Abend keinen Dienst zu haben – oder Nikolai will auch seine Ruhe haben.

Während er uns beiden einen Drink einschenkt, setze ich mich wieder hin und wische mir heimlich die feuchten Handflächen am Rock meines Abendkleides ab. Es ist aus einem Seidenstoff in einem korallen-pfirsichfarbenen Ton, der laut Alina meinen Teint *ganz golden und leuchtend* aussehen lässt. Ich frage mich, ob Nikolai das auch denkt, oder ob er nur die Erzieherin seines Sohnes sieht, wenn er mich anblickt.

Was auch in Ordnung wäre. Sogar toll. Ich sollte nicht wollen, dass ein so gefährlicher Mann auf mich fixiert ist, der alle möglichen beängstigenden Behauptungen über Schicksalsfäden aufstellt und …

»Was wolltest du besprechen, *zajchik*?« Nikolais

Stimme ist wieder einmal samtig, als er sich auf den Stuhl mir gegenüber sinken lässt. Er schwenkt den Cognac in seinem Glas und betrachtet mich über den Rand hinweg mit halb geschlossenen Augen. »Ich nehme an, du bist nicht hier, weil du dich plötzlich nach meiner Gesellschaft sehnst.«

Meine Haut errötet am ganzen Körper. Ich sehne mich tatsächlich nach seiner Gesellschaft, so ungern ich es auch zugebe. Seit unserer Blumenpflück-Expedition haben wir nicht mehr viel Zeit miteinander verbracht – zumindest nicht allein. Bei den Mahlzeiten dienen Alina und Slava als Puffer, und Lyudmila und Pavel sind immer im Hintergrund dabei. Sogar das Wechseln der Verbände, das einzige Mal, dass er mein Zimmer allein betrat, hörte auf, sobald meine Wunde verschorft war und nicht mehr abgedeckt werden musste.

Die Wahrheit ist, dass ich in den letzten Tagen kaum mit ihm interagiert habe, und ich habe es vermisst. Ich habe unsere Gespräche vermisst, seinen unerschütterlichen Fokus auf mich ... sogar die Art und Weise, wie er mir das Gefühl gibt, ein Mäuschen zu sein, mit dem eine furchterregend heiße Katze spielt. Natürlich kann ich ihn das nicht wissen lassen. Nicht, wenn ich noch einen Funken Hoffnung habe, dass mein Leben eines Tages wieder normal werden wird – normal, ohne gefährliche Männer, die foltern und töten.

Ich atme tief durch und komme direkt zum Punkt. »Warum war sie hier? Wer ist sie?«

Er schweigt für ein paar Momente und betrachtet mich auf seine intensive Art, während der Cognac in seiner Hand unberührt bleibt. »Sie ist ein Aktivposten«, sagt er schließlich. »Mein Bruder Valery hat sie hergeschickt, nachdem ich ihm deine Situation erklärt habe.«

Mein Herz macht einen Sprung, und mein Mund wird trocken. Nach meinem Gespräch mit Alina habe ich mich gefragt, ob das der Fall sein könnte, aber es so unverblümt bestätigt zu bekommen … Zitternd greife ich nach meinem Cognac, nehme einen Schluck und lasse ihn einen Pfad des Feuers meine Speiseröhre hinunter entzünden. »Was für ein Aktivposten?«, frage ich, als der Drang, zu husten, nachlässt.

»Ursprünglich einer der Regierung. Jetzt unserer.«

Eine Spionin also, oder eine andere Art von Agentin – und nicht annähernd so jung, wie ich dachte, wenn sie diese Art von Hintergrund hat. Ich denke, ich kann das verstehen. Wenn ich Mascha auf der Straße getroffen hätte, hätte ich nie vermutet, dass sie irgendeine Art von *Aktivposten* ist, aber das ist wahrscheinlich genau der Punkt. Dieses spritzige, jugendliche Äußere sorgt für eine effektive Maske.

Bevor ich fragen kann, was genau ihre Rolle in meiner Situation ist, spricht Nikolai wieder. »*Zajchik* …« Sein Tonfall ist wieder einmal beunruhigend sanft. »Es ist bestätigt. Bransford ist dein biologischer Vater.«

Meine Herzfrequenz steigt weiter an, und Gänsehaut überzieht meine Arme. »Du meinst …«

»Mascha hat eine DNA-Probe von Bransford bekommen. Sie passt zu deiner.«

*Passt zu meiner.* Mein Magen dreht sich ekelerregend um, die Kälte breitet sich aus und erfasst den Rest meines Körpers. Ich wusste, dass dies der Fall sein musste, seit Nikolai mir erzählt hatte, was sein älterer Bruder aufgedeckt hatte, aber ein Teil von mir muss immer noch einen Funken Hoffnung in sich getragen haben.

Eine Hoffnung, die nun zerschlagen und zu Staub zermahlen ist.

»Warum hast du …« Ich halte inne und räuspere mich, um die Heiserkeit in meinem Hals zu klären. »Warum wolltest du es bestätigt haben?«

Ich möchte nicht darüber nachdenken, wie diese Mascha an Bransfords Probe gekommen ist, oder an meine. Eigentlich muss Letzteres einfach gewesen sein: meine Zahnbürste, ein paar lose Haare auf meinem Kopfkissen, eine Tasse, aus der ich getrunken habe … Ein Präsidentschaftskandidat mit all den dazugehörigen Sicherheiten allerdings …

»Weil ich mir sicher sein musste.«

Ich blinzele und merke, dass ich meine Gedanken von der Kernfrage abschweifen lasse. »Aber warum? Ich meine, versteh mich nicht falsch, ich bin dankbar.« Zumindest denke ich, dass ich das bin. Ist es besser, zu wissen, dass man der Nachkomme eines mordenden Vergewaltigers ist, oder ist es besser, es nur ganz stark zu vermuten?

Nikolai stellt sein Glas ab, und die Flüssigkeit darin

ist noch unberührt. »Ich habe versprochen, dich zu beschützen, *zajchik*.«

Das Frösteln überkommt mich wieder, und meine Gedanken schlagen einen Weg ein, von dem ich mir wünschte, sie würden es nicht tun. »Das hast du. Und das hast du auch getan. Ich bin hier in Sicherheit, oder nicht?« Zumindest vor Bransford.

Er beugt sich vor, und seine großen, warmen Handflächen bedecken meine eiskalten Hände. »Das bist du. Und du wirst noch sicherer sein, wenn er keine Bedrohung mehr für dich ist.«

Ich starre in seine hypnotische Iris, dieses satte, tiefe Gold, gesprenkelt mit Grün. »Inwiefern keine Bedrohung?« Ich habe es aus genau diesem Grund vermieden, über die Zukunft nachzudenken: weil ich mir keine vorstellen kann, in der Bransford *keine* Bedrohung sein wird. Wie eine Schildkröte habe ich mich in meinem Panzer versteckt und einen Tag, eine Stunde nach der anderen gelebt, während ich mir sagte, dass ich es irgendwann herausfinden und Moms Mörder zur Rechenschaft ziehen werde.

Aber nicht Nikolai. Er hat sich nicht vor der Realität versteckt – er hat geplant. Und es liegt in der Natur dieser Pläne, dass eisige Finger über meinen Rücken tanzen.

Ich habe das Gefühl, Nikolais Vorstellung von Gerechtigkeit unterscheidet sich drastisch von meiner.

Er lächelt, als wäre ich ein naives Kind. »Du brauchst dir keine Sorgen zu machen, *zajchik*. Ich kümmere mich darum.«

Für einen kurzen, feigen Moment bin ich versucht, genau das zu tun: mich nicht zu sorgen, die Sache in seine fähigen, rücksichtslosen Hände zu geben … die, die meine so besitzergreifend, so sanft halten.

Dieselben Hände, die ohne zu zögern zwei Leben vor meinen Augen genommen haben.

Es ist diese lebendige Erinnerung an die Schreie des gequälten Attentäters, die für mich entscheidet. Ich mag ein Händchen dafür entwickelt haben, der Realität aus dem Weg zu gehen, aber selbst ich kann nicht die Augen schließen und so tun, als wäre ich blind.

»Was wirst du mit ihm machen?« Meine Stimme ist so unsicher wie mein Puls. »Nikolai, bitte, ich muss es wissen. Was wirst du tun?«

Die winzigen Muskeln um seine Augen spannen sich an, und das ist die einzige Veränderung in seinem Ausdruck. »Nichts, was er nicht verdient hätte.«

Ich ziehe mich zurück und reiße meine Hände aus seinem Griff. »Du kannst ihn nicht töten.«

»Warum nicht?« Seine Stimme ist ruhig, sein Ton so gelassen als ob wir über den Besuch einer Party sprechen würden. Er lehnt sich zurück und nimmt wieder seinen Cognac in die Hand. Diesmal nimmt er gemächlich einen Schluck, bevor er ihn wieder abstellt.

Ich blicke ihn ungläubig an. »Weil er ein *Mensch* ist.« Wie kann das nicht selbstverständlich sein? »Ein böser Mensch, sicher, aber du kannst nicht einfach jeden umbringen, der …«

»Der versucht, dich zu töten? Ich kann und ich werde.«

Mein Herz setzt einen Schlag aus. Er meint es ernst, ich kann es sehen, und die Erkenntnis erfüllt mich mit allen möglichen beschissenen Gefühlen: Dankbarkeit überlagert von Schrecken, Hoffnung umrandet von Furcht, und, am beunruhigendsten, eine rachsüchtige Art von Freude.

Ich will Bransford tot sehen, für das, was er meiner Mutter angetan hat. Ich will es so sehr, dass ich es schmecken kann. Und ich will es auch für mich selbst. Ich will mein Leben zurück, meine Freiheit, meinen Seelenfrieden. Ich möchte die Nacht ohne Alpträume durchschlafen und ohne Angst die Straße entlanggehen. Ich will aufhören, in jedem Pick-up, in jedem unbekannten Gesicht eine Gefahr zu sehen.

Ich will, dass Bransford die Radieschen von unten sieht, und wenn Nikolai das schafft, bin ich frei … und genauso ein Mörder wie er.

Es ist dieser letzte Gedanke, der meine dunkle Sehnsucht zerdrückt. So sehr ich mir auch Freiheit und Rache wünsche, wir reden hier über Mord – kaltblütigen, vorsätzlichen Mord. Es war eine Sache, dass Nikolai die beiden bewaffneten Attentäter im Wald ausgeschaltet hat. So verstörend es auch war, Zeuge dessen zu werden, was er tat, unterscheidet es sich letztendlich nicht von dem, was ein Polizist in so einer Situation getan hätte – abgesehen vom Folterteil. Was wir jetzt besprechen, ist eine ganz andere Ebene, und obwohl ein Teil von mir nicht anders kann, als sich über Nikolais Bereitschaft zu freuen, mich in diesem Ausmaß zu beschützen, kann ich nicht danebenstehen und es geschehen lassen.

Da der Appell an die Moral des gesunden Menschenverstandes nicht funktioniert hat, versuche ich einen anderen Ansatz. »Nikolai, bitte. Sei vernünftig. Er ist eine prominente politische Persönlichkeit. Du kannst ihn nicht einfach umbringen. Es wäre ein Attentat, eines mit großen globalen Auswirkungen. Das FBI, die CIA, die Medien ...«

»Ich weiß. Deshalb musste ich mir seiner Schuld sicher sein.«

Ein weiterer Schauer läuft mir über den Rücken. Sein Gesicht ist unerbittlich, seine Stimme immer noch beunruhigend gleichmäßig. Er hat sich das gut überlegt. Das ist nicht irgendein Impuls seinerseits.

Um mich zu beschützen, wird er einen Präsidentschaftskandidaten ausschalten, und es gibt nichts, was ich tun kann, um ihn umzustimmen.

Ich versuche es trotzdem, wenn auch nur aus dem Grund, *ihn* zu schützen. »Was ist mit deiner Familie? Das Leben, das du dir hier mit Slava aufbaust? Wenn sie herausfinden, dass du dahintersteckst ...«

»Das werden sie nicht.«

»Wie kannst du dir so sicher sein? Es wird eine weltweite Fahndung geben, wie es sie nicht mehr gegeben hat, seit ...«

»Zajchik ...« Er lehnt sich nach vorne und bedeckt wieder meine Hände, wodurch ich merke, dass ich sie auf dem Tisch gerungen habe. Seine Stimme ist sanft, und sein Tonfall unheimlich ruhig, während er mir in die Augen schaut. »Ich weiß, was ich tue. Bransford wird sterben, und es wird ein natürlicher Tod sein. Seine Partei wird trauern, die Nation wird trauern, und dann werden sie weiterziehen, zu einem anderen redegewandten Politiker.«

»Natürliche Ursachen? Mit fünfundfünfzig?«

»Ein Herzfehler, der bisher nicht diagnostiziert wurde. Es wird richtig tragisch werden.« Er lehnt sich zurück und nimmt sein Glas in die Hand. »Wo ein Wille ist, ist auch ein Weg – und wir Molotows sind hervorragend darin, diese Wege zu finden.«

## 20

## NIKOLAI

Sie steht zitternd auf, blickt mich an, und ich kämpfe gegen den Drang, sie in meine Arme zu nehmen. Ich kämpfe dagegen an, denn unter dem Bedürfnis, sie zu trösten, liegen dunklere, gefährlichere Triebe, die aus einem Hunger geboren sind, der so tief und wild ist, dass er sogar mich erschreckt.

Wenn ich einmal nachgebe, wenn ich die Bestie in mir entfessele, gibt es kein Zurück mehr.

Zwei Wochen habe ich mir nur gegeben. Zwei Wochen lang, die sich wie Jahrhunderte angefühlt haben, habe ich das Unmögliche getan und habe mich von ihr ferngehalten. Na ja, nicht ganz. Ich habe Dutzende von Stunden damit verbracht, sie durch die Kameras in Slavas Zimmer und in ihrem Schlafzimmer zu beobachten, aber das und unsere kurzen Interaktionen bei den Mahlzeiten haben meine Qualen nur noch vergrößert.

Ich habe mich nie für einen Masochisten gehalten,

aber ich muss einer sein, denn ich habe mich bereitwillig auf die exquisite Folter eingelassen, sie in Reichweite zu haben, aber mir nicht erlaubt, sie zu besitzen.

Und heute Abend, so scheint es, ist der ultimative Test für meine Selbstbeherrschung. Denn sie hat mich endlich aufgesucht, wenn auch nicht aus den Gründen, die ich mir gewünscht hätte. Ein Teil von mir hoffte, dass sie mich vermissen würde, dass sie zu mir kommen würde, weil sie mich mit derselben Verzweiflung will, mit der ich sie will.

Weil sie bereit ist, mir zu gehören, mit allem, was dazugehört.

»Ich sollte ins Bett gehen«, sagt sie mit unsicherer Stimme, und ich muss einen Anflug von Enttäuschung unterdrücken. Was habe ich erwartet? Sie ist schockiert, und das aus gutem Grund. Nur wenige normale Bürger erkennen, wie einfach es ist, einen Mord wie etwas anderes aussehen zu lassen – wenn das das gewünschte Ergebnis ist. All die hochkarätigen Attentate und Strahlenvergiftungen, die es in die Nachrichten schaffen, sollen Nachrichtenwert haben. Sie sind eine Botschaft, eine Warnung an andere, die versuchen könnten, sich gegen das Establishment zu stellen.

Für jedes exotische Gift, das man nachweisen kann und das auf eine geheime Regierungsbeteiligung hindeutet, gibt es Dutzende von gesundheitlichen Ausfällen und Unfällen, die die Hindernisse in den

Wegen von mächtigen, rücksichtslosen Menschen wegräumen … Menschen wie meine Familie.

Das ist nicht das erste verdeckte Attentat, das ich plane.

Ursprünglich wollte ich Chloe nichts davon erzählen. Sie hätte von Bransfords Tod aus den Nachrichten erfahren, so wie jeder andere auch, und der Verdacht, den sie zu diesem Zeitpunkt hegte, wäre nicht annähernd so belastend gewesen wie das Wissen, das sie jetzt in sich trägt. Aber sie kam heute Abend zu mir und verlangte Antworten, und ich konnte mich nicht dazu durchringen, sie anzulügen. In gewisser Weise ist auch meine Schwester daran schuld. Obwohl Alina in der Nähe von Chloe ihren Mund gehalten hat, kommt sie fast täglich zu mir und besteht darauf, dass Chloe ein Recht darauf hat zu erfahren, was ich plane, dass es ihre Entscheidung sein sollte.

Ich bin mit Letzterem nicht einverstanden, aber ich sehe einige Vorteile in Ersterem. Ich möchte nicht, dass mein *zajchik* wegen seiner Situation gestresst ist und sich Sorgen macht, dass jeden Moment weitere Attentäter vor unserer Haustür auftauchen könnten. Nicht, dass sie durchkommen würden, aber trotzdem muss sie das Wissen belasten, dass jemand da draußen ihren Tod will.

Dass ihr biologischer Vater sie tot sehen will.

Nein, es ist das Beste, dass ich es ihr gesagt habe. Mascha braucht mindestens ein paar Wochen, um ihre Mission zu vollenden, und auf diese Weise weiß Chloe, dass ich mich darum kümmere und sie sich keine Sorgen machen muss.

Nachdem sie ihre Einwände vorgebracht hat, kann sie sich mit gutem Gewissen entspannen. Es ist meine Entscheidung, meine Sünde, nicht ihre.

Ich stehe auf und lächele sie an, in der Hoffnung, dass sie den verdrehten Hunger in meinen Augen nicht sehen kann, das dunkle Bedürfnis, das in meinen Adern brodelt wie frische Lava. »Natürlich. Wenn du müde bist, geh ins Bett, *zajchik*.«

So sehr ich sie auch beanspruchen möchte, heute Nacht ist nicht die Nacht. Ich bin zu hungrig, zu nahe am Abgrund, und obwohl ihre Verletzungen fast verheilt sind, ist sie noch lange nicht da, wo sie sein muss, um mit mir fertig zu werden.

Sie weicht zurück, als ob sie meine Gedanken gelesen hätte, aber dann ziehen sich ihre Schultern zurück und ihr zartes Kinn kommt hoch. »Nein«, sagt sie fest und tritt um den Tisch herum auf mich zu. »Ich gehe nicht, bevor du mir nicht versprichst, einen anderen dieser *Wege* zu finden.«

## 21

## CHLOE

Ich weiß, dass das eine schlechte Idee ist. Aber ich weiß auch, dass ich kein Feigling sein und mich wegschleichen kann, als hätte er mir gegenüber nicht gerade zugegeben, dass er plant, einen Mann in meinem Namen zu ermorden. Einen schrecklichen, furchtbaren Mann, aber trotzdem einen Mann … der zufällig mein biologischer Vater ist.

Etwas Dunkles flackert in Nikolais Augen auf, als er auf mich herabblickt, und erst zu spät bemerke ich die gefährliche Anspannung seines Kiefers.

»Zajchik …« Seine Stimme ist ein leises Knurren. »Du solltest gehen. Jetzt sofort. Solange du noch kannst.«

Mein Atem stockt, als die Erkenntnis, was er meint, auf mich einprasselt, meinen Puls hochschnellen lässt und meine Muskeln lähmt.

Er will mich immer noch, sehr, doch aus welchem Grund auch immer hält er sich zurück.

Ich sollte auf ihn hören. Ich sollte mich zurückziehen und weggehen, solange er mir diese Gelegenheit gibt. Wenn ich es nicht tue, wird es alles verändern, diese Auszeit von der Realität beenden, die Distanz zwischen uns überbrücken, die mich in Sicherheit gehalten hat.

Denn die größte Gefahr für mich ist nicht da draußen.

Sie ist hier drin.

Das war sie schon immer.

Ich will, dass sich meine Muskeln bewegen, um den verzweifelten Befehlen meines Gehirns zu gehorchen, aber ich könnte mir genauso gut wünschen, ein Auto beim Bankdrücken zu schlagen. Alles, was ich tun kann, ist, ihn anzustarren, mit trockenem Mund und pochendem Herzen, während sich pulsierende Spannung in meinem Bauch sammelt, meine Brustwarzen anschwellen lässt und meine Haut mit Hitzewirbeln überzieht.

Ich kann den wilden Sturm sehen, der sich in seinen Augen zusammenbraut, kann das Knistern der elektrischen Ladung in der Luft spüren, doch ich bleibe still, erstarrt und stumm wie die perfekte Beute.

»Chloe …« Das heiser ausgesprochene Wort ist zu gleichen Teilen Warnung und Kapitulation. Langsam, mit übertriebener Sanftheit, umschließt er mein Gesicht mit beiden Händen, und die Hitze seiner breiten Handflächen brennt auf meiner kalten Haut. Seine Augen sind wie das Gold eines hypnotischen Alchemisten, als er flüstert: »Mein süßes *zajchik*, das war es. Du hast deine letzte Chance, zu entkommen, verpasst.«

## CHLOE

Ich bin immer noch wie erstarrt, als sich seine Lippen auf meine senken, so unausweichlich und heftig wie ein Blitz, der in einen Baum auf einer Ebene einschlägt. Die Hitze durchzieht meinen ganzen Körper und verbrennt jede Zelle auf ihrem Weg.

Es gibt keine Finesse in seinem Kuss, keine Sanftheit. Er bittet nicht, er nimmt. Mit meinem Kopf zwischen seinen Handflächen plündert er jeden Zentimeter meines Mundes, saugt mich in einen Strudel wilder Lust, einer Lust, die so dunkel und vulkanisch ist, dass sie mich von tief innen versengt.

Er schmeckt nach Cognac und Gefahr, nach jeder verdrehten, heimlichen Sehnsucht von mir. Der umwerfende Geschmack berauscht mich, die sinnlichen Noten seines Zedern- und Bergamotte-Parfums lassen mir den Kopf schwirren. Jeder Gedanke an Widerstand, den ich noch hatte, verflüchtigt sich, und meine Willenskraft löst sich auf wie ein Zuckerkorn im heißen Tee. Mit einem hilflosen Stöhnen wölbe ich mich ihm entgegen, und mein Bauch drückt gegen seinen Unterleib, während meine Hände ihn seitlich umklammern.

Er ist ganz hart, die dicke Ausbuchtung in seiner Hose stößt gegen meine Weichheit und erinnert mich daran, wie es sich anfühlte, ihn in mir zu haben. Die Erinnerung ruft sowohl Erregung als auch Beklemmung hervor – es war nicht einfach, etwas von dieser Größe aufzunehmen. Aber auch dieser Gedanke verschwindet bald, weggebrannt von der heftigen Hitze des Verlangens, zerstört von der brutalen Verführung seines gnadenlosen Kusses.

Ich habe vergessen, wo wir sind. Ich vergesse alles, so sehr, dass ich erschrecke, als er sich zurückzieht und mich an seine Brust drückt. Erst als er die Treppe hochgeht und zwei Stufen auf einmal nimmt, wird mein Kopf frei für einen Funken rationalen Denkens.

Was um alles in der Welt mache ich da? Das ist nicht das, was ich beabsichtigt habe. Eigentlich ist es das genaue Gegenteil. Mein Ziel war es, mit ihm zu reden und ihn davon zu überzeugen, nicht ...

Mit einem leisen Knurren drückt er mich gegen die Wand im oberen Flur und fordert meinen Mund erneut ein, als ob er es nicht ertragen kann, mich bis zu seinem Zimmer nicht zu schmecken, und ich vergesse alles, was ich eigentlich wollte. Ich vergesse, dass ich außerhalb dieses Moments existiere, dass es da draußen etwas anderes gibt als ihn.

Wir verschmelzen, oder zumindest fühlt es sich so an. Sein Mund ist eins mit meinem, sein Atem ist in meiner Lunge, sein Duft in meinen Nasenlöchern. Sein kraftvoller Körper umgibt mich voller Hitze, Härte und roher, ursprünglicher Männlichkeit. Ich stehe jetzt auf Zehenspitzen, während er meine Lippen verschlingt und seine Hände über meinen Rücken, meine Seiten und meinen Po wandern. Sie drücken und kneten ihn und schieben das lange Kleid an meinen Schenkeln hoch. Atemlos greife ich in die kühlen, seidigen Strähnen seines Haares, während er mich hochhebt, bis meine Beine um seine Hüften geschlungen sind, und mein Becken auf seinem reitet, während mein schmerzendes Geschlecht sich an seiner Erektion reibt.

Wir küssen uns, und unsere Zungen duellieren sich, bis uns die Luft ausgeht. Dann wandert sein Mund hinüber zu meinem Hals und lässt heiße, knabbernde Küsse auf die zarte Vertiefung in der Nähe meines Ohrs regnen. Stöhnend wölbe ich meinen Kopf zurück und reibe mich fester gegen Nikolai, verloren für alles außer der dunklen, brennenden Lust. Die Spannung in mir windet sich und baut sich auf, bis meine Nervenenden so empfindlich sind, dass sich die Bewegung der Luft wie eine Berührung auf meiner Haut anfühlt.

Ich werde schon davonkommen, stelle ich mit benebelter Überraschung fest.

Es wird wieder passieren.

Und dann passiert es, und die Entladung ist so

überraschend wie willkommen. Meine Finger krallen sich krampfhaft in sein Haar, und meine inneren Muskeln ziehen sich zusammen, als die Ekstase meinen Körper durchfährt. Meine Zehen ziehen sich zusammen, und ein Schrei entweicht mir. Aber Nikolai hört nicht auf, er macht weiter, wiegt seine Hüften gegen mein Becken und intensiviert die Nachbeben, die mein Inneres erschüttern. Mit zusammengekniffenen Augen schreie ich erneut auf, und wie ein Tier, das seine Gefährtin einfordert, beißt er in meinen Hals, während seine große, schwielige Hand sich unter mein Mieder schiebt und meine nackte Brust drückt, während sein Daumen über meine …

»Chloe? Nikolai, was macht ihr … oh, Scheiße. Vergesst es.«

Alinas Stimme reißt mich aus dem erhitzten Delirium. Ich versteife, und meine Augen fliegen auf. Über Nikolais Schulter sehe ich, wie sie sich zurückzieht und ihr blasses Gesicht untypisch rosa ist. Bevor ich etwas sagen oder die Tatsache verarbeiten kann, dass sie uns schon zum zweiten Mal fast beim Sex erwischt hat, dreht sie sich auf dem Absatz um und verschwindet wieder in ihrem Zimmer.

Das ist gleich den Flur hinunter.

Den Flur runter, wo uns jeder hätte sehen können – und mich kommen hören.

Mein Gesicht, mein Körper, sogar meine Haarwurzeln fühlen sich an, als würden sie in Flammen stehen, als Nikolai sich zurückzieht, um mich anzublicken. Seine goldenen Augen haben schwere Augenlider; sein Haar, in dem meine Hände sich immer noch festkrallen, ist zerzaust; seine sinnlichen Lippen sind feucht und geschwollen, geöffnet in einem Ausdruck reiner Lust.

So könnte ein gefallener Engel aussehen, nachdem er seine erste Sünde begangen hat – nur, dass dieser Engel nie eine unschuldige Existenz kannte.

Er war die ganze Zeit der Teufel.

Ich befeuchte meine Lippen. »Deine Schwester …«

»Scheiß auf meine Schwester.«

Bevor ich dieses wütend geknurrte Gefühl ansprechen kann, reißt er mich in seine kräftigen Arme und trägt mich mit langen, ungeduldigen Schritten in sein Zimmer.

## 23

## NIKOLAI

Ich sollte aufhören, oder zumindest langsamer werden, aber ich kann nicht. Jetzt, wo ich sie wieder gekostet habe, ist der Hunger in mir zu stark, zu wild. Wie ein Alkoholiker, der seinen ersten Drink der Nacht hinuntergespült hat, kann ich mir nicht einmal vorstellen, mich zu mäßigen. Das dunkle Bedürfnis pulsiert in meinen Adern, ist ein Trommelschlag aus sexuellem Verlangen und einer tieferen, weniger definierten Sehnsucht, einem Verlangen, das aus meiner Seele zu kommen scheint.

Mit den fransigen Resten meiner Selbstbeherrschung lege ich sie auf das Bett, vorsichtig, um ihren Arm nicht zu verletzen. Dort ist jetzt ein Schorf, der ihre seidige, goldfarbene Haut verunstaltet. Der Anblick nährt die wilde Bestie in mir und füllt meine Brust zu gleichen Teilen mit Besitzgier und Wut.

Sie gehört mir, und ich werde jeden vernichten, der ihr jemals etwas angetan hat.

Niemand wird jemals einen Finger an sie legen … außer mir.

Schon jetzt, ohne dass ich es will, sind meine Hände an ihrem Kleid, zerren an dem hübschen, dünnen Stoff, reißen ihn wütend von ihrem Körper, um ihn für meine Augen zu entblößen. Ihre Brüste ragen als Erstes aus ihrem Mieder, zwei kleine, köstliche Kugeln mit erigierten braunen Nippeln, gefolgt von ihrem schmalen Brustkorb und dem flachen Bauch, alles bedeckt von dieser strahlenden, gebräunten Haut, die mich an eingefangenen Sonnenschein denken lässt, an Wärme, Licht und Reinheit – all die Dinge, nach denen ich hungere, alles, was ich will.

Ihr Unterkörper ist als Nächstes an der Reihe. Ihr kaum vorhandener Tanga löst sich in meinen Händen fast auf und entblößt eine Muschi, die so zart und weich ist, wie ich sie in Erinnerung habe. Mir läuft das Wasser im Mund zusammen bei der Erinnerung an ihren süßen, vollen Geschmack, daran, wie sich diese zarten Falten auf meinen Lippen anfühlten, unter meiner Zunge, in meinen Fingern … Finger, die nicht anders können, als ihre Schenkel zu ergreifen und sie weit auseinanderzuziehen.

Der Blick aus ihren weichen braunen Augen trifft schwer vor Verlangen und doch umrandet von dieser provozierenden Vorsicht auf meinen, und die letzten Fetzen meiner Selbstbeherrschung lösen sich auf. Wie ein hungriges Tier stürze ich mich auf sie, vergrabe mein Gesicht zwischen ihren Schenkeln, lecke an ihrer

Glätte, nehme ihren salzigen Kern, die Wärme und das Sonnenlicht, das sie ist, in mir auf.

Sie keucht, hält meinen Kopf fest, und ihre Finger krallen sich in mein Haar, während sie sich unter mir wölbt und sich bei jedem gierigen Schlag meiner Zunge windet. Bald kommen auch meine Finger dazu und spielen mit ihrer Klitoris, während ich ihre Öffnung lecke und die Nässe genieße, die ich dort finde. Sie ist so köstlich, wie ich sie in Erinnerung habe, ganz Seide und Hitze und geschmolzener Honig, und obwohl mein Schwanz kurz davor ist, zu platzen, kann ich mich nicht von dem losreißen, was ich tue, kann nicht aufhören, bis ich spüre, dass sie erneut kommt.

Und sie kommt. Mit einem erstickten Schrei bäumt sie sich unter mir auf, ihr Rücken hebt sich vom Bett ab, während ihre Finger sich in meine Haare krallen und sie fast an den Wurzeln ausreißen, während noch mehr köstliche Nässe meine Lippen und Zunge überzieht.

Die Welle der Befriedigung ist so intensiv wie kurz, und meine Lust hat sich mit ihrem Orgasmus nur noch verstärkt. Heißes Blut pocht in meinen Schläfen, meine Eier ziehen sich zusammen, und jeder Muskel in meinem Körper spannt sich vor Verlangen an. Es gibt keine Sanftheit mehr in mir, keine Geduld, nur noch rohen, urwüchsigen Hunger, meinen pochenden Schwanz in ihrer Hitze zu vergraben.

Von einem rein animalischen Instinkt getrieben, drehe ich sie um, lege meinen Arm unter ihre Hüften und hebe ihren wohlgeformten kleinen Arsch zu mir, bis sie auf allen vieren ist. Ihre glatten Wangen sind ein wenig voller, ein wenig runder als das letzte Mal, als ich sie nackt gesehen habe, die Rosenknospe ihres Schließmuskels ein winziger, verführerischer Punkt, und mein Hunger steigert sich zu Messerschärfe, mein Körper spannt sich zu einem unerträglichen Grad an. Ich bin mir meiner Handlungen kaum bewusst, als ich meinen Hosenstall aufreiße und meinen Schwanz befreie, um ihn an ihren feucht glänzenden Schlitz zu führen.

Ich muss sie haben. Jetzt.

Der Trommelschlag des Verlangens wird ohrenbetäubend, übertönt alles und lässt die Welt um uns herum verschwimmen. Ich bin kein Mensch mehr; ich bin nichts weiter als Ur-Hunger, ein wildes, ursprüngliches Bedürfnis.

Ich ergreife ihre schlanken Hüften und stoße in sie hinein. Ich genieße die Nässe ihrer glatten Innenwände, ihre köstliche Enge. Sie schreit auf, ein schmerzerfülltes Geräusch, aber ich kann nicht aufhören, kann nichts anderes tun, als noch tiefer in sie zu stoßen, sie zu nehmen, sie zu beanspruchen, die wilde Lust zu befriedigen, die mich innerlich versengt.

*Meine. Alles meins, verdammt!* Meine Hüften stoßen wild, und mein Herz hämmert wie eine Faust gegen meine Brust. Aus der Ferne ist mir bewusst, dass ich viel zu grob bin, aber ich kann genauso wenig langsamer werden, wie ich sie loslassen kann. Sie ist eine seidige Enge und feuchte Hitze, das, was dem

Himmel für einen Mann am nächsten kommt. Ihr flehendes Keuchen und Schreien spornt mich nur an, steigert meine Lust und heizt das Tier in mir an.

Ich ficke sie, als gäbe es kein Morgen, als wäre nichts außerhalb dieses Moments wichtig. Während ich sie mit einer Hand festhalte, schiebe ich die andere in ihr Haar und ziehe, so dass sie ihren Rücken krümmt, während ich härter und tiefer eindringe und mein Brandzeichen in ihr zartes Fleisch drücke. Ich spüre, wie der Orgasmus in mir hochkocht, meine Eier sich zusammenziehen, bis sie fast so hart sind wie mein pochender Schwanz, und als sie meinen Namen schreit und um mich herum zuckt, bricht die Entladung wie ein Tsunami über mich herein, lässt die Ekstase durch meine Nervenenden explodieren und taucht die Welt um mich herum in strahlendes Weiß.

## 24

## CHLOE

Benommen falle ich auf meinen Bauch, sobald Nikolai meine Haare loslässt und sich aus meinem geschwollenen, zuckenden Fleisch herauszieht. Obwohl die Nachwehen des Orgasmus noch durch mich hindurchfahren, fühlt sich mein Geschlecht angeschlagen an, mein Inneres wund. Auch meine Gedanken sind verwirrt, und mein Geist ist so träge, als würde ich aus einem tiefen Schlaf erwachen.

Trotzdem, als er mich an seine Seite zieht und süße Koseworte murmelt, erlebe ich wieder dieses ungewöhnliche Gefühl des Friedens, das ich nur in seinen Armen kenne. Die Augen fallen mir zu, und ein Gefühl, als würde ich schweben, überkommt mich, während er mich streichelt, leichte, beruhigende Küsse auf mein Gesicht und meinen Hals regnen lässt und die Schmerzen und blauen Flecken von seiner groben Behandlung wegmassiert. Schließlich fügen sich meine unzusammenhängenden Gedanken zu etwas

Zusammenhängendem zusammen, und ich öffne die Augenlider, um seine hypnotisierenden Augen zu sehen, die in meine blicken.

»Zajchik …« Seine Stimme ist sanft, sein Gesichtsausdruck schwer zu interpretieren, als er seine große Handfläche auf meine Wange legt. »Ich habe kein Kondom benutzt.«

Für einen Moment ergeben die Worte keinen Sinn für mich. Dann, mit einem Adrenalinstoß, werde ich mir einer warmen Nässe zwischen meinen Beinen und auf meinen Schenkeln bewusst.

Einer Menge Nässe. Viel mehr, als ich jemals gefühlt habe.

Mein Herzschlag beschleunigt sich, und das schwebende Gefühl verschwindet. Ich ziehe mich ruckartig zurück und setze mich auf. »Was meinst du damit? Ich nehme keine Verhütungsmittel. Die Pille ist mir schon vor Wochen ausgegangen. Ich dachte – ich dachte, du nimmst immer ein Kondom.« Ich werfe einen Blick auf die dicke, weiße Flüssigkeit auf meinen nackten Oberschenkeln und versuche, nicht in Panik zu geraten, während ich verzweifelt die Tage zähle.

Wann war meine Periode? War es diese Woche oder letzte Woche? Warum habe ich mir nicht die Mühe gemacht, den Überblick zu behalten? Ich weiß, es ist schon einige Tage her, dass ich aufgehört habe zu bluten, aber vielleicht …

»Das tue ich.« Nikolai setzt sich ebenfalls auf, und die kräftigen Muskeln in seiner Brust und seinem Arm spannen sich an, während er sich mit der Hand durch die Haare fährt und die schwarzen Locken noch mehr zerzaust. »Zumindest habe ich das bis heute immer getan.«

Ich erinnere mich endlich daran, wann meine Periode eingesetzt hat: Anfang letzter Woche, vor fast zwölf Tagen. Letzten Montag musste ich Alina um Nachschub bitten.

Ich bin ungefähr in der Mitte meines Zyklus.

Ich muss genauso panisch aussehen, wie ich mich fühle, denn Nikolai legt den Kopf schief und betrachtet mich mit demselben unverständlichen Blick. »Das Timing ist genau richtig, nicht wahr? Oder besser gesagt falsch?«

Ich nicke, und meine Hand wandert instinktiv zu meinem Bauch. »Warum …« Ich halte inne, um meine zitternde Stimme zu beruhigen. »Warum hast du kein Kondom benutzt?«

Der rätselhafte Glanz in seinen Augen vertieft sich, während er sich auf mich zubewegt. »Warum machen wir uns nicht frisch und reden dann weiter?«

Ich muss immer noch unter Schock stehen, denn ich erhebe keinen Einspruch, als er mich hochhebt und ins Bad trägt. Stattdessen lasse ich es zu, dass er sich unter der Dusche um mich kümmert, so wie er es getan hatte, als ich verletzt war. Seine Berührung ist wieder sanft, beruhigend und zärtlich, auch wenn sein Schwanz mit jeder Streicheleinheit seiner schwieligen Hände über meinen nassen, nackten Körper härter wird.

Als er damit fertig ist, die Beweise unseres Fehlers

abzuwaschen, ist er voll erigiert, und seine Hände bewegen sich mit wachsender Absicht über mich, umschließen meine Brüste, spielen mit meinen Nippeln und wagen sich zwischen meine Schenkel, um meinen Kitzler zu finden. Es sollte zu viel sein, zu früh, aber mein Körper reagiert, als ob er nicht gerade eine katastrophale Umwälzung seiner Sinne überlebt hätte, als ob der wilde Fick, der mich so überwältigt hat, nur eine Vorschau auf das Hauptereignis gewesen wäre.

Meine Atmung beschleunigt sich, und die Anspannung tief in meinem Unterleib wächst, als seine Lippen in einem tiefen, suchenden Kuss über meine gleiten, dann zu meinem Ohr wandern, meinem Hals, meiner Schulter. Keuchend klammere ich mich an seine Schultern, als er mein nasses Haar um seine Faust wickelt und mich rückwärts über seinen kraftvollen, muskulösen Arm beugt, um meine Brüste wie eine Opfergabe zu sich zu heben. Sein breiter Rücken schirmt mich vor dem Wasserstrahl ab, während er sich über mich beugt und erst eine Brustwarze in seinen Mund saugt, dann die andere. Der heiße, kraftvolle Sog seines Mundes sendet Lustschauer bis in mein tiefstes Inneres und steigert meine wachsende Erregung.

Trotzdem, ich bin innerlich wund, viel zu wund, um Lust zu empfinden, als zwei seiner Finger in mich eindringen und das geschwollene, zarte Gewebe auseinanderdrücken. Das heißt, bis sich diese Finger in mir krümmen und eine Stelle finden, die Funken hinter meinen geschlossenen Augenlidern sprühen und mich so schnell kommen lässt, dass ich kaum noch seinen Namen sagen kann.

Die Krämpfe ziehen sich immer noch durch meinen Körper, als er meinen Nippel mit einem nassen *Pop* loslässt und mich auf die Knie drückt, während er mich immer noch mit seinem Körper vor dem Duschstrahl abschirmt. Benommen blinzele ich zu ihm hoch und verstehe, was er will, als er seinen harten, massiven Schwanz gegen meine Wange schlägt und dann seine Eichel über meinen Mund zieht.

Instinktiv stütze ich meine Hände auf seine muskulösen Oberschenkel und öffne meine Lippen, um ihn so weit wie möglich in mich aufzunehmen. Ich habe schon öfters Blowjobs gegeben, aber das hier fühlt sich anders an, nicht wie die lockeren, spielerischen Zeiten mit meinen Ex-Freunden. Ich habe nicht die Kontrolle – er schon –, und es gibt nichts Spielerisches an der gnadenlosen Art, wie er meinen Mund fickt. Seine Hände umklammern meinen Kopf und halten mich still für seine tiefen, langsamen Stöße, und ich muss mich anstrengen, nicht zu würgen, als er mit jedem Stoß tiefer in meinen Hals eindringt.

Das sollte nicht heiß sein – er benutzt mich nur zu seinem Vergnügen – aber irgendetwas daran, wie eine Fickpuppe behandelt zu werden, schickt pulsierende Hitze direkt zu meiner Klitoris. Er nimmt sich von meinem Körper, was er will, und das ist sowohl erniedrigend als auch pervers befreiend. Es gibt nichts Kompliziertes an diesem Austausch – ich verschaffe ihm Lust, indem ich existiere, indem ich nicht mehr bin als ein warmer, feuchter Mund, den er benutzen kann. Ich kneife die Augen zusammen, und Tränen laufen mir aus den Augenwinkeln, als er das Tempo erhöht und seinen großen Schwanz in meine schmerzende Kehle zwingt. Trotzdem behalte ich den Drang, zu würgen, unter Kontrolle, selbst als mein Mund mit genug Speichel überflutet wird, um einen See zu füllen. Er tropft über mein Kinn, meinen Hals, meine Brust, aber das ist alles egal, denn ich spüre, wie sich die Spannung in seinem Körper aufbaut, kann fühlen, wie sein dicker Schaft in meinem Mund noch mehr anschwillt. Mit einem Stöhnen stößt er so tief in mich hinein, dass ich nicht mehr atmen kann, während warme Flüssigkeit in meine Kehle spritzt und seine Finger sich so fest in meinen Haaren verkrallen und an den Wurzeln zerren, dass ich zusammenzucke.

Als er sich zurückzieht, ringe ich so verzweifelt nach Luft, dass sich meine Nägel wie wild in seine Oberschenkel graben. Doch als ich meine tränenden Augen öffne und aufschaue, um seinem Blick zu begegnen, erschaudere ich vor Freude über den warmen Besitzanspruch, der sich darin spiegelt.

»Zajchik …« Seine Stimme ist ein dunkles, samtiges Raspeln, als er seine Hände unter meinen Armen einhakt, mich auf die Füße stellt und mich dann festhält, bis ich mein Gleichgewicht wiedergefunden habe. Er hält meine Schulter sanft mit einer Hand und spült mit der anderen das Sperma und den Speichel von mir ab, bevor er mein Kinn in die Hand nimmt und mich mit einem merkwürdig intensiven Blick anstarrt.

Mein Puls schießt erneut in die Höhe, und mein Magen zieht sich mit einer seltsamen Vorahnung zusammen, als er leise sagt: »Du bedeutest mir alles, bist die Quelle meines größten Glücks und meiner Freude. Ich will dich für den Rest unseres Lebens bei mir haben, solange der Atem in unseren Körpern bleibt. Das Schicksal hat dich an meine Tür gebracht, hat dich mir geliefert wie das Geschenk, das du bist, und ich könnte nicht dankbarer sein.«

Das Herz schlägt mir jetzt bis in den Hals, und mein Atem ist so schnell, dass meine Sicht unscharf wird. Das kann unmöglich dorthin führen, wohin ich denke. Auf keinen Fall wird er …

»Chloe Emmons …« Er umfasst mein Gesicht mit seinen breiten Handflächen, und seine Tigeraugen sind von einem wilden, zärtlichen Licht erfüllt. »Ich möchte, dass du mich heiratest. Ich möchte, dass du meine Frau wirst.«

## 25

CHLOE

Einen Moment lang bin ich überzeugt, dass ich ihn falsch verstanden habe. Denn auf keinen Fall wird er mir einen Antrag machen, nicht wenn wir uns weniger als einen Monat kennen. Aber die Intensität seines hypnotischen Blicks ist nicht zu übersehen, und ich kann nicht leugnen, dass er gerade die Worte *heiraten* und *Frau* benutzt hat.

Meine Gedanken kreisen wie wild, als ich seine kräftigen Handgelenke umklammere und instinktiv seine Hände von meinem Gesicht wegziehe. Die Dusche hinter ihm läuft noch und füllt die geräumige Kabine mit Dampf, aber ich friere plötzlich, und eine Gänsehaut breitet sich auf meiner nassen Haut aus.

»Nikolai, ich …« Ich habe keine Ahnung, was ich sagen soll, wie ich auf etwas so Verrücktes reagieren soll. Schließlich platze ich damit heraus: »Das ist ein Scherz, stimmt's?«

Sein Blick verfinstert sich. »Warum sollte ich darüber einen Scherz machen?«

»Weil … weil wir uns kaum kennen!«

Er legt seine Hände auf meine Schultern, drückt leicht zu, und sein Ton bleibt weich, auch wenn sich sein Kiefer gefährlich verhärtet. »Ich weiß alles, was ich über dich wissen muss.«

»Nun, das tue ich nicht. Alles über dich wissen, meine ich.« Ich entziehe mich seinem Griff und wische mit einer zitternden Hand über mein Gesicht, um es von den Wassertropfen zu befreien. Mein Herz hämmert ungleichmäßig, und mein Magen verknotet sich bei seinem sich schnell verfinsternden Gesichtsausdruck, während ich nach der Tür der Duschkabine taste. »Nikolai, bitte, versteh mich nicht falsch – ich bin super geschmeichelt. Es ist nur … das ist im Moment keine gute Idee.« Oder jemals.

Ich mag mich in diesen tödlich schönen Mann verliebt haben, aber ich habe nicht vergessen, wer und was er ist – oder was er für mich tun will.

Ich bin nicht dafür gemacht, eine Mafiaehefrau zu sein, auch wenn das nicht die offizielle Bezeichnung ist.

Er beobachtet meinen Rückzug mit zusammengekniffenen Augen, der Dampf wabert in der Luft hinter seinem kraftvollen Körper und ich muss mich konzentrieren, um nicht über die Badezimmermatte zu stolpern, als ich aussteige und mir ein Handtuch schnappe.

Es gibt keinen Grund dafür, dass ich derart nervös bin.

Er hat gefragt und ich habe abgelehnt.

Ende der Geschichte.

»Was musst du über mich wissen?« Er steigt hinter mir aus der Wanne, und seine Bewegungen sind weich und bedächtig. Ein Raubtier, das seiner Beute folgt. »Was brauchst du, um Ja zu sagen?«

»Nun …« Ich wickele das Handtuch um mich und suche verzweifelt nach der am wenigsten beleidigenden Antwort. Es gibt keine, also bin ich gezwungen, mich für die Wahrheit zu entscheiden. »Nikolai, ich kann dich einfach nicht heiraten. Wir sind zu unterschiedlich. Unsere Werte, die Art und Weise, wie wir an die Dinge herangehen … Die Wahrheit ist, dass ich nicht glaube …« Mein Herz macht einen Sprung, als sich der Sturm in seinen Augen zusammenbraut, aber ich bin entschlossen, also mache ich weiter. »Ich glaube nicht, dass das auf Dauer funktionieren kann.«

Er hält mit seiner Hand auf halbem Weg zu seinem eigenen Handtuch inne. Dann, langsam und bedächtig, zieht er es vom Ständer und trocknet sich ab. Seine Augen sind die ganze Zeit auf mich gerichtet, und sein Gesicht ist jetzt dunkler als eine mondlose Nacht.

Ich schlucke trocken, als die angespannte Stille wächst. »Ich sollte ins Bett gehen. Wir können morgen früh weiterreden.«

Er bewegt sich wie die große Raubkatze, an die er mich erinnert. Eine explosive Bewegung, und schon ist er zwischen mir und der Badezimmertür. Seine gemeißelten Muskeln spannen sich an, während er mich mit seinen zu Schlitzen zusammengezogenen goldenen Augen anschaut.

»Nein, *zajchik*«, sagt er leise. »*Wir* sollten ins Bett gehen. Und morgen wirst du mich heiraten. Egal, was du darüber denkst.«

## 26

## CHLOE

Ich wache mit müden Augen auf, mein Kopf pocht, und mein ganzer Körper schmerzt. Ich unterdrücke ein Stöhnen und versuche, mich auf die Seite zu drehen, aber ein schwerer Arm, der über meinem Oberkörper liegt, hält mich fest.

Adrenalin durchflutet meine Adern, vertreibt den Nebel des Schlafes, und ich erkenne, wo ich bin.

Im Bett mit Nikolai.

Mein Atem stockt, und ich drehe vorsichtig meinen Kopf, um ihn anzusehen. Ich habe ihn bisher nur einmal schlafend gesehen, das eine Mal, als wir die Nacht zusammen verbracht haben, und ich bin wieder beeindruckt, wie schön und gefährlich animalisch er im Schlaf aussieht, mit tiefschwarzen Wimpern, die wie Fächer über seine scharfen Wangenknochen fallen und dunklen Bartstoppeln, die die markanten Linien seines Kiefers überschatten. Der Schlaf mildert seine stark ausgeprägten Gesichtszüge nicht, sondern verleiht ihnen eine wilde Sinnlichkeit, einen dunklen, primitiven Reiz.

Selbst jetzt gibt es etwas Raubtierhaftes, etwas Verruchtes in der Art, wie seine sinnlichen Lippen gebogen und leicht geöffnet sind.

Als ich merke, dass ich eine kostbare Gelegenheit verpasse, indem ich ihn wie ein Groupie anstarre, schlängele ich mich vorsichtig unter seinem Arm hervor und schleiche nackt zur Tür, wobei mein Herz gegen meinen Brustkorb schlägt.

Ich muss fliehen, wenn auch nur in mein eigenes Zimmer.

Ich muss etwas Abstand zwischen uns bringen.

Die letzte Nacht, zumindest der Teil nach der Dusche, ist in meinem Kopf verschwommen, ein Wirrwarr aus dunkel sexuellen Empfindungen und wilden Emotionen. Ich glaube, ich war so überwältigt von seiner Erklärung, dass ich in eine Art Schock verfiel und als ich mich wieder erholte, lag ich bereits in seinem Bett, mit meinen Handgelenken über meinem Kopf und mit ihm in meinem wunden, aber pervers begierigen Körper.

Ich kann mich nicht erinnern, Nein gesagt zu haben, aber ich muss es getan haben. Ich will nicht glauben, dass ich mich von ihm ficken ließ, nach dem, was er gesagt hatte … oder dass ich noch mehrere Male kam, als er mich mit ungezügelter Wildheit immer wieder nahm.

Wenigstens hatte er bei den anderen Malen ein

Kondom benutzt – ich würde jetzt hyperventilieren, wenn es ohne gewesen wäre.

Als ich die Tür erreiche, werfe ich einen Blick hinter meine Schulter. Gott sei Dank schläft er noch. Ich weiß nicht, wie ich ihm gegenübertreten soll – oder was ich mit seiner Heiratsdrohung anfangen soll. Und ja, sie ist eine Drohung. Ich habe keine Ahnung, wie er mich zwingen kann, gegen meinen Willen Ja zu sagen, aber ich weiß, dass es in seinen Möglichkeiten liegt. Die Dunkelheit, die ich immer in ihm gespürt habe, ist jetzt auf mich gerichtet.

Wie er mir gestern erzählte, ist er hervorragend darin, alles zu tun, was nötig ist, um seinen Willen durchzusetzen.

Mit angehaltenem Atem greife ich nach dem Türknauf und drehe ihn, wobei ich innerlich zusammenzucke, als er leise klickt. Zu meiner Erleichterung schläft er weiter, also stecke ich meinen Kopf in den Flur, um mich zu vergewissern, dass er frei ist, und laufe dann hinunter in mein Zimmer, wobei ich den stechenden Schmerz in meinem kaum verheilten Knöchel ignoriere.

Ich komme ohne Zwischenfälle dort an und mache mich auf den Weg in mein Badezimmer, wo ich unter die Dusche springe und mich mit Seife abschrubbe, um die Erinnerung an seine raue Berührung abzuwaschen. Es ist zwecklos – die Spuren seines Besitzes sind überall auf meinem Körper, meine Haut ist an dutzenden Stellen von seinen Stoppeln zerkratzt, meine Brustwarzen schmerzen, wo er an ihnen gesaugt und sie mit seinen Zähnen gekratzt hat. Das Schlimmste aber ist der Schmerz tief in mir, eine Erinnerung an seinen unstillbaren Hunger nach mir – und meine völlige Unfähigkeit, ihm zu widerstehen, selbst angesichts des Wahnsinns, den er geplant hat.

Ich stelle das Wasser ab, trete aus der Kabine und atme tief ein, um meine wachsende Panik unter Kontrolle zu bekommen. Vielleicht hat er es nicht so gemeint. Er könnte einfach nur verärgert gewesen sein, dass ich seinen Vorschlag abgelehnt habe, und wenn er heute Morgen aufwacht, wird ihm klar, wie verfrüht das war.

Er hat mich vor etwas mehr als drei Wochen eingestellt, und wir haben insgesamt zwei Nächte miteinander verbracht. Wie kann er sich so sicher sein, dass er mich ein Leben lang will, dass ich tatsächlich die Eine bin?

Doch egal, was ich mir sage, meine Panik lässt nicht nach. Trotz dem, was ich gestern Abend gesagt habe, kenne ich Nikolai. Tief im Inneren kenne ich ihn – und ich weiß, dass er keine Dinge sagt, die er nicht ernst meint. Er entschied, dass wir füreinander bestimmt sind, als ich gerade einmal eine Woche hier war, und nichts, was seitdem passiert ist, hat ihn vom Gegenteil überzeugt.

Was noch beängstigender ist, ist, dass er nicht behauptet, mich zu lieben – und ich glaube nicht, dass er das tut. Was er für mich empfindet, ist eher eine Besessenheit. Plötzlich erinnere ich mich daran, dass Alina mich in der Nacht, in der wir zusammen Gras geraucht haben, davor gewarnt hat und mir sagte, dass ihr Bruder nicht mein Traumprinz ist.

»Molotow-Männer lieben nicht, sie besitzen«, sagte sie. »Und Nikolai ist da keine Ausnahme.«

Ich wickele ein Handtuch um mein nasses Haar und betrachte mein Spiegelbild. Ich bemerke die vollen, geröteten Lippen, die noch immer von seinen Küssen geschwollen sind. In der Nähe meines Schlüsselbeins ist ein Knutschfleck, und auf meinen Hüften sind schwache dunkle Abdrücke in Form von männlichen Fingern.

Nein, das ist keine Liebe. Nicht einmal annähernd.

Im besten Fall ist es eine gegenseitige Fixierung – denn selbst jetzt, wo ich hier stehe und aussehe, als wäre ich überfallen worden, lassen mich die Erinnerungen daran, wie jeder Fleck auf meinem Körper entstanden ist, mein Herz tief in mir pochen.

***

Während ich mich anziehe, entscheide ich, wie ich am besten vorgehen soll.

*Alina.*

Sie hat mir einmal geholfen. Vielleicht kann sie es wieder tun.

Ich weiß nicht einmal, welche Art von Hilfe ich im Sinn habe – nach meinem Beinahezusammenstoß mit den Attentätern ist die Idee eines weiteren Fluchtversuchs wenig reizvoll. Nichtsdestoweniger spüre ich einen Funken Hoffnung, als ich an die Tür ihres Schlafzimmers klopfe und sie sie mir, in ihren Peignoir gekleidet, öffnet. Bevor ich mich dafür entschuldigen kann, dass ich sie geweckt habe, blickt sie sich im Flur um und zieht mich schnell hinein.

»Geht es dir gut?«, fragt sie und tritt einen Schritt zurück, um mich gründlich zu untersuchen. Ihr Blick richtet sich auf meine geschwollenen Lippen, und ihre dunklen Augenbrauen ziehen sich zusammen. »Hat Kolya …«

»Nein, nein, Es geht mir gut.« Mein Gesicht brennt heiß, so dass ich dankbar bin, dass meine gebräunte Haut meine Rötung verdeckt – und mein hochgeschlossenes T-Shirt den Knutschfleck. »Er würde nicht … es war alles einvernehmlich.«

Sie atmet hörbar aus. »Okay, gut. Ich dachte mir, dass das der Fall ist. Es ist nur … mein Bruder ist nicht ganz zurechnungsfähig, wenn es um dich geht.«

»Das kannst du laut sagen«, murmele ich leise.

Sie hört mich trotzdem, und ihr Stirnrunzeln kehrt zurück. »Was ist passiert?« Sie ergreift meine Hand, führt mich zu ihrem ungemachten Bett und lässt mich neben ihr Platz nehmen. Da sie gerade erst aufgewacht ist, ist ihr Gesicht ungeschminkt, wie damals, als sie mich in meinem Schlafzimmer überfallen hat, aber ihre jadegrünen Augen sind klar, nur von Sorge getrübt. »Was ist passiert? Sag es mir, Chloe. Bitte.«

Ich atme tief ein und mache mich auf ihre Reaktion gefasst. »Nikolai hat mir einen Antrag gemacht.«

Null Reaktion. Nicht einmal ein Wimpernzucken.

Hat sie mich nicht gehört?

»Er hat mich gebeten, ihn zu heiraten«, erkläre ich, falls das nicht klar war. »Gestern Abend hat er mich gefragt, ob ich seine Frau werden will.«

Jetzt legen sich ihre langen Wimpern über ihre Augen. »Ich verstehe.«

»Warum bist du nicht überraschter?«, frage ich, fassungslos und mehr als nur ein wenig beunruhigt über ihre ruhige Akzeptanz. »Wusstest du, dass er das tun würde?«

»Wissen? Nein. Ob ich es vermutet habe? Ja.« Sie seufzt und schiebt ihr Haar mit einer Hand zurück. »Von dem Moment an, als ich deine Schlüssel in seiner Schublade gesehen habe, dachte ich mir, dass es darauf hinauslaufen könnte. Aber natürlich redet Kolya nicht mit mir über diese Dinge, also kann ich nicht sagen, dass ich sie mit Sicherheit weiß.«

Mein Unbehagen wächst. »Das verstehe ich nicht.«

»Chloe ...« Sie wendet sich mir zu und nimmt meine Hände in ihre. »Mein Bruder ist besessen von dir. Ich habe vom ersten Tag an Anzeichen dafür gesehen, aber ich dachte – ich hoffte –, es wäre nur eine vorübergehende Anziehung, dass du nur ein weiteres Mädchen wärst, das er ficken und vergessen würde.«

»Wow, danke.«

»Das ist nichts gegen dich. Es wäre eine gute Sache gewesen, glaub mir.« Sie drückt meine Hände. »Schau, Nikolai ist ... Er ist unserem Vater sehr ähnlich. Und unserem Großvater. Und nach den Geschichten, die ich gehört habe, auch den anderen Molotow-Männern vor ihnen. Konstantin und Valery – sie sind ein bisschen anders, aber Nikolai … er ist ein Molotow-Mann durch und durch.«

»Was soll das heißen?«, frage ich frustriert. »Er hat was? Die Neigung, einer Frau einen Heiratsantrag zu machen, nachdem er sie einen Monat lang kennt?«

Sie schüttelt den Kopf. »Soweit ich weiß, hat er noch nie einer anderen einen Antrag gemacht – oder war so besessen von einer Frau.« Sie holt tief Luft. »Du bist die Erste, und, wenn ich raten müsste, die Letzte. So ist es oft bei den Männern in unserer Familie. Unser Vater sah unsere Mutter auf einer Party, überhäufte sie mit Geschenken und heiratete sie zwei Wochen später. Und sein Vater – unser Großvater väterlicherseits – hat unsere Großmutter buchstäblich entführt, als sie sechzehn war, und sie aus ihrem Dorf geraubt, als er sie zufällig beim Hacken eines Feldes mit anderen Schulmädchen sah.«

»Du machst Witze.«

»Ich wünschte, das täte ich.« Ihr Gesicht ist düster. »Unsere Großmutter starb, als ich zehn Jahre alt war, aber ich erinnere mich an die Geschichten, die sie mir über ihr Leben mit meinem Großvater erzählte, die Art und Weise, wie er jeden ihrer Schritte kontrollierte und absoluten Gehorsam verlangte. Sie war zutiefst unglücklich mit ihm, aber sie war nur ein armes Bauernmädchen, und er war ein mächtiger, gut vernetzter Mann, also gab es nichts, was sie dagegen tun konnte. Er wollte nicht, dass sie ihn verließ.«

Ich starre sie an, mein Magen zieht sich zusammen. »Und deine Mutter? War sie auch unglücklich?«

Sie zieht ihre Hände zurück, und ihr Gesicht ist verschlossen. »Am Anfang nicht. Sie wusste erst viel später, was für einen Mann sie geheiratet hatte. Als sie es herausfand, begannen die Dinge auseinanderzubrechen …« Sie hält inne und holt noch einmal tief Luft. »Auf jeden Fall ist das nicht dieselbe Situation. Ich will damit sagen, dass Nikolai dieselbe intensive, leidenschaftliche Persönlichkeit besitzt, eine obsessive Tendenz, die etwas sucht und schließlich findet – jemanden, an dem sie sich festhalten kann. Wie unser Vater und unser Großvater vor ihm ist er zielstrebig, wenn es darum geht, die Frau zu bekommen, die er will, und er will dich, Chloe. Und er will dich haben, um jeden Preis.«

Ich weiß nicht, was ich sagen soll. Stumm starre ich sie an, als sie leise sagt: »Ich weiß nicht, ob du es bemerkt hast, aber Nikolai hat einen Hauch von Mystik in sich, diesen Glauben an Schicksal und Bestimmung, den er von unserer Großmutter geerbt hat. Sie wuchs in einem kleinen ländlichen Dorf auf, war sowohl religiös als auch zutiefst abergläubisch und verbrachte viel Zeit mit Nikolai, als er ein kleiner Junge war. Er würde es wahrscheinlich abstreiten – er betrachtet sich selbst nicht im Geringsten als religiös –, aber er hat viele ihrer Überzeugungen übernommen, einschließlich ihrer Ansichten über unsere Familie und wie unser Blut das Böse in sich trägt … wie es unvermeidlich war, dass unser Vater, ihr Sohn, so werden würde, wie sein Vater es war.«

Ich schlucke trocken. »Wie war das?« Und was noch wichtiger ist, ist Nikolai auch so geworden?

Alinas Lippen verziehen sich. »Das ist egal. Wir reden hier gerade über Nikolai.«

»Und mich. Alina …« Jetzt bin ich an der Reihe, ihre Hände zu ergreifen. »Was soll ich tun? Ich habe ihm gesagt, dass ich ihn nicht heiraten kann, aber er hört nicht auf die Vernunft. Er besteht darauf, dass wir heute heiraten.«

Ihr Gesicht zeigt endlich einen Anflug von Überraschung. »Heute?«

»Ja, heute!« Ich lasse ihre Hände los und bekomme meine Stimme wieder unter Kontrolle. »Schau, vielleicht flippe ich umsonst aus. Ich weiß nicht, wie er mich in die Ehe zwingen kann – wir sind nicht mehr im Mittelalter. Aber nur für den Fall, kannst du ihn vielleicht zur Vernunft bringen? Oder mir helfen, herauszufinden, wie man das macht?«

Sie neigt ihren Kopf, und ihre jadefarbenen Augen glänzen. »Nur um das klarzustellen, du willst ihn also nicht heiraten?«

Ich blinzele. »Natürlich nicht. Ich meine … ich kenne ihn noch nicht einmal einen Monat.«

»Aber du willst ihn, oder? Letzte Nacht und das andere Mal …«

»Das ist etwas anderes.« Mein Gesicht wird wieder heiß. »Das ist einfach biologisch. Er ist ein sehr attraktiver Mann und …«

»Also ist es für dich nur Sex?«

Ich öffne den Mund, um Ja zu sagen, aber das Wort will nicht herauskommen.

»Ich verstehe.« Das Funkeln in ihren Augen wird intensiver. »Liebst du ihn?«

»Ich …« Ich schlucke gegen die plötzliche Trockenheit in meinem Hals an. »Ich weiß es nicht. Ist das wichtig? Ich kann ihn trotzdem nicht heiraten. Er ist … das heißt, er ist nicht …«

»Das, was du dir als Ehemann vorgestellt hast?«, fragt sie, als ich abschweife. Ein schiefes Lächeln umspielt ihre Lippen. »Weißt du, die meisten Frauen würden die Chance ergreifen, einen reichen, gutaussehenden Mann zu heiraten, der verrückt nach ihnen ist.«

»Würdest du es? Die Chance ergreifen, jemanden wie deinen Bruder zu heiraten?«

Ihre Gesichtszüge spannen sich an, und das Lächeln verschwindet aus ihrem Gesicht. »Wir reden nicht über mich.« Sie steht abrupt auf und schreitet zum Fenster. Ihr Rücken ist steif, während sie auf die fernen Gipfel starrt.

Verwirrt gehe ich zu ihr hinüber. Ich habe keine Ahnung, was sie aufgeregt hat, aber irgendetwas hat das offensichtlich getan. Vorsichtig berühre ich ihre Schulter. »Hey, ich …«

Sie dreht sich zu mir um, und ihre Gesichtszüge sind wieder ruhig. »Hör mir zu, Chloe. Du hast recht, auszuflippen. Wenn mein Bruder sagt, dass du ihn heute heiratest, dann wird das auch passieren. Ich weiß nicht genau wie, aber er ist einfallsreich. Wenn du das wirklich nicht willst, ist es das Beste, wenn du die Hochzeit verzögerst.«

»Verzögern? Aber …«

»Verzögern«, sagt sie bestimmt. »Eine direkte Ablehnung wird nicht funktionieren – sie wird ihn nur noch entschlossener machen –, also musst du Ja sagen und dann einen Weg finden, einige Bedingungen zu stellen. Vielleicht hast du schon immer von einer bestimmten Hochzeitslocation geträumt oder von einem besonderen Kleid oder davon, deine College-Freundinnen als Brautjungfern zu haben. Er kann das beherzigen, oder auch nicht. So oder so, einen Versuch ist es wert.«

Ich starre sie an, und mein Puls rast. Sie hat recht: Ich bin das alles falsch angegangen. Letzte Nacht, bis ich Nikolai die Wahrheit sagte – dass ich nicht glaube, dass es zwischen uns langfristig funktionieren könnte –, schien er der Vernunft zugänglich gewesen zu sein, mehr daran interessiert, mich zu überzeugen, als mich seinem Willen zu unterwerfen.

Vielleicht, wenn ich zustimme, ihn irgendwann in der Zukunft zu heiraten, können wir zu einer gesünderen Dynamik zurückkehren und die Dinge wieder so machen, wie sie waren.

»Es tut mir leid, dass ich nicht hilfreicher sein kann«, sagt Alina, und ich sehe, dass sie es ernst meint. »Alles, was ich zu ihm sage, wird nur nach hinten losgehen. Es ist besser, wenn du das selbst mit ihm klärst.«

»Nein, das war sehr hilfreich, danke.« Ich drehe mich um, um zu gehen, als mir etwas einfällt. Hoffnungsvoll drehe ich mich um. »Du hast nicht zufällig die Pille danach, oder? Es gab gestern Abend einen kleinen … Gedächtnisverlust unsererseits.«

Sie hält inne und blinzelt. Als sie spricht, klingt ihre Stimme seltsam. »Nein, ich fürchte, so etwas habe ich nicht. Und Chloe … du solltest dir vielleicht eine wirklich gute Verzögerungstaktik überlegen. Weißt du noch, was ich dir über meinen Bruder und Zufälle erzählt habe? Das Gleiche gilt für Gedächtnislücken.«

Ich starre sie an, und mein Magen zieht sich zusammen. »Du meinst …«

»Für mich hört es sich so an, als wolle er dich unbedingt an sich binden – und er zieht bereits alle Register.«

## NIKOLAI

Ich wache mit einem beunruhigenden Gefühl von Déjà-vu auf. Noch bevor ich mich umdrehe und die kühlen, leeren Laken neben mir spüre, weiß ich, dass Chloe nicht da ist.

Ich kann ihre Abwesenheit tief in mir spüren.

Die Logik sagt mir, dass sie nicht noch einmal weggelaufen sein kann – die Wachen haben den strikten Befehl, dass sie das Gelände nicht verlassen darf –, aber mein Herz klopft immer noch schwer in meiner Brust, als ich vom Bett springe und mich mit militärischer Geschwindigkeit anziehe.

Ich muss sie finden. Jetzt.

Bevor ich den Raum verlassen kann, fällt mir eine Bewegung draußen ins Auge. Ich trete zum Fenster, und eine Welle der Erleichterung überschwemmt mich.

Es sind Chloe und Slava, die zusammen am Rand der Einfahrt stehen und in die Baumgruppe an der Seite schauen. Als ich näher hinschaue, bemerke ich ein graubraunes Fellknäuel vor ihnen – ein Wildkaninchen. Ich erhasche auch einen Blick auf eine lange, dünne Karotte in der Hand meines Sohnes.

Die Erleichterung geht über in ein neues, schier glühendes Gefühl, eine glühende Art von Wärme, die jede Spalte meiner Brust ausfüllt. Mein Sohn und meine zukünftige Frau – es fühlt sich so richtig an, so perfekt.

So was von abgefuckt.

Ich verdiene das nicht. Tief im Inneren weiß ich das. Einem Mann wie mir ist es nicht vergönnt, diese Art von Glück zu erleben, sich für längere Zeit in echter Freude zu sonnen. Und Chloe hat mich ganz sicher nicht verdient. Das Blut, das durch meine Adern fließt, ist reines Gift, meine Natur durch und durch rücksichtslos. Ein besserer Mann hätte sie schon vor langer Zeit gehen lassen und sie vor den dunkelsten Teilen seiner selbst beschützt, anstatt diese Fata Morgana des Glücks mit beiden Händen zu ergreifen.

Aber ich ergreife sie. Weil ich ein egoistisches Monster bin. Denn als ich sie letzte Nacht endlich in meinen Armen hatte, wusste ich, dass sie dorthin gehörte. Und ich wusste, dass es nicht genug war, sie einfach dazuhaben.

Ich möchte, dass die Welt weiß, dass sie mir gehört, dass sie nur mir gehört.

Ich beobachte sie und Slava noch eine Weile und genieße das unverdiente Glück, diese erschlichenen Momente der unkomplizierten Freude. Ich weiß nicht, wie ich mich die ganze Zeit zurückhalten konnte, wie ich es geschafft habe, mich zurückzuhalten und ihr die zweiwöchige Gnadenfrist zu geben. Jetzt, wo ich sie wiederhabe, kann ich mir nicht vorstellen, noch eine Nacht ohne sie zu verbringen, kann nicht einmal versuchen, das Tier wieder an die Leine zu legen.

Sie will mich nicht heiraten. So soll es sein. Die brennende Wut und der Schmerz über ihre Weigerung sind immer noch da, aber sie sind leicht abgekühlt und haben sich zu einer grimmigen Entschlossenheit verhärtet.

Es wird Zeit, dass Chloe versteht, mit wem sie es zu tun hat. So oder so wird sie meinen Ring an ihrem Finger tragen.

Heute Abend wird sie meine Frau werden.

CHLOE

Ich überstehe den Morgen mit reiner Willenskraft und gehe mit einem Lächeln in den Unterricht mit Slava, obwohl die Angst an meinen Nerven zerrt. Es hilft, dass Nikolai beim Frühstück nicht auftaucht und sich stattdessen mit Pavel in seinem Büro einschließt. Tatsächlich sehe ich ihn gar nicht, außer kurz auf dem Flur, als er an mir vorbeischreitet, mit nichts weiter als einem erhitzten Blick und einem gemurmelten »Entschuldigung, *zajchik*.«

Es ist, als ob die letzte Nacht nie passiert wäre, als ob mein Körper nicht den Abdruck seiner Besessenheit trüge und mein Magen sich nicht verknotete, während ich versuche, den Mut aufzubringen, mit ihm zu reden.

Erst um elf Uhr gibt es das erste Anzeichen für die kommenden Veränderungen. Bis dahin habe ich die Hoffnung, dass Nikolai seine Meinung geändert hat und seine Drohung doch eine leere war. Aber nein. Ich gehe in mein Zimmer und finde Lyudmila in meinem begehbaren Kleiderschrank. Sie packt dutzende Kleider samt Bügel zusammen und trägt sie ohne ein einziges Wort an mir vorbei.

»Hey!« Ich eile ihr hinterher, als sie zügig den Flur entlangläuft. »Was geht hier vor?«

Sie wirft mir einen Blick von der Seite zu, als ich sie einhole. »Du ziehst heute um. In Nikolais Zimmer, oder nicht?«

»Was? Nein! Gib mir die.« Ich versuche, ihr die Klamotten zu entreißen, aber sie erweist sich als erstaunlich agil. Sie weicht mir aus und geht in Nikolais Schlafzimmer, um dreißig Sekunden später wieder aufzutauchen und wieder mein Zimmer zu betreten.

Scheiße.

Ich renne ihr hinterher. »Tu das nicht. Lass sie einfach liegen.«

Sie hört nicht auf mich, schnappt sich einen weiteren Stapel Klamotten und schiebt sich mit ausdruckslosem Matroschka-Gesicht an mir vorbei. »Wenn du mir im Weg stehst, hole ich Pavel zu Hilfe.«

Verdammt.

Voller Wut trete ich zurück und lasse sie ihre Arbeit machen. Die Alternative – sie und ihren Berg von Ehemann körperlich zu bekämpfen – wäre sowohl sinnlos als auch dumm. Wen kümmert es, wo sich meine Kleidung befindet? Es geht darum, was dieser Schritt bedeutet.

Nikolai nimmt mir mein Zimmer weg, meinen

privaten Raum ... meinen einzigen Zufluchtsort vor ihm.

Ich kann die Konfrontation nicht länger aufschieben. Wenn ich heute nicht seine Frau werden will, muss ich handeln.

Ich lasse Lyudmila mit meinem Kleiderschrank machen, was sie will, gehe zu Nikolais Büro und klopfe entschlossen an die Tür.

»Ja?«

»Ich bin's, Chloe.« Meine Stimme ist tief und wütend, da meine Wut alle Vorsicht verbrennt.

Die Tür schwingt auf und gibt den Blick auf Nikolais große, breitschultrige Gestalt frei. Er stützt einen muskulösen Unterarm auf den Türrahmen über seinem Kopf und lässt seinen Blick über meinen Körper wandern. Als seine Augen zu meinem Gesicht zurückkehren, haben sie einen hellen und raubtierhaften Goldton. »Was ist los, *zajchik*?«

»Wir müssen reden.«

Er tritt einen halben Schritt zurück, und seine sinnlichen Lippen wölben sich mit dunkler Belustigung. »Dann komm rein.«

Er steht immer noch teilweise in der Tür, also habe ich keine andere Wahl, als mich an ihm vorbeizudrängen. Meine Schulter streift seine harte, muskulöse Brust, und ich nehme einen schwachen Hauch von Bergamotte und Zedernholz wahr, gemischt mit dem verlockenden Moschus der warmen Männerhaut. Eine vertraute Hitze versengt meine

Adern, und mein Inneres verflüssigt sich trotz der Wut, die in meiner Brust brennt.

Verdammte Biologie. Das ist das Letzte, was ich brauche.

Mit zusammengebissenen Zähnen gehe ich zum runden Tisch, wo ich mich auf einen Stuhl setze und ihm herausfordernd ins Gesicht blicke. Ich weigere mich, meinen Körper mein Handeln diktieren zu lassen, sexuelle Bedürfnisse über mein Schicksal entscheiden zu lassen.

Ich werde diesen schönen, amoralischen Mann nicht heiraten, wenn ich es verhindern kann. Egal, wie ich im Bett auf ihn reagiere.

»Also …« Er lehnt sich zurück und verschränkt seine langen Finger vor seiner Brust. Seine Stimme ist wie gebürstete Seide, als er leise sagt: »Du wolltest reden.«

Ich hatte den ganzen Vormittag Zeit, mir zu überlegen, wie ich ihn am besten anspreche, doch ich bin immer noch sprachlos, und meine Gedanken sind ein einziges Durcheinander. Teilweise ist es die Art, wie er mich beobachtet, mit diesem zynischen, spöttischen Halb-Lächeln, als ob er bereits in die Zukunft schaut und genau weiß, was ich tun und sagen werde. Aber hauptsächlich ist es die kühle Entschlossenheit, die ich in ihm spüre. Die Argumente, die ich vorbereitet habe, scheinen plötzlich unzureichend zu sein, die Prämisse, mit ihm zu verhandeln, ist zutiefst fehlerhaft.

»Wie hast du vor, es zu tun?«, platze ich schließlich

damit heraus. Es ist nicht das, womit ich anfangen wollte, aber ich muss wissen, was auf mich zukommt, falls ich versage. »Wie kannst du mich zwingen, dich gegen meinen Willen zu heiraten?«

Die Muskeln um seine Augen spannen sich geringfügig an, auch wenn das Lächeln auf seinen Lippen bleibt. »Gegen deinen Willen? Ist das die Lüge, die du dir selbst einredest, *zajchik*? Dass du gezwungen wirst?«

Das Blut schießt mir ins Gesicht, und Wut vermischt sich mit unlogischer Verlegenheit. »Was willst du damit sagen?«

»Ich will damit sagen, dass ich dir einen Gefallen tue.« Sein Lächeln wird intensiver. »Entscheidungen können eine schwere Last sein, vor allem, wenn deine Vorstellungen von dem, was richtig ist, mit deinen tatsächlichen Wünschen kollidieren.«

Meine Nägel graben sich in meine Handflächen. »Ich *will* dich nicht heiraten. Du hast gefragt, und ich habe Nein gesagt, erinnerst du dich?«

»Oh, das tue ich.« Er setzt sich ruckartig nach vorne, und das Lächeln verschwindet aus seinem Gesicht. »Manche Dinge sind dazu bestimmt, dass sie geschehen. Eines Tages wirst du das erkennen und dankbar sein, *zajchik*. Für den Moment werde ich tun, was ich tun muss.«

»Und was wäre das? Eine Art Amtsperson hierherholen? Und was dann? Wie willst du mich dazu bringen, Ja zu sagen?«

Er antwortet nicht, lehnt sich nur mit einem

unergründlichen Ausdruck zurück, und meine Fantasie macht einen Sprung.

Ich starre ihn entsetzt an und stoße hervor: »Du wirst mich unter Drogen setzen, nicht wahr? Das ist dein Plan.«

NIKOLAI

Mein kluges *zajchik*. Chloe kennt mich, egal, was sie behauptet.

Das kleine Fläschchen liegt bereits auf meinem Schreibtisch, die Flüssigkeit darin bereit, um in eine Spritze gesaugt und in ihre Venen gepumpt zu werden. Es ist die mildeste und sanfteste Form einer unserer Spezialdrogen. Die Dosis reicht gerade aus, um die Grenzen der Realität zu verwischen und die Hemmungen einer Person zu senken.

Wenn ich sie bei Chloe anwende, wird sie sich dessen bewusst sein, was passiert, aber sie wird nichts dagegen haben … denn tief im Inneren will sie das auch.

Ich kenne sie mittlerweile gut.

Deshalb bin ich auch nicht überrascht, als sie durchatmet und ihre schmalen Schultern in die Waagerechte bringt, anstatt zu flehen oder zu weinen. »Gut«, sagt sie, und ihre Stimme zittert nur leicht. »Du hast gewonnen. Aber nur damit du es weißt, ich werde dir nicht verzeihen, wenn du das durchziehst. Es wird alles zwischen uns vergiften … so wie die Taten deines Großvaters jede Chance seiner Ehe ruiniert haben.«

Verdammte Alina. Ich hätte damit rechnen müssen, doch Chloes Worte durchbohren mich immer noch wie ein Angelhaken, der tief in mein Herz eindringt und sich dort festsetzt.

Ich beuge mich vor, und mein Tonfall wird schärfer. »Du lässt mir keine andere Wahl.«

»Nein. Du versuchst, *mir* keine Wahl zu lassen.« Sie lehnt sich ebenfalls nach vorne und starrt mich wütend von der anderen Seite des Tisches an. »Das Ding ohne Kondom – das war doch Absicht, oder? Du hast es nicht wirklich vergessen.«

Ich halte ihrem Blick stand, und das Aufflackern der Wut kühlt ab, während sich ein seltsamer Schmerz um meine Brust legt. Hat sie recht? Zu diesem Zeitpunkt schien es keine bewusste Entscheidung zu sein, eher wie eine ursprüngliche Anweisung, ein überwältigender Drang, in ihr zu sein, ohne irgendwelche Barrieren. Das Kondom war nicht einmal eine Überlegung wert – es war, als ob mein Verstand die Existenz solcher Schutzmaßnahmen verdrängt hätte, geschweige denn die Notwendigkeit dafür sah.

Ich will keine weiteren Kinder – oder zumindest dachte ich, dass ich das nicht will. Dann sah ich meinen Samen auf Chloes Schenkeln, und alle möglichen verlockenden Bilder überfluteten meinen Geist: von

Chloe, die mit unserem Kind rund wird, von ihr, die einen pausbäckigen Säugling stillt ... von uns, die mit einem braunäugigen Kleinkind spielen, dessen strahlendes Lächeln einen Raum erhellt.

Es war wie eine Collage aus einem beschissenen Hallmark-Film, nur dass es mich tief im Inneren schmerzte.

Mit Mühe schalte ich diesen Gedankengang aus. Ob ich bewusst gehandelt habe oder nicht, spielt keine Rolle. Das Ergebnis ist so oder so das gleiche.

Ich zwinge meine Schultern, sich zu entspannen, lehne mich zurück und betrachte Chloes fest angespannten Gesichtszüge. »Sag es mir, *zajchik* ... was brauchst du, damit du unsere Ehe akzeptierst und glücklich bist? Damit wir beide das Schicksal meiner Großeltern vermeiden können?«

Sie ist zu klug, zu vorsichtig, um hierherzukommen, nur um mich zu züchtigen. Es gibt etwas, hinter dem sie her ist, eine Art Ziel, das sie zu erreichen hofft, und ich vermute, ich weiß, was es ist.

Sie blickt mich für ein paar lange Sekunden an, und ich spüre den Kampf, der sich in ihrem Kopf abspielt. Mich weiter mit der Kondomfrage bedrängen oder zu ihrem eigentlichen Anliegen übergehen?

Sie muss sich für die Kombination aus beidem entscheiden, denn sie setzt sich aufrechter hin und sagt: »Nun, zum einen möchte ich, dass wir uns immer schützen, solange ich nicht zustimme, ein Baby zu bekommen. Ich möchte sogar, dass du mir sofort wieder die Antibabypille besorgst und mir heute noch die Pille danach gibst.«

»Erledigt«, sage ich und unterdrücke eine irrationale Welle der Enttäuschung.

Es ist wirklich das Beste – ein weiterer Molotow ist das Letzte, was diese Welt braucht. Ich weiß nicht, was letzte Nacht über mich gekommen ist, aber ich nehme mir vor, mich in Zukunft besser zu kontrollieren. In der Tat habe ich den Rest der Nacht Kondome benutzt, also werde ich das, was passiert ist, als kurzzeitiges Versagen der Vernunft abhaken.

Chloe blinzelt, sichtlich überrascht von meiner kampflosen Zustimmung. »Okay. Gut. Wie wäre es dann, wenn wir den Zeitpunkt der Hochzeit besprechen? Ich denke, nächsten Sommer oder Herbst sollte …«

»Nein.« Ich hatte nicht vor, sie in die Ehe zu drängen, aber jetzt, wo wir diesen Weg eingeschlagen haben, kann ich mir nicht vorstellen, auch nur einen Tag länger zu warten. So ungeduldig ich auch war, sie in meinem Bett zu haben, es ist nichts im Vergleich zu meinem brennenden Drang, sie an mich zu binden. Ich hatte nicht vor, ihr bis in einigen Wochen einen Antrag zu machen, nachdem ich mich mit Bransford auseinandergesetzt hatte, aber alles änderte sich in dem Moment, als ich meinen Samen an ihr sah und wusste, dass ich sie hätte schwängern können. In diesem Moment wurde es meine oberste Priorität, ihr meinen Ring an den Finger zu stecken – und das ist es immer noch, unabhängig davon, ob es ein Kind geben wird oder nicht.

Die bloße Möglichkeit machte mir klar, dass nichts weniger als sie als meine Frau zu haben ausreicht.

Sie atmet hörbar ein. »Aber …«

»Nein. Der Zeitpunkt ist nicht verhandelbar.« Ich weiß, dass ich unvernünftig bin, aber ich kann – und will – das nicht verzögern. Irgendetwas Irrationales in mir ist davon überzeugt, dass ich sie verlieren werde, wenn ich das jetzt nicht mache … dass ich diese Chance auf Glück ergreifen muss, so illusorisch sie auch sein mag.

Sie ballt ihre Hände zu Fäusten, während dunklere Flecken auf ihren Wangen erscheinen. »Ich dachte, du wolltest, dass es funktioniert, dass wir in dieser Ehe wirklich glücklich sind.«

»Das tue ich … und wir werden es sein. Aber zuerst muss es eine Ehe geben. Und dafür muss es eine Hochzeit geben – und die findet heute um fünf Uhr statt.«

»Heute Nachmittag?« Ihre Stimme wird eine Tonlage höher. »Ist dir klar, wie verrückt das klingt?«

Ich lächele grimmig. »Vernunft ist überbewertet, *zajchik*. Welcher vernünftige Mensch ist jemals glücklich? Auf jeden Fall brauchst du dir keinen Stress wegen der Logistik zu machen. Alles ist bereits arrangiert.«

Ein paar Sekunden lang starrt sie mich nur an und atmet zittrig, dann schiebt sie ihren Stuhl zurück und steht auf. »Was ist mit dem, was ich will? Was ich brauche, um diese Ehe zu akzeptieren?«

»Sag mir, was es ist, und ich werde mein Bestes tun, um es zu ermöglichen – solange es nicht zu einer Verzögerung führt.« Ich stehe ebenfalls auf, gehe um den Tisch herum und umfasse ihr zartes Kinn, um ihr Gesicht nach oben zu neigen und ihren meuternden Gesichtsausdruck zu betrachten. »Sag es mir, *zajchik*. Was kann ich tun, um dich glücklich zu machen? Was brauchst du?«

Sie ergreift mein Handgelenk, und ihre Augen sind dunkel vor turbulenten Emotionen. »Dass du mich nicht dazu zwingst, das zu tun.«

Ich lächele, beuge meinen Kopf, um ihr zartes Ohr zu küssen, und mein Körper spannt sich an, während ich ihren Wildblumenduft einatme. »Nein, *zajchik*«, murmele ich, als ich spüre, wie sie zittert. »Das ist genau das, was du brauchst.«

Jemand, der so unschuldig ist wie sie, wird niemals einen Mann wie mich umarmen, ohne sich Gedanken darüber zu machen, wie es ihre von der Gesellschaft auferlegte Moral kompromittiert und zumindest eine Form von Schuldgefühlen zu haben.

Ich meinte, was ich sagte. Auf meine egoistische Art und Weise *tue* ich ihr einen Gefallen. Auf diese Weise kann sie vorgeben, dass sie das nicht will, dass sie mich gegen ihren Willen umarmt.

Ihr zarter Hals bewegt sich, als sie schluckt, und sie atmet keuchend ein, um sich aus meinem Griff zu befreien. Ihre Augen sind noch dunkler, als ihr Blick auf den meinen trifft, und ihre zarten Züge sind fest angespannt.

»In diesem Fall«, sagt sie unsicher, »habe ich zwei weitere Bedingungen. Wenn du sie erfüllen kannst, werde ich dich heute um fünf Uhr heiraten, ohne dass eine Droge nötig ist.«

Fasziniert neige ich meinen Kopf. »Fahr fort.«

»Zuerst möchte ich, dass du mir erzählst, was genau mit deinem Vater passiert ist. Und zweitens …« Ihre Stimme zittert leicht. »Du musst mir versprechen, meinen nicht zu töten. Ich will, dass Bransford bezahlt, aber nicht auf diese Weise.«

## CHLOE

Nikolais Kiefer wird zu Stein, und vulkanische Wolken sammeln sich in seinen Augen. Mit gefährlich leiser Stimme sagt er: »Das Erste kann ich machen, aber das Zweite nicht. Bransford ist eine Bedrohung für dich, solange er lebt.«

»Nicht, wenn er entlarvt wird und die Leute wissen, was er ist. Ich kann mit meinen DNA-Ergebnissen an die Öffentlichkeit gehen; mit dieser Art von Beweis werden die Medien zuhören müssen.«

Ich weiß nicht, wann mir die Idee zu diesem faustischen Handel mit Nikolai kam. Zu diesem Zeitpunkt beschloss ich, dass ich, da es keinen Weg gibt, den Kampf um die Ehe nicht zu verlieren, zumindest zu meinen eigenen Bedingungen aufgeben werde. Diese beiden Angelegenheiten – die Wahrheit über Nikolais Vergangenheit herauszufinden und ihn dazu zu bringen, Bransford am Leben zu lassen – sind für mich gleichermaßen wichtig, und ich muss das kleine Druckmittel, das ich habe, nutzen.

Bransford muss für seine Verbrechen bezahlen, aber ich will nicht, dass sein Blut an Nikolais Händen klebt und damit auch an meinem Gewissen.

»Die Medien?« Nikolais Lippen verziehen sich. »Du verstehst doch, was das bedeuten würde, nicht wahr, *zajchik*? Sie würden über dich herfallen wie ein Schwarm hungriger Möwen. Jedes bisschen deines Lebens wird seziert, der Tod deiner Mutter und alles über ihre Vergangenheit in ekelerregenden Details analysiert. Du wirst nie wieder einen Moment Ruhe haben. Und während der Skandal wahrscheinlich Bransfords politische Karriere beenden wird, gibt es keine Garantie, dass er für die Vergewaltigung deiner Mutter ins Gefängnis kommt; die Verjährungsfrist könnte das verhindern.«

»Er ist auch schuldig, den Mord an ihr angeordnet zu haben.«

»Ja, aber viel Glück dabei, das zu beweisen, wenn die Attentäter tot sind.«

Verdammt. Er hat recht. In meiner Eile, mir eine Alternative zu Bransfords Tod auszudenken, habe ich den letzten Teil nicht bedacht. Ich habe keine Ahnung, was Nikolai mit den Leichen der Attentäter gemacht hat, aber so oder so, tote Männer können nicht zur Identität ihres Auftraggebers aussagen. Schlimmer noch, die Behörden auf die Gräber der Attentäter hinzuweisen – oder auch nur den Vorfall im Wald zu enthüllen – könnte Nikolai alle möglichen Probleme bereiten. Das Letzte, was ich will, ist, dass er verhaftet wird, weil er mich beschützt … oder dass die Medien sich auf ihn stürzen, was sie zwangsläufig tun werden, wenn wir verheiratet sind.

Da Slava vor der Familie seiner Mutter versteckt bleiben muss, kann ich meine Beziehung zu Bransford nicht öffentlich machen. Die Idee selbst ist eine Totgeburt.

Trotzdem bin ich nicht bereit, aufzugeben. »Was, wenn ich es nicht bin? Ich wette, dass es außer meiner Mutter noch andere Frauen gibt, denen er das angetan hat, andere Mädchen, an denen er sich irgendwann vergriffen hat. Männer wie er neigen dazu, eine bestimmte Vorgehensweise zu haben, also können wir vielleicht seine anderen Opfer finden und …«

»Sie finden, wie?« Nikolais Ton wird sanfter. »Ich verstehe, was du zu tun versuchst, *zajchik*, glaub mir, aber selbst wenn einige Opfer bequem in den Kulissen lauern würden, könnte es Monate oder Jahre dauern, sie zu finden und sie zu überreden, sich zu melden. Bis dahin könnte er Präsident der Vereinigten Staaten sein, und ihn zu Fall zu bringen, wird unendlich größere Anstrengungen erfordern. In der Zwischenzeit wird er dich weiter jagen … und möglicherweise auch andere Opfer hinterlassen. Hast du daran gedacht? Wenn er tatsächlich eine Vorliebe für unwillige Teenager-Mädchen hat, dann stellt er in jeder Minute, in der er lebt, nicht nur eine Bedrohung für *dich* dar. Indem ich ihn ausschalte, tue ich der Welt einen Gefallen.«

Pfui Teufel. Ich wende mich ab und reibe mir die

Stirn. Er hat wieder recht, aber ich kann nicht akzeptieren, dass ein Attentat die einzige Lösung ist. Es muss etwas anderes geben, was wir tun können. Ich wäre sogar mit etwas Zwielichtigem einverstanden, wie Erpressung oder …

Ich drehe mich herum. »Was wäre, wenn wir sie nicht finden müssten, die Opfer? Was wäre, wenn wir sie selbst erschaffen?«

Nikolais dunkle Augenbrauen wölben sich, und sein Blick leuchtet mit einem Hauch von Amüsement. »Schlägst du vor, einige Frauen zu bezahlen, damit sie ihn beschuldigen? Falsche Beweise erschaffen? Findest du das nicht unethisch und falsch?«

»Nicht, wenn die Alternative ist, ihn zu töten. Außerdem ist es ja nicht so, dass er unschuldig ist.«

»Nein«, sagt Nikolai tonlos, nun ganz ohne einen Funken Humors. »Das ist er nicht.«

»Also ist das ein Ja?« Ich trete näher und schaue hoffnungsvoll zu ihm hoch. »Können wir das ausprobieren, um zu sehen, ob es klappt?«

Er streicht mir eine Haarsträhne aus dem Gesicht. »Nein, *zajchik*. Falsche Anschuldigungen werden nicht funktionieren.«

»Aber …«

»Wenn wir Opfer erschaffen wollen, müssen sie echt sein … oder zumindest müssen die Beweise echt sein.«

Ich blinzele ihn an. »Wie meinst du das?«

»Ich habe eine Idee, aber ich muss sie erst mit Valery besprechen.«

Eine Glühbirne geht in meinem Kopf auf. »Redest du von Mascha?« Egal, wie alt der *Aktivposten* seines Bruders wirklich ist, sie könnte leicht als Teenager durchgehen, also wenn wir sie in Bransfords Nähe bekommen …

»Genau.« Nikolai geht hinüber zu seinem Schreibtisch und öffnet seinen Laptop. Ich beobachte mit angehaltenem Atem, wie seine langen Finger über die Tastatur tanzen und eine Nachricht schreiben.

Vielleicht lobe ich den Tag vor dem Abend, aber es scheint so, als ob er dabei ist. Er denkt, dass diese Idee funktionieren könnte.

»In Ordnung«, sagt er nach einer Minute und klappt den Laptop zu. »Mal sehen, was Valery denkt, und ob Mascha bereit wäre, den aktuellen Plan zu ändern.«

»Der da wäre?«

Seine Lippen verziehen sich leicht ironisch. »Sagen wir einfach, der erste Teil ist nicht allzu anders.«

Ich blinzele. »Wollte sie ihn verführen?«

»Gerade genug, um ihn dazu zu bringen, mit ihr zu essen.«

Wo sie ihm das geben würde, was zu diesem tödlichen *Herzfehler* führen sollte.

Ich tue mein Bestes, um meine Stimme ruhig zu halten. »Okay, also dann sollte es einfach sein, oder? Vielleicht könnte sie ihn noch ein bisschen weiter verführen und ein paar kompromittierende Fotos machen. Oder …«

»Mach dir keine Gedanken über die Einzelheiten,

zajchik.« Er geht um seinen Schreibtisch herum und bleibt vor mir stehen. Seine Augen haben den Farbton von dunklem Bernstein, während er eine weitere Haarsträhne hinter mein Ohr streicht. »Deine einzige Aufgabe heute ist es, dich für ein Kleid zu entscheiden.«

## CHLOE

Nikolai lag falsch. Es ist nicht nur das Kleid. Nach dem Mittagessen dringt eine Meute modisch gekleideter Menschen in das Haus ein und bringt alles mit, von Schuhen im Wert eines Kaufhauses bis hin zu Haarstyling-Tools. Alina dirigiert sie alle mit zügiger Effizienz, und bevor ich mich versehe, bin ich gewaschen, gewachst, gezupft, parfümiert, gestylt und geschminkt.

Als wir dann tatsächlich zur Kleiderauswahl kommen, fühle ich mich, als hätte ich eine leichte Form der Folter hinter mir, und alles hat eine surreale Atmosphäre. Mein Hochzeitstag – allein diese Worte sind wie etwas aus einem Buch oder Film, eine fiktive Geschichte mit einem Mädchen, das unmöglich ich sein kann.

Heiraten war nie mein Traum. Nicht so wie für manch andere Frauen. Es war einfach etwas, von dem ich dachte, dass es in der Zukunft passieren würde, wenn ich die richtige Person treffe und alles stimmt. Sagen wir, wenn es uns beiden beruflich gut geht, wir die Familien und Freunde des anderen mögen und viele gemeinsame Interessen haben. Auch, wenn wir in einem angemessenen Alter wären, was für mich frühestens Ende zwanzig ist.

Ich hätte nie gedacht, dass ich mit dreiundzwanzig heiraten würde – und schon gar nicht einen russischen Mafioso. Denn das ist es, was Nikolai ist, ob er dieses Etikett akzeptiert oder nicht. Die Molotows tarnen sich mit High-Society-Kleidung, aber im Kern sind Nikolai und seine Brüder Wilde, so gewalttätig und amoralisch wie alle Kartellführer.

Der Gedanke, mein Leben mit einem solchen Mann zu verbinden, sollte mich eigentlich erschrecken, aber ich fühle mich stattdessen wie betäubt, so überwältigt, dass sich alles wie weißes Rauschen anfühlt. Vor weniger als zwei Monaten war meine einzige Sorge, einen Job nach dem Studium zu finden, und dann geriet mein Leben so sehr aus den Fugen, dass nichts von dem, was heute passiert, wirklich erschreckend oder seltsam erscheint.

Oder vielleicht ist das eine Lüge, die ich mir einrede, um diesen Tag zu überstehen. Vielleicht wird mich das Ausmaß von allem später treffen, wenn ich besser ausgerüstet bin, es zu verarbeiten.

Die Kleider, die mir gezeigt werden, sind atemberaubend, jedes einzelne ein Kunstwerk. Es gibt insgesamt vierzehn, und Alina lässt mich alle anprobieren, bevor sie sich für Nummer sieben entscheidet – ein elfenbeinfarbenes Kleid mit Meerjungfrauenschwanz und schulterfreiem Ausschnitt ist das richtige.

Ich weiß nicht, ob ich mit ihr übereinstimme – für mich sind alle Kleider direkt aus einem Märchen –, aber ich bin dankbar, dass ich auf ihre Unterstützung zurückgreifen kann. Was auch immer sie von den heutigen Vorgängen halten mag, sie hat das Kommando übernommen und lenkt die Meute in meinem Namen. Dank ihr muss ich keine kniffligen Entscheidungen treffen, wie zum Beispiel welche Farbe der Lidschatten haben soll. Sie sagt ihnen, was sie mit mir machen sollen und wie, und ich muss einfach nur wie eine Zombiepuppe dasitzen, während sie all die Dinge tun, einschließlich etwas Concealer auf meinen Hals tupfen, um den Knutschfleck und andere Spuren von Nikolais Liebesspiel zu verstecken.

Es ist fast fünf, als ich fertig bin, und als die ganzen Eindringlinge wegfahren, kommen zwei neue Autos an. In dem einen befinden sich zwei Personen mit ausgefallener Kameraausrüstung, das andere gehört einem schlanken Mann mittleren Alters, der einen schwarzen Anzug mit weißem Kragen trägt.

»Konfessionsloser Priester«, erklärt Alina und stellt sich neben mich an das Fenster. »Er wird die Zeremonie durchführen.«

Zeremonie, okay. Mein Herz gibt ein panisches Pochen von sich, und etwas von meiner Taubheit schwindet. Das *ist* echt. Es geschieht. Eine richtige Hochzeit, mit einem schicken Kleid, einem Priester und einem Fotografen-Videografen-Team. Ich habe keine Ahnung, wie Nikolai das so kurzfristig hinbekommen hat, aber ich schätze, wenn man genug Geld hat, muss man sich nicht um solche Belange des einfachen Volkes, wie die Buchung von hochbegehrten Profis, im Voraus kümmern.

»Wo ist Slava?«, frage ich und merke mit Verspätung, dass ich den Jungen seit unserem Unterricht am Morgen nicht mehr gesehen habe. »Wird er auch bei der Zeremonie dabei sein?«

Alina nickt. »Lyudmila hat ihn außer Sichtweite gehalten, denn je weniger Menschen von seiner Anwesenheit hier wissen, desto besser. Aber Nikolai will ihn bei der Hochzeit und auf den Bildern haben, also hat er die entsprechenden Vorkehrungen mit dem Priester und dem Fotografenteam getroffen.«

»Vorsichtsmaßnahmen? Also eine Art Geheimhaltungsvertrag? Moment, wenn ich es mir recht überlege, will ich es gar nicht wissen.«

Sie schenkt mir ein umwerfendes Grinsen. »Klug von dir. Aber ja, eine Vertraulichkeitsvereinbarung gehört dazu, glaube ich. Zusammen mit einigen stärkeren Maßnahmen.«

Mein Herz klopft noch einmal, dann beginnt es zu rasen. Die Realität holt mich ein, schnell, und mit ihr erfüllt mich ein Gefühl der Panik.

Was tue ich gerade? Warum habe ich dem zugestimmt? Woher weiß ich, dass Nikolai seinen Teil der Abmachung einhalten wird? Er hat mir immer noch nicht erzählt, was mit seinem Vater passiert ist –

obwohl, um fair zu sein, mit all den Hochzeitsvorbereitungen hatten wir nicht viel Zeit, zu reden. Was an und für sich schon ein Problem ist. Alles passiert viel zu schnell, alle Entscheidungen liegen nicht in meiner Hand, die Auswirkungen sind riesig. Zum ersten Mal dämmert es mir, dass ich durch die Heirat mit Nikolai nicht nur einen Ehemann, sondern auch einen Sohn bekomme.

Ich werde Stiefmutter eines vierjährigen Kindes.

Ich muss wohl ein bisschen panisch aussehen, denn Alina reicht mir die Hand und drückt sie. »Atme. Es wird alles gut werden. Nimm einfach eine Minute nach der anderen.«

Das ist ein guter Ratschlag. Das hat mir Mom immer gesagt: Konzentriere dich einfach auf den nächsten Schritt, die nächste Sache, die passieren muss. Niemand hat eine Kristallkugel, wenn es um die ferne Zukunft geht, also ist es sinnlos, zu weit vorauszudenken. Auf jeden Fall ist die Tatsache, dass ich Slavas Stiefmutter werde, der am wenigsten beängstigende Teil dieses Unterfangens, denn ich liebe den Jungen bereits und kann mir nicht vorstellen, dass er nicht zu meinem Leben gehört.

Ich atme tief ein, um meinen rasenden Herzschlag zu beruhigen. »Danke. Wir sollten wahrscheinlich nach unten gehen, bevor Nikolai nach uns sucht.« Ich trete zurück und werfe einen schnellen Blick auf ihr meerfarbenes Kleid. »Du siehst übrigens umwerfend aus.«

Alinas Grinsen kehrt zurück. »Ich? Du bist die

wunderschöne Braut.«

Das mag sein, aber sie überstrahlt mich, wie immer. An einem normalen Tag könnte Nikolais Schwester als Starlet auf dem roten Teppich durchgehen, aber wenn sie sich, wie heute, besonders viel Mühe mit ihren Haaren und ihrem Make-up gibt, ist ihre Schönheit fast unwirklich. Wenn ich so ein Bild von ihr sehen würde, wäre ich mir sicher, dass es zu Tode gephotoshoppt und mit allen möglichen Filtern perfektioniert wurde. Doch hier ist sie und steht neben mir, so real wie es nur geht.

»Hast du einen Freund in Russland?«, frage ich impulsiv. »Oder etwas in der Art?«

Trotz unserer wachsenden Freundschaft war Alina bei diesem Thema genauso verschlossen wie bei dem Thema ihrer Familie, und ich frage mich, warum. Ich habe ihr alles über meine Ex-Freunde erzählt, aber sie hat nie eigene Geschichten preisgegeben.

Wenn ich es nicht besser wüsste, würde ich denken, dass sie noch nicht viel gedatet hat.

»Einen Freund?« Ihr schallendes Lachen klingt gezwungen. »Nein. Den gibt es nicht.«

Und wir sind wieder am Anfang.

»Warum nicht?«, frage ich, unfähig, das Thema fallenzulassen. Es ist viel besser, sich auf Alinas Liebesleben zu konzentrieren, als sich Gedanken darüber zu machen, wohin sich mein Leben entwickelt. »Sicherlich …«

»Wir sollten nach unten gehen«, sagt sie und wendet sich ab, »bevor wir zu spät kommen.«

## NIKOLAI

»Slavochka …« Ich hocke mich vor meinen Sohn. »Ich muss mit dir über etwas reden.«

Er blickt mich ohne zu blinzeln an, und Unbehagen liegt auf seinem Gesicht. Er konnte all die Leute, die im Haus ein und aus gingen, nicht übersehen, und ich weiß, dass er sich darüber gewundert hat, was hier los ist. Lyudmila hat mir erzählt, dass er sie den ganzen Nachmittag mit Fragen gelöchert hat – Fragen, die sie nicht beantwortet hat, weil sie dachte, ich sollte derjenige sein, der ihm die Nachricht überbringt.

»Es ist nichts Schlimmes«, sage ich, als er schweigt. »Es ist eigentlich etwas wirklich Großartiges. Weißt du noch, als ich dir versprochen habe, dass Chloe für immer bei uns bleiben wird?«

Er nickt misstrauisch.

»Nun, genau darum geht es heute.« Ich lächele breit. »Wir werden heiraten. Chloe wird nicht nur deine Betreuerin sein, sondern auch deine neue Mutter.«

Seine Augen werden groß, und sein kleines Kinn bebt. »Meine Mutter?«

»Technisch gesehen Stiefmutter, aber ich bin mir sicher, dass Chloe es mögen würde, wenn du sie mit der Zeit als deine Mutter betrachten würdest.«

Ich erwarte, dass Slava mit Freude reagieren wird, da er Chloe absolut anbetet. Stattdessen bebt sein Kinn stärker, und glänzende Tränen sammeln sich in seinen Augen. »Heißt das …« Seine kindliche Stimme versagt. »Heißt das, sie wird sterben?«

Scheiße. Das schon wieder. Ich fühle mich, als hätte jemand mit einem Hammer auf meine Brust eingeschlagen.

Wenn Ksenia nicht schon tot wäre, würde ich sie umbringen, weil sie bei diesem Autounfall gestorben ist und unserem Sohn diese Angst eingeflößt hat.

Ich umfasse seine Arme fest. »Nein, Slavochka. Das wird sie nicht. Ich heirate sie, um sicherzustellen, dass ihr nie etwas Schlimmes zustößt. Sie wird hier bei uns in Sicherheit sein.«

Sein Kinn hört auf zu zittern, auch wenn an seinen unteren Wimpern feuchte Tropfen hängen und sie zum Glitzern bringen. »Versprochen?«

»Versprochen.«

»Sie wird für immer bei uns bleiben?«

»Für immer.« Oder zumindest so lange, wie ich noch atme – aber das werde ich nicht sagen, damit er nicht anfängt, sich Sorgen zu machen, dass ich auch sterbe.

Er belohnt mich mit einem strahlenden Lächeln, und der Hammer trifft erneut meine Brust, wobei der Schmerz tief nachhallt. Nur ist es dieses Mal ein anderer Schmerz, einer, den ich zu begrüßen gelernt habe. Es ist schwer, in Worte zu fassen, wie ich mich mit meinem Sohn fühle. Ich weiß nur, dass ich mir ein Leben ohne ihn nicht mehr vorstellen kann, ohne diese starken Gefühle, die sich oft so anfühlen, als würden sie mich zerreißen.

In den letzten zwei Wochen hat sich das zaghafte Verhältnis, das wir dank Chloe aufgebaut haben, vertieft, und unsere Beziehung hat sich in etwas verwandelt, von dem ich nie gedacht hätte, dass ich es einmal haben würde … etwas, was in mir die Frage entstehen lässt, ob ein weiteres Kind, eines mit Chloe, doch nicht so schlecht wäre.

Aber nein. Ich habe versprochen, dass es ihre Entscheidung sein würde – und das muss es auch sein, wenn unser Kind eine Chance haben soll, den Molotow-Fluch zu überwinden. Ich möchte nicht, dass es von einer Mutter aufgezogen wird, die ihm seine Existenz verübelt und ihm sagt, dass alles, was er ist, sie anwidert, dass das Böse ein Teil von ihm ist und immer sein wird.

Ich will nicht, dass er so endet wie mein Vater.

Ich verdränge diesen düsteren Gedanken und lächele Slava an. »Lass uns dich anziehen und fertig machen. Es ist fast Zeit für die Hochzeit.«

Ich stehe auf, reiche ihm meine Hand, und als sich seine kleinen Finger vertrauensvoll um meine Handfläche schließen, fühle ich mich sicherer denn je, dass ich das Richtige tue … für mich, für Chloe und für meinen Sohn.

## 33

## CHLOE

Wir geben uns das Jawort auf der gläsernen Terrasse mit Blick auf die Schlucht, wo der Blick auf die Berge eine instagramwürdige Kulisse bietet und die späte Nachmittagssonne alles in ein warmes, goldenes Licht taucht.

Für einen Außenstehenden sieht es aus wie eine kleine Hochzeit aus dem Bilderbuch, bis hin zu der Musik, die aus den Lautsprechern an der Decke ertönt. und dem süßen Kind im Smoking, das aufgeregt zu unserer Rechten strahlt.

»Nimmst du, Chloe Emmons, Nikolai Molotow … zu deinem rechtmäßig angetrauten Ehemann … und in schlechten Zeiten.« Die Worte des Priesters verschwinden wie ein schwacher Radiosender, das Störgeräusch kehrt zurück und erzeugt ein konstantes Summen in meinen Ohren. Ich bin mir vage bewusst, dass Alina neben mir steht und inoffiziell die

Trauzeugin spielt und dass Pavel neben Nikolai wie ein Bär wirkt. Ist er sein Trauzeuge? Gibt es so etwas überhaupt in Russland?

»Ja, ich will«, sage ich, als ich merke, dass der Priester schweigt, und das schon seit einer Weile. Nikolai hat seinen Teil schon gesagt, alle warten nur noch auf mich.

Lyudmila, die Slavas Hand hält, sagt etwas auf Russisch zu dem Jungen, während der Priester lächelt und sagt: »Jetzt tauscht die Ringe.«

Wir haben Ringe?

Definitiv, denn Nikolais starke Finger ergreifen bereits mein rechtes Handgelenk. Er dreht meine Hand mit der Handfläche nach oben und legt einen schlichten goldenen Ring in die Mitte, bevor er meine linke Hand ergreift und einen zarten, mit Diamanten besetzten auf meinen Ringfinger schiebt.

Hm. Ja, wir haben Ringe.

Unbeholfen schiebe ich den schlichten Ring auf Nikolais Ringfinger und schaue auf. Seine Augen haben die gleiche Farbe wie das Edelmetall an seiner Hand. Die sengende Hitze in ihnen vertreibt das Rauschen in meinen Ohren und lässt mich die Realität des eben Geschehenen begreifen.

Heilige Scheiße.

Wir haben gerade geheiratet.

Der Mann vor mir ist jetzt *mein Mann*.

»Herzlichen Glückwunsch. Du darfst die Braut jetzt küssen«, sagt der Priester, und mein Herz schlägt schneller, als Nikolai mein Gesicht nach oben neigt und seinen Kopf beugt. Ein dunkles, zufriedenes Lächeln umspielt seine Lippen, während sie sich auf meine senken.

Es ist ein kurzer, fast platonischer Kuss, aber es ist nicht zu übersehen, wie besitzergreifend er ist, genauso wenig wie in der Art und Weise, wie er meine Hand ergreift, als er sich umdreht, um die Flut von Applaus und Glückwünschen entgegenzunehmen. Selbst als uns alle umarmen, hält er sich an mir fest und weigert sich, loszulassen.

Schließlich ziehen sich die Erwachsenen zurück, und Nikolai kniet vor Slava, meine Hand immer noch fest in seinem Griff.

»Slavochka …« Sein Ton ist feierlich, seine englischen Worte sorgfältig formuliert. »Wir sind jetzt eine Familie. Chloe ist meine Frau – und deine neue Mutter.«

Okay, wow. Damit habe ich nicht gerechnet. Sollten wir das nicht langsam angehen? Ich will nicht, dass Slava es mir übelnimmt, dass ich den Platz seiner verstorbenen Mutter eingenommen habe. Sicher, ich bin technisch gesehen seine Stiefmutter, aber das bedeutet nicht, dass er mich nicht weiterhin als Chloe sehen kann, und später, wenn der richtige Zeitpunkt gekommen ist, können wir …

Meine Gedanken kommen zum Stillstand, als Slava mich mit einem breiten, strahlenden Grinsen anfunkelt und seine kurzen Arme um meinen Rock wirft, um meine Beine mit all seiner Kraft zu umarmen.

»Mama Chloe«, ruft er aus und schaut mich mit

einem noch breiteren Grinsen an. Ich kann nur schwer meinen Schock darüber verbergen, dass er diese Veränderung in unserer Beziehung so einfach akzeptiert. Wo ist der Groll? Das Misstrauen gegenüber der plötzlichen Veränderung in seinem Leben? Nicht, dass ich nicht froh bin, dass er so mit an Bord ist. Nikolai muss heute irgendwann mit ihm gesprochen haben, ihn gewarnt haben, was passieren wird. Trotzdem hätte ich zumindest eine kurze Eingewöhnungszeit erwartet. Es sei denn …

Ich stoppe mich selbst. Nichts davon ist im Moment wichtig. Ich umfasse Slavas Gesicht mit meiner Handfläche und schenke ihm das schönste Lächeln, das ich aufbringen kann. »Ja, mein Schatz. Wir sind jetzt eine Familie. Du kannst mich Mama nennen oder was auch immer du willst.«

So erschütternd es auch ist, mich plötzlich in der Rolle eines Elternteils wiederzufinden, ich habe das Gefühl, dass Slava der am wenigsten komplizierte Teil dieser Ehe sein wird, und das nicht nur, weil das Kind bereits mein Herz erobert hat, wie ich zugeben muss.

Als ich zu Nikolai hinüberschaue, ist seine Mimik herzlich und zufrieden. Lächelnd führt er die Hand, die er hält, an seine Lippen und küsst meine Knöchel einen nach dem anderen, was mir ein Kribbeln über den Rücken schickt und Slava kichern lässt.

»Mama Chloe«, wiederholt er aufgeregt und hüpft zu Alina hinüber, um sie auf Russisch vollzusprudeln.

»Nochmals Glückwunsch«, sagt sie, als ich ihren

Blick auffange. Leise fügt sie hinzu: »Ich bin froh, dass ich dich als meine Schwester habe.«

Schwester. Richtig. Denn das ist es, was es bedeutet, zu heiraten. Man gewinnt nicht nur einen Ehemann, sondern auch eine Familie. Wie einen Sohn, eine Schwester, zwei Brüder und viele Cousins und Cousinen … all die Geschwister und Verwandten, die ich nie hatte.

Zum ersten Mal begreife ich, wie sehr sich mein Leben verändert hat.

Ich bin kein Waisenkind mehr, das seinen Weg in der Welt allein sucht.

***

Die Erkenntnis hallt immer noch in mir nach, als der Fotograf uns nach draußen schickt, um eine Million Bilder auf der Klippe zu machen, wo die Sommerbrise unsere Gesichter mit nach Kiefern duftender Kühle küsst.

Kein Waisenkind mehr.

Kein Einzelkind einer alleinerziehenden Mutter, die keine eigene Familie hatte.

Wie lange habe ich mir insgeheim so etwas gewünscht? In meiner Vorstellung war es mein Vater, der in mein Leben trat und mir all die Cousins, Tanten und Onkel vorstellte, von denen ich gar nicht wusste, dass ich sie hatte, die sich aber als wunderbar herausstellten. Jetzt, mit dem was ich über Bransford weiß, kann ich mir das nicht mehr vorstellen. Allein der Gedanke, jemanden zu treffen, der mit dem Mann verwandt ist, der versucht, mich zu töten, ist ekelhaft. Gott sei Dank hat er keine anderen biologischen Kinder – zumindest keine, von denen die Medien wissen. Von dem Wenigen, was ich mir erlaubt habe über ihn zu lesen, weiß ich, dass er ein Witwer ist, der kürzlich wieder geheiratet hat. Seine erste Frau kämpfte ein Jahrzehnt lang gegen eine seltene Form von Krebs, bevor sie vor ein paar Jahren verstarb, und seine neue Frau hat zwei kleine Kinder aus ihrer vorherigen Ehe – ein Mädchen und einen Jungen, die er regelmäßig vor den Kameras vorführt und dabei die Rolle des liebevollen, amerikanischen Ehemanns und Vaters perfekt spielt.

Wenn die nur wüssten.

Gedankenverloren befolge ich die Anweisungen des Fotografen wie ferngesteuert, und als ich mich das nächste Mal umschaue, geht die Sonne hinter den Berggipfeln unter und taucht alles in ein rötlich-oranges Licht.

»Das sollte genug sein«, sagt Nikolai, und wir kehren ins Haus zurück, wo das Gourmet-Buffet auf dem Esstisch Alinas Geburtstagsfeier in den Schatten stellt. Es gibt alles, von Meeresfrüchten über traditionelle russische Gerichte bis hin zu einer riesigen Auswahl an Sushi und internationalen Köstlichkeiten wie Schnecken.

Sie müssen das meiste davon eingeflogen haben – es ist unmöglich, dass Pavel die Zeit hatte, auch nur einen Bruchteil von dem zuzubereiten, was hier vor uns liegt.

Mein Magen gibt ein Knurren von sich, und ich merke plötzlich, dass ich einen Bärenhunger habe. Das ganze Fotografieren muss anstrengender gewesen sein, als es schien. Oder vielleicht ist es der Stress. So oder so, sobald wir sitzen und Pavel den ersten Toast auf unsere Gesundheit ausspricht, belade ich meinen Teller mit fünf verschiedenen Arten von Kaviar-Sandwiches, gefolgt von Blintze, Blätterteiggebäck, einer enormen Vielfalt an eingelegtem Obst und Gemüse, Hummerschwänzen, Aufschnitt, Gourmet-Käsen und Salaten aller Art. Alles ist so köstlich, wie es aussieht, und mein Kleid platzt aus allen Nähten, als ich endlich eine Pause mache, um Luft zu holen.

Als ich von meinem Teller aufschaue, sehe ich Nikolai, der mich mit einem nachsichtigen Lächeln beobachtet.

»Was?«, frage ich ertappt und lege meine Gabel zur Seite.

»Nichts. Es macht mir einfach Spaß, dich essen zu sehen.«

Eher, zu sehen, wie ich mich vollstopfe. Meine Ohren brennen, aber ich schnappe mir noch einen Hummerschwanz. Dieses Essen ist einfach zu gut, und wenn ich während meines Monats auf der Flucht etwas gelernt habe, dann ist es, gutes Essen – oder jedes Essen – nicht als selbstverständlich anzusehen.

Zwei Toasts später muss ich mich jedoch geschlagen

geben. Ich kann auf keinen Fall noch mehr essen, und es gab noch nicht einmal den Hauptgang. Um mich von dem übervollen Gefühl abzulenken, schaue ich zu Nikolai hinüber, der Pavel gerade etwas auf Russisch erklärt.

Ich warte, bis er fertig ist, und als er mich ansieht, sage ich: »Deine Brüder … Hast du ihnen von der Hochzeit erzählt?« Mir ist gerade eingefallen, dass ich meine neuen Schwager noch nicht kennengelernt habe und sie vielleicht keine Ahnung haben, dass ich jetzt Teil der Familie bin.

Nikolai deutet in Richtung des Videofilmers, der mit seiner Kamera diskret um den Tisch kreist. »Valery und Konstantin bekommen die Live-Übertragung und werden gleich per Video anrufen, um uns zu gratulieren.«

Natürlich. Er hat an alles gedacht. Warum bin ich überhaupt überrascht? Eine Hochzeit in wenigen Stunden zu organisieren muss ein Kinderspiel sein, verglichen mit der Planung eines hochkarätigen Attentats. Nicht, dass Letzteres passieren wird – zumindest nicht, wenn Nikolai sein Wort hält.

Mit Mühe konzentriere ich mich wieder auf die Feier, die mich sehr an Alinas Geburtstag erinnert, nur dass all die Trinksprüche diesmal an mich und Nikolai gerichtet sind. Die meisten davon kommen von Pavel und Lyudmila, die sich gegenseitig mit guten Wünschen zu übertrumpfen scheinen, aber auch Alina erhebt ihr Glas ein paarmal, zuerst, um uns eine lange und glückliche Ehe zu wünschen, und dann, um auf mich als »die Schwester, die sie sich immer gewünscht hat« anzustoßen.

Ich weiß, dass sie zu diesem Zeitpunkt schon mindestens vier Wodkas getrunken hat, aber ihre Worte berühren mich immer noch und zerren an dem kleinen, geheimen Teil von mir, der sich auch immer eine Schwester gewünscht hat.

Vielleicht ist es gar nicht so schlecht, eine Molotowa zu sein. Eine Familie zu gewinnen – sogar eine Mafia-Familie – könnte es wert sein.

Mein zaghafter Enthusiasmus hält den Hauptgang und das Dessert über an, angeheizt von mehreren Gläsern Wein und zwei Wodka. Alle um mich herum sind ebenfalls fröhlich angeheitert, mit Ausnahme von Slava und Nikolai.

Wie bei Alinas Geburtstag habe ich das Gefühl, dass Alkohol die Fähigkeiten meines frischgebackenen Mannes nur schärft, dass Wodka für ihn eher wie Red Bull oder Kaffee ist. Oder vielleicht ist es einfach so, dass es etwas von seiner polierten, eleganten Fassade entfernt, die er benutzt, um die mächtige Kraft seiner Persönlichkeit zu verschleiern, diese dunkle Intensität, die in ihm brodelt und danach strebt, alles und jeden nach seinem Willen zu biegen.

*Mich* zu biegen, so zu formen, wie er mich haben will.

Seine Frau. Sein Besitz. Seine in jeder Hinsicht … denn der Ring an meinem Finger ist ein Käfig, aus dem es kein Entkommen geben wird.

Die Erkenntnis sollte mich erschrecken – und

normalerweise würde sie das auch – aber Alkohol wirkt bei mir nicht wie Red Bull. Stattdessen malt er meine Welt in warmen, verschwommenen Schattierungen, wie das Aquarell eines Sonnenuntergangs – weshalb ich nichts dagegen habe, als Nikolai mich auf seinen Schoß zieht, wo er mir mit den Fingern schokoladenüberzogene Erdbeeren füttert, während wir uns mit seinen Brüdern auf einem Laptop unterhalten, den Pavel an den Tisch bringt.

Konstantin meldet sich zuerst. Sein hageres Gesicht erinnert mich so sehr an das von Nikolai, dass mein Herz einen Schlag aussetzt, als es auf dem Bildschirm erscheint. Bei näherer Betrachtung werden die Unterschiede jedoch deutlich. Konstantins Nase ist etwas größer und hakenartiger, sein kräftiges Kinn hat ein Grübchen, und seine Augen liegen tiefer in ihren Höhlen, wobei ihre markante Farbe hinter seiner schwarz umrandeten Brille verborgen ist. Noch entscheidender ist, dass seinen Lippen der zynische, verruchte Schwung von Nikolais Lippen fehlt, obwohl sie auf ihre eigene, strenge Art genauso schön sind.

Aus irgendeinem Grund fällt es mir leicht, mir Nikolais älteren Bruder als kriegerischen Mönch vorzustellen, der uralte Schriftrollen von Hand abschreibt, während er Horden von einfallenden Barbaren dezimiert.

»Herzlichen Glückwunsch zu eurer Hochzeit«, sagt er zu uns. Seine Stimme ist tief wie Nikolais, und sein Akzent perfekt amerikanisch. Ich frage mich, ob er auch hier in den Staaten studiert hat. »Ich freue mich für euch beide.« Sein Blick richtet sich auf mich. »Willkommen in der Familie, Chloe.«

»Vielen Dank. Es ist so schön, dich kennenzulernen.«

Wir tauschen noch ein paar Nettigkeiten aus, während Nikolai mich weiter mit Erdbeeren füttert und dabei seinen Arm besitzergreifend um meinen Brustkorb geschlungen hat. Erst als Konstantin auflegt, wird mir klar, dass er in keiner Weise auf den Anblick reagiert hat, wie ich auf dem Schoß seines Bruders gehalten und wie ein Kind gefüttert werde. Es gab kein neckisches Lächeln, nichts, was darauf hindeutete, dass er sich dessen überhaupt bewusst war.

Es ist, als ob wir gerade mit einer KI statt mit einem Menschen gesprochen hätten – was, wenn man bedenkt, was ich über Konstantins IQ und sein technisches Genie gehört habe, nicht außerhalb des Möglichen liegt.

Valery ist als Nächstes dran, und seine Ausstrahlung ist völlig anders. Wenn möglich, sieht Nikolais jüngerer Bruder sogar noch mehr wie sein Zwilling aus – oder besser gesagt wie sein Klon, wenn man den Altersunterschied von vier Jahren zwischen ihnen bedenkt. Aber da enden die Ähnlichkeiten auch schon. Valery hat etwas Kaltes und Kalkuliertes an sich. Das Lächeln auf seinen sinnlichen Lippen erreicht nicht ganz seine Augen, die mein Gesicht mit einer beunruhigenden Emotionslosigkeit betrachten.

Ein Puppenspieler – daran erinnert er mich, stelle ich fest, als er uns in kühlem, gleichmäßigem Ton gratuliert, wobei seine tiefe Stimme so akzentfrei wie die seiner Brüder ist.

Auch unser Gespräch mit Valery ist kurz, nur ein einfaches Meet and Greet. Am Ende habe ich keine Ahnung, was er von mir oder unserer überstürzten Hochzeit hält – oder von irgendetwas anderem.

»Deine Brüder sind … interessant«, sage ich zu Nikolai, als wir das Gespräch beendet haben. »Standet ihr euch nahe, als ihr aufgewachsen seid?«

Er führt eine weitere Erdbeere an meine Lippen. »Nicht wirklich.« Bevor ich ihn bitten kann, das näher zu erläutern, schiebt er mir die süße Beere in den Mund, dann nimmt er ein Glas Champagner und reicht es mir.

Ich schlucke die Beere und nehme einen Schluck des sprudelnden, leicht süßen Getränks, während Nikolai ein weiteres Glas Champagner nimmt und wartet, bis alle Augen auf uns gerichtet sind.

»Auf meine wunderschöne Braut«, sagt er und betrachtet mich mit seinem intensiven Tigerblick. »Zajchik … ich könnte nicht glücklicher sein, dich in meinem Leben zu haben, und ich werde alles in meiner Macht Stehende tun, um *dich* glücklich zu machen.«

Und wieder höre ich das unausgesprochene *Auch wenn du Einwände hast.*

## 34

## NIKOLAI

Noch zwei weitere Trinksprüche von Pavel und Lyudmila, und das Abendessen ist vorbei. Ich nehme Chloe in meine Arme und trage sie die Treppe hoch in mein Schlafzimmer.

Nein, *unser* Schlafzimmer. Jetzt, wo sie meine Frau ist, wird sie jede Nacht in meinen Armen schlafen.

Mein Herz pocht heftig, als ich die Tür mit meiner Schulter aufstoße und Chloe hineintrage, wo ich sie vorsichtig vor dem Bett auf die Füße stelle. Sie schwankt leicht und kichert – offensichtlich ist ihr der ganze Wein und Champagner zu Kopf gestiegen.

Mein Kopf ist auch benebelt, aber nicht vom Alkohol. Es ist die Lust, die meine Gedanken verwirrt und meine Adern mit langsam fließender Lava füllt. Die ausgedehnte Feier war ein weiterer Test meiner Selbstbeherrschung, den ich nur knapp bestanden habe.

Ich wollte mir Chloe schnappen und sie ins Bett

tragen, gleich nachdem wir unser Gelübde gesprochen hatten, um unsere Verbindung auf die ursprünglichste Art und Weise zu besiegeln. Der einzige Grund, warum ich widerstanden habe, war wegen der Erinnerungen.

Wenn wir alt und grau sind, möchte ich auf die Bilder und Videos zurückblicken und mich an jedes Detail dieses Tages erinnern.

Chloe schwankt wieder, blinzelt eulenhaft zu mir hoch, und ich halte ihre Schultern fest, damit sie nicht umfällt. Ich ignoriere den Hunger, der in mir aufsteigt, schaue sie an und präge mir jedes Merkmal, jede Wimper ein. Denn die Bilder und Videos werden nicht genug sein. Ich möchte mich an all die Empfindungen erinnern, von der seidigen Wärme ihrer Haut bis zur Champagner-Erdbeer-Süße ihres Atems.

Meine Braut.

Meine Frau.

Keine zwei Worte haben sich jemals so richtig, so befriedigend angefühlt.

Sie ist heute besonders schön, in diesem weißen, zarten Kleid, das meine Hände dazu bringt, es ihr vom Leib reißen zu wollen, um mehr von ihrer herrlichen, strahlenden Haut zu offenbaren. Ihr golddurchwirktes Haar ist zu einer kunstvollen Hochsteckfrisur arrangiert, ihre prallen Lippen mit einer satten Beerenfarbe bemalt, ihre braunen Augen mit rauchigem Make-up noch größer und weicher gemacht. Doch alles, woran ich denken kann, ist, wie sehr ich sie mit ihrem ungeschminkten und vom Schlaf aufgedunsenen Gesicht sehen möchte, ihre Haare von meinen Fingern verheddert.

Ich möchte sie morgen früh in meiner Umarmung aufwachen sehen, und jeden Morgen für den Rest unseres Lebens.

Ich ignoriere das Verlangen, das mein Inneres versengt, streichele ihre Wange, senke meinen Kopf und atme ihren überaus frischen Duft in meine Lungen, während ich den zarten Rand ihrer Ohrmuschel küsse. So hungrig ich auch nach ihr bin, heute Abend werde ich sanft sein und meine Wildheit von gestern Abend wiedergutmachen.

Egal, was es mich kostet, ich werde unsere Hochzeitsnacht so gestalten, wie sie sich mein *zajchik* immer erträumt hat.

## 35

## CHLOE

Ich erwarte, dass Nikolai so wild über mich herfällt wie immer, aber er ist unerträglich zärtlich, knöpft langsam das Kleid auf und drückt mir weiche, warme Küsse auf Hals und Nacken, bis die ganze vorweggenommene Spannung aus meinem Körper entweicht und eine warme Entspannung hinterlässt. Als ich nackt bin, fühlen sich meine Knochen an, als wären sie geschmolzen, auch wenn sich eine andere Art von Anspannung in meinem Inneren aufbaut und sich mein Körper von innen heraus erhitzt.

Er legt mich auf die Matratze, tritt zurück, um sich auszuziehen, und ich sehe mit schnellem Herzschlag zu, wie er seine schwarze Smokingjacke und Fliege abnimmt. Darunter trägt er eine silberne Weste über einem eng anliegenden weißen Hemd, und beides schmiegt sich so an seinen muskulösen, breitschultrigen Oberkörper, dass kein Zweifel daran besteht, dass es für ihn maßgeschneidert wurde.

Schnell entledigt er sich beider Kleidungsstücke, gefolgt von seiner Hose und seinem Slip. Anders als bei meinem Kleid sind seine Bewegungen ruckartig und ungeduldig, was mir verdeutlicht, dass er sich nicht annähernd so gut unter Kontrolle hat, wie es scheint. Seine Erektion, hart und massiv, wölbt sich nach oben in Richtung seines muskulösen Bauches und verrät seinen Hunger nach mir.

Als er auf das Bett klettert, ist er vorsichtig und zärtlich. Er nimmt einen meiner Füße und drückt kleine Küsse auf die Spitze des Spanns, bevor er sich weiter mein Bein hinaufbewegt. Mein Atem stockt, als sich sein Mund dem V zwischen meinen Schenkeln nähert, aber er überspringt es und küsst und streichelt stattdessen meinen Unterleib, dann meinen wogenden Brustkorb und meine Brüste.

Der sanft beleuchtete Raum um mich herum dreht sich, und die Decke verschwimmt vor meinen Augen, als er sich zu meinem linken Nippel bewegt und ihn liebevoll mit seiner Zunge umspielt, bevor er seine Aufmerksamkeit auf die andere Brust lenkt, während ich stöhne und meine Hände sich auf sein kühles seidiges Haar legen. Es ist der Alkohol, ich weiß, aber ich fühle mich, als würde ich im Raum schweben, verankert nur durch die feuchte Wärme seines Mundes auf meinen Brüsten und das sanfte Streicheln seiner schwieligen Hände über meine brennende Haut.

Unsere Hochzeitsnacht.

Sie fühlt sich so surreal an wie das klingt.

Meine Augen fallen zu, als Nikolais Lippen höher wandern, um mein Schlüsselbein und meinen Hals zu küssen, bevor sie meine Lippen in einem tiefen, süß anbetenden Kuss beanspruchen. Dieser Kuss ist wie eine Droge, ein Aphrodisiakum der stärksten Art. Nikolais sinnlicher Duft erfüllt meine Nasenlöcher, vermischt sich mit dem schwachen Wodka-Aroma in seinem Atem, und meine Erregung wächst, als seine Zunge die Vertiefungen meines Mundes streichelt und liebkost, mich mit zärtlichem Geschick verwöhnt.

Er küsst mich immer noch und lässt seine Hand zwischen unsere Körper gleiten, um meinen schmerzenden Kitzler zu finden. Ich stöhne in seinen Mund, als seine Finger genau auf die richtige Stelle drücken, den Schmerz verstärken und die Anspannung in mir erhöhen. Eine Anspannung, die schnell unerträglich wird, als seine Finger in einem wahnsinnig ungleichmäßigen Rhythmus zu reiben beginnen, während seine Lippen zu meinem Nacken zurückkehren, wo die feuchte Wärme seines Atems Lustschauer über meinen Arm schickt.

Ich bin so erregt, dass ich explodieren könnte, doch der Orgasmus ist irgendwie unerreichbar.

Keuchend wölbe ich mich gegen seine Hand, suche verzweifelt nach einem sanfteren, härteren Rhythmus, und seine Zähne streifen warnend über mein Ohrläppchen. »Nein, *zajchik*«, flüstert er, und ich spüre die verruchte Kurve seines Mundes an meinem Hals. »Du bist noch nicht bereit.«

Nicht bereit? Ich bin bereit zu betteln, zu flehen und mein Erstgeborenes zu verkaufen. Mit jeder leichten kreisenden Bewegung seiner Finger komme ich dem Orgasmus näher, aber ich kann ihn nicht auslösen, egal wie sehr ich es versuche.

»Bitte …« Verzweifelt wackele ich mit den Hüften, während sich meine Hände in sein Haar krallen. »Bitte, ich brauche …«

Er leckt gemächlich an der Unterseite meines Ohres. »Was? Was brauchst du?«

»Meinen Orgasmus«, keuche ich und stemme mich wieder gegen seine Hand. »Bitte, Nikolai, ich brauche meinen Orgasmus.«

»Falsche Antwort.« Seine Finger hören ganz auf, sich zu bewegen. Leicht beißt er in mein Ohrläppchen, hebt seinen Kopf, und seine Augen glänzen dunkel. »Sag mir die Wahrheit, *zajchik*. Was brauchst du?«

»Dich«, flüstere ich und schaue zu ihm hoch. »Ich brauche dich.«

Und es ist die Wahrheit. Ich kann mir nicht vorstellen, irgendwo anders zu sein, mit jemand anderem, niemals. Ich brauche ihn nicht nur für diesen Orgasmus, sondern um seinetwillen, wegen dem, was er ist, gut und schlecht, erhaben und erschreckend.

Es muss die richtige Antwort sein, denn er küsst mich erneut, und seine Finger kehren zu meinem Kitzler zurück, um mich wieder dem Orgasmus näher zu bringen, diesem schwer fassbaren, verrückten Gipfel der Ekstase. Aber da er ein Sadist ist, hält er mich kurz vor dem Höhepunkt und verlängert die exquisite Qual, bis ich keuche und ihm über den Rücken kratze. Erst dann, als ich bereit bin, vor Frust zu schreien, lässt er mich kommen.

Die Welle der Lust ist so intensiv, als würde eine Endorphinbombe in meinem Gehirn explodieren. Jedes Nervenende in meinem Körper leuchtet durch die Intensität auf, und meine Sicht schwindet, während meine inneren Muskeln sich zusammenziehen. Die Empfindungen sind so überwältigend, dass ich mich in ihnen verliere, und als ich wieder auf den Boden komme, stößt er bereits in mich, und sein dicker Schwanz drückt mein zartes Gewebe auseinander. Sein Gesicht ist angespannt, sein Kiefer verkrampft von der Anstrengung, sich zurückzuhalten, und obwohl er immer noch vorsichtig und sanft ist, bin ich so wund von letzter Nacht, dass ich nicht anders kann, als zusammenzuzucken.

Er hält inne, erlaubt mir, sich an ihn anzupassen, lenkt mich mit mehr dieser tiefen, süßen, betäubenden Küsse ab, und als ich ein zitterndes Häufchen voller Verlangen bin, mein Körper nass und geschmeidig, beginnt er zuzustoßen. Sein Tempo ist zunächst langsam, kontrolliert, aber als ich meine Beine um seinen muskulösen Po schlinge und ihn tiefer in mich hineinziehe, verliert er seine Kontrolle, und er nimmt mich mit der ganzen treibenden Kraft seines harten Körpers.

Ich komme erneut und schreie seinen Namen, während er über mir erschaudert. Erst als er sich einige Minuten später zurückzieht, merke ich, dass er sein Wort gehalten und ein Kondom benutzt hat. Ein Kondom, das er entsorgt, bevor er mich ins Badezimmer trägt, wo er mich in eine bereits vorbereitete Badewanne legt.

»Danke«, murmele ich und begegne seinem Blick, als er sich zu mir ins warme, blubbernde Wasser gesellt. Er lächelt, und der Blick in seinen Tigeraugen ist so schmerzhaft zärtlich, dass sich mein Herz in meiner Brust zusammenzieht.

»Wofür, *zajchik?*«

*Für dich.* Es kostet mich alles, diese Worte zurückzuhalten, Worte, die viel zu nah an einem Eingeständnis meiner Gefühle sind. Stattdessen lege ich meine Handfläche an die harte Kontur seines Kiefers und drücke meine Lippen auf seine, um mit meinem Körper auszudrücken, was ich mich nicht traue, laut auszusprechen.

Zumindest noch nicht.

CHLOE

Ich wache auf und spüre immer noch dieses warme Glühen, ein Hoch, das sich noch verstärkt, als ich meine Augen öffne, ihn auf seinem Ellenbogen neben mir liegend vorfinde, und er mich mit einem zärtlich-besitzergreifenden Lächeln beobachtet.

»Guten Morgen«, murmele ich, streiche mir die Haare aus dem Gesicht und bekämpfe den Drang, mir den Schlaf aus den Augen zu reiben.

Wie lange ist er schon wach und starrt mich so an? Viel wichtiger: Wie sehr bin ich heute Morgen durcheinander? Ich habe mein Bestes getan, um mich gestern Abend im Bad abzuschminken, aber ich bin mir sicher, dass immer noch Spuren von Lidschatten und Wimperntusche um meine Augen herum im Waschbär-Stil verschmiert sind und mein Atem nach all dem Alkohol auch nicht der frischeste ist.

Das scheint ihm nichts auszumachen, denn er beugt

sich vor und küsst mich so hungrig, dass ich mir sicher bin, dass er mich sofort ficken wird. Aber er zieht sich zurück und lächelt mich stattdessen an, wobei er mein Gesicht in seiner großen Handfläche wiegt. »Guten Morgen, *zajchik*. Wie geht es dir?«

Vielleicht ist diese Ehe doch nicht so schlecht. »Mir geht es gut«, sage ich und lächele zurück. Es ist erst einen Tag her, aber es ist schon schwer, sich daran zu erinnern, warum ich so ausgeflippt bin, als er mir den Antrag gemacht hat. Wie Alina schon sagte, ist das so ziemlich der Traum, der in jedem Märchen lebt: ein umwerfender, reicher Ehemann, der verrückt nach einem ist.

Zugegeben, Nikolai hat mehr mit dem Fürsten der Finsternis als mit einem Märchenprinzen gemein, aber so ziemlich alle schrecklichen Dinge, die er getan hat – oder plante zu tun – geschahen, um mich zu beschützen.

*Bis auf den Teil mit seinem Vater.*

Die verunsichernden Worte gehen mir durch den Kopf, aber ich verdränge sie. Daran möchte ich heute Morgen nicht denken. Ich bin mir sicher, dass es für alles eine vernünftige Erklärung gibt, und ich bald erfahren werde, welche.

Für den Moment will ich den ersten Morgen meines Lebens als Ehefrau mit dem Mann genießen, der mich ansieht, als wäre ich aus Schokolade und Sternenlicht gemacht.

Und ich genieße ihn. Wir duschen zusammen, was zu langem, heißem – wortwörtlich, denn die Kabine ist beschlagen – Sex führt, bei der Nikolai mich verschlingt, als wäre ich sein Frühstück, und mich dreimal hintereinander kommen lässt, bevor er mich gegen das Glas drückt und mich so hart fickt, dass ich seinen Namen schreie.

Ich schätze, er hat entschieden, dass es ausreicht, mich letzte Nacht nur einmal zu nehmen, um meine Wunden verheilen zu lassen – und er hatte recht. Natürlich bin ich ein wenig wund nach *diesem* Mal, aber so zufrieden, dass es sich gelohnt hat.

Danach beschließt Nikolai, dass wir ein richtiges Frühstück brauchen, also bringt Lyudmila uns ein Tablett mit Obst und Resten von letzter Nacht, zusammen mit Tee und Kaffee, und wir füttern uns gegenseitig im Bett. Oder besser gesagt, Nikolai füttert mich, und ich versuche, ihm ebenfalls Essen in den Mund zu schieben – aber er schnappt sich meine Gabel und küsst mich, bis ich ganz vergesse, was ich eigentlich tun wollte. Etwas Honig kommt auch noch ins Spiel, und das Nächste, was ich weiß, ist, dass ich eine weitere Dusche brauche und deutlich mehr Schmerzen habe.

Als wir endlich aus dem Schlafzimmer kommen, ist es schon fast Mittag, und als wir uns auf den Weg zur Treppe machen, kommt Slava mit Lyudmila auf den Fersen aus seinem Zimmer gerannt.

»Mama Chloe!« Seine Tigeraugen leuchten, als er seine kurzen Arme um meine Beine wirft und fest zudrückt, bevor er seine Aufmerksamkeit auf Nikolai richtet. Er umarmt dessen Beine und sieht zu ihm auf. »Papa! Ich habe dich und Chloe vermisst!«

Bei dem Blick auf Nikolais Gesicht schmelze ich dahin. Es gibt kein anderes Wort dafür. Statt eines Muskels mit lebenserhaltenden Funktionen verwandelt sich mein Herz in eine klebrige Pfütze, und der Rest von mir folgt diesem Beispiel.

Nikolai bückt sich, hebt seinen Sohn auf und setzt ihn mit einer natürlich wirkenden Leichtigkeit auf seine Hüfte. »Slavochka …« Seine Stimme ist angespannt, als er in das Gesicht des Kindes blickt. »Wir haben dich auch vermisst.«

Lyudmilas Blick trifft auf meinen, und ich sehe, wie sich meine Gefühle in ihrem normalerweise teilnahmslosen Gesicht widerspiegeln. Sie räuspert sich und sagt mit einem starken Akzent: »Ich helfe Pavel, okay?« Dann eilt sie die Treppe hinunter.

Wir folgen ihr in einem gemächlichen Tempo, wobei Nikolai Slava auf seiner Hüfte trägt, als wäre er ein Kleinkind. Dem Jungen scheint es dort aber zu gefallen, und ich kann das gut verstehen.

Das hat er in den ersten vier Jahren seines Lebens verpasst.

Als wir uns zu Alina an den Tisch setzen, kann ich nicht aufhören zu lächeln – und sie merkt es.

»Spaßige Nacht gehabt?«, flüstert sie mir verschmitzt zu, während Nikolai damit beschäftigt ist, Slavas Teller zu füllen.

Ich nicke, erröte und sie lacht, was Slava und Nikolai dazu bringt, uns fragend anzusehen.

Meine gute Laune muss ansteckend sein – oder alle sind noch in Feierlaune –, denn das Mittagessen verläuft ohne die üblichen Spannungen zwischen den Geschwistern. Stattdessen erzählen mir Nikolai und Alina amüsante Geschichten über Russland, von der Art und Weise, wie Amerikaner dort gesehen werden, bis hin zu der Familientradition, im Winter in zugefrorenen Seen zu baden.

»Das ist ja furchtbar«, rufe ich aus, als Alina beschreibt, wie sie mit sieben Jahren fast einen Zeh durch Erfrierungen verlor, als sie barfuß über das Eis lief. »Was haben sich eure Eltern dabei gedacht?«

Ich erkenne meinen Fehler, sobald ich die Worte ausgesprochen habe – das Letzte, was ich will, ist, sie an ihren Vater zu erinnern – aber zu meiner Erleichterung blinzelt Alina nicht einmal. »Oh, das war nicht die Idee unserer Eltern. Unsere Großmutter war diejenige, die glaubte, dass Kälte gut für den Körper und die Seele ist. Und weißt du was? Die neuesten wissenschaftlichen Studien bestätigen es. Das Gleiche gilt für die Sauna, eine weitere russische Tradition. Die Hitzeschockproteine, die während des Schwitzens freigesetzt werden, können alles Mögliche bewirken, von der Verbesserung der Herzgesundheit bis hin zur Prävention von Krebs. Wenn du also ein langes, gesundes Leben führen willst, solltest du sowohl an den Eisbädern als auch an der Sauna teilnehmen – und am besten an beiden zusammen.«

»Nein, danke«, sage ich mit einem Schaudern, aber Nikolai lacht und sagt, dass er mich diesen Winter die extreme Kur ausprobieren lassen wird.

»Wir machen dich süchtig danach, das verspreche ich«, fügt er lächelnd hinzu, während ich die verblüffende Erkenntnis verarbeite, dass ich diesen Winter – und in absehbarer Zukunft jeden anderen Winter – mit ihm zusammen sein werde.

Denn das ist es, was die Ehe bedeutet.

Wir sind für den Rest unseres Lebens zusammen.

Ein Echo meiner früheren Panik kehrt zurück, aber ich unterdrücke es. Ich lasse nicht zu, dass meine irrationalen Ängste einen Schatten auf das werfen, was ein wunderschöner gemeinsamer Tag zu werden verspricht – hoffentlich der erste von vielen.

Schließlich ist Glück eine Entscheidung, und ich würde in dieser Zwangsehe lieber glücklich sein.

## 37

## CHLOE

Ähnlich idyllisch verlaufen auch die nächsten Tage. Obwohl wir nirgendwo hingefahren sind, fühlt es sich an, als wären wir in den Flitterwochen. Wir lieben uns mehrmals in der Nacht – und oft auch am Tag –, schlafen lange aus, frühstücken im Bett und machen lange Spaziergänge und Wanderungen, sowohl allein als auch mit Slava. Einmal gesellt sich auch Alina zu uns, und wir schwimmen zu viert in einem nahegelegenen See, wo sich alle drei Russen über meinen Widerwillen, in das kühle Quellwasser zu gehen, lustig machen.

Es stellt sich heraus, dass Slava sich in der Kälte genauso wohlfühlt wie die Erwachsenen, so dass ich das einzige Weichei bin.

Am Ende schwimme ich aber doch, und als ich danach fröstele, wärmt mich Nikolai, indem er mich mit seinen großen, rauen Handflächen abreibt. Wenn wir allein wären, hätte er sicherlich mehr getan, aber zum Glück zieht selbst er eine Grenze, was das Liebemachen vor seinem kleinen Sohn und seiner Schwester betrifft.

Das ist aber so ziemlich das Einzige, bei dem er eine Grenze zieht. Wir können kaum die Hände voneinander lassen. Mein Mann hat keine Scham, wenn es darum geht, mich zu küssen, meinen Nacken und meine Schultern zu massieren und mich auf seinen Schoß zu ziehen, wann immer ihm danach ist. Es ist, als wäre ich ein Haustier, mit dem er gerne kuschelt. Ich kann nicht sagen, dass ich es hasse, im Gegenteil, ich genieße sogar insgeheim seine Aufmerksamkeit.

Anders wäre es, wenn sich jemand im Haushalt darüber lustig machen würde oder mich anderweitig in Verlegenheit brächte. Aber niemand tut das. Sogar Alina, mit ihren gelegentlichen sanften Neckereien, nimmt es als selbstverständlich hin, dass ihr Bruder die Finger nicht von mir lassen kann, so sehr, dass ich mich frage, ob es eine dieser legendären Eigenschaften der *Molotow-Männer* ist.

Ich würde einfach fragen, aber ich habe Angst, dass es zu nah an dem Thema sein könnte, das ich umschiffe, den Antworten, von denen ich mir sage, dass ich sie haben möchte, mich aber nicht dazu bringen kann, sie zu verlangen. Es fühlt sich einfach so gut an, nicht über die Dunkelheit in Nikolai und die schrecklichen Dinge, zu denen er fähig ist, nachzudenken. Ich habe mich noch nicht einmal nach Mascha und dem neuen Plan, Bransford zur Strecke zu bringen, erkundigt. Jedes Mal, wenn ich an meinen biologischen Vater denke, schießt mein Puls in die Höhe, und mein Magen zieht sich zu einem harten, festen Knoten zusammen.

*Morgen früh,* sage ich mir jeden Abend. *Ich werde gleich morgen früh mit Nikolai darüber sprechen.* Aber dann wache ich morgens in seiner Umarmung auf, fühle mich warm und geborgen, verehrt und angebetet, und ich bringe es nicht über mich, den Frieden zu riskieren, also sage ich mir, dass wir am Abend reden werden.

Ich weiß, dass irgendetwas passieren und unsere Glücksblase zerplatzen wird, aber ich will nicht, dass dieses Etwas ich bin.

<hr>

So geht es noch drei weitere Wochen weiter. Ich genieße die Aufmerksamkeit, die er mir schenkt, und genieße sowohl seine Zärtlichkeit als auch seine Härte. Beide Versionen von Nikolai – der sanfte Liebhaber und der wilde Höhlenmensch – begeistern mich, was auch gut so ist, denn wenn es um meinen Mann geht, kann ich nie vorhersagen, was ich bekommen werde. In derselben Nacht könnte er meinen Körper verehren, als wäre ich aus Kristall, und mich ficken, bis ich am nächsten Tag kaum noch laufen kann. Manchmal habe ich das Gefühl, dass er noch mehr will, dass er mich eines Tages noch weiter drängen könnte, dass er versucht, mich noch mehr zu besitzen, aber dass er, genau wie ich, nicht bereit ist, irgendetwas zu tun, was wieder Streit und Spannungen in unser Leben bringen und unsere Flitterwochen beenden könnte.

Stattdessen überhäuft er mich mit Geschenken, von teurem Schmuck bis hin zu Accessoires und Kleidung. Es scheint, als ob täglich ein neues Kleid, ein Paar Schuhe, ein Schal oder *irgendetwas* in meinem Kleiderschrank auftaucht. Es ist fast zu viel für mich – viele der Ohrringe und Armbänder, die ich jetzt besitze, kosten mehr als das Haus mancher Leute – aber er besteht darauf, dass es ihm Freude bereitet, mir Dinge zu kaufen, also höre ich schließlich auf, mich dagegen zu wehren ... denn diese Dinge zu haben bereitet auch mir Freude.

Dank meiner Mutter, die pausenlos arbeitete, um uns über Wasser zu halten, habe ich nie wirkliche Armut kennengelernt, aber ich kann mich auch nicht an eine Zeit in meinem Leben erinnern, in der ich nicht jeden Pfennig zählen und jede Ausgabe sorgfältig planen musste. Die meisten Klamotten aus meiner Kindheit waren gebraucht gekauft, und der einzige Schmuck, den ich besaß, war billiger Modeschmuck. Jetzt ist mein Kleiderschrank wie Saks Fifth Avenue auf Steroiden, und obwohl es vielleicht oberflächlich von mir ist, liebe ich es. Reiche Leute wissen, was sie tun, wenn sie all diese Luxusgüter kaufen – sie können das Leben wirklich schöner machen.

Auch die Russischstunden, die Nikolai mir gibt –

natürlich mit Slavas Hilfe –, bereichern mein Leben. Das Kind hat große Freude an meiner Unfähigkeit, die russischen Sätze, die es so leicht sagt, auszusprechen, während Nikolai sich an einer ganz anderen Sache erfreut: mich dazu zu bringen, im Bett liebe und sexy Dinge zu sagen.

»Sag *Ya hochu tebya*«, verlangt er, während er mich kurz vor einem Orgasmus hält. Und als ich gehorche, verzweifelt nach Erleichterung suchend, befiehlt er unbarmherzig: »Jetzt sag *Ya lyublyu tebya.*«

Also tue ich es. Ich sage alles, was er von mir will, auch so schmutzige Sätze, dass ich ganz rot werde, wenn ich sie später nachschlage. Aber ob schmutzig oder sauber, meine Russischkenntnisse verbessern sich von Tag zu Tag, was Alina und Lyudmila sehr amüsiert – Letztere findet meine Aussprache geradezu urkomisch.

»Du hast so einen starken amerikanischen Akzent«, sagt Pavels Frau lachend, als ich versuche, sie in ihrer Muttersprache nach *zavtrak* – Frühstück – zu fragen. »Warum versuchst du es überhaupt? Alle hier sprechen Englisch, sogar ich.«

Ich würde ihr das gerne übelnehmen, aber sie hat recht. Selbst ihr Englisch, so unvollkommen es auch ist, ist tausendmal besser als mein Russisch. Ich habe ihr angeboten, ihr ein paar Stunden zu geben, um es weiter zu verbessern, aber sie hat das Angebot bisher nicht angenommen – weil sie hofft, zurück nach Russland zu gehen und es deshalb nicht zu brauchen, meint Alina.

»Sie vermisst Moskau wirklich«, erzählt sie mir. »Sie langweilt sich hier, hat nichts zu tun und niemanden, mit dem sie sich treffen könnte.«

Das kann ich nachempfinden. Trotz all dem modernen Luxus und der natürlichen Schönheit, die uns umgibt, ist das Gelände eine Art Gefängnis oder, um es positiver auszudrücken, ein Rückzugsort von der Welt. Auch ich vermisse meine Freunde und durchstöbere oft die sozialen Medien, um einen Einblick in ihr Leben nach dem Studium zu bekommen. Ich möchte sie so gerne kontaktieren, all ihre Nachrichten beantworten, in denen sie fragen, wo ich bin und warum ich seit Monaten nicht mehr auf meinen Profilen gepostet habe, aber ich traue mich nicht, es zu tun, für den Fall, dass das Bransford irgendwie zu mir führt, zu diesem Gelände und meiner neuen Familie.

Ich kann sie nicht in Gefahr bringen, nicht einmal, um die Sorgen meiner Freunde um mich zu zerstreuen.

Ich würde mich besonders schrecklich fühlen, wenn ich irgendetwas tun würde, was Slava gefährdet. Mit jedem Tag wächst meine Bindung zu Nikolais Sohn, und ich fühle mich immer wohler in der Rolle seiner Mutter. Anstatt dass Alina oder Lyudmila ihn baden und ins Bett bringen, tun Nikolai und ich das mittlerweile häufig zusammen und erzählen ihm Geschichten über Superhelden und lesen aus seinen Lieblingsbüchern vor, bis er einschläft.

Wir drei werden zu einer richtigen Familie, und das

Wissen erfüllt mich mit einer sanften Wärme, einer Zufriedenheit, die mit einem gefährlichen, sprunghaften Mann wie Nikolai nicht möglich sein sollte.

Nicht, dass alles perfekt wäre. Zum einen sind wir beide nicht einer Meinung, wenn es darum geht, was ein noch nicht ganz Fünfjähriger dürfen sollte. Wie sich herausstellt, waren Nikolai und seine Brüder – und in geringerem Maße auch Alina – Schlüsselkinder, denen es erlaubt war und die sogar ermutigt wurden, allein draußen zu spielen und überhaupt gefährlich unabhängig zu sein. Während ich also jedes Mal in Panik gerate, wenn ich ein Steakmesser in Slavas Hand sehe oder ihn dabei erwische, wie er auf einen Baum klettert, der höher als zwei Meter ist, ist Nikolai bei solchen Dingen ärgerlich ruhig.

»Ist es dir egal, dass er fallen und sich alle Knochen brechen könnte?«, frage ich frustriert, als wir eine Wanderung machen und er Slava an einer alten Eiche hochklettern lässt, bis seine winzige Gestalt kaum noch durch das Laub zu sehen ist. »Oder noch schlimmer, auf den Kopf fallen und sich das Genick brechen könnte?«

»Natürlich bin ich mir dessen bewusst.« Seine goldenen Augen verengen sich gefährlich auf mich. »Denkst du, ich mache mir keine Sorgen über all die schrecklichen Dinge, die ihm an einem bestimmten Tag widerfahren können? Die Treppen, die er hinunterpurzeln kann, die Krankheiten, die er sich einfangen kann, die giftigen Beeren, die er finden und essen könnte? Manchmal ist es alles, woran ich denken kann, so sehr, dass ich überzeugt bin, verrückt zu werden. Aber so, wie wir nicht da sein können, um jedes Mal seine Hand zu halten, wenn er die Treppe nimmt, können wir auch nicht erwarten, dass wir für jeden Baum, dem er begegnet, oder jedes Messer, das ihm im Laufe seines Lebens in den Weg kommt, da sind. In der Tat gibt es keine Garantie, dass wir morgen für ihn da sein werden. Das Leben kann unvorhersehbar und brutal sein, und je besser er darauf vorbereitet ist, desto höher sind die Chancen, dass er überleben wird.«

»Aber er ist noch ein Kind. Du musst ihm beibringen, wie er überleben kann.«

»Ich bringe es ihm bei, indem ich ihn so viele Gefahren wie möglich selbst bewältigen lasse. Kinder in seinem Alter sind nicht dumm – sie sind schon oft genug gefallen, um zu wissen, dass es wehtut. Er würde nicht so hoch klettern, wenn er sich nicht seiner Stärke sicher fühlen würde. Und der einzige Weg, zu wachsen und diese Stärke zu testen, ist, sich selbst herauszufordern, wenn es darauf ankommt … wenn keine Gummimatte darunterliegt. Außerdem«, fügt er hinzu, als ich gerade anfangen will, ihm zu widersprechen, »*habe* ich ein Auge auf ihn. Sollte er fallen, werde ich ihn auffangen.«

Damit verstumme ich, denn die Chancen, dass er es tut, stehen gut. Der Mann hat die Reflexe einer Katze. Neulich habe ich versehentlich ein Wasserglas mit meinem Ellenbogen vom Tisch gestoßen, und Nikolai hat es in der Luft aufgefangen, ohne das Gespräch zu unterbrechen. Ein anderes Mal bin ich über eine von Slavas Legofiguren gestolpert und wäre mit dem Gesicht zuerst auf den Boden gefallen, aber Nikolai hatte seine Arme um mich geschlungen, bevor ich aufschlug – obwohl er eine Sekunde vorher auf der anderen Seite des Raumes gewesen war.

Wenn ich es nicht besser wüsste, würde ich denken, dass er einer von Slavas Comic-Superhelden ist – oder, wahrscheinlicher, ein Superschurke.

Dieses Etikett passt genauso gut zu ihm.

Später in der Nacht, als wir unser Schlafzimmer betreten, fällt mir etwas ein, was mit unserer früheren Unterhaltung zu tun hat.

»Wenn du so entschlossen bist, Slavas Unabhängigkeit zu fördern, warum bist du dann so entschlossen, *mich* vor jeglicher Gefahr zu schützen?«, frage ich und setze mich auf das Bett, um Nikolai dabei zu beobachten, wie er seine Jacke und Krawatte abnimmt. Wir tragen beim Abendessen immer noch die formelle Kleidung, und ich muss zugeben, dass ich es mittlerweile mag. Nicht nur, dass ich jeden Tag wunderschöne Kleider tragen kann, auch mein Mann sieht in den eng geschnittenen Anzügen, die er bevorzugt, unheimlich gut aus.

Es ist, als würden wir zwischen zwei Welten hin und her wechseln: der Tageswelt, in der wir in der

Wildnis wandern und uns schmutzig machen, und der Abendwelt, in der Glamour und Glitzer regieren.

»Weil du kein Kind bist und du nicht so erzogen wurdest, wie ich Slava erziehe«, antwortet Nikolai sanft und nimmt seine Manschettenknöpfe ab. »Deine Mutter, so wundervoll sie auch war, hat dich nicht dafür ausgerüstet, dich Mördern zu stellen, *zajchik* … oder Männern wie mir.«

Ich schlucke, und mein Blut wird heiß, als er seinen Blick über meinen immer noch vollständig bekleideten Körper gleiten lässt. Seit unserer Hochzeit bin ich besser darin geworden, Nikolais sexuelle Stimmungen zu deuten und zu verstehen, was für eine Nacht auf mich zukommt. Und der heutige Abend verspricht einer unserer wilderen zu werden, die, bei denen ich mir nie ganz sicher bin, wie weit er gehen wird.

Ich spüre die Dunkelheit in ihm und fühle, wie sie nahe an die Oberfläche steigt.

Nicht, dass ich Angst vor ihm hätte. Nicht wirklich. Ich weiß, dass er mich nicht verletzen wird, zumindest nicht auf eine schädliche Art und Weise. Ich habe nur manchmal das Gefühl, dass das, was wir haben, nicht völlig ausreichend für ihn ist, dass sein unersättlicher Hunger nach mir ungestillt bleibt.

Manchmal fühlt es sich so an, als wolle er mich verzehren, ganz und gar, und nichts weniger ausreichend ist.

Er zieht sein Hemd aus, enthüllt wunderschön definierte Muskeln und kommt auf mich zu. Seine Bewegungen erinnern mich wieder einmal an die geschmeidige, tödlich anmutige Bewegung einer Großkatze.

Vielleicht *war* er in einem anderen Leben ein Tiger.

Vielleicht war ich seine Beute.

Instinktiv rutsche ich auf dem Bett nach hinten, und auf seinen Lippen breitet sich ein verruchtes Lächeln aus. Wie immer weiß er, was ich denke und fühle – und er mag, was ich jetzt fühle.

Er mag es, mich ein wenig nervös zu machen.

Mit der gleichen raubtierhaften Bedächtigkeit klettert er auf das Bett und über mich und drückt mich flach nach unten, bevor er meine Handgelenke ergreift und sie mit einer Hand über meinem Kopf festhält.

Mein Mund wird trocken bei dem Blick in seinen Augen, bei der dunklen Intensität in ihnen. Ich befeuchte meine Lippen, sein Blick folgt dem Weg meiner Zunge, und sein Gesicht spannt sich an. Als sein Blick wieder auf den meinen trifft, sind seine Augen mit solch einer sengenden Hitze gefüllt, dass ich das Gefühl habe, ich könnte auf der Stelle verbrennen. Mein Herz hämmert wild, und meine Haut errötet am ganzen Körper, als er seinen Kopf senkt und hörbar einatmet, als wäre er hungrig nach dem Geruch meiner Haare.

»Ähm, Nikolai …« Ich winde mich unter ihm, und mein Puls steigt, als ich seine Erektion an meinen Schenkeln spüre. Selbst mit den Schichten seiner Hose und meines Kleides, die uns trennen, kann ich spüren, wie heiß und hart sie ist, wie massiv. Ich schlucke wieder. »Als du sagtest ›Männern wie mir‹, was hast du da genau gemeint?«

Seine Lippen streifen mein Ohr, die Hitze seines Atems lässt mich erschaudern, als er flüstert: »Oh, mein süßes, neugieriges *zajchik* ... du wirst es gleich herausfinden.«

## 38

## CHLOE

 *E*in Schauer durchfährt meinen Körper, und er hebt den Kopf, um mich anzusehen, während ein dunkles Lächeln seine Mundwinkel umspielt. Ich kann förmlich spüren, wie er sich an meiner Angst weidet und die Vorfreude sadistisch in die Länge zieht.

Ich versuche, meine Hände zu bewegen, um mich aus seinem Griff zu befreien, aber es ist vergeblich. Seine Finger sind eine eiserne Fessel um meine Handgelenke und fixieren sie über meinem Kopf. Sein Lächeln vertieft sich, der goldene Schimmer in seinen Augen wird intensiver, während ich mich wehre, und ich weiß, dass er es auch genießt, mich hilflos in seinem Griff zu sehen.

Er senkt seinen Kopf und atmet noch einmal begierig ein, dann lässt er endlich meine Handgelenke los. Bevor ich erleichtert aufatmen kann, dreht er mich auf den Bauch, hält mich mit einer großen Hand fest und zieht den Reißverschluss meines

Kleides herunter. Als es bis zu meinem Steißbein offen ist, fährt er mit einer warmen Handfläche meine nackte Wirbelsäule hinunter, wobei die Rauheit seiner Schwielen angenehm über meine Haut kratzt.

»Habe ich dir jemals gesagt, wie sehr ich deinen Rücken liebe?« Das weiche, dunkle Timbre seiner Stimme ist beruhigend und doch beunruhigend. »So durchtrainiert und anmutig, wie der einer Ballerina. Meine Lieblingsstelle an dir ist aber dieser Po.« Seine Handfläche wölbt sich über meine Backe und drückt sie leicht zusammen. »So fest und rund und perfekt … so fickbar.«

Mein Herz macht wieder einen Sprung, als er mich in eine sitzende Position zieht und meinen Rücken gegen seine Brust drückt. Er schlingt einen kräftigen Arm um meinen Brustkorb, um mich an Ort und Stelle zu halten, während er das Kleid an meinem Oberkörper herunterzieht. Er behandelt mich wie eine menschengroße Puppe, und das hat etwas pervers Erotisches an sich, etwas, was einen Teil von mir anspricht, an den ich nicht zu denken versuche … den Teil, der von der Dunkelheit in ihm nicht abgeschreckt, sondern angezogen wird.

Ich trage keinen BH, und als er das Kleid bis zu meiner Taille herunterzieht, liegen meine nackten Brüste frei und legen sich mit bereits harten und schmerzenden Nippeln auf seinen Unterarm. Ein leises Knurren ertönt in seiner Brust, er beugt mich zurück über seinen Arm, so wie er es gerne macht, und ich fühle mich wie ein menschliches Opfer, ein Opfer für einen wilden, ursprünglichen Gott.

Sein heißer, feuchter Mund schließt sich um meine Brustwarze, und ich keuche, umklammere seinen Kopf, als er zubeißt und das Feuer direkt auf meine Klitoris schickt. Meine Nervenenden toben vor Verwirrung, und der Schmerz und das Vergnügen vermischen sich, bis ich verzweifelt nach mehr verlange. Und er liefert mehr und wiederholt das Gleiche mit meiner anderen Brust. Abwechselnd saugt er an der Brustwarze und fährt mit seinen Zähnen darüber. Als er seinen Kopf hebt, um mich anzuschauen, keuche ich und brenne vor Erregung.

Ich brauche ihn. Ich brauche ihn so verdammt sehr.

Ich vergesse meine Ängste, ziehe seinen Kopf zu mir, und unsere Lippen verschmelzen in einem harten, zutiefst fleischlichen Kuss. Unsere Zungen verflechten sich, während ich auf sein gewalttätiges Bedürfnis reagiere und es ihm Schlag für Schlag, Biss für Biss gleichtue. Es ist mir egal, was er heute Nacht mit mir macht, solange ich mehr von dieser dunklen, schwindelerregenden Lust haben kann, mehr von dem, wonach ich mich sehne.

Wir atmen beide schwer, als er den Kuss beendet und mich flach hinlegt, um mir das Kleid von den Hüften zu ziehen. Es lässt sich nicht so einfach lösen, also reißt er es an den Nähten auf, zu ungeduldig, um sich darum zu kümmern, dass er noch ein weiteres teures Kleid ruiniert. Und mit der Anspannung, die sich so schnell in mir aufbaut, und meinem ganzen Körper, der für ihn brennt, ist es mir auch egal.

Als ich nur noch mit einem Tanga bekleidet bin, dreht er mich auf den Bauch und stopft zwei Kissen unter meine Hüften, bevor er den Stofffetzen an meinen Beinen herunterzieht. Dann greift er nach rechts, und ich höre, wie sich eine Schublade öffnet.

Meine Angst kehrt zurück und verdrängt für einen Moment meine Erregung. Ich habe den starken Verdacht, dass ich weiß, was er vorhat, und ich sehe, dass ich Recht habe, als ich einen Blick über meine Schulter werfe und die Flasche Gleitgel und einen kleinen Buttplug in seinen Händen sehe. Trotzdem klopft mir das Herz bis zum Hals, und mein Brustkorb zieht sich um meine Lungen zusammen. »Nikolai, ich …« Ich atme hörbar ein. »Ich habe noch nie … das ist …«

»Du bist noch nie in den Arsch gefickt worden?«

Mein Gesicht erhitzt sich unerträglich, da seine schmutzigen Worte mich weiter aus dem Gleichgewicht bringen. Irgendwie schaffe ich ein kleines Nicken, und seine Lippen verziehen sich mit männlicher Befriedigung, als er leise »Gut« sagt und kühles Gleitgel zwischen meine Backen träufelt.

Ich keuche und verkrampfe mich instinktiv, als er den Plug an meine Öffnung und meinen Kopf nach unten auf das Bett drückt. »Entspann dich, *zajchik.*« Seine Stimme ist rauer Samt und dunkle Hitze. »Ich verspreche dir, dass du das genießen wirst.«

Ich möchte mich dagegen wehren – das eine Mal,

als mein Ex-Freund versucht hat, einen Finger hineinzustecken, habe ich jede Sekunde davon gehasst – aber das ist Nikolai, dessen Beherrschung meines Körpers erschreckend vollkommen ist. In seiner Umarmung verliere ich jeden Sinn für mich selbst, und jedes bisschen Verstand, das ich noch besitze. Also bleibe ich ruhig und gebe mein Bestes, durch die Nase zu atmen, während die spitz zulaufende, gummiartige Spitze des Plugs sich an dem engen Ring meines Schließmuskels vorbeidrückt.

Langsam gleitet er tiefer hinein, und ich verkneife mir ein Stöhnen gegen die Matratze, überwältigt von den seltsamen Empfindungen. Wie auch das andere Mal gibt es eine fast ekelerregende Fülle, ein Gefühl, gedehnt und durchdrungen zu sein, auf eine unnatürliche, unangenehme Weise voll. Aber da ist noch etwas anderes, eine besondere Art von Druck, der meinen Puls in die Höhe treibt und mein Inneres zusammenzieht – ein Gefühl, das stärker wird, als Nikolai sich über mich beugt, mich mit seinem großen, harten Körper bedeckt und mich mit seinem sinnlichen, männlichen Duft einhüllt.

Sein Atem wärmt mein Ohr, während er die empfindliche Halsbeuge küsst und mir Lustschauer über den Arm jagt. Gleichzeitig schiebt er eine Hand unter meinen Bauch und findet meinen Kitzler, während er beginnt, mich langsam mit dem Spielzeug zu ficken. Sofort verstärkt sich der Druck und verwandelt sich in eine erotische Spannung, eine dunkle, erhitzte Lust, die mit dem Unbehagen kollidiert und irgendwie daran wächst. Seine Finger auf meinem Kitzler, das Spielzeug in meinem Po, seine Lippen auf meinem Hals – es ist eine Reizüberflutung, eine Wippe aus Lust und Schmerz, die hin und her schaukelt und jedes Mal höher klettert.

Mit einem gedämpften Schrei komme ich, erschaudernd und zitternd, aber er ist noch nicht fertig mit mir. Mit einem glitschigen *Pop* zieht er das Spielzeug aus mir heraus, dringt erst mit einem Finger, dann mit zwei zusammen in mich ein, und die stechende Dehnung ist nur erträglich wegen der bösen Magie, die seine andere Hand auf meinem Kitzler ausübt. Es tut weh, es brennt, doch der Schmerz wechselt sich wieder einmal mit starkem Vergnügen ab und steigert es auf eine seltsame Weise. Keuchend komme ich erneut zum Orgasmus, und mein Po zieht sich um seine großen, rauen Finger zusammen, während meine Sicht sich mit schwarzen und weißen Flecken trübt, und mir ein keuchender Schrei entweicht.

Bevor ich mich erholen kann, zieht er seine Finger aus meinem immer noch krampfenden Körper, und ich spüre stattdessen seine breite, glatte Eichel an meiner Öffnung. Ich spanne mich an, mein Puls schießt erneut in die Höhe, und er fährt mit einer beruhigenden Hand über meine Wirbelsäule.

»Atme, *zajchik*. Du kannst mich aufnehmen.« Die Worte sind ein leises, tiefes Murmeln, so tröstlich wie das sanfte Streicheln meines Rückens. Doch in dem Moment, in dem er meine Hüften packt und sich gegen den engen Muskelring drückt, kippt die Waage in Richtung Schmerz, und ich weiß, dass er falschliegt.

Ich kann es nicht.

Er ist viel zu groß für mich.

»Nikolai, bitte, ni…«, keuche ich, und die Bitte bleibt mir im Hals stecken, als mein Schließmuskel unter dem Druck nachgibt und die Spitze seines massiven Schwanzes in mich eindringt. Alle Luft rauscht aus meinen Lungen, meine Sicht wird für einen schwindelerregenden Moment komplett schwarz. Er ist so groß und dick, dass es sich anfühlt, als würde er mich aufreißen, und als er mit seinem Schwanz langsam tiefer in mich eindringt, bin ich mir sicher, dass ich in Ohnmacht falle.

Aber das tue ich nicht. Stattdessen spüre ich jeden langen, harten Zentimeter von ihm, erlebe jedes bisschen der unerträglich vorsichtigen Invasion. Mein Magen zieht sich zusammen, meine Haut wird klamm vor kaltem Schweiß, doch ich kann keine Worte finden, um dem Ganzen Einhalt zu gebieten, da mein Gehirn genauso überwältigt ist wie mein Körper.

Es hilft auch nicht, dass er sich wieder über mich lehnt, meinen Hals küsst und mir mit seiner sanften Stimme, die doch rau vor Verlangen ist, beruhigende Worte ins Ohr murmelt. Auch nicht, dass seine geschickten Finger wieder mit meiner Klitoris spielen und mir Empfindungen entlocken, die nicht gemeinsam mit dieser Art von Schmerz existieren können – oder sollten. Es ist keine Lust, aber etwas Ähnliches, eine Mischung aus Qual und Ekstase, die mich wieder aufrüttelt und meinem Körper einen gequälten Höhepunkt entlockt.

Dann werde ich tatsächlich ohnmächtig, zumindest für einen Moment, denn das Nächste, was ich registriere, ist, wie er sanft in meinen Arsch hinein- und wieder herausgleitet, und jeder Stoß erzeugt ein eigenes Gefühl, während die Wippe wieder hin und her schaukelt und die kraftvoll erotische Spannung aufbaut. Mein Körper wird von Hitze überflutet, mein Herz rast in meinem Brustkorb, und als ich zum vierten Mal mit einem markerschütternden Schrei komme, stöhnt er und erschaudert über mir, während das warme Sperma mein wundes Inneres überflutet.

Kaputt und erschüttert liege ich da, zu schwach, um mich zu bewegen, als er sich von mir zurückzieht und das Bett verlässt, um eine Minute später mit einem warmen, nassen Handtuch zurückzukehren. Er säubert mich, dann dreht er mich um und zieht mich auf seinen Schoß. Ich öffne meine schweren Augenlider und sehe, dass seine Tigeraugen auf meinem Gesicht ruhen und mich mit ihrer typischen Intensität betrachten.

Sanft, ehrfürchtig streichelt er meine Wange, und seine Stimme ist rau, als er murmelt: »Ich werde dich niemals gehen lassen. Nicht einmal, wenn du bettelst.«

Ich halte seinen Blick. »Ich weiß.«

»Hasst du mich dafür?«

Ich sollte es tun. So schön diese Flitterwochen auch waren, die Wahrheit ist, dass er mich in die Ehe gezwungen hat, mir meine Freiheit genommen hat, meine Wahlmöglichkeiten. In so ziemlich jeder Hinsicht bin ich seine Gefangene, seinen dunklen Launen und Leidenschaften ausgeliefert. Doch die Lüge weigert sich, meine Lippen zu verlassen. Stattdessen sage ich ihm die Wahrheit. »Ich liebe dich.«

Weil ich es tue. So falsch es auch ist, ich liebe diesen schönen, erschreckenden, komplizierten Mann. Ich liebe ihn, auch wenn ich seine unerbittliche Besessenheit von mir fürchte.

Ich weiß, dass ich im hellen Licht von morgen dieses Geständnis bereuen werde, dass ich es für einen Fehler halten werde. In diesem Moment, in diesem sanft beleuchteten Raum, mit seinen starken Armen um mich herum und meinem Körper, der immer noch von den Echos der Qualen und der Ekstase pulsiert, die er mich fühlen lassen hat, fühlt es sich nicht wie ein Fehler an – vor allem, weil das zärtliche Lächeln, das auf seinem Gesicht erblüht, das Schönste ist, was ich je gesehen habe.

»Und ich liebe dich, *zajchik*«, sagt er leise. »Das werde ich immer.«

## 39

NIKOLAI

Ich wache mit Chloes kleinem Körper in meinen Armen auf, und mein Gehirn sprudelt über vor Glück. So gleißend, dass es sich so flackernd und flüchtig anfühlt wie der brennende Docht einer Kerze.

Wie schon die ganze letzten Woche, seit wir uns unsere Gefühle eingestanden haben, nehme ich das Gefühl von ihr in mich auf, das Gefühl ihrer warmen Haut, die sich gegen die meine presst, ihrer zarten Kurven, die sich an die harten Flächen meines Körpers schmiegen, ihres Atems, der über meinen Unterarm streicht. Und wie schon in der ganzen letzten Woche kämpfe ich mit dem Drang, sie zu wecken und zu verlangen, die Worte wieder auszusprechen, damit ich ihre weiche, heisere Stimme hören kann, die mir sagt, dass sie mich liebt.

Es ist schlimm genug, dass ich sie zwinge, es mir jeden Abend zu sagen, jedes Mal, wenn ich sie nehme.

Ich vergrabe mein Gesicht in ihrem Haar und atme ihren Duft ein, die süße Frische von Blumen auf schlafgewärmter weiblicher Haut. Und wie schon in den letzten zwei Monaten kämpfe ich gegen eine Welle von furchtbarer Angst an.

Angst, dass ich sie verlieren werde. Dass der Docht abbrennt und nichts als Asche zurückbleibt.

Das ist irrational und unlogisch, aber ich kann es nicht ändern. Ich dachte, die Worte von ihr zu hören würde diese Angst zügeln und mich in dem Wissen, dass sie mir gehört, ruhig und sicher durch den Tag kommen lassen, aber wenn überhaupt, ist die Sorge stärker geworden, durchdringender. Manchmal ist es alles, woran ich denken kann, wie zerbrechlich dieses Glück ist, wie illusorisch.

Schließlich hat meine Mutter anfangs auch meinen Vater geliebt. Einst waren auch sie glücklich gewesen.

Ich versuche, nicht daran zu denken, wie alles in die Brüche ging, aber es gibt Zeiten, in denen ich Chloe anschaue und das Gesicht meiner Mutter sehe. Nicht hell und gesund, wie es war, als ich ein Kind war, sondern gezeichnet und blass, zutiefst unglücklich – so wie die ganzen letzten Jahre.

Teilweise liegt es daran, dass ich Chloe immer noch nicht erzählt habe, was in dieser Winternacht passiert ist – und sie nicht gefragt hat. Obwohl sie es als Bedingung für unsere Hochzeit gefordert hatte, scheint sie zu zögern, die ganze Geschichte hören zu wollen. Ich denke, es ist, weil sie Angst vor der Wahrheit hat, Angst davor, herauszufinden, was für ein schreckliches

Monster sie geheiratet hat. Also umgeht sie das Thema, und das tue ich auch.

Es besteht die Möglichkeit, dass sie mich für das, was ich getan habe, hassen wird, dass sie mich mit Schrecken und Abscheu ansehen wird.

Es hilft nicht, dass ich mir bewusst bin, dass ich Chloe wie eine gefangene Prinzessin in einem hohen Turm halte, völlig isoliert von allem und jedem. Wir verlassen das Gelände nicht; wir gehen nirgendwo hin. Wir existieren in unserer eigenen kleinen Welt, in der sie keine andere Wahl hat, als die meine zu sein. Es ist für ihre Sicherheit, das stimmt, aber auch für meinen Seelenfrieden.

Wenn sie die Möglichkeit hätte, würde sie wieder fliehen?

Wenn die Gefahr für sie beseitigt wäre, würde sie dann gehen wollen?

Ich kenne die Antworten nicht, und die Fragen quälen mich so sehr, dass ich sogar noch besessener davon geworden bin, sie immer im Auge zu behalten. Ich weiß, dass sie nicht gehen kann – und mit Bransford, der sie jagt, will sie wahrscheinlich auch nicht gehen wollen – aber ich fühle mich trotzdem gezwungen, in jedem Moment, in dem wir getrennt sind, zu wissen, wo sie ist. Zu diesem Zweck habe ich Kameras in unserem Schlafzimmer und in jeder Ecke des Hauses installiert, mit Ausnahme des Zimmers meiner Schwester und des privaten Quartiers von Pavel und Lyudmila, und ich überprüfe die Übertragung auf meinem Handy mit der sinnlosen Häufigkeit eines Social-Media-Süchtigen.

»Was guckst du denn immer?«, fragt Alina, als sie eines Tages das Esszimmer betritt, während ich darauf warte, dass Chloe ihre Stunde mit Slava beendet und zum Mittagessen herunterkommt. »Geht irgendetwas vor sich?«

Ich lege mein Handy weg. »Es geht immer irgendetwas vor sich.«

Das ist keine Lüge. Nicht nur Mascha arbeitet daran, Bransford näherzukommen, und schickt mir täglich Updates über ihre Fortschritte, sondern ich habe auch Männer, die Alexej Leonow im Auge behalten. Er ist immer noch hier in den Staaten, die letzten paar Tage in Chicago. Es scheint, dass er für geschäftliche Besprechungen da ist, aber ich kann nichts gegen mein schlechtes Gefühl bei der Sache tun.

Chicago ist so viel näher an Idaho, an meinem Anwesen und meinem Sohn.

Alina betrachtet mich nachdenklich. »Ist es die Sache mit Volkov? Konstantin erwähnte, dass er sich nach einer Investition in sein nukleares Projekt erkundigt hat.«

»Das auch.« Ich bin nicht überrascht, dass sie davon gehört hat. Als Selfmade-Oligarch ist Alexander Volkov einer der reichsten – und gefährlichsten – Männer in Russland. Ein Bündnis mit ihm wäre sowohl vorteilhaft als auch riskant, vor allem wenn man bedenkt, dass er zu ebenso rücksichtslosen Geschäftspraktiken neigt wie wir.

Wenn die Dinge aus irgendeinem Grund den Bach runtergehen, haben wir einen weiteren mächtigen Feind, aber wenn alles gut geht, könnte er dabei helfen, den Zulassungsprozess für die neue Technologie und ihre weltweite Einführung zu beschleunigen.

Alina seufzt. »Ich wünschte, er würde es nicht tun, aber Konstantin hört selten auf mich. Vielleicht kannst du mit ihm reden – es sei denn, du hältst es für eine gute Idee, sich mit Volkov einzulassen?«

Ich zucke mit den Schultern und wechsele das Thema. Die Wahrheit ist, dass Volkov und das potenzielle Joint Venture nicht auf meiner Sorgenliste stehen, also ist es mir recht, dass Konstantin sich darum kümmert. Unser genialer Bruder mag manchmal zu intellektuell für sein eigenes Wohl sein, aber er ist immer noch ein Molotow und somit durchaus in der Lage, die Risiken für sich selbst einzuschätzen.

Meine Prioritäten in diesen Tagen sind Slava und Chloe, und ich beabsichtige, alles zu tun, was nötig ist, um sie beide zu behalten und zu schützen.

In dieser Nacht wird eine meiner schlimmsten Befürchtungen wahr. Kurz nach Mitternacht fliegt die Tür zu unserem Zimmer auf, und Lyudmila stürmt, meinen Namen rufend, herein.

Ich bin auf den Beinen und habe die Waffe in der Hand, die ich unter der Matratze aufbewahre, bevor sie erklären kann, was los ist – und als sie es tut, lege ich die Waffe weg und renne so schnell ich kann in unseren Schrank.

»Was ist passiert?«, fragt Chloe und läuft hinter mir her, während Lyudmila aus dem Zimmer stürmt. Als sie sieht, dass ich mich anziehe, zieht sie sich ebenfalls an. »Was hat sie gesagt?«

Als ich verstehe, dass Lyudmila Russisch gesprochen haben muss, erkläre ich ihr schnell, dass Slava krank geworden ist. »Er erbricht unkontrolliert und hat hohes Fieber«, sage ich, während ich mir eilig ein Hemd überwerfe. »Er muss sofort in ein Krankenhaus.«

Chloes Augen weiten sich. »Oh nein. Ich komme mit.«

»Scheiße, nein.« Mein Ton ist viel zu harsch, aber das ist mir egal. Angst, scharf und metallisch, überzieht meine Zunge. Mein Sohn ist krank. So krank, dass ich keine andere Wahl habe, als zu riskieren, seinen Aufenthaltsort zu verraten. Das Letzte, was ich brauche, ist, dass Chloe auch in Gefahr ist. »Du bleibst hier, in Sicherheit.«

Sie blinzelt zu mir hoch. »Aber ...«

»Ich rufe dich von unterwegs aus an.« Ich ergreife ihr Kinn und gebe ihr einen kurzen, intensiven Kuss, dann renne ich zu Slavas Zimmer. Meine Gedanken sind nur bei meinem Sohn und dem schnellsten Weg, ihn ins Krankenhaus zu bringen.

## 40

## CHLOE

»Noch Kaffee?«, fragt Alina, und ich nicke, springe vom Barhocker und gehe hinüber zum Küchenfenster. Draußen ist es stockdunkel, und hinter den dicken Wolken ist nicht einmal ein Hauch von Mondlicht zu sehen.

Für heute Abend sind Regenschauer angesagt – was nicht gut ist, wenn man bedenkt, wie schnell Nikolai, Pavel und vier der Wachen in ihren Geländewagen die kurvenreichen Bergstraßen hinunterfahren. Lyudmila ist bei ihnen, um sich um Slava zu kümmern, also sind Alina und ich die Einzigen, die im Haus geblieben sind.

Die Einzigen, denen es nicht *erlaubt* war, das Haus zu verlassen.

Laut Alina hat Nikolai alle verbliebenen Wachen in höchste Alarmbereitschaft versetzt, so dass fünf von ihnen das Haus selbst bewachen, während der Rest im Falle eines Übergriffs in der Umgebung des Geländes patrouilliert.

»Was für ein Übergriff?«, fragte ich, als sie mir es erzählte. »Slava ist einfach krank.«

Sie warf mir einen Blick zu, der andeutete, dass ich ein naiver Idiot bin. »Es gibt krank und es gibt krank – und wir wissen nicht, um was es sich hier handelt.«

»Du denkst, er könnte *vergiftet* worden sein?«

»Wir können nichts ausschließen«, antwortete sie und machte mir wieder einmal klar, wie unterschiedlich ihre und die Erziehung ihrer Brüder im Vergleich zu meiner war.

In meiner Welt würde niemand absichtlich ein Kind verletzen.

Ich wende mich vom Fenster ab und gehe zurück zur Küchentheke. »Gibt es weitere Neuigkeiten von Pavel oder Lyudmila?«

»Nein.« Alina reicht mir eine frische Tasse Kaffee. Ihre Augen sind genauso müde wie meine, aber ihr Make-up und ihr Kleid sind tadellos – wohl für den Fall, dass wir mitten in der Nacht zu einer Gala eingeladen werden. »Ich glaube, sie sind noch nicht im Krankenhaus angekommen«, fährt sie fort, während ich einen großen Schluck von meinem Kaffee nehme. »Lyudmila hat gesagt, sie schickt mir eine SMS, sobald sie da sind.«

Die heiße Flüssigkeit verbrennt meinen Gaumen, aber ich trinke den Rest der Tasse trotzdem und genieße masochistisch den Schmerz. Er hält mich davon ab, mich mit den schrecklichsten Möglichkeiten zu beschäftigen – wie zum Beispiel, dass Slava vergiftet wurde, um ihn und Nikolai aus der Sicherheit des

Geländes zu locken, oder dass ihr Auto auf einer dunklen, regennassen Straße von einer Klippe stürzt.

Zu allem Überfluss kann ich Nikolai nicht einmal anrufen oder ihm Nachrichten schicken, da er sein Telefon hier vergessen hat.

»Das sieht ihm so gar nicht ähnlich«, murmele ich und schaue wieder auf das Gerät, das ich hierhergebracht habe, nachdem ich es in unserem Schlafzimmer gefunden habe. »Er vergisst nie etwas.«

Alina nickt düster. »Ich weiß. Ich habe ihn noch nie so besorgt gesehen. Na ja, bis auf das eine Mal mit dir.«

Richtig. Als ich weglief und er mich vor den Attentätern retten musste – ein Vorfall, der sich jetzt wie eine Ewigkeit anfühlt.

Ich stelle die leere Tasse ab und kehre zum Fenster zurück. Meine Brust ist angespannt, und mein Magen brennt vor Nervosität und zu viel Koffein. Ich habe mich noch nie so nutzlos und hilflos gefühlt – oder so sehr wie eine Gefangene. Obwohl ich die ganze Zeit gewusst habe, dass Nikolai mich das Gelände nicht verlassen lässt, habe ich es erst heute Abend richtig begriffen, als er sich schlichtweg weigerte, mich mitzunehmen.

Logischerweise verstehe ich, warum – damit er sich nicht um mich und um Slava Sorgen machen muss – aber das ändert nichts an der Tatsache, dass ich nicht mit den zwei Menschen zusammen sein kann, die mir am wichtigsten sind … dass ich hier festsitze, egal, was passiert.

»Ich bin gleich wieder da«, sagt Alina und schlüpft

aus der Küche – vermutlich, um zur Toilette zu gehen. Ich überlege, ob ich mir noch eine Tasse Kaffee einschenken soll, während ich warte, aber ich entscheide mich dafür, dass drei Tassen erst einmal ausreichen sollten. Stattdessen nehme ich Nikolais Handy in die Hand und wische über den Bildschirm, um nachzuschauen, ob es zufälligerweise entsperrt ist.

Das ist es natürlich nicht. Mein sicherheitsbesessener Ehemann würde niemals so unvorsichtig sein, ein entsperrtes Telefon herumliegen zu lassen. Das Gerät verlangt entweder einen Fingerabdruck oder einen Code, und ich habe beides nicht.

Seufzend lege ich das Telefon auf den Tresen und beginne, hin und her zu laufen. Das ist Folter im wahrsten Sinne des Wortes. Ich bin so besorgt um Slava und Nikolai, dass ich mich körperlich krank fühle, ein Gefühl, das durch das gelegentliche entfernte Flackern von Blitzen und dem Dröhnen von Donner verstärkt wird.

Der Sturm ist noch nicht hier angekommen, aber er könnte schon da sein, wo sie sind.

Gott, was ist, wenn sie das Krankenhaus nicht rechtzeitig erreichen? Eine eisige Nadel sticht in mein Herz. *Was ist, wenn Slava so krank ist, dass er stirbt?* Es ist ein Gedanke, den ich mir vorher nicht erlaubt hatte, aber jetzt, wo er sich eingeschlichen hat, kann ich ihn nicht verbannen, und die übelkeitserregende Angst breitet sich aus und verdrängt die Luft in meiner Lunge.

Ich sollte mit ihnen dort sein.

Ich sollte in diesem Auto sein.

»Wo du sein solltest, ist in deinem Schlafzimmer, um dich auszuruhen«, sagt Alina leise, und als ich mich erschrocken umdrehe, sehe ich, dass sie wieder auf ihrem Barhocker sitzt.

Wann ist sie zurückgekommen? Und habe ich laut gesprochen?

Das muss ich, denn sie sieht mich mit müdem Mitleid an, während sie eine weitere Tasse Kaffee in den Händen hält. Obwohl sie normalerweise eine Teetrinkerin ist, trinkt sie heute Abend das *echte* Zeug, genau wie ich.

»Glaubst du wirklich, dass wir überfallen werden?«, frage ich und ignoriere ihren unsinnigen Vorschlag. »Und wenn ja, von wem? Meinem Vater?«

Alina seufzt und stützt ihr Kinn in ihre Hand. »Oder einem unserer Feinde. Und davon haben wir eine ganze Menge – nicht, dass Nikolai oder Valery mir etwas erzählen.«

»Aber Konstantin schon?« Nach dem, was ich in den letzten Wochen mitbekommen habe, hat sie eine viel engere Beziehung zu ihrem ältesten Bruder, dem Technikgenie. Die beiden reden mindestens ein paarmal in der Woche miteinander.

»Manchmal. Wenn er denkt, dass es mich nicht aufregen wird.« Ihr schöner Mund verzieht sich. »Er denkt, ich bin so zerbrechlich, dass ich bei der kleinsten Andeutung von schlechten Nachrichten zusammenbreche. Besonders alles, was mit …« Sie hört auf. »Vergiss es. Der Punkt ist, dass ich nicht wirklich auf dem Laufenden bin.«

Ich auch nicht – und ich habe auch nicht die Ausrede von Alinas Kopfschmerzen, die, wie mir Nikolai sagte, fast ausschließlich von ihrem psychischen Zustand herrühren.

»Manche Menschen bekommen Bauchschmerzen, wenn sie gestresst sind, sie bekommt Kopfschmerzen. Schlimme«, hatte er erklärt, als sie eines Tages wegen einer Migräne nicht zum Abendessen gekommen war. »Manchmal halten sie mehrere Tage an und werden so schmerzhaft, dass sie sich mit einem ganzen Cocktail von süchtig machendem Zeug betäuben muss. Hoffentlich wird das nicht so ein Fall sein.«

Zum Glück war das nicht der Fall und Alina am nächsten Tag wieder ganz die Alte gewesen. Aber ich kann verstehen, warum Konstantin sich Sorgen macht – ich werde nie vergessen, wie zugedröhnt sie an diesem Morgen in meinem Zimmer war.

Wenn Alina nicht schon ein Problem mit verschreibungspflichtigen Schmerzmitteln hat, ist sie nicht weit davon entfernt.

»Glaubst du, so etwas wie eine Reha könnte ihr helfen?«, hatte ich Nikolai später am Tag gefragt. »Oder wenigstens eine Therapie?«

»Sie hasst Psychiater und weigert sich, mit ihnen zu sprechen«, hatte er geantwortet. »Was die Reha angeht, haben wir sie in Betracht gezogen, aber es ist nicht klar, ob sie tatsächlich süchtig ist. Ihr Drogenkonsum ist sporadisch und konzentriert sich auf Zeiten mit besonders viel Stress. Es beginnt mit häufigeren Kopfschmerzen, und dann dreht sich die Spirale, bis die Kopfschmerzen nicht mehr das Hauptproblem sind. Sie war aber immer in der Lage, die Pillen nach einer Weile abzusetzen, weshalb ich ihr erlaube, sie weiterhin zu nehmen. Nur so kann sie dem lähmenden Schmerz entkommen, wenn er zuschlägt.«

»Was ist mit Gras?« Ich fragte vorsichtig, da ich Alina nicht verraten wollte, falls Nikolai nichts von ihrem gelegentlichen Kiffen mit Lyudmila wusste. »Vielleicht könnte das auch helfen?«

Sein Mund verzog sich. »Sicher. Deshalb sage ich auch nichts, wenn sie hereinkommt und wie ein Amsterdamer Coffeeshop riecht.«

Also wusste er es. Ich bin nicht überrascht. Er sieht alles, was hier vor sich geht – auch die verworrenen Widersprüche in meinem Kopf.

Ich liebe ihn. Ich habe kein Problem damit, das jetzt zuzugeben, vor mir selbst und vor ihm. Und er sagt, dass er mich liebt. Das sollte genug sein, mehr als genug, und doch ist es das nicht. Sogar wenn ich in seinen Armen liege, im Nachglühen von umwerfendem Sex, gibt es da eine unerklärliche Distanz zwischen uns, ungesagte Worte und unausgesprochene Ängste.

Es ist hauptsächlich meine Schuld, denke ich. Zum einen habe ich mich immer noch nicht dazu durchringen können, nach seinem Vater zu fragen. Jedes Mal, wenn sich eine Gelegenheit ergibt, kneife ich. Die Dunkelheit in Nikolai ist wie ein zweiseitiger Magnet, der mich gleichzeitig anzieht und abstößt. Ich möchte ihn ganz und gar kennenlernen, seine Vergangenheit so gut verstehen, wie er meine versteht, doch ich habe Angst davor, tiefer in den Teil von ihm einzudringen, den ich an jenem Tag im Wald gesehen habe, als er mit den Attentätern zu tun hatte.

Manchmal, wenn ich mitten in der Nacht an ihn gekuschelt aufwache, höre ich die Schreie des gequälten Attentäters und möchte auch schreien.

Ich kann auch Nikolais Drohung nicht vergessen, mich unter Drogen zu setzen, damit ich ihn heirate. Es ist nicht dazu gekommen, aber ich weiß, dass es dazu gekommen wäre. Denn für meinen Mann sind Liebe und Besitz das Gleiche.

Er würde alles tun, um mich zu haben.

Da ich ein widersprüchliches Durcheinander bin, stört mich seine Rücksichtslosigkeit nicht immer. Es gibt Zeiten, in denen ich froh bin, dass er das Thema forciert und die normalen Phasen einer Beziehung zugunsten der Ehe übersprungen hat. Und es gibt definitiv Zeiten, in denen ich seine dunklere Seite im Bett genieße – so ziemlich immer, wenn er sie zum Vorschein kommen lässt. Unser Sexleben ist ebenso heiß wie abwechslungsreich, und so überwältigend sein Hunger nach mir auch sein mag, ich bleibe nie unbefriedigt, bis zu dem Punkt, an dem ich mich frage, ob vielleicht etwas mit mir nicht stimmt ... ob es gesund ist, mich so vollständig in seiner Umarmung zu verlieren.

In der Umarmung eines Mannes, der in vielerlei Hinsicht immer noch mein Entführer ist.

Ich lasse mich auf einen Barhocker neben Alina fallen, schnappe mir Nikolais Handy und wische wieder geistesabwesend über den Bildschirm.

Jepp, da ist sie, die Passwortabfrage.

Wie auch immer. Ich weiß nicht einmal, warum ich es entsperren will. Ich muss unbedingt mit Nikolai sprechen, aber ich bin mir sicher, dass er alle Hände voll mit Slava und dem Navigieren auf diesen kniffligen Straßen zu tun hat.

»Warum machst du das immer wieder?«, fragt Alina, als ich wieder über den Bildschirm wische. »Willst du seine Nachrichten lesen?«

Ich schiebe das Telefon weg. »Nein. Vielleicht. Ich weiß es nicht.« Was ich will ist Nikolai im Bett neben mir, und Slava, der am Ende des Flures schläft, aber beides ist im Moment nicht möglich.

»Versuch 785418«, sagt Alina. Auf meinen erschrockenen Blick hin erklärt sie: »Ich habe ein gutes Zahlengedächtnis und ich habe gesehen, wie Nikolai das vor ein paar Wochen eingetippt hat. Vielleicht hat er den Pin aber auch schon geändert.«

Meine Finger fliegen bereits über den Touchscreen. »Ich bin drin!« Ich grinse sie triumphierend an. »*Wir* sind drin.«

Dann trifft mich die Erkenntnis.

Alina hat mir gerade geholfen, in Nikolais Privatsphäre einzudringen.

Plötzlich fühle ich mich nicht mehr wohl dabei.

Sie muss es in meinem Gesicht lesen. »Er klebt seit einer Woche an diesem Ding«, sagt sie, und ich höre die Frustration in ihrer Stimme. »Er hat mir nicht gesagt, warum, aber es könnte etwas damit zu tun haben, dass alle Wachen auf Code Rot gestellt wurden – und ich weiß nicht, wie es dir geht, aber wenn es da draußen eine Bedrohung gibt, dann will ich wissen, was es ist. Ich bin es leid, im Dunkeln gelassen zu werden.«

Ich hingegen habe mich wochenlang bewusst im Dunkeln gehalten und mich auch diesmal nicht nach den Fortschritten unserer Pläne für Bransford erkundigt.

Mein Unbehagen verwandelt sich in Scham über meine Feigheit. Ich stähle mich und gebe Alina das Telefon. »Hier. Du wirst besser wissen, wo du suchen musst.« Ich werde mich bei Nikolai dafür entschuldigen, dass ich in seine Privatsphäre eingedrungen bin, sobald diese Krise vorbei ist.

Sie nickt, und ich rutsche auf sie zu, während ihre rotlackierten Finger über den Bildschirm fliegen. Die erste Stelle, an der sie nachsieht, ist der Posteingang, wo sie schnell durch die Betreffzeilen scrollt, von denen viele auf Russisch sind. Sie öffnet eine Nachricht, überfliegt sie, und zwischen ihren dunklen Brauen erscheint ein Stirnrunzeln, während ihre Augen über den russischen Text wandern.

»Und?«, frage ich, als sie die E-Mail schließt und weiter durch den Posteingang scrollt. »Irgendetwas?«

Sie schaut vom Bildschirm auf und blinzelt, als hätte sie vergessen, dass ich da bin. »Nicht wirklich.« Ihre Stimme ist allerdings seltsam angespannt und ein wenig erstickt. Genauso wie das Lächeln, das sie in meine Richtung lenkt, als sie hinzufügt: »Nur der übliche Schwachsinn.«

»Darf ich?« Ohne auf ihre Antwort zu warten, nehme ich das Telefon zurück und überfliege die Betreffzeilen selbst. Meine Unfähigkeit, Russisch zu lesen, ist allerdings ein ernsthaftes Hindernis, also verlasse ich den Posteingang und checke stattdessen die Textnachrichten. Nikolai benutzt dafür eine App, die ich noch nie gesehen habe. Wahrscheinlich ist sie verschlüsselt. und die meisten dieser Nachrichten sind auch auf Russisch.

So viel zu meinem großen Hacking-Versuch.

Ich will das Telefon gerade weglegen, als ein Symbol in der oberen linken Ecke des Bildschirms meine Aufmerksamkeit erregt. Es ist eine der wenigen Apps auf diesem Telefon, und die zentrale Lage sagt mir, dass es etwas ist, das Nikolai oft benutzt.

Fasziniert klicke ich auf das Symbol – ein winziges Haus –, und eine Reihe von Bildern oder eher Videos füllt den Bildschirm. Jedes einzelne ist zu klein, um irgendetwas im Detail zu erkennen, also klicke ich auf jenes, auf dem ich eine Bewegung entdecke.

Alina blickt über meine Schulter auf den Bildschirm. »Ist das …«

»Unsere Küche, ja.« In der Tat sehe ich uns beide

an, wie wir zusammengekauert über dem Telefon hängen. Stirnrunzelnd schaue ich an die Decke und zu den Schränken hinüber. Der Winkel des Videos lässt vermuten, dass die Kameras hoch oben und links von uns sind, aber egal wie sehr ich hinschaue, ich sehe sie nicht.

Ich schließe die Küchenansicht und zoome auf ein anderes Bild, dann alle anderen der Reihe nach durch.

Wohnzimmer.

Esszimmer.

Terrasse mit Glaswänden.

Waschküche.

Flur im Obergeschoss.

Treppe.

Slavas Zimmer.

Mein ehemaliges Zimmer.

Mein Herz hämmert schneller, und eine unangenehme Enge legt sich um meine Brust.

Und tatsächlich, da ist es, unser Schlafzimmer.

»Ist mein Zimmer da auch dabei?«, fragt Alina, und ihr Tonfall ist bedächtig ruhig. Sie muss auch nichts von den Kameras gewusst haben – unglaublich, dass ich mich noch vor einem Moment schlecht gefühlt habe, weil ich in Nikolais Privatsphäre eingedrungen bin.

Ich kehre zum Startbildschirm der App zurück und schaue mir die Sammlung der winzigen Kameraansichten genau an. »Ich kann es nicht feststellen«, sage ich zu Alina. »Hier, schau einfach selbst.«

Sie geht methodisch jede Übertragung durch. »Nichts in meinem Zimmer«, sagt sie schließlich und klingt erleichtert. »Auch nicht in Pavels und Lyudmilas. Was Sinn macht – wahrscheinlich hat Pavel die Kameras installiert. Er kennt sich mit Sicherheitstechnik aus.«

»Wann wurden sie installiert?« Meine Vermutung ist, dass dies eine erweiterte Version einer Nanny-Cam ist, etwas, was Nikolai implementiert hat, als er sich entschied, die Anzeige für einen Nachhilfelehrer zu schalten. Wenn ja, dann wurden die Kameras entweder kurz vor oder kurz nach meiner Ankunft installiert, als ich noch eine Fremde war und man mir Slava nicht anvertrauen konnte. Warum unser Schlafzimmer, das ursprünglich Nikolais Schlafzimmer war, ebenfalls verkabelt wurde, ist mir ein Rätsel.

»Sieht aus, als wäre die App vor ein paar Monaten installiert worden«, sagt Alina und wühlt sich durch die Einstellungen. »Aber es gab seitdem zwei Updates: eines im Juli, direkt nach deiner Ankunft, und ein weiteres, viel größeres, erst kürzlich. Vor einer Woche, um genau zu sein.« Ihr Blick trifft auf meinen. »Genau zu der Zeit, als ich anfing, Kolya immer am Handy kleben zu sehen.«

Auch genau zu der Zeit, als ich ihm sagte, dass ich ihn liebe.

Vielleicht ist das alles nur ein Zufall. Vielleicht hat es nichts mit mir zu tun, sondern mit der E-Mail, auf die Alina so seltsam reagiert hat, aber mein Instinkt sagt mir etwas anderes.

Die Kameras sind meinetwegen da. Um mich zu beobachten.

Die Besessenheit meines Mannes von mir nimmt erschreckend zu – und weil ich meinen Kopf wie ein Vogel Strauß in den Sand gesteckt habe, weiß ich immer noch nicht, wozu er wirklich fähig ist.

## 41

NIKOLAI

»Die Tests sind gerade zurückgekommen«, informiert mich der Arzt, als ich in Slavas Zimmer zurückkehre, nachdem ich die Toilette aufgesucht habe. »Salmonellenvergiftung.«

Mein Atem entweicht hörbar aus meinem engen Hals, als eine Welle der Erleichterung über mich hereinbricht. Sie haben Slavas Erbrechen bereits gestoppt und ihn an eine Infusion angeschlossen, aber bis zu diesem Moment hatten wir keine Ahnung, was ihn so krank gemacht hat.

Salmonellen.

Nicht irgendein exotisches Designer-Gift, für das es vielleicht kein Gegenmittel gibt.

*Verdammte Salmonellen.*

Ich wende mich an Lyudmila, die das Pech hat, die einzige andere Person im Raum zu sein. »Hast du ihn rohes Fleisch oder Eier anfassen lassen?«

Sie erbleicht. »Nein, ich schwöre! Er hat heute nicht

einmal Eier gegessen, es sei denn ...« Ihre Augen weiten sich, und sie presst ihre Hand auf den Mund. »Oh nein.«

»Was? Spuck es aus.«

»Keksteig«, flüstert sie, und ihr rundes Gesicht ist blass. »Ich glaube, er muss rohen Keksteig gekostet haben. Pavel hat diese Schokoladenkekse zum Abendessen gemacht, und Slava und ich sind reingekommen, um etwas Obst für einen Snack zu holen ...«

Was für ein verdammtes Pech. Es muss ein Ei gewesen sein, das die Bakterien enthielt, und natürlich musste Slava diesen Keksteig essen. Im Nachhinein betrachtet musste es so etwas sein. Ich habe jede einzelne Wache persönlich überprüft, und da unsere Sicherheitsvorkehrungen so streng sind, waren die Chancen, dass ein Attentäter Gift auf das Gelände schmuggeln könnte, gleich null. Trotzdem konnte ich es nicht ganz ausschließen – nicht, bis diese Testergebnisse eintrafen.

»Diese Vergiftungen kommen viel häufiger vor, als man denkt, vor allem bei älteren und jungen Menschen«, wirft der Arzt ein, der das Wesentliche meines Gesprächs mit Lyudmila mitbekommen hat, obwohl es auf Russisch war. »Salmonellen sind notorisch hartnäckig, wenn sie sich im Eigelb befinden. Man müsste das Ei über acht Minuten kochen, um sicherzustellen, dass man alles abtötet, und das macht kaum jemand.« Er seufzt. »Sie würden nicht glauben, wie viele Menschen nach einem einfachen

Omelett oder Rührei in der Notaufnahme landen – und ich spreche nicht einmal von Spiegelei oder Sauce Hollandaise und so weiter. Die sind gewissermaßen russisches Roulette … nichts für ungut.«

Ich bin zu erleichtert, um mich zu ärgern. »Was sind die nächsten Schritte?« Ich werfe einen besorgten Blick auf das Bett in Erwachsenengröße, in dem Slava schläft. Sein kleines Gesicht ist blass und gezeichnet von all dem Erbrechen und Durchfall. Durch die viele Flüssigkeit sieht er schon besser aus, aber mich schaudert es immer noch bei der Erinnerung an unsere verzweifelte Fahrt hierher, bei der ich nur daran denken konnte, ob er es schaffen würde oder nicht.

»Normalerweise würden wir die Krankheit einfach ihren Lauf nehmen lassen, aber er hat Fieber, also geben wir ihm vorsichtshalber ein paar Antibiotika. Zusammen mit der Flüssigkeit sollte es ihm bald deutlich besser gehen. Ich würde ihn aber gerne noch einen Tag oder so zur Beobachtung hierbehalten.«

»Natürlich.« Wenn ich gewusst hätte, dass es Salmonellen waren, hätte ich ein medizinisches Team organisiert, das sich zu Hause um Slava kümmert, so wie ich es bei Chloe getan habe, aber ich hatte solche Angst, dass mein Sohn vergiftet wurde oder einem seltenen Nervengift ausgesetzt war, dass ich nicht riskieren konnte, nicht die richtigen Spezialisten oder die richtige Ausrüstung zur Hand zu haben. Und jetzt, wo wir im Krankenhaus sind, hat es keinen Sinn, Slava von allen Maschinen abzukoppeln und im Sturm zurückzufahren. Für eine schnelle Genesung muss er sich ausruhen und die Antibiotika ihre Arbeit machen lassen.

Ich kann nur hoffen, dass die Leonows keinen Wind von unserer Anwesenheit bekommen – oder dass wir schon längst weg sind, wenn sie es tun.

Der Arzt geht, und eine zerknirscht dreinblickende Lyudmila entschuldigt sich ebenfalls für eine Toilettenpause. Wir beide haben an Slavas Bett gewartet, während Pavel und die Wachen im Flur patrouillieren. Nicht, dass ich einen Anschlag in einem amerikanischen Krankenhaus erwarte – zumindest nicht jetzt, wo ich weiß, dass mein Sohn nicht absichtlich vergiftet wurde. Das Gelände ist wahrscheinlich auch nicht in größerer Gefahr, obwohl ich den Wachen nicht sagen werde, dass sie von Code Rot herunterschalten sollen, bis wir zurück sind.

Ich habe mein verdammtes Handy vergessen, und obwohl Lyudmila mit Alina Textnachrichten austauscht und ich weiß, dass zu Hause alles in Ordnung ist, beunruhigt es mich zutiefst, Chloe nicht durch die Kameras beobachten zu können.

Es ist, als hätte mir jemand die Augen verbunden – oder sie herausgeschnitten.

»Lass mich kurz dein Telefon benutzen«, sage ich zu Lyudmila, als sie zurückkommt, und sie gibt es mir, bevor sie diskret aus dem Zimmer verschwindet.

Sobald sie weg ist, rufe ich meine Schwester an und bitte sie, Chloe zu holen, falls sie noch wach ist.

Wenn ich mein *zajchik* nicht sehen kann, dann werde ich wenigstens seine Stimme hören.

»Sag mir zuerst, wie es Slava geht«, sagt Alina.

Ich informiere sie schnell über seinen Zustand – Lyudmila hat sie bereits über die Salmonellen-Diagnose in Kenntnis gesetzt – und bitte erneut darum, mit Chloe zu sprechen.

»Gib mir eine Minute.« Alinas Stimme hat einen merkwürdigen Tonfall. Ich hoffe, dass sie nicht kurz davor ist, noch eine Migräne zu bekommen, obwohl es mich nicht überraschen würde, wenn es wegen der Ereignisse dieser Nacht so wäre.

Ich neige nicht zu Kopfschmerzen, aber meine Schläfen fühlen sich an, als würden sie von Hämmern bearbeitet werden.

Ich warte ungeduldig darauf, dass Chloe ans Telefon kommt. Wahrscheinlich hätte ich früher anrufen sollen, anstatt sie von Lyudmila auf dem neuesten Stand bringen zu lassen, aber ich musste zuerst wissen, was mit Slava los war. Die Angst lastete wie ein Felsbrocken auf meiner Brust, aber jetzt kann ich endlich atmen – und wie ein vernünftiger Mensch reden.

Vor einer Stunde war ich kurz davor, dem medizinischen Personal mit bloßen Zähnen die Kehle herauszureißen, weil sie versuchten, uns warten zu lassen, bis wir mit der Aufnahme an der Reihe waren.

Glücklicherweise öffnet sogar in dieser Gegend das Geld Türen. Sobald ich also der Empfangsdame der Notaufnahme sagte, dass ich der Kinderabteilung eine Million Dollar spenden werde, wenn mein Sohn sofort behandelt wird, wurden die Dinge viel einfacher und schneller, und ich musste nicht zu extremeren Maßnahmen greifen – wie zum Beispiel Kugeln in ein paar der größeren Dickköpfe zu pflanzen.

»Nikolai, hi.« Chloes sanfte Stimme ist wie eine warme Decke, die sich um mich legt, das Hämmern in meinem Kopf mildert und die Verspannungen in meinem Nacken und meinen Schultern löst. Bis zu diesem Moment hatte ich nicht bemerkt, wie verspannt sie waren.

Ich wende mich von Slavas Bett ab und gehe zum Fenster, um sicherzustellen, dass ich ihn nicht aufwecke. »Hi, *zajchik*. Wie geht es dir?«

»Besser, jetzt, wo ich weiß, dass du und Slava in Sicherheit seid«, sagt sie leise, und ich höre einen kleinen Aussetzer in ihrer Atmung. »Ich war so besorgt, mit dem Sturm und allem.«

Meine Brust zieht sich vor Zärtlichkeit zusammen. »Uns geht es gut. Wir haben es geschafft.« Mit leiser Stimme erzähle ich ihr von der schrecklichen Fahrt, wie krank Slava die ganze Zeit war und wie wir ein Dutzend Mal anhalten mussten, damit er sich übergeben und im strömenden Regen zur Toilette gehen konnte. Wie sehr ich mir wünschte, derjenige zu sein, dessen Inneres nach außen gewrungen wird, und wie sehr ich Angst hatte, dass wir zu spät im Krankenhaus ankommen würden.

»Ich wusste, dass Kinder auch mal krank werden«, sage ich zerknirscht. »Und ich wusste, dass Slava sich eines Tages etwas einfangen könnte, auch wenn er stark und gesund ist. Was ich nicht wusste, war, dass es sich so anfühlen würde … als würde jemand mit einem stumpfen Messer durch mein Herz sägen und es eine Zelle nach der anderen aufschneiden.«

»Natürlich.« Chloes Ton ist weich, sanft mitfühlend. »Eltern fühlen sich immer so, wenn etwas mit ihren Kindern nicht stimmt. Mom hat mir einmal gesagt, dass sie nicht wusste, was Sorgen bedeuten, bis sie mich bekam – und dann wusste sie nicht mehr, wie es ist, *ohne* Sorgen zu existieren.«

Ich kneife mir in den Nasenrücken. »Großartig. Einfach toll.«

»Sie hat mir auch gesagt, dass sie um nichts in der Welt dagegen tauschen würde, meine Mutter zu sein.« Sie hält inne und fragt dann leise: »Würdest du? Slavas Vater zu sein gegen deinen Seelenfrieden eintauschen?«

»Verdammt, nein.« Ich werfe einen Blick auf die winzige Gestalt auf dem Bett, und das enge, unangenehme Gefühl, das ich anfangs zu unterdrücken versuchte, breitet sich wieder in meiner Brust aus. Doch dieses Mal verstehe ich, dass es Besorgnis ist. Besorgnis und tiefe, alles verzehrende Liebe. Eine andere Art von Liebe als die obsessive Leidenschaft, die Chloe in mir weckt, aber eine, die nicht weniger stark ist.

Ich würde für sie beide töten.

Ich würde für sie beide sterben.

Wenn ich einen von beiden verlieren würde, wüsste ich nicht, wie es weitergehen sollte.

»Und wann glaubst du, dass ihr nach Hause

kommt?«, fragt Chloe, und wie schon bei Alina höre ich einen seltsamen Tonfall in ihrer Stimme. Nicht gerade eine Enge, aber etwas, was nicht stimmt.

»Wir sollten vor dem Abend zurück sein«, sage ich und werfe einen Blick auf die Uhr. Es ist fünf Uhr morgens, fast schon Morgen, obwohl es draußen noch dunkel ist. »Zajchik … ist alles in Ordnung?«

Chloes Tonfall ist nun merklich angespannt. »Natürlich. Warum sollte es das nicht sein?«

»Sag du es mir. Stimmt etwas nicht?«

»Nein, nichts. Komm einfach nach Hause, und wir reden.«

»Reden? Worüber? Ist etwas passiert, während ich weg war?«

»Nein, natürlich nicht.« Sie holt tief Luft. »Es ist alles in Ordnung. Alles ist gut. Ich bin nur müde, weil ich die ganze Nacht wach war, das ist alles.«

Sie lügt. Ich bin mir sicher, dass sie lügt, und will sie gerade zu einer Antwort drängen, als Pavel den Raum betritt.

»Mascha ist am Telefon«, sagt er knapp und reicht mir sein Handy. »Die Operation ist endlich im Gange. Er kommt in fünfzehn Minuten zu ihr nach Hause.«

Scheiße. »Zajchik, ich muss auflegen. Schlaf dich aus, und ich rufe dich später nochmal an, okay?«

Ohne auf Chloes Antwort zu warten, lege ich auf und halte mir Pavels Telefon ans Ohr. »Hast du die Kameras vorbereitet? Und die Live-Übertragung?«

Maschas Stimme ist so fröhlich wie immer. »Natürlich.«

»Schick die Aufnahme an Konstantin zum Bearbeiten und den Stream direkt auf dieses Telefon. Ich habe meines nicht bei mir.«

»Kein Problem. Nun zu Plan B.«

»Konzentriere dich einfach auf Plan A.« Ich will, dass Bransford kompromittiert wird, nicht tot ist, genau so, wie es mit Chloe abgemacht ist.

Mascha stößt einen verzweifelten Seufzer aus. »Ja, natürlich. Aber wenn etwas schiefgeht und ich ihn nicht zu fassen bekomme, willst du immer noch, dass ich ihn heute eliminiere, richtig? Ich werde nicht noch einmal so nahe an ihn herankommen können.«

Ich reibe meine linke Augenbraue, hinter der die Hämmer wieder am Werk sind. Valerys Aktivposten hat kristallklar festgelegt, was sie in diesem Job tun wird und was nicht, und obwohl sie nicht abgeneigt ist, sich von Bransford für ein überzeugendes Video ein bisschen aufmischen zu lassen, wird sie sich nicht von ihm ficken lassen.

»Tu einfach dein Bestes, damit es nicht so weit kommt«, sage ich schließlich. »Und wenn du doch zu Plan B greifen musst, nimm das Medikament.«

Auch wenn es schwer sein wird, Chloe Bransfords Tod zu erklären, werde ich alles tun, um sie zu schützen.

Sogar mein Wort brechen.

## 42

CHLOE

Ich wache mit einem trockenen Mund auf, und meine Augen sind so trüb, als wären sie mit Sand gefüllt. Ich blinzele gegen das helle Licht an, das den Raum füllt, schaue auf meine Uhr und richte mich im Bett auf.

Fünf Uhr nachmittags.

Was soll der Scheiß?

Bevor ich meine Gedanken sammeln kann, klopft es leise an der Schlafzimmertür, und Alina steckt ihren Kopf herein. »Ah, gut. Du bist endlich wach.«

Ich nehme eine Wasserflasche vom Nachttisch und trinke, um das trockene Gefühl in meiner Kehle zu lindern. »Was ist passiert?«, krächze ich, als jeder kostbare Tropfen der Flüssigkeit weg ist. Ich fühle mich benommen und groggy, als ob ich unter Drogen gesetzt worden wäre.

Alina kommt herein und sieht frisch und glamourös aus, als käme sie gerade aus einem Full-Service-Salon-

Spa. Ich hingegen fühle mich – und sehe wahrscheinlich auch so aus – wie etwas, was nicht einmal Waschbären aus einem Mülleimer fischen würden.

»Du konntest den Rest der Nacht nicht schlafen, also wolltest du am Vormittag ein Nickerchen machen, erinnerst du dich?«, sagt sie und setzt sich anmutig auf die Bettkante.

Ich schaue wieder auf die Uhr, als ob sich dadurch die angezeigte Zeit ändern würde. »Aber es ist schon fünf. Wie kann es fünf sein, wenn ich mich am Morgen hingelegt habe?«

Sie grinst. »Was soll ich sagen? Wenn du schläfst, schläfst du wie ein Stein.« Sie kreuzt ihre langen Beine. »Mein Bruder hat bis jetzt ungefähr zehnmal angerufen und verlangt, mit dir zu sprechen. Ich habe ihm gesagt, dass ich dich schlafen lasse.«

Meine Herzfrequenz steigt. »Stimmt etwas nicht? Hat Slava …«

»Nein, nein, alles ist in Ordnung. Sie sind schon auf dem Heimweg und sollten in weniger als einer Stunde hier sein.«

»Oh. Ist Slava …«

»Es geht ihm viel besser«, versichert sie mir. »Der Arzt wollte ihn bis heute Abend zur Beobachtung dabehalten, aber er hat sich seit dem Morgen nicht ein einziges Mal übergeben und war in der Lage, etwas Hühnersuppe und Wackelpudding zum Mittagessen zu essen, also haben sie ihn früher entlassen.«

»Oh, Gott sei Dank.« Ich kann es kaum erwarten,

Slava zu umarmen und ihn zu küssen. Ich habe nur einen flüchtigen Blick auf ihn erhascht, als Nikolai letzte Nacht mit dem Kind im Arm aus dem Haus rannte, aber seine blasse, fahle Erscheinung hat mich heimgesucht und mich genauso fühlen lassen, wie Nikolai es beschrieben hat: als ob eine stumpfe Klinge mein Herz zersägen würde.

Ich schätze, mein Mann ist nicht der Einzige, der sich mittlerweile wie ein Elternteil fühlt. Mit jeder Woche, die vergeht, hat sich Nikolais Sohn tiefer in mein Herz geschlichen, und ich bin jetzt an dem Punkt, an dem ich ihn nicht mehr lieben könnte, wenn er aus meinem eigenen Körper gekommen wäre – und ich wäre am Boden zerstört, wenn ihm etwas zustoßen würde.

»Hast du dein Handy dabei?«, frage ich Alina. »Ich will Nikolai zurückrufen.«

Ich will selbst mit Slava sprechen und mich vergewissern, dass es ihm wirklich besser geht, und ich brenne auch darauf, Nikolais Stimme zu hören.

Egal, wie abschreckend ich diese Kameras finde, ich kann nicht anders, als ihn zu vermissen, mich mit Körper und Geist nach ihm zu sehnen – weshalb mich der Gedanke an unser bevorstehendes Gespräch letzte Nacht vom Einschlafen abhielt, selbst nachdem sie das Krankenhaus sicher erreicht hatten und ich wusste, dass es Slava gut gehen würde.

»Ich habe es nicht bei mir, aber ich kann es holen«, sagt Alina und steht auf. »Ich weiß allerdings nicht, ob du ihn zu diesem Zeitpunkt anrufen solltest. Sie werden bald hier sein, und dann könnt ihr reden.«

Ich zögere, dann nicke ich. »Okay.«

Sie hat recht. Jetzt, wo sie fast da sind, kann ich genauso gut warten. So kurz unser Gespräch gestern Abend auch gewesen war, Nikolai hat irgendwie gespürt, dass ich aufgeregt war, und wenn er nicht durch irgendetwas abgelenkt worden wäre, hätte er mich sicher zu einer Antwort gedrängt. Das muss der Grund sein, warum er den ganzen Tag über angerufen hat und warum es das Beste ist, wenn ich einfach persönlich mit ihm rede.

Es ist an der Zeit, dass ich aufhöre, ein Vogel Strauß zu sein und die Wahrheit erfahre – und wir beide die Karten auf den Tisch legen.

Es ist vierzig Minuten später und fast Essenszeit, als ihr SUV vor dem Haus vorfährt. Ich habe diese vierzig Minuten damit verbracht, mich vorzubereiten, sowohl geistig als auch körperlich. Meine Haare sind gebürstet und zu einer Hochsteckfrisur aufgetürmt, mein Make-up fast so perfekt wie Alinas, und ich trage ein schimmerndes weißes Kleid mit zwei Seitenschlitzen, die meine Beine und meine goldenen Riemchenschuhe zur Geltung bringen. In meinen Ohren trage ich ein Paar diamantene Stecker, die Nikolai mir geschenkt hat, und um meinen Hals liegt die herzförmige Kette, die Alina mir schon einmal für mein erstes elegantes Abendessen hier geliehen hat. Ich wollte eigentlich eines meiner eigenen Stücke tragen, aber sie hatte darauf bestanden, dass ihre Kette das Richtige für das Outfit sei.

»Vertrau mir«, sagte sie geheimnisvoll. »Das ist genau das, was Nikolai heute Abend sehen muss.«

Ich hatte beschlossen, genau das zu tun und ihr für den Moment zu vertrauen, obwohl ich mehr als neugierig war, was sie meinte. Wenn ich heute Abend nicht alle Antworten von Nikolai bekäme, würde ich sie aus ihr *herausholen*.

Nicht mehr den Kopf in den Sand stecken.

Ich bin es leid, ein Feigling zu sein.

Trotz meiner Entschlossenheit pocht mein Herz unregelmäßig, als ich die Treppe hinuntereile, um meinen Mann und unseren Sohn zu begrüßen.

Slava kommt als Erster herein – oder besser gesagt stürmt er herein wie ein kleines Energiebündel, typisch für einen Jungen seines Alters.

»Mama Chloe!« Er rennt direkt auf mich zu, und ich fange ihn mitten im Sprung auf. Ich taumele unter dem Gewicht seines kleinen, aber kräftigen Körpers zurück, während mein zuvor verletzter Knöchel in dem Riemchenabsatzschuh wackelt. Er riecht nach Medizin und Babyshampoo, und ich bin so glücklich, seine kurzen Arme zu spüren, die sich um meinen Nacken legen, dass ich mich nicht um eine mögliche erneute Verletzung kümmere – oder darum, dass mein

Make-up verschmiert wird, als er feuchte, laute Knutscher auf meinen Wangen verteilt.

»Ich kotze viel«, verkündet er triumphierend, nachdem ich ihn endlich abgesetzt habe, und ich kann mir ein Lachen nicht verkneifen, als er in einer verworrenen Mischung aus Englisch und Russisch von seinen Abenteuern im Krankenhaus erzählt, wobei der Kern der Geschichte darin besteht, wie ekelhaft das ganze Erbrechen war.

»Was ist das? Müsstest du nicht ganz schwach und kränklich sein?«, fragt Alina amüsiert, und ich merke, dass sie sich neben mich gestellt hat. Mit einem breiten Grinsen geht sie auf die Knie und umarmt Slava, während sie ihm verschwörerisch auf Russisch zuflüstert.

»Ja, ich bin Superman«, erklärt er, als sie fertig ist, und ich lache wieder, überglücklich, dass es ihm so gut geht.

»Er hat die meiste Zeit des Weges hierher geschlafen und ist mit all dieser Energie aufgewacht«, sagt Nikolai. Seine tiefe Stimme erschreckt mich so sehr, dass ich mich ruckartig drehe – und fast falle, als der dumme Knöchel unter mir einknickt und ein Schmerzensschub mein Bein hochschießt.

Ich sage *fast*, weil Nikolai mich wie immer auffängt und seine starken Arme um mich schließt, bevor ich auf dem Boden aufschlage.

»Ganz ruhig, *zajchik*«, murmelt er, seine Augen haben einen grüneren Goldton, als er mich gegen seinen großen, warmen Körper drückt und mich an den Oberarmen festhält. »Eine Reise ins Krankenhaus ist genug.«

Das Herz schlägt mir bis in den Hals, als mich die volle Wucht seiner Nähe wie eine Abrissbirne trifft. Meine Knie knicken zusammen mit meinen Knöcheln ein, und meine Haut entzündet sich, als die Gefühlswelle durch mich hindurchschießt. Jede Zelle trinkt die Hitze, die von seinen Fingern ausgeht, und die köstliche Stärke und Rauheit seiner schwieligen Handflächen. Wie Slava riecht er nach Krankenhaus, aber darunter liegt ein verführerischer Hauch von Bergamotte und eine noch schwächere Spur von Zedernholz, gemischt mit diesem warmen, männlichen Aroma, das ganz ihm gehört.

»Du bist hier.« Es ist ein dummer Kommentar, aber alle meine Neuronen scheinen auf eine Wanderung gegangen zu sein. Ich kann nur auf sein Gesicht mit den hohen, breiten Wangenknochen und dem grimmigen Kiefer starren, fasziniert von dem Nebeneinander von Wildheit und Eleganz, das ihn zu einem so gefährlich verführerischen Widerspruch macht.

Mein Mann.

Mein Beschützer.

Mein heimlicher Beobachter.

Ist seine Liebe etwas, wonach man sich sehnt oder was man fürchtet?

Er streichelt meine Wange, und seine Augen

verdunkeln sich, als sein Blick auf meine Lippen fällt. »Ich bin hier, *zajchik*.« Er ignoriert unser Publikum, neigt den Kopf und legt seinen Mund auf meinen, um ihn in einem tiefen, seelenverzehrenden Kuss zu erobern.

Mein Herz rast in der Brust, und meine Haut ist übermäßig warm, als er sich zurückzieht. Wie immer ignorieren alle unseren Austausch von Zärtlichkeiten in der Öffentlichkeit. Pavel und Lyudmila sind ebenfalls hereingekommen und unterhalten sich mit Alina auf Russisch, während Slava sie mit seinen eigenen Geschichten unterbricht.

Ich schaue zurück zu Nikolai – nur um bei seinem kalten Gesichtsausdruck zu erstarren. Sein Blick klebt an meinem Hals, und ein Muskel zuckt heftig in seinem Kiefer. Was zum …?

Und dann wird mir klar, was er anschaut.

Nicht meinen Hals.

Die Halskette, die Alina mir gegeben hat, die, von der sie sagte, dass er sie heute Abend sehen muss.

Mit plötzlicher Klarheit erinnere ich mich an ihr drogengeschwängertes Gemurmel an jenem schrecklichen Morgen, als ich floh. Wie bei so vielen anderen Dingen, die mit meiner Situation zu tun haben, habe ich mir in den letzten Wochen nicht erlaubt, über ihre Worte nachzudenken. Aber jetzt erinnere ich mich an sie, zusammen mit allem anderen, was ich über diese Familie gehört habe, darüber, dass Nikolai seinem Vater so ähnlich ist.

Wenn ich noch irgendwelche Zweifel hatte, dass mein Mann und ich dieses Gespräch führen müssen, dann sind sie in diesem Moment verflogen – denn wenn der Verdacht, der sich in meinem Kopf bildet, richtig ist, dann ist Alina nicht die Einzige, die mit einem schweren Trauma zu kämpfen hat.

Ich tue so, als sei alles normal, wende mich von Nikolai ab und gehe hinüber, um Slavas Hand zu ergreifen. »Komm, mein Schatz, lass uns dich ins Bett bringen, bevor du zusammenbrichst. Wir werden dir dein Essen dort hinbringen.«

»Ich mache es«, bietet Lyudmila an, aber ich schüttele lächelnd den Kopf.

»Lass mich. Ich habe ihn vermisst.«

»Ich schließe mich dir an«, sagt Nikolai mit einem unleserlichen Blick, und mein Puls beschleunigt sich weiter, als er Slava hochhebt und ihn vor mir die Treppe hinaufträgt.

---

Wir baden Slava gemeinsam und bringen ihn ins Bett, wo er etwas Suppe isst und sofort einschläft, da sein Energieschub schnell vergangen ist.

»Ist das immer so mit Kindern?«, fragt Nikolai in einem leisen Tonfall und streicht mit seiner breiten Handfläche über Slavas Stirn. Sein verwirrter Blick wandert zu mir. »Wenn sie krank werden, meine ich? Von null auf hundert und dann wieder zurück?«

Ich lächele trotz des Aufruhrs in meiner Brust.

»Nein, nicht immer. Slava ist einfach Superman. Hast du das nicht gewusst?«

Sein Antwortlächeln löst eine Explosion von Endorphinen in meinem Gehirn aus. »Oh ja, da *ist* ein Gerücht im Umlauf.«

Und für ein paar Herzschläge reicht das – dieser unkomplizierte Moment der gemeinsamen Freude, der Erleichterung, dass es dem Kind, das wir lieben, gut gehen wird. Doch dann verblasst Nikolais Lächeln, und mein Puls schaltet auf Hochtouren, während sich der Raum zwischen uns mit brodelndem Bewusstsein füllt, mit dieser glühenden Chemie, die sich anfühlt, als würde ein geladener Draht über meine Haut tanzen. Wir sitzen nur einen Meter voneinander entfernt, aber selbst dieser kleine Abstand fühlt sich plötzlich wie zu viel an … zu viel und nicht genug zugleich.

Ich schlucke, als er seine Hand hebt und sie um meine Wange legt. Sein rauer Daumen streicht über meine Unterlippe und lässt sie kribbeln.

»Zajchik …« Seine Stimme ist wie dunkler Samt. »Ich habe dich vermisst.«

*Und ich habe dich auch vermisst. Unglaublich viel.* Die Worte tanzen auf meiner Zungenspitze, bereit zum Abheben. Es wäre so einfach, sich wieder in seine Umarmung fallen zu lassen, zu vergessen, was ich auf seinem Handy gesehen habe, und keinen Staub aufzuwirbeln. Wieder in unsere Pseudo-Honeymoon-Gewohnheiten einzutauchen und so zu tun, als ob es nichts Beängstigendes an einem Ehemann gibt, der mich obsessiv beobachtet, wenn wir getrennt sind …

einem Mörder, dessen komplizierte Vergangenheit immer noch ein erschreckendes Geheimnis ist.

»Nikolai, ich …« Ich atme tief ein und zwinge einen anderen Satz heraus, den ich vermieden habe. »Wir müssen reden. Es wird Zeit, dass du mir genau erzählst, was mit deinem Vater passiert ist.«

## 43

## CHLOE

Es ist, als ob eine dunkle Jalousie über Nikolais Gesicht fällt und es in das eines Fremden verwandelt. Alle Wärme verlässt seine Stimme, als er seine Hand zurückzieht und aufsteht. »Dann lass uns gehen. Wir werden in meinem Büro reden.«

Mein Herz hämmert, als ich ihm aus Slavas Zimmer den Flur entlang folge. Während wir gehen, ertönt ein Klingeln in seiner Tasche, er holt sein Handy heraus und schaut auf den Bildschirm. Er muss das Gerät sofort nach der Ankunft an sich genommen haben.

Was auch immer er dort sieht, sorgt dafür, dass sich sein Kiefer anspannt, und als sein Blick zu mir zurückkehrt, sind seine Augen von einem eigenartigen Licht erfüllt.

Eine schreckliche Vorahnung zieht mir den Magen zusammen. »Was ist passiert? Was ist los?«

»Es gibt etwas, das du sehen solltest«, sagt er, und sobald wir sein Büro betreten, geht er direkt zu seinem

Laptop und klappt ihn auf, wobei er sich über seinen Schreibtisch beugt. Seine Finger fliegen für eine Sekunde über die Tastatur, dann dreht er den Bildschirm zu mir.

Mein Herz macht einen Sprung, und meine Knie werden zu Gummi.

Auf dem Bildschirm ist eine beliebte Nachrichtenseite zu sehen, auf der die Schlagzeile in Großbuchstaben lautet: »FÜHRENDER PRÄSIDENTSCHAFTSKANDIDAT VERSUCHT IN EINEM SCHOCKIERENDEM VIDEO, EINE FRAU ZU VERGEWALTIGEN.«

Eisige Nadeln tanzen über meine Haut, als ich mir den Laptop schnappe und ihn zu dem kleinen, runden Tisch trage, wo ich auf einen Stuhl sinke und den ganzen Artikel lese.

Die Nachricht ist noch ganz neu, aber es scheint, dass vor knapp einer Stunde ein Video von Bransford, der eine junge Frau vergewaltigen will, auf Twitter erschienen ist und sich sofort viral verbreitete. Laut der Nachrichtenseite zeigen die »eindrücklichen und verstörenden« Aufnahmen, wie er ihr ins Gesicht schlägt und ihr Shirt aufreißt, während sie sich verzweifelt wehrt. Nach ein paar Minuten heftigen Kampfes entkommt sie, indem sie ihm ein Knie in die Leistengegend rammt und aus der Tür rennt, während er ihr Obszönitäten hinterherschreit.

»Du kannst dir das Video ansehen, wenn du willst«, sagt Nikolai leise, und ich merke, dass er sich neben mich gestellt hat und sein Blick auf dem Bildschirm klebt. »Konstantins Team hat mit dem, was Mascha geschickt hat, Wunder vollbracht.«

Meine Stimme ist dünn. »Das wurde heute gefilmt?«

Er nickt, und sein Gesichtsausdruck ist unleserlich. »Heute Morgen, etwa zwanzig Minuten nach unserem Gespräch. Sie ließ ihn vor der Arbeit in ihrem Wohnheim vorbeischauen, um ihre Praktikumsunterlagen zu unterschreiben, damit sie als Freiwillige bei seinem Wahlkampf mitarbeiten konnte und eine Anerkennung für ihren AP-American-Government-Kurs bekam.«

»AP?« Ich spüre eine Welle der Übelkeit. »Wie in einem Fortgeschrittenenkurs in der Highschool?«

»Genau. Er denkt, dass sie siebzehn ist, eine Schülerin auf einem Internat in der Gegend von Washington.« Nikolai hält inne und fügt dann leise hinzu: »Ein Waisenkind, dessen Eltern bei einem Autounfall ums Leben kamen und es in der Obhut eines gleichgültigen Onkels zurückließen, der nichts mit ihr zu tun haben will.«

»Der perfekte Köder für ein Raubtier«, flüstere ich, und meine Augen brennen. »Die verletzlichste Art von Opfern … wie meine Mutter.«

»Ja. Das scheint seine Vorgehensweise zu sein. Wir haben zwei weitere Frauen ausfindig gemacht, denen er das im Laufe der Jahre angetan hat.« Nikolais Kiefer spannt sich an. »Er mag sie klug, hübsch und viel zu jung – und ohne jemanden, an den sie sich wenden können.«

Ich atme tief ein, und die eisigen Nadeln stechen tiefer. »Du hast sie gefunden? Werden sie auspacken?«

»Das werden sie jetzt.«

Ich schlucke, um den Inhalt meines Magens bei mir zu behalten, während ich meine Aufmerksamkeit wieder auf den Bildschirm richte. So widerlich das auch sein mag, ich muss dieses Video mit eigenen Augen sehen, um genau zu wissen, was für ein Monster meine Mutter verletzt hat, als *sie* ein verletzlicher Teenager war.

Ich bin über den Punkt hinaus, mich vor der Realität zu verstecken.

Als ich das Video finde, klicke ich auf *Play* – und meine Übelkeit verstärkt sich, mein Magen verkrampft sich bei dem Wissen, dass ich die Gene dieses Mannes teile.

Die Aufnahme beginnt mit einer kurzen, aber heftigen Verfolgungsjagd, bei der ein großer, fitter, gutaussehender älterer Mann – unverkennbar Tom Bransford – eine zierliche Blondine in winzigen Shorts und einem kurzen Oberteil angreift. Die Kamera ist so geneigt, dass nur ein Teil von Maschas Gesicht zu erkennen ist, aber man kann die jugendliche Linie ihres Kiefers nicht übersehen – und auch nicht die Panik in ihren hektischen Bewegungen.

Sie schafft den größten Teil des Weges durch den engen, unübersichtlichen Raum, bevor er sie von hinten erwischt, sie gegen eine Wand neben ein BTS-Poster knallt und sie dann herumwirbelt, damit sie ihn anschaut. Panisch schluchzend wehrt sie sich, kratzt ihn mit kleinen, schlanken Fingern, aber er schlägt ihr erst brutal ins Gesicht und dann mit einer Faust in den Magen.

Ich spanne mich an, spüre den Schlag, als ob ich ihn selbst abbekommen hätte, aber das Schlimmste fängt gerade erst an. Während Mascha gebückt nach Luft schnappt, zerrt er an ihrem Shirt und reißt es an der Schulter auf.

Eine zarte, sanft gerundete Schulter, die zu einem jungen Teenager oder einem Kind gehören könnte.

Ich weiß, dass das nicht der Fall ist – ich weiß, dass Mascha mit ihrem Regierungshintergrund mindestens Anfang zwanzig sein muss – aber es ist leicht, auszublenden, dass ich nicht Zeuge eines tatsächlichen Angriffs auf ein unschuldiges jugendliches Opfer bin.

Oder vielmehr, dass der Angriff wahrscheinlich echt ist, aber nicht das Opfer.

Wie auch immer, ich kann nicht anders, als erleichtert auszuatmen, als Mascha nach ein paar weiteren Momenten des quälenden Kampfes eine Drehbewegung macht, die ihr Knie zufällig in Kontakt mit der Leiste ihres Angreifers bringt. Er taumelt mit einem hohen Schrei zurück, die Hände über dem Schritt, während sie erneut flüchtet, diesmal die Tür erreicht, verschwindet, und Bransford schreit: »Du verdammte Fotze! Komm zurück, du verdammte Schlampe, oder ich bringe dich verdammt nochmal um!«

Das Video bricht dann ab, aber nicht, bevor die Kamera auf Bransfords Gesicht zoomt, auf die gutaussehenden, ebenmäßigen Züge, die zu einer roten Maske aus brodelnder Wut verzogen sind, und die herausquellenden Augen, die so monströs sind wie der Mann selbst.

Zitternd klappe ich den Laptop zu und atme tief ein, um Sauerstoff in meinen engen Brustkorb zu bekommen und mich davon abzuhalten, mich zu übergeben.

Um es mit Nikolais Worten zu sagen: eine kotzende Person ist genug für diese Woche.

Als ich mir sicher bin, dass mein Magen seinen Inhalt nicht ausstößt, drehe ich mich um und sehe zu Nikolai auf. »Wie hast du das gemacht?« Meine Stimme ist nur unwesentlich unsicherer. »Wie hat Mascha ihn dazu gebracht … du weißt schon …?«

»Dass er sie vergewaltigen wollte?« Auf mein Nicken hin sagt er: »Ich kenne nicht alle Einzelheiten, aber ich vermute, sie hat genau das getan, was er ihr am Ende vorwarf.«

»Als er sie Schlampe genannt hat?«

»Wie auch immer du es nennen würdest, seine Aufmerksamkeiten stark zu fördern und sich dann absichtlich zurückzuziehen – was Männer wie er denken, dass alle Frauen es tun. Nur in diesem Fall *hat* Mascha es tatsächlich getan, nur mit einem anderen Ziel als dem, was er dachte.« Nikolais Oberlippe verzieht sich. »Er hat zweifellos gedacht, dass sie so erpicht darauf war, eine Anerkennung für ihre freiwillige Mitarbeit bei seinem Wahlkampf zu bekommen, dass sie sich von ihm ficken lassen würde, und als sie das nicht tat, eskalierten die Dinge schnell … wie wir es uns angesichts seiner Vorgeschichte schon gedacht haben.«

Ich schlucke eine weitere Welle der Übelkeit hinunter. »Also hat alles, was in dem Video passiert ist, wirklich stattgefunden? Keine der Einstellungen war gefälscht?«

»Die Aufnahme war stark bearbeitet, aber nicht gestellt, nein.«

»Warum bearbeitet?«

Nikolai nimmt mir gegenüber Platz. »Um ihr Gesicht zu verstecken und seines hervorzuheben, zum einen. Anonymität ist ihr wichtig.«

Ich spiele das Video im Geiste noch einmal ab und merke, dass er recht hat: Maschas Gesicht kommt darin eigentlich nie vor. Der Winkel ist immer falsch. Selbst als Bransford sie an die Wand drückt und die Kamera direkt auf ihr Gesicht schaut, versperrt seine Schulter oder etwas anderes die Sicht, so dass der Betrachter nur einen flüchtigen Blick auf ihre Wange, ihr Ohr oder ihren Kiefer erhaschen kann – genug, um einen Eindruck von Jugend und Schönheit zu bekommen, aber nicht, um ein druckfähiges Foto anfertigen zu können.

»Sie wird also nicht aussagen?«, frage ich, und Nikolai schüttelt den Kopf.

»Zu riskant. Wir haben eine falsche Identität für sie erschaffen, aber es ist keine, die einer wirklichen Prüfung standhalten würde. Das Video wurde anonym ins Internet hochgeladen, von einem unauffindbaren

Server – aber natürlich werden sie es russischen Hackern in die Schuhe schieben, wie so viele Dinge in diesen Tagen.«

»Aber in diesem Fall werden sie recht haben.«

Seine Lippen zucken ironisch. »In den meisten Fällen haben sie recht, *zajchik*. Konstantin und seinesgleichen sind eine Bedrohung, besonders für eure unglücklichen Politiker. In jedem Fall spielt es keine Rolle, was sie über die Quelle des Videos sagen – oder ob sie es als Fake bezeichnen. Der Schaden für Bransfords Karriere ist angerichtet, seine beiden wirklichen Opfer sind ermutigt. Sobald sie sich melden … Nun, sagen wir einfach, dass dein liebster Papa so gut wie erledigt ist.«

*Liebster Papa.* Mein Magen zieht sich so heftig zusammen, dass ich mich doch fast übergeben muss. »Er ist nicht mein liebster Papa.« Ich springe auf meine Füße, da ich plötzlich voller Wut bin. »Er ist nur …«

»Der Vergewaltiger und Mörder deiner Mutter, ich weiß«, sagt Nikolai leise und steht ebenfalls auf. »Das ist alles, was er ist, *zajchik*. Nichts weiter, nichts, was mit dir zu tun hat.«

Die Wut verfliegt so schnell, wie sie gekommen ist, und ich lasse mich auf den Stuhl zurücksinken und stütze den Kopf in die Hände. Mein Schädel fühlt sich unerklärlich eng und schwer an, als wäre mein Gehirn in Blei verwandelt worden.

Große, warme Hände landen auf meinem Nacken und meinen Schultern, und starke Finger graben sich mit genau dem richtigen Maß an Druck in meine verspannten Muskeln. »Es tut mir leid, *zajchik*.« Nikolais Stimme ist wieder weich und warm. »Ich weiß, es ist eine Menge zu verarbeiten, aber ich dachte, du musst dieses Video sehen … um zu wissen, dass deine Mutter gerächt wurde.«

Ich möchte mit dem verführerischen Komfort dieser massierenden Finger verschmelzen, mich in ihrer geschickten, beruhigenden Berührung verlieren. Ich schiebe es wieder einmal vor mir her, zu erfahren, was ich fürchte, und genieße stattdessen Bransfords Unglück, indem ich mich in der Schadenfreude des Ganzen sonne. Der Schaden, den wir seiner Karriere zugefügt haben, reicht nicht annähernd an das heran, was er meiner Mutter oder den anderen Frauen angetan hat, aber es ist ein Anfang – und hoffentlich werden sich die Mühlen der Justiz nun, da der Glanz von seinem goldenen Image verschwunden ist, schneller mahlend auf ihn zubewegen.

Ich nehme all meine Kraft zusammen, hebe meinen bleiernen Kopf und bedecke Nikolais Hände mit meinen eigenen, während ich mich umdrehe, um seinem Blick zu begegnen.

»Was ist mit deiner Mutter?«, frage ich leise. »Ist *sie* jemals gerächt worden?«

NIKOLAI

Meine Hände verkrampfen sich auf Chloes Schultern, da ihre Frage mich wie ein Schlag unter die Gürtellinie trifft. Die Kette, die an ihrem Hals glänzte, hätte mir die Richtung ihres bevorstehenden Verhörs verraten sollen, aber ich hatte trotzdem nicht erwartet, dass sie genau diesen Weg einschlagen würde ... dass sie so viel über die Geschehnisse weiß.

»Ich schätze, Alina hat wieder mit dir gesprochen.« Meine Stimme wird rau, als ich zurücktrete. Mein Blick fällt auf ihren Anhänger, und der herzförmige Diamant verhöhnt mich, erinnert mich an Dinge, die ich zu vergessen versucht habe. Mühsam reiße ich meine Augen davon los und konzentriere mich wieder auf Chloes Gesicht. »Was genau hat sie dir erzählt?«

Sie beißt sich auf die Lippe und steht auf. »Nicht viel. Sie hat nicht mehr mit mir gesprochen – es war nur an diesem Morgen, kurz bevor ich ging. Sie sagte etwas wie: ›Er hat sie getötet. Und dann hat Kolya ihn umgebracht.‹ Ich war mir damals nicht sicher, wen sie damit meinte, aber ich habe in letzter Zeit darüber nachgedacht, und ich denke … ich denke, es muss deine Mutter sein.« Sie hebt ihre Hand, um den Anhänger zu berühren, und ihre braunen Augen sind weich und dunkel. »Gehörte er ihr? Ist das der Grund, warum Alina wollte, dass ich ihn heute und in der anderen Nacht trage? Als eine Art Erinnerung für dich an all das?«

Meine Kehle schnürt sich zu, und ich wende mich abrupt von den Erinnerungen ab – und der brennenden Wut und Trauer, die damit einhergehen. Und unter alldem lauert die schrecklichste Schuld, das Wissen, dass das, was ich getan habe, letztendlich unverzeihlich ist. Der Giftcocktail ist so kurz vor dem Überkochen, dass ich nicht sicher bin, ob ich mein Wort halten und Chloe die ganze Geschichte erzählen kann, aber dann berührt ihre kleine Hand meine, und ihre Finger legen sich um meine Handfläche und geben mir stille Unterstützung.

»Sag es mir«, murmelt sie und stellt sich vor mich hin. Sie schaut zu mir auf und hebt unsere verbundenen Hände, um sie an ihre Brust zu drücken. »Bitte, Nikolai. Ich muss es wissen.«

Und das muss sie. Ich schulde ihr die Wahrheit, egal, wie hässlich sie ist.

Ich schaue in ihr nach oben gewandtes Gesicht, atme tief durch und fange an zu erzählen.

## 45

NIKOLAI

»Als ich ungefähr in Slavas Alter war, dachte ich, meine Mutter wäre eine Prinzessin«, sage ich, und mein Tonfall ist trotz des Hexengebräus, das in meinen Adern kocht, kühl und ruhig. »Sie war groß, schlank, immer parfümiert und geschminkt, trug hübsche Kleider, funkelnden Schmuck und hochhackige Schuhe, sogar im Haus, und sie bestand darauf, dass alles um sie herum so schön sein sollte, wie wir es machen konnten – besonders wir selbst.« Die Erinnerungen sind wie ein Gewicht auf mir und geben mir das Gefühl, dass die Luft aus dem Raum verschwindet, aber ich fahre fort. »Valery war damals noch ein Baby, und Alina war noch nicht geboren, also sind Konstantin und ich die Einzigen, die sich an diese Jahre erinnern ... die, in denen unsere Mutter noch einigermaßen glücklich war.«

»Einigermaßen?« Chloes Gesicht spiegelt sowohl Mitleid als auch misstrauische Neugier wider, während sie meine Handfläche an ihre Brust drückt. »Sie war nie ganz glücklich?«

»Nicht in meiner Erinnerung.« Ich befreie meine Hand aus ihrem Griff und gehe hinüber, um hinter meinem Schreibtisch Platz zu nehmen. Auf diese Weise fühle ich mich etwas kontrollierter, und es ist unwahrscheinlicher, dass ich dem Drang nachgebe, Chloe zu packen und sie zu ficken, bis keiner von uns beiden mehr klar denken kann, schon gar nicht daran, den giftigen Schlamm meiner Vergangenheit auszugraben.

Sie folgt mir, setzt sich auf die Ecke des Schreibtisches und wirkt wie eine Erscheinung aus Weiß und Gold in ihrem Abendkleid, ein eingefangener Sonnenstrahl, der ganz mir gehört. »Warum? Waren sie nie verliebt? Oder ist etwas passiert?«

Ich tue mein Bestes, um meinen Blick auf ihr Gesicht zu richten und nicht auf ihr Dekolleté, wo der Anhänger mir spöttisch zuzwinkert. »Ich weiß es nicht genau, aber ich vermute, dass es mit Konstantin angefangen hat. Mein Vater wollte einen Sohn wie sich selbst, jemanden, der irgendwann das neu errichtete kapitalistische Imperium übernehmen würde, aber schon als Kleinkind war mein älterer Bruder anders. Unglaublich schlau, aber anders. Ich glaube, er hat bis zum Alter von drei oder vier Jahren nicht einmal gesprochen.«

Chloes Augen weiten sich. »Oh. Also ist er …«

»Autist? Vielleicht. Er ist nie offiziell damit

diagnostiziert worden. Auf jeden Fall mag das der Beginn des Zerwürfnisses zwischen ihnen gewesen sein … oder vielleicht war es einfach, dass meine Mutter herausfand, was für ein Mann mein Vater war. Was auch immer der Grund war, ich erinnere mich, dass sich ihre Ehe von Jahr zu Jahr verschlechterte. Jedes Mal, wenn ich aus dem Internat nach Hause kam, war die Atmosphäre zwischen ihnen um einige Grade eisiger, ihre Streitereien häufiger … die Stimmung meines Vaters immer düsterer.«

Chloes Augenbrauen ziehen sich zusammen. »Warum haben sie sich nicht einfach scheiden lassen?«

»Er hat das nicht zugelassen. Er wollte sie, egal um welchen Preis.« Ich erinnere mich, wie meine Mutter ihn während einer dieser Kämpfe anschrie, bettelte und flehte, sie gehen zu lassen. Mit zusammengebissenen Zähnen schiebe ich die Erinnerung beiseite – sie geht mir zu nahe.

»Auf jeden Fall«, fahre ich in ruhigem Tonfall fort, »je mehr Zeit verging, desto schlimmer wurde es. Als ich zwölf war, nahm er sich mehrere Geliebte und führte sie ihr vor. Ein Jahr später tötete er einen Mann, von dem es hieß, er sei ihr Liebhaber. Und ein paar Wochen nach meinem siebzehnten Geburtstag entdeckte ich einen blauen Fleck in ihrem Gesicht.« Als ich Chloes Gesichtsausdruck sehe, sage ich: »Sie hat es natürlich abgestritten, sagte, sie sei gestürzt oder so etwas. Ich habe ihr keine Sekunde lang geglaubt. Ich ging zu meinem Vater und sagte ihm, wenn ich sie jemals wieder verletzt sehen würde, würde er sich vor mir verantworten müssen – und ich würde sie an einen Ort bringen, wo er sie niemals finden würde.«

Chloe holt tief Luft. »Hat er dir geglaubt?«

»Das hat er.« Mein Mund verzieht sich. »Ich war sein Lieblingskind, der Sohn, der ihm am ähnlichsten war. Er wusste, dass ich selbst in diesem Alter einen Weg finden würde, mein Versprechen zu halten.«

»Und was ist dann passiert? Wie hast du …?«

»Ihn am Ende umgebracht?« Die Worte schmecken wie Gift auf meiner Zunge.

Sie nickt vorsichtig, und ihr Blick klebt an meinem Gesicht. »Wann ist es passiert?«

»Vor sechs – nein, sechseinhalb Jahren. Ich war gerade nach Moskau zurückgekehrt, nachdem ich mehrere Jahre weg gewesen war – zuerst für den Dienst in der Armee, dann für mein Studium in Princeton. Während alledem habe ich meine Mutter, ihre Gesundheit und ihren psychischen Zustand im Auge behalten.« Mein Kiefer ist so fest geschlossen, dass es sich anfühlt, als wären meine Zähne miteinander verbunden. Ein Wort ist schwieriger herauszupressen als das andere. »Es gab keine weiteren blauen Flecken, soweit ich das beurteilen konnte, aber sie war unglücklich, völlig zerstört von ihren Streitereien. Doch egal, wie oft ich ihr anbot, ihr zu helfen, ihn zu verlassen, sie wollte nicht gehen. Sie sagte, sie hätte Angst.«

Chloe schluckt. »Vor ihm?«

»Vor ihm. Davor, ohne ihn dazustehen. Vor allem aber das eine. Bis dahin hatten sie fast dreißig Jahre zusammen verbracht. Sie hatten vier Kinder großgezogen.« Ich ertappe mich dabei, wie sich meine Hand unter dem Schreibtisch zu einer Faust formt, und zwinge meine Finger, sich zu entspannen. »Konstantin und Valery haben auch versucht, sie zum Gehen zu bewegen, aber sie wollte nicht hören. Die Ausreden waren endlos: Sie wollte sich nicht dem Urteil ihrer gemeinsamen Freunde stellen, wollte das Leben, das sie zusammen aufgebaut hatten, nicht verlieren, wollte die Familie nicht auseinanderreißen. Aber in Wirklichkeit war es nur die Angst. Angst vor meinem Vater und davor, wie ihr Leben ohne ihn aussehen würde … ohne seine giftige Besessenheit von ihr.«

»Besessenheit?« Chloes Stimme zittert leicht.

Ich nicke und bin mir der Parallelen grimmig bewusst. »Im Guten wie im Schlechten war sie fast drei Jahrzehnte lang der Mittelpunkt seiner Welt gewesen, lange nachdem die Liebe, die sie geteilt hatten, sich in diesen bitteren Hass verwandelt hatte. Ich glaube, ein Teil von ihr hat es auch genossen, das Wissen, dass sie diese Art von Macht über ihn hatte, dass er sie letztendlich nicht gehen lassen *konnte*.« Ich atme scharf ein. »Auf jeden Fall habe ich sie im Auge behalten, aber was ich hätte tun sollen, war, *ihn* im Auge zu behalten. Denn als ihr Elend wuchs, wuchs auch seines – sie nährten sich gegenseitig. Er begann, zu viel zu trinken und, wie ich später erfuhr, Koks zu nehmen. Es half ihm, sich von ihr fernzuhalten. In gewisser Weise ersetzte er seine Sucht nach ihr durch eine potenziell weniger schädliche – und meine Mutter hasste diese

Entwicklung. Liebe oder Hass, sie *wollte* seine Aufmerksamkeit.«

»Sie hat also was getan? Etwas, um sie zurückzubekommen?«

»Genau das hat sie getan. Sie nahm sich einen anderen Liebhaber – einen prominenten Regierungsbeamten, jemanden, den man nicht ohne ernsthafte Konsequenzen aus dem Weg schaffen konnte – und sagte meinem Vater, dass sie gehen würde. Ich glaube nicht, dass sie es ernst gemeint hat – es sollte das Äquivalent zu einer roten Fahne sein, die vor einem Stier geschwenkt wird. Aber das ist so eine Sache mit wütenden Stieren: Sie können dich töten.« Meine Stimme wird rau. »Und genau das hat mein Vater getan.«

Chloe faltet die Hände in ihrem Schoß, und ihre Knöchel werden weiß, als ich fortfahre. »Valery war weg für seinen Dienst in der Armee, und Konstantin war geschäftlich in Dubai, aber Alina war in den Winterferien zu Hause, nachdem sie gerade ihr erstes Semester an der Columbia beendet hatte. Sie ist diejenige, die mich in der Nacht angerufen hat, als der letzte Streit unserer Eltern begann.« Meine Kehle schnürt sich zu, und die Erinnerungen sind so erdrückend, dass ich nicht sicher bin, ob ich zur nächsten Sache kommen kann. Dennoch mache ich irgendwie weiter, und meine Stimme spiegelt nur einen Bruchteil des Schmerzes wider, der mich innerlich zerreißt. »Als ich dort ankam, sah das Wohnzimmer aus wie eine Szene aus einem

Horrorfilm, mit Blutspritzern überall auf den glänzenden Holzböden und den weißen Möbeln. Alina muss versucht haben, einzugreifen, um unsere Mutter zu schützen, denn sie lag bewusstlos neben der Wand, und einer ihrer Unterarme war dort aufgeschlitzt, wo sie versucht hatte, sein Messer aufzuhalten. Und unsere Mutter …« Ich halte inne und fahre dann mit kehliger Stimme fort: »Sie war kaum noch als Mensch zu erkennen. Er hatte sie zu Brei geschlagen, bevor er sie in Stücke geschnitten hat. Bis heute ist es einer der brutalsten Tode, die ich je gesehen habe.«

Chloes Gesicht ist aschfahl, und ein sichtbares Zittern läuft durch ihren schlanken Körper. Ich möchte aufhören, diese Geschichte beenden, bevor sich das Entsetzen in ihren Augen in Terror und Abscheu verwandelt, aber ich habe ihr die Wahrheit versprochen, also löse ich mich von den Worten, die ich sage, und der erstickenden Qual, die sie mit sich bringen.

»Er hockte über ihrem Körper und hatte das Messer immer noch in der Hand, als ich auf ihn zukam. Er hatte die Kontrolle verloren, sagte er mir. Es sei ein Unfall gewesen. Ich wusste es aber besser. Pavel und Lyudmila sollten an diesem Abend da sein, aber sie waren es nicht. Er hatte sie für die Nacht weggeschickt. Sie und Alina – nur meine Schwester hatte etwas vergessen und kam unerwartet zurück.«

»Also …«, Chloe versagt die Stimme, »hatte er es geplant? Es war nicht das Koks?«

»Das war es. Er war unglaublich high, und seine

Pupillen waren weit aufgerissen. Aber er wusste ganz genau, was er tun würde, während er in diesem Zustand war – ein Aufräumkommando war schon früher am Abend benachrichtigt worden, um in Bereitschaft zu sein. Ich weiß das, weil …« Ich atme ein, und meine Kehle brennt von der Säure, die in meine Speiseröhre steigt. »Weil ich es hinterher angerufen habe. Nachdem er mit dem Messer auf mich losgegangen ist.«

Chloes scharfes Einatmen ist hörbar. »Wollte er dich umbringen?«

»Vielleicht. Ich weiß es nicht. Er wusste, dass ich ihm nicht glaubte, dass ich ihren Mord nicht auf sich beruhen lassen würde. Als er also mit Pupillen so groß wie Ein-Euro-Münzen auf mich zukam, handelte ich instinktiv.« Ich schaue in das angeschlagene Gesicht meiner Frau und sage heiser: »Wir haben gekämpft, und als ich das Messer in die Hand bekam, habe ich das getan, was Pavel mir beigebracht hatte. Ich habe ihn von der Leiste bis zur Speiseröhre aufgeschnitten.«

## 46

CHLOE

Dann springt er auf und geht zum Fenster, wo er mit dem Rücken zu mir dasteht, seine kräftigen Schultern angespannt sind und sein großer Körper so bewegungslos und hart ist, als wäre er einer der Berge da draußen.

Ich starre ihn ein paar Sekunden lang an, um zu verstehen, was er mir gesagt hat, und dann zwinge ich meine erstarrten Glieder, sich zu bewegen. »Alina …«

»Sie ist in den letzten Momenten unseres Kampfes wieder zu Bewusstsein gekommen«, sagt er und starrt geradeaus, als ich mich neben ihn stelle. Sein Kiefer sieht aus, als wäre er in Granit verwandelt worden, und seine sinnlichen Lippen bilden einen harten Strich. »Ich habe es nicht bemerkt, habe nicht gehört, wie sie geschrien hat, dass ich aufhören soll – erst nachdem es getan war.«

»Also hat sie …?«

»Sie hat gesehen, wie ich ihn getötet habe, ja. Sie hat zugesehen, wie ich ihn aufgeschlitzt habe.«

Ich atme angestrengt ein und erlebe diese schrecklichen Momente noch einmal, als *ich* ihn das Messer schwingen sah. Es war gegen meinen Angreifer gerichtet, den Mörder meiner Mutter, der mich vergewaltigen und mir das Leben nehmen wollte, doch mir ist immer noch schlecht bei der Erinnerung. Wie muss es für Alina mit gerade einmal achtzehn Jahren in der Nacht gewesen sein, in der sie ihre Eltern auf so brutale Weise sterben sah, ihre Mutter durch die Hand ihres Vaters und ihren Vater durch die ihres Bruders?

Noch wichtiger ist: Wie muss es für Nikolai gewesen sein?

Welchen Schaden hat diese Nacht *seiner* Psyche zugefügt?

Meine Hand zittert, als ich seinen Ärmel berühre und seinen Blick auf mich lenke. Sein wunderschönes gemeißeltes Gesicht ist absolut leer, es zeigt nichts von seinen Gefühlen. Aber ich kann die Qualen hinter seiner undurchsichtigen Maske spüren, kann den lähmenden Schmerz seiner Schuld und Scham fühlen.

»Weiß Alina es?«, frage ich unsicher. »Dass es Selbstverteidigung war? Dass du es nicht nur getan hast, um deine Mutter zu rächen?«

Seine schwarzen Wimpern senken sich und verschleiern seine Tigeraugen. »Ich weiß es nicht. Wir haben nie wirklich über diese Nacht gesprochen. Was würde es ändern? Ich war fünfundzwanzig, und er siebenundfünfzig. Ich war schneller und stärker. Ich hätte ihm das Messer entreißen und ihn festhalten können – ich hätte ihn nicht ermorden müssen.«

»Hättest du nicht?« Ich kann die Szene so deutlich sehen, als wäre sie vor meinen Augen passiert, kann mir die ältere Version von Nikolai vorstellen, die ich auf Zeitungsfotos gesehen habe, fit und stark trotz seines Alters … gefährlich, auch ohne dass er auf Blut und Koks ist. Und ich kann mir einen fünfundzwanzigjährigen Nikolai vorstellen, der in diesen Alptraum einer Szenerie hineingestoßen wird, fassungslos über den grausamen Tod seiner Mutter und voller Angst um seine bewusstlose, blutende Schwester.

Was wäre passiert, wenn er nicht das tödliche Messer seines Vaters in die Hand bekommen hätte?

Hätte sein Blut auch diese Klinge befleckt und hätte sein Körper sich zu dem seiner Mutter und Schwester in einem nicht gekennzeichneten Grab in einem russischen Wald gesellt?

»Was sagst du da?« Nikolais Stimme wird fester, und seine Augen glitzern grimmig, als seine Maske verrutscht und die rohe, eiternde Wunde darunter zum Vorschein kommt. »Ich habe ihn getötet. Meinen eigenen Vater. Wen interessiert es da, ob es aus Selbstverteidigung war oder nicht? Ich wollte ihn tot sehen für das, was er ihr angetan hat. Ich wollte sein Blut – *mein* Blut – an meinen Händen, und ich bereue nicht, dass ich es getan habe. Denn wie du siehst, *zajchik*, Alinas hat recht: Ich *bin* wie er. In jeder Hinsicht, die zählt, bin ich mein Vater.«

Mein Herz fühlt sich an, als würde es in Stücke gerissen werden, und sein Schmerz dringt so brutal wie ein Messer in mich ein. Wie hat er es geschafft, all diesen Schmerz für sich zu behalten? Wieso hat es ihn nicht zerrissen? »Nein«, sage ich, und meine Stimme wird mit jedem Wort fester. »Du bist nicht dein Vater. Und ich bin nicht deine Mutter. Ihr Schicksal wird nicht das unsere sein – nicht, wenn wir es verhindern.«

Ich weiß nicht, wann ich während seiner Erzählung verstanden habe, was ihn antreibt, an welchem Punkt ich begriffen habe, dass Nikolai *sich selbst vor sechseinhalb Jahren als Monster gebrandmarkt hat* – und seitdem sein Bestes tut, um dem gerecht zu werden, was er für seine Natur hält, dem Molotow-Blut, das er als seinen Fluch ansieht. Nicht, dass an seinem Glauben nicht etwas Wahres dran wäre. Meine neue Familie ist düster und rücksichtslos, ein Rückblick auf die Zeiten, in denen Gewalt und Macht Recht schufen. Ihre Beziehungen verdienen ein eigenes Kapitel in einem Buch über zerbrochene Familiendynamik, und mein Mann ist ein Produkt dieser Erziehung, sein Charakter ist ebenso von der Tragödie der sich langsam auflösenden Beziehung seiner Eltern geprägt wie von ihrem explosiven, grausamen Ende.

Trotzdem, er ist nicht sein Vater. Weit davon entfernt. Und ich bin nicht seine Mutter. Sie kannte die Natur ihres Mannes nicht, als sie ihn heiratete, war nicht auf ein Leben mit einem so gewalttätigen und rücksichtslosen Mann vorbereitet. Ich hingegen bin dank meines biologischen Vaters durch die Hölle gegangen, und obwohl ich nicht sagen kann, dass ich nicht erschrocken war, als ich sah, wie Nikolai die beiden Attentäter tötete, hat das Wissen, wozu er fähig ist, meine Gefühle nicht verändert – sehr zu meiner anfänglichen Bestürzung.

Gnadenloser Killer oder nicht, er ist und wird immer mein Liebhaber und Beschützer sein.

»Nein?« Er greift nach meinen Oberarmen, und seine Finger sind wie Stahlbänder. »Wie werden wir ihrem Schicksal entgehen? Du hasst mich bereits auf einer gewissen Ebene, nicht wahr? Dafür, dass ich diese Männer vor deinen Augen getötet habe und dich zurückgebracht habe, als du mich angefleht hast, dich gehen zu lassen? Dafür, dass ich dich gezwungen habe, mich zu heiraten?«

Ich halte seinem goldenen Blick stand und weigere mich, angesichts des vulkanischen Aufruhrs, den ich dort sehe, zusammenzuzucken, angesichts all der lange verdrängten Emotionen, die sich wie ein Tsunami zu ergießen und alles in ihrem Weg zu zerstören drohen. »Nein, Nikolai.« Meine Stimme ist sanft und gleichmäßig, trotz des ungleichmäßigen Pochens meines Herzschlages. »Ich habe dir gesagt, dass ich dich liebe. Ich hasse dich nicht. Ich konnte es nie, also habe ich es nie getan – und ich werde es auch nie tun.«

Seine Finger ziehen sich zusammen und drücken tiefer in mein Fleisch. »Wie kannst du dir so sicher sein? Du hast gesehen, wozu ich fähig bin, wie ich bin … wie ich mit dir bin. Wie genau bin ich anders als er?«

Ich kämpfe gegen den Drang an, vor dem Schmerz und der Wut, die in seinen Worten mitschwingen, zurückzuschrecken. Stattdessen frage ich leise: »Hat dein Vater dich und deine Geschwister so geliebt, wie du Slava liebst? Hat er wirklich jemanden außer sich selbst geliebt? Und ich meine nicht seine gewalttätige Fixierung auf deine Mutter.«

Sein Gesichtsausdruck ändert sich nicht, aber ich kann die Antwort spüren, als sich sein Griff um mich lockert, also spreche ich weiter. »Vielleicht bist du in mancher Hinsicht wie er, aber nicht in jeder Hinsicht. Nicht in der, die zählt. Würdest du mich jemals verletzen? Mich *wirklich* verletzen? Ich rede von Fäusten und Messern, nicht davon, im Bett grob zu sein.«

Er weicht zurück und zieht seine Hände weg. »Lieber würde ich mir selbst Schmerzen zufügen.«

»Was ist mit Slava? Würdest du jemals mit einem Messer auf ihn losgehen … sagen wir, während du high oder betrunken bist?«

Wut blitzt in seinem Gesicht auf. »Scheiße, nein.«

»Genau.« Ich trete noch näher an ihn heran, mein Herz trommelt Sturm. »Weil du nicht wie dein Vater bist. Egal, was deine Schwester denkt … egal, was ich befürchtet habe, nachdem du mich gerettet hast.«

Seine Nasenlöcher beben, während er auf mich hinunterstarrt. »Gefürchtet?« Seine Stimme ist sandpapierartig rau, und die Worte sind zum ersten Mal durch einen Hauch von russischem Akzent gefärbt. »Wie in der Vergangenheitsform?« Er ergreift wieder meine Arme, seine Augen sind ein wildes Goldgrün. »Du denkst, du bist bei mir sicher? Weil … warum? Weil du jetzt die ganze hässliche Wahrheit kennst? Weil du denkst, dass du mich verstehst?«

»Bei dir war ich immer sicher.« Und tief im Inneren habe ich es schon immer gewusst. Das ist der Grund, warum ich all die Wochen meinen Kopf in den Sand stecken konnte, warum ich nicht vor seinen Berührungen zurückschrecke, wenn ich sehe, wie er tötet und foltert – und warum es meine Gefühle nicht verändert hat, dass ich gezwungen war, ihn zu heiraten.

Selbst wenn ich mich unter seinem intensiven Tigerblick wie eine Beute fühle, weiß ich, dass er mich nie verletzen würde.

Sein Kiefer spannt sich heftig an. »Wie zum Teufel kannst du dir so sicher sein? Wie kannst du mir vertrauen, geschweige denn, mich lieben, angesichts des Giftes, das durch meine Adern fließt?«

»Liebst du *mich*? Vertraust du *mir*, trotz des Giftes, das durch *meine* Adern fließt?« Meine Stimme erhebt sich, als die Worte aus mir heraussprudeln, gefüllt mit all der Wut, die ich noch nicht verarbeiten konnte, all dem Selbsthass, den ich unterdrückt habe. Es ist, als wäre ein Damm gebrochen, dessen bitteren Strom ich nicht aufhalten kann, genauso wenig wie ich die geistige Blockade, die mich all die Wochen bei Verstand gehalten hat, wieder aufbauen kann. »Ich bin ein Kind einer Vergewaltigung, das Ergebnis eines doppelzüngigen, soziopathischen Drecksacks, der meine jugendliche Mutter missbraucht hat. Wenigstens wollten sich deine Eltern irgendwann einmal – wenigstens wurdest du mit so etwas wie Liebe gezeugt.«

Er lässt mich los, und sein Blick wird wieder undurchsichtig. »Das ist nicht dasselbe.«

»Ist es das nicht?« Ich wickele meine Fäuste in sein Hemd und lasse nicht zu, dass er sich abwendet. »Denk darüber nach. Mein Blut ist befleckt, genau wie deins. Mein Vater hat auch meine Mutter getötet – nicht aus verdrehter Leidenschaft, sondern aus kalter Berechnung. Und er hätte mit Sicherheit auch mich umgebracht. Er könnte es immer noch versuchen. Wie genau unterscheiden sich also unsere Geschichten? Wie kann ich in irgendeiner Weise besser sein als du? Wenn überhaupt, dann passen wir perfekt zusammen – oder, wie du zu sagen pflegst, wir sind füreinander bestimmt.«

Er starrt auf mich herab, seine breite Brust bewegt sich in einem ungleichmäßigen Rhythmus, und ich kann sehen, dass ich zu ihm durchdringe, dass er diese grundlegende Wahrheit aufnimmt. Eine Wahrheit, die ich selbst bis zu diesem Moment nicht ganz begriffen habe.

Ich mag nicht an das Schicksal als solches glauben, aber *etwas* brachte mich hierher, zu dieser Familie mit all ihrer Hässlichkeit und Schönheit. Zu diesem wundervollen, tödlichen, beschädigten Mann, der niemals davor zurückschrecken wird, alles zu tun, was nötig ist, um mich zu beschützen und meine Dämonen zu töten … solange ich auch seine töte.

Ich lasse sein Hemd los, lege meine Handflächen auf seine Wangen und spüre die harte Kraft seiner Knochen unter der warmen, stoppelrauen Haut. »Ich liebe dich, Nikolai … Ich liebe dich und ich will mit dir zusammen sein, dunkle Vergangenheit, Besessenheit und alles. Was auch immer unsere Väter getan haben, wie beschissen auch immer die Beziehungen unserer Eltern waren, wir sind nicht sie und wir müssen nicht in ihre Fußstapfen treten. Ich werde niemals ein junges Mädchen vergewaltigen – und du wirst mich niemals verletzen, egal wie stark deine Gefühle für mich werden … egal, welche Prüfungen wir in der Zukunft durchmachen.«

Seine Brust hebt sich schneller, während ich spreche, und seine Augen verdunkeln sich, bis sie die Farbe von oxidierter Bronze haben. »Chloe …« Seine Stimme ist heiser, als er seine Hände über die meinen legt. »Zajchik, du hast keine Ahnung, wie stark meine Gefühle für dich bereits sind, wie allumfassend meine Besessenheit von dir ist.«

Ich befeuchte meine Lippen. »Ich glaube schon.« Die Kameras sind ein gutes Indiz. Wir werden bald darüber reden müssen, aber im Moment habe ich wichtigere Dinge, auf die ich mich konzentrieren muss … wie zum Beispiel die Art und Weise, wie sein Blick auf meinen Mund fällt und sich mit vertrauter vulkanischer Hitze entzündet. Auf den dunklen Hunger, der mich erregt, und der mir auf einer gewissen Ebene auch Angst macht – aber nur, weil er eine ebenso starke Reaktion in mir hervorruft.

Er ist nicht der Einzige, dessen Liebe nun an Besessenheit grenzt.

Er starrt für einen weiteren Moment auf meinen Mund, und seine Hände krallen sich um meine. Dann, mit einem scharfen Einatmen, presst er seine Lippen auf die meinen und schiebt eine Hand in meine Haare, während die andere meine Pobacke ergreift und meinen Unterkörper an den seinen presst.

Er ist bereits hart, und die Ausbuchtung seiner Erektion drückt gegen mich, während er mich zu seinem Schreibtisch zieht und mich mit einem brutalen Kuss verschlingt, den ich mit gleicher Inbrunst erwidere. Wir fallen in einem Gewirr von Gliedmaßen und hektisch tastenden Händen auf die harte Oberfläche, kommen zusammen in einer Raserei aus Lust und Liebe, in der zarten Gewalt der Leidenschaft.

Auf die perfekteste Art und Weise für zwei unvollkommene Menschen.

## 47

NIKOLAI

Als die letzten Echos der Ekstase verklingen, werde ich mir der harten Oberfläche des Schreibtisches unter meinem nackten Rücken bewusst und dem geringen Gewicht von Chloes Körper, der auf meiner schweißnassen Brust liegt. Mein Gehirn quillt über vor Endorphinen, und mein Herz pocht in einem neuen hoffnungsvollen Rhythmus in der Brust.

Ich hatte ihr alles erzählt, und statt abweisend zurückzuweichen, umarmte sie mich.

Ich entblößte die schlimmsten Seiten von mir, und anstatt vor Angst wegzulaufen, sagte sie mir, dass wir vom Schicksal füreinander bestimmt sind.

Was wir sind. Ich habe es von Anfang an gewusst, aber irgendwann in den letzten Wochen habe ich es aus den Augen verloren, habe angefangen zu zweifeln, ob unsere Beziehung das Gift, das in mir fließt, überleben kann ... ob wir dazu bestimmt sind, den quälenden Weg meiner Eltern zu gehen.

»Sind wir nicht«, murmelt Chloe, hebt ihren Kopf von meiner Schulter, und ich merke, dass ich den letzten Teil laut gesagt habe. Zärtlich lächelnd zeichnet sie mit einem schlanken Finger die Ränder meiner Lippen nach, und ihre Augen sind so weich und warm, dass ihr Blick wie eine körperliche Liebkosung auf meinem Gesicht ist. »Wir entscheiden über unser Leben, unsere Zukunft.«

Ich setze mich auf und ziehe sie auf meinen Schoß. Eine Flut von Emotionen erfüllt meine Brust, als ich ihren Wildblumenduft einatme und spüre, wie sich ihre schlanken Arme vertrauensvoll um meinen Hals legen. Zärtlichkeit und Besitzanspruch, Liebe und Lust, Angst und Freude – sie kämpfen in mir, bis es sich anfühlt, als könne mein Brustkorb nicht mehr alles aufnehmen.

Ist das möglich?

Könnte Chloes Liebe zu mir mehr sein als eine süße Fata Morgana?

Kann diese Art von Glück wirklich und dauerhaft sein?

Es gibt so viel, worüber ich mit ihr reden möchte, so viele Dinge, die ich ihr sagen möchte … ein weiteres Geständnis, das ich bezüglich des Schicksals ihres Vaters machen möchte. Aber für den Moment ist das genug. Ich möchte diesen perfekten Moment nicht verderben, indem ich irgendwelche strittigen Themen anspreche. Also küsse ich sie auf den Kopf und umarme sie fest, zum ersten Mal in meinem Leben zufrieden – wirklich zufrieden.

## CHLOE

Ich möchte für immer auf Nikolais Schoß gekuschelt bleiben, aber ich weiß, dass wir irgendwann weitermachen müssen. Aus den Augenwinkeln sehe ich mein Kleid auf dem Boden neben seinem Hemd – zusammen mit dem Laptop, den wir in unserer Leidenschaft vom Schreibtisch gestoßen haben. Wir sollten den Computer aufheben und sicherstellen, dass er in Ordnung ist … und vielleicht auch über die Kameras reden. Oder besser gesagt, generell über unsere Zukunft. Aber bevor wir dort ankommen, muss ich ihm noch etwas sagen.

Ich hebe meinen Kopf von seiner breiten Schulter und ziehe mich zurück, um seinem warmen, bernsteinfarbenen Blick zu begegnen. »Danke«, sage ich leise. »Danke, dass du Bransford das angetan hast. Ich weiß, es ist keine perfekte Lösung – ich weiß, dass er auch entthront gefährlich sein könnte – aber ich denke …«

Ein lautes Klopfen an der Tür lässt uns beide aufspringen. »Nikolai!« Pavels tiefe Stimme ist angespannt, und der russische Wortschwall, der folgt, hört sich dringend an.

»Fuck!« Nikolai schiebt mich von seinem Schoß, springt auf, nimmt seine Klamotten und zieht sie mit einer Reihe von explosiven Bewegungen an.

Es ist ein so plötzlicher Kontrast zu dem Frieden, den wir gerade noch genossen haben, dass ich zuerst zu fassungslos bin, um es zu verarbeiten. Aber dann macht das Adrenalin meinen Kopf frei, und ich springe ebenfalls auf.

»Was ist los? Ist Slava wieder krank?« Ich krame nach meinem Kleid, und mein Herz schlägt mir bis zum Hals, als ich es anziehe.

Nikolai steht bereits an der Rückwand und drückt seine Handfläche gegen die glatte, weiße Oberfläche. »Slava geht es gut«, sagt er grimmig, als ein Teil der Wand weggleitet und einen erschreckenden Blick auf einen Raum voller Waffen freigibt. »Es sind unsere Wachen. Arkash hat Pavel eine Nachricht geschickt, dass er etwas Seltsames gesehen hat, und jetzt kann Pavel weder ihn noch einen unserer anderen Männer erreichen.«

Ich keuche, und meine Faust fliegt hoch und drückt sich gegen meine Lippen. »Du denkst …«

»Wir werden angegriffen? Ja.« Er schnappt sich eine furchterregend aussehende M16. »Und wenn ich wetten müsste, würde ich mein Geld auf die Leonows setzen.«

## 49

NIKOLAI

Chloes braune Augen sind geweitet vor Angst und Schock, als ich meine Waffe auf den Schreibtisch lege und sie in den Flur führe, wo Pavel schon wartet. Mein Herz pocht wie wild in meiner Brust, und das Adrenalin pumpt durch meine Adern, als ich barsch befehle: »Bring sie, Slava und Alina in den Schutzraum.«

Er nickt und umschlingt Chloe wie ein Bär. »Lyudmila und die beiden sind schon drin.«

»Warte!«, ruft Chloe , als er sie hochhebt und die Treppe hinunterträgt. »Lass mich helfen. Ich kann …«

Den Rest von dem, was sie sagt, höre ich nicht, weil ich schon wieder in meinem Büro bin. Ich kann mir nicht die Zeit nehmen, mein *zajchik* zu beruhigen, nicht, wenn jede verstreichende Sekunde Alexej Leonow näher an unsere Tür bringt. Und er muss es sein. Er muss derjenige sein, der dahintersteckt. Unsere Gesichter müssen auf einer

Überwachungskamera im Krankenhaus aufgetaucht sein, und seine Hacker haben uns hierher verfolgt. Das ist die einzige Erklärung, die irgendwie Sinn ergibt, die einzige Möglichkeit, wie sie unseren Aufenthaltsort herausfinden konnten.

Wenn es nur Pavel und ich wären, würde ich mir keine Sorgen machen. Wir sind dafür trainiert und darauf vorbereitet, jeden Moment in die Schlacht zu ziehen. Aber Chloe und Slava sind auch hier, ebenso wie meine Schwester und Lyudmila. Es ist der Gedanke, dass sie in Gefahr sind, der mich frösteln lässt und meinen Magen mit Säure füllt.

Ich werde Alexej Leonow mit meinen bloßen Zähnen in Stücke reißen, bevor ich zulasse, dass er mir meinen Sohn wegnimmt. Und wenn er Chloe oder Alina auch nur ein Haar krümmt, werde ich jedes Mitglied seiner Familie töten.

Mühsam zügele ich meine Wut und klappe meinen Laptop auf, um die Aufnahmen der Drohne und der Kameras im Umkreis aufzurufen. Jetzt geht es darum, die Situation einzuschätzen. Woher kommen unsere Angreifer? Wie viele sind es? Meine Brust zieht sich zusammen, als ich an Arkash und unsere anderen Wachen denke, viele von ihnen sind meine Freunde, gute Männer mit Familien zu Hause. Wie viele von ihnen sind bereits getötet worden? Wie viele verwundet?

Egal, was passiert, ich muss es wissen.

Ich schnappe mir meinen Laptop vom Boden und klappe ihn auf.

Der Bildschirm ist dunkel, still und reagiert nicht, als ich versuche, ihn manuell einzuschalten.

Scheiße. Der Sturz muss ihn beschädigt haben.

Ich greife stattdessen nach meinem Telefon – und spüre, wie mir das Blut gefriert.

Hier passiert dasselbe. Das Gerät ist tot, der Bildschirm schwarz, egal was ich damit mache.

Ich wirbele herum und drücke den Lichtschalter an der Wand.

Er funktioniert.

Mein Verstand arbeitet wie wild und springt von einer Möglichkeit zur nächsten. Könnten sie eine Art elektromagnetischen Impuls ausgesendet haben, der unsere Elektronik außer Gefecht setzt? Ist das der Grund, warum Pavel nicht mit den Wachen in Kontakt treten konnte? Weil ihre Geräte ebenfalls deaktiviert wurden? Aber was ist dann mit Pavels Telefon? Hätte er nicht gemerkt, dass es tot ist?

Es sei denn, das war es zu dem Zeitpunkt nicht.

Wenn der EMP hyper-gezielt war, könnte er zuerst unsere Wachen am Rande des Geländes und dann das Haus getroffen haben.

Ich habe keine Ahnung, wie Alexej in den Besitz einer so fortschrittlichen Waffe kommen konnte, aber eines weiß ich: Konstantin, der paranoide Techniker dachte, dass ein Impuls-Angriff nicht völlig ausgeschlossen ist. Deshalb ist unser Notstromaggregat analog und befindet sich in einem Faradayschen Käfig tief unter der Erde, und unsere wichtigsten

Stromleitungen sind ebenfalls unterirdisch und mit Metallgehäusen abgeschirmt.

Die Wichser hätten uns sicher gerne den Strom abgedreht, aber sie mussten sich damit begnügen, unsere Drohnen und Kameras auszuschalten.

Ein entferntes *Rat-tat-tat* von Gewehrfeuer erreicht meine Ohren.

Gott sei Dank.

Die Wachen müssen noch am Leben sein und ihre Arbeit machen.

Ich werfe mein nutzloses Handy beiseite, ziehe mir eine kugelsichere Weste an, schnalle mir dann mehrere Pistolen um und lege mir ein Dutzend Schuss Munition über die Schulter. Ich schnappe mir auch zwei funktionierende Funkgeräte aus der Rüstung – wie die metallgefütterte Kiste mit dem Generator ist auch der versteckte Raum ein Faradayscher Käfig.

Als ich fertig bin, stürmt Pavel in mein Büro, ebenfalls bis an die Zähne bewaffnet. »Die Telefone und Funkgeräte sind …«

»Tot, ich weiß. Hier.« Ich drücke ihm das zweite Funkgerät in die Hand. »Gehen wir. Es wird Zeit, dass die Leonows erfahren, mit wem sie sich anlegen.«

## 50

## CHLOE

»Hör auf, Chloe«, schnauzt Alina mich an, und ich merke, dass ich wieder mit dem Fuß gewippt habe – eine körperliche Manifestation meiner Angst, die sie unerklärlicherweise verärgert. Überhaupt ist sie nervöser, als ich sie jemals gesehen habe, ihre Bewegungen sind ruckartig und ihre Wirbelsäule ist so angespannt, dass es ein Wunder ist, dass sie den Hals drehen kann.

»Das tut mir leid.« Ich schiebe Slava so, dass er bequemer auf meinem Schoß sitzt. »Ich mache mir einfach Sorgen um sie.«

Ich halte das Kind genauso sehr, um mich zu beruhigen, wie es selbst. Tatsächlich ist Slava derjenige von uns, der am wenigsten Angst hat – wahrscheinlich, weil er das Ausmaß der Bedrohung, der wir gegenüberstehen, nicht versteht. Lyudmila hat ihm gesagt, dass wir als Teil einer Sicherheitsübung hier sind, und obwohl ich mir sicher bin, dass er die

Anspannung der Erwachsenen mitbekommt, hat er die Erklärung nicht in Frage gestellt.

Ich wünschte, ich könnte auch ruhig sein, aber ich bin es nicht. Mein Brustkorb ist quälend eng, mein Inneres pulsiert wie bei einem Hochgeschwindigkeitszyklus in einer Waschmaschine. Ich bin mir der Tatsache bewusst, dass Nikolai da draußen ist und einer unbekannten Anzahl von Feinden gegenübersteht – die vielleicht die Leonows sind, vielleicht auch nicht.

Soweit wir wissen, könnte Bransford eine ganze Armee von Attentätern auf mich angesetzt haben. Es könnte sehr wohl meine Schuld sein, dass wir in Gefahr sind.

Ich ertappe mich dabei, wie sich mein Atem wieder beschleunigt, und zwinge mich, tiefer einzuatmen, um nicht zu hyperventilieren. Der Schutzraum – ein Ort, von dessen Existenz ich nichts wusste, bis Pavel mich hierhergebracht hat – ist in den Berg unter der Garage gemeißelt und groß genug, um als Apartmentwohnung durchzugehen. Er ist komplett mit einem Kingsize-Bett, zwei Futons, einer vollständig bestückten Mini-Küche, einem kleinen Badezimmer und genug Vorräten in der Speisekammer ausgestattet, um einen nuklearen Winter zu überleben. Theoretisch gibt es hier genug Sauerstoff, aber ich habe das Gefühl, dass uns die Luft ausgeht und die Wände mit jeder Sekunde näher an mich heranrücken.

Nikolai ist da draußen, und ich sitze hier fest und kann nichts tun, um ihm zu helfen.

»Kannst du verdammt nochmal einfach aufhören?« Alina springt auf die Füße. Ihr Gesicht ist vampirblass im weißen Licht der LED-Deckenleiste, ihre Brust hebt sich, während sie mich anschaut, und ich merke, dass ich versehentlich wieder mit meinem Fuß geklopft habe.

Bevor ich ihr unfreundlich antworten kann – sie ist nicht die Einzige, deren Nerven blankliegen – sagt Lyudmila etwas auf Russisch. Obwohl ihr rundes Gesicht ebenfalls blass ist, ist der Tonfall ihrer Stimme beruhigend, und Alina sinkt zurück auf ihren Futon, schiebt ihr Haar mit einer zitternden Hand zurück, bevor sie ihr rotes Abendkleid glättet.

Ich starre sie an und bin erstaunt, wie verstört sie ist, viel mehr als bei dem Vorfall mit Slava. Weiß sie etwas, was ich nicht weiß?

Sind wir in einer noch größeren Gefahr, als mir bewusst ist?

Ich setze Slava auf dem Bett ab und gehe zu ihr hinüber. Der Zementboden ist kalt an meinen nackten Füßen – in der Eile, hierherzugelangen, habe ich meine Riemchenschuhe in Nikolais Büro zurückgelassen. Ich setze mich neben sie auf den Futon und frage leise: »Geht es dir gut?«

Sie sieht mich an, und ihre jadefarbenen Augen glitzern zu hell.

»Geht noch etwas anderes vor?«, frage ich. »Du scheinst ungewöhnlich aufgeregt zu sein – nicht, dass du keinen guten Grund dazu hättest.«

Sie öffnet den Mund, um etwas zu sagen, schüttelt

dann aber den Kopf. »Es ist nichts.« Ihre Stimme ist fest. »Ich bekomme schlimme Kopfschmerzen, das ist alles.«

Natürlich. Das passiert, wenn sie unter Stress steht. Armes Ding. Ich bedecke ihre eisige Hand mit meiner, froh, mich auf etwas anderes als meine eigene lähmende Angst zu konzentrieren. »Hast du deine Medikamente dabei?«

»Nein.«

Ich werfe einen Blick auf die ausklappbare Leiter, die zur Garage hinaufführt. Wie stehen die Chancen, dass ich schnell nach oben laufen und sie für sie holen kann?

»Denk nicht mal dran«, fährt mich Alina an, die mit der unheimlichen Fähigkeit ihres Bruders meine Gedanken liest. »Wenn ich sie will, dann hole ich sie mir selbst. Aber keiner von uns sollte …«

Das Deckenlicht flackert, als ein lautes *Bumm* den Raum erschüttert, und mein Magen krampft, während Gips auf unsere Köpfe regnet.

Gemeinsam springen wir auf, und ich eile zu Slava, dessen Augen jetzt vor Angst geweitet sind. »Mama Chloe.« Seine Stimme ist dünn, als ich ihn hochnehme und sein spürbares Gewicht auf meine Hüfte setze. »Wo ist Papa? Das gefällt mir nicht. Ich will ihn bei mir haben.«

Ich schließe meine Arme um ihn. »Ich auch, mein Schatz. Ich auch. Aber mach dir keine Sorgen. Es wird alles gut werden. Dein Daddy wird bald hier sein. Wir müssen nur warten.« Ich hoffe, Slava kann nicht spüren, dass ich zittere – oder den Ausdruck auf Alinas Gesicht sehen.

Es sieht so aus, als ob sie in den Todestrakt gebracht wurde und die Hinrichtung für heute geplant ist.

Lyudmila muss es bemerkt haben, denn sie geht auf Alina zu, legt einen Arm um ihre schlanken Schultern und murmelt etwas auf Russisch. Ich höre die Worte »Alexej« und »braht« – das russische Wort für *Bruder* – und wünsche mir zum hundertsten Mal, dass ich mehr Russisch könnte.

Ich wünschte auch verzweifelt, ich wüsste, was da oben passiert, ob Nikolai und Pavel okay sind. Zusätzlich zu den ganzen Vorräten gibt es auf der anderen Seite des Raumes ein Panel mit Monitoren – vermutlich ein Fenster zur Außenwelt – aber das Einzige, was wir auf den Monitoren sehen konnten, als wir sie einschalteten, war Rauschen.

»Was denkst du, was das war?«, frage ich, da ich nicht in der Lage bin, länger zu schweigen. Trotz meiner Bemühungen verrät meine Stimme meine Aufregung und die schreckliche Angst, die in mir nagt, wenn ich daran denke, dass Nikolai verletzt werden könnte. Ich drücke Slava fester an mich und beruhige meinen Tonfall. »Was die Explosion verursacht hat, meine ich. Denkst du …«

»Könnte ein Granatwerfer sein.« Alinas Stimme ist jetzt tonlos, seltsam frei von Emotionen, als sie sich aus Lyudmilas stützender Umarmung befreit, und obwohl ihre Augen immer noch mit dieser schmerzhaften

Helligkeit glitzern, sind ihre Züge wieder gefasst. »Sie hätten sie auf die Garage abfeuern können, um unsere Fahrzeuge auszuschalten und die Möglichkeit der Flucht zu eliminieren. Entweder das, oder sie haben Sprengstoff direkt an der Garageneinfahrt platziert – was bedeuten würde, dass sie bereits hier sind, im Haus.«

*Und Nikolai schwer verletzt oder tot ist.*

Die Übelkeit, von der sich mein Magen zusammenzieht, ist so stark, dass ich schlucken muss, um mich nicht zu übergeben. Ich muss meine ganze Kraft zusammennehmen, um meine Stimme um Slavas willen ruhig zu halten. »Gibt es hier unten irgendwelche Waffen? Ich war schon ein paarmal auf einem Schießstand, also kann ich …«

Alina geht bereits zu dem Panel mit den Monitoren, wo sie ihre Handfläche gegen die Wand drückt, so wie Nikolai es in seinem Büro getan hat. Und wie in seinem Büro gleitet die Wand weg und enthüllt eine Waffensammlung, die einen Waffenhändler stolz machen würde.

»Mein Bruder ist auf alles vorbereitet«, sagt sie und nimmt sich eine Glock. »Es ist unwahrscheinlich, dass sie diesen Raum in nächster Zeit finden, aber wenn sie es tun, sind wir bereit.« Sie lädt die Waffe mit schnellen, sicheren Bewegungen, die mich erkennen lassen, dass sie mehr als nur ein paarmal auf einem Schießstand war.

In der Tat könnte sie mit dieser Waffe genauso gefährlich sein wie ihr Bruder – und der ist tödlich. Ich habe ihn in Aktion gesehen. Er kann auf sich aufpassen.

Zumindest sage ich mir das, um nicht völlig auszuflippen, während ich Slava absetze, um mich zu bewaffnen. Er hält sich sofort an meinen Beinen fest, starrt zu mir hoch, und Feuchtigkeit sammelt sich in seinen riesigen Augen. »Ich will zu Daddy.« Seine Unterlippe bebt. »Wo ist er?«

Ich streichele sein seidiges Haar, während sich meine Brust quälend zusammenzieht. »Ich weiß es nicht, Liebling, aber ich bin sicher, dass wir ihn bald sehen werden. Im Moment müssen wir einfach nur vorbereitet sein, okay? Damit dein Daddy weiß, dass wir bei der Übung nicht versagt haben und dass wir auf uns selbst aufpassen können – dass wir alle stark sind, wie Superman.«

Slava schnieft, lässt aber meine Beine los und tritt zurück, um mich vorbeizulassen.

»Guter Junge.« Ich werfe einen Blick auf Lyudmila, um zu sehen, ob sie ihn für den Moment übernehmen kann, aber sie bewaffnet sich ebenfalls und handhabt die Waffen mit der gleichen beeindruckenden Geschicklichkeit wie Alina. Was die Frage aufwirft …

»Was zum Teufel machen wir hier unten?«, platzt es aus mir heraus und vergesse mich für einen Moment. »Wir sollten da draußen sein und ihnen helfen!« Als ich merke, dass ich Slava Angst mache, senke ich meine Stimme, während ich eine Waffe nehme und sie lade. »Vielleicht kann einer von uns hier unten bleiben und aufpassen …«

Ein weiteres *Bumm* lässt das Geschirr in der Küche klappern und noch mehr Gips von der Decke herabregnen. Die Lichter flackern einige Male, dann gehen sie aus und stürzen uns in die totale Dunkelheit.

In der darauffolgenden Stille ist nur mein abgehacktes Atmen zu hören – und der Klang von gedämpften Schüssen über mir.

## 51

NIKOLAI

Mein Funkgerät erwacht knisternd zum Leben, als ich aus dem Haus trete. »Kirilov hier. Kannst du mich hören?«

Mein Magen entspannt sich leicht. »Ich bin's, Nikolai. Ich höre dich.« Die Wachen müssen gemerkt haben, was los ist, und haben sich den Notvorrat an Funkgeräten aus ihrem eigenen Faradayschen Käfig geholt. »Statusbericht, jetzt.«

»Zwölf schwer bewaffnete Angreifer auf der Nordseite der Mauer, fünfzehn am Tor. Wir haben die Hälfte von ihnen ausgeschaltet und halten den Rest auf. Drohnen oder Kameras sind außer Betrieb, und wir haben den Kontakt zu Arkash und Ivanko an der Ostwand verloren.«

Scheiße. Das bedeutet, dass es höchstwahrscheinlich einen Verstoß gegeben hat. »Nimm so viele Männer, wie du entbehren kannst, und geh da rüber. Schicke auch Verstärkung zum Haus – Pavel und ich könnten sie brauchen.«

»Schon dabei.«

Das Funkgerät verstummt, und ich bewege mich schneller. Wenn unsere Feinde bereits hier sind, innerhalb der Umzäunung, bleibt nur noch sehr wenig Zeit, um eine wichtige Verteidigungslinie vorzubereiten – die Bomben, die ich rund um das Haus vergraben habe.

Die erste befindet sich auf der Auffahrt, genau dreieinhalb Meter von der Haustür entfernt. Ich trete auf den dezent markierten Kiesplatz, nehme einen ferngesteuerten Aktivierungsanhänger heraus und tippe die erforderliche PIN ein, um ihn mit dem darunter liegenden Sprengstoff zu verbinden. Es kann nur aus nächster Nähe geschehen, so dass niemand versehentlich die Bombe zünden kann, indem er sich das Gerät aus meinem Büro-Safe schnappt. Nicht, dass es wahrscheinlich ist, da Pavel die einzige andere Person ist, die den Code zu meinem Safe kennt, aber da mein Sohn hier immer spielt, konnte ich es nicht riskieren.

Die zweite Bombe befindet sich an der südöstlichen Ecke des Hauses, die dritte bei der Garage. Ich synchronisiere die Fernauslöser mit beiden und funke Pavel an, um seine Fortschritte im Haus zu überprüfen, von denen ich einen Teil – die schweren Metallfensterläden, die die Fenster bedecken – schon sehen kann.

»Alles bereit«, berichtet er. »Ich gehe rauf aufs Dach.«

»Ich komme gleich zu dir.«

Da wir an zwei Ecken positioniert sind, wird sich niemand ungesehen dem Haus nähern können, und die Scharfschützengewehre und Maschinengewehre, die wir dort stationiert haben, werden alles abhalten, was nicht gerade eine Armee ist.

Ich will Pavel gerade anweisen, zusätzliche Munition zu holen, als eine flackernde Bewegung zu meiner Rechten meine Aufmerksamkeit erregt. Schnell trete ich hinter einen dicken Baum – und beobachte mit Wut und Unglauben, wie dutzende Gestalten in schwarzer SWAT-Ausrüstung aus dem Wald strömen.

## NIKOLAI

Ich zähle dreiunddreißig Angreifer, bevor ich das Feuer eröffne und auf das ziele, was ich für die Lücken in ihren Ganzkörperpanzern vermute. Ich muss Alexej zugestehen, dass es sich um eine richtige militärische Operation handelt, mit einer kompletten, gut ausgerüsteten Armee.

Sie kamen vorbereitet für den Krieg, und Krieg ist das, was ich vorhabe, ihnen zu bieten.

Ich denke nicht an Chloe, Alina und meinen Sohn, die in dem Schutzraum unter dem Haus versteckt sind, konzentriere mich nicht darauf, was mit ihnen passieren wird, wenn ich versage. Ich kann nicht. Nicht, wenn ich hier erfolgreich sein will. Vor mir steht eine weitaus größere Streitmacht als erwartet – so sehr wir auch auf einen Angriff vorbereitet waren, überrascht mich diese Wildheit und dieses Ausmaß.

Ich habe unterschätzt, wie sehr die Leonows Slava zurückhaben wollen, was Alexej bereit ist zu tun, um mir meinen Sohn – seinen Neffen – wegzunehmen. Es sei denn … Slava ist nicht das einzige Mitglied meiner Familie, hinter dem er her ist.

Aber nein. Das ist Wahnsinn. Dieser Verlobungsvertrag war schon immer ein kranker Witz, ein nutzloses Stück Papier.

Es ist unmöglich, dass Alexej diese Armee mitgebracht hat, um sich Alina zu holen.

Meine Kugeln schalten fünf der Angreifer aus, bevor sie merken, wo ich bin und das Feuer in meine Richtung eröffnen. Ich warte zehn Sekunden, während ihre Kugeln Stücke der Rinde von meinem Baum reißen, dann feuere ich zurück, ohne zu zielen. Das Ziel ist es nun, Zeit zu gewinnen, bis Pavel auf dem Dach ankommt und unsere Verstärkung eintrifft – vorausgesetzt, sie kommt überhaupt.

In Anbetracht der Anzahl an Feinden, mit denen wir es zu tun haben, ist es möglich, dass Kirilov und seine Männer bereits ausgeschaltet wurden.

Ein Kugelhagel prallt an den nahen Bäumen ab und verfehlt meine Schulter nur um Zentimeter. Alexejs Männer kommen näher und schwärmen aus, stelle ich grimmig fest. Wenn ich hierbleibe, werde ich in kürzester Zeit umzingelt sein, aber wenn ich weglaufe, werden mich ihre Kugeln noch schneller niedermähen.

Ich lasse mich auf den Bauch fallen und schmiere mir Schmutz ins Gesicht, um den hellen Farbton meiner Haut zu verbergen. Dann spähe ich vorsichtig hinter dem Baum hervor und nutze das hohe Unkraut um mich herum als Deckung.

Wie ich vermutet habe, haben sich die Angreifer in zwei Gruppen aufgeteilt – eine, um mich zu umzingeln, die andere, um weiter in Richtung Haus zu gehen. Acht der schwarz gekleideten Gestalten befinden sich auf der Auffahrt und nähern sich der Haustür, während fünf andere um das Haus herum zur Garage schleichen, um vermutlich zu versuchen, von dort aus ins Haus zu gelangen.

Mein Herzschlag dröhnt mir in den Ohren, Schweiß durchnässt meinen Rücken, während ein neuer Kugelhagel um mich herum Schmutzbrocken aufwirbelt, doch ich warte, still und stumm, habe meine ganze Aufmerksamkeit auf die Bedrohung meiner Familie gerichtet, auf die Frau und das Kind, die mein ganzes Leben sind.

Wenn ich sie retten kann, werde ich glücklich sterben.

Wenn ich ihre Sicherheit gewährleisten kann, ist nichts anderes wichtig.

Ich warte, und als der richtige Moment gekommen ist, zünde ich die Bombe in der Einfahrt und eine Sekunde später die neben der Garageneinfahrt. Sie explodieren mit der Wucht von Landminen, reißen jeden im Umkreis von drei Metern in Stücke und färben die nächtliche Landschaft rot.

Sie lenken auch die Männer ab, die mich jagen. Sie drehen sich um und sehen, wie ihre Teamkameraden in die Luft gejagt werden. Zwei Sekunden sind alles, was ich brauche, um aufzuspringen und zu der Baumgruppe an der Seite der Garage zu sprinten, um die Reihe der schwer bewaffneten Männer vor mir zu umrunden. Mein Ziel ist einfach: den Garageneingang um jeden Preis zu schützen und sie vom unterirdischen Schutzraum fernzuhalten.

Eine Kugel zischt an meinem Ohr vorbei, als ich renne. Eine andere küsst meinen Bizeps mit stechendem Feuer.

Sie sind mir auf den Fersen.

Es ist vorbei.

Eine merkwürdige Ruhe legt sich über mich, die Gewissheit, dass der Tod kommt. Mein Herzschlag verlangsamt sich fatalistisch, doch mein Körper bewegt sich weiter, und meine Beinmuskeln arbeiten mit größter Anstrengung. Ein sechster Sinn bringt mich dazu, eine scharfe Kurve nach rechts und dann nach links zu laufen, aber trotzdem streift eine Kugel meine rechte Schulter und hinterlässt einen weiteren Feuerschweif in ihrem Kielwasser.

Die Baumgruppe ist jetzt näher, ein paar weite Sprünge entfernt, aber selbst ein Meter ist zu weit, wenn man über freies Feld laufen muss und wer weiß wie viele Waffen im Rücken hat, die tödliche Bleiklumpen ausspucken.

Instinktiv drehe ich mich um, und mehrere Kugeln zischen über mich hinweg, genau dorthin, wo mein Oberkörper und mein Kopf gewesen wären. Aber gerade als ich mich darauf vorbereite, zu spüren, wie sie mein Fleisch zerreißen, bricht über mir eine gewaltige Explosion aus – und mein Puls beschleunigt sich wieder, als ich das Rattern eines Maschinengewehrs erkenne.

Pavel ist auf dem Dach angekommen.

Ich habe endlich Deckung.

Er mäht die schwarz gekleideten Gestalten nieder, während sie sich zurück in den Wald zerstreuen und ich es zu der Baumgruppe schaffe, wo ich ebenfalls anfange zu schießen. Es dauert nicht lange, bis sich alle Angreifer – die, die sich noch bewegen können – zurückgezogen haben und ihre Schüsse verstummt sind.

Auch das Maschinengewehr hört auf zu feuern.

Ich wische mir den Schweiß und Schmutz aus dem Gesicht und nehme mein Funkgerät heraus. »Kirilov? Bist du da?«

Ein Knistern, gefolgt von Rauschen.

Scheiße.

Ich wechsele den Kanal. »Pavel?«

»Immer noch hier. Aber ich glaube, sie haben die meisten unserer Männer erwischt.«

Ich ignoriere das scharfe Zwicken in meiner Brust. »Ich weiß. Es wird eine verdammt lange Nacht werden.«

Während ich spreche, betrachte ich den Wald, auf der Suche nach irgendeiner Andeutung von Bewegung. Nach meiner Zählung sind nur vierundzwanzig unserer Angreifer auf dem Boden, neun unentdeckt geblieben – plus wie viele ihrer Kameraden auch immer den Kampf mit unseren Wachen überlebt haben.

Ich bin so sehr auf meine Aufgabe konzentriert, dass ich fast die dunkle Gestalt übersehe, die direkt neben der Garageneinfahrt aus dem Schatten tritt – und als ich meine Waffe in ihre Richtung schwinge, ist es schon zu spät.

Als der Feind zur Seite springt, um meinen Kugeln auszuweichen, explodiert das Garagentor zu Einzelteilen, und die Schockwelle zerreißt fast mein Trommelfell.

## 53

## NIKOLAI

Ich laufe los, bevor das Geräusch der Explosion verklungen ist.

»Gib mir Deckung«, zische ich in das Funkgerät, laufe auf das brennende Loch in der Garage zu, und ignoriere das hohe Klingeln in meinen Ohren.

Ich muss in die Garage, bevor sich der Angreifer von der Explosion erholt.

Ich muss ihn abfangen, bevor er hineinkommt und den Schutzraum findet.

Während ich renne, schlagen die Kugeln um mich herum ein und schleudern Gras- und Schmutzbrocken hoch, aber Pavels Maschinengewehr hält die Schützen auf ausreichend Abstand, um ihre Zielsicherheit zu stören.

Je näher ich der Garage komme, desto mehr wird das Ausmaß des Schadens deutlich. Der Wichser muss Sprengstoff direkt an die Unterseite der Tür geklebt haben, denn die Wucht der Explosion riss nicht nur das schwere Metall auseinander, sondern hinterließ auch ein geschwärztes Loch im Boden um sie herum. Und – *fuck*. Dort sind tatsächlich freiliegende Drähte.

Die Explosion muss auch den Strom im Schutzraum ausgeschaltet haben.

Er wird nicht ausbleiben – in ein paar Minuten wird das zweite Notstromaggregat anspringen, aber ich kann mir nur vorstellen, wie verängstigt Chloe und Slava jetzt sein müssen. So dick wie die Decke und die Wände des Tresorraums auch sind, ist es unmöglich, dass sie diese Explosion nicht gehört haben – oder auch die Bombe, die ich in der Nähe gezündet habe.

Egal. Ich werde sie trösten, sobald wir alle in Sicherheit sind.

Wo wir gerade dabei sind, wo ist der verdammte Bombenleger? Ist es zu viel, zu hoffen, dass der Bastard seine eigene Explosion nicht überlebt hat?

Mein Herz pumpt pures Adrenalin, und meine Nerven pulsieren mit erhöhter Aufmerksamkeit, als ich durch die brennende Öffnung in die dunkle Garage trete und den Atem anhalte, um keinen Rauch einzuatmen. Es ist vergeblich. Als ich tiefer vordringe, stelle ich fest, dass der Rauch jede Spalte des Raumes ausgefüllt hat, so dicht, dass er das rote Glühen der Flammen verdunkelt.

Leise fluchend reiße ich ein Stück Stoff von meinem Hemd und drücke das behelfsmäßige Tuch an mein Gesicht, um zu verhindern, dass ich huste, während ich um einen unserer SUVs herumgehe und die dunstige Dunkelheit nach Anzeichen von

Bewegung absuche … und auf das Husten von jemand anderem lausche.

Und dann höre ich es.

Ein einzelnes Husten, gefolgt von einem ausgewachsenen Hustenanfall – nur ist es nicht das tiefe Husten eines Mannes, sondern ein kleiner, hoher Ton.

Der Husten eines kleinen Kindes.

## 54

CHLOE

»Slava? Slava, wo bist du?« Ich taste in der Dunkelheit um mich herum, mein Herz klopft unheimlich schnell, während ich die Waffe in mein Mieder stopfe. »Alina, Lyudmila, seid ihr da? Wo ist er? Ich kann Slava nicht finden.«

»Er war direkt neben dir.« Alinas Ton ist genauso angespannt wie meiner. »Slava! Slavochka, *ti gdye?*«

Keine Antwort.

Ich wirbele herum und strecke die Arme aus. »Slava! Das ist kein Spiel. Wir spielen hier nicht Verstecken. Lyudmila, siehst du ihn?«

»Nein.« Sie klingt ebenso besorgt. »Vielleicht hat er sich verletzt. Ich suche jetzt nach Licht.«

Richtig. Hier muss es doch ein paar Taschenlampen geben. Ich kneife die Augen zusammen, dann öffne ich sie und versuche, meine Sehkraft an die Dunkelheit anzupassen – und zu meiner Überraschung funktioniert es.

Es ist jetzt nicht stockdunkel um mich herum. Tatsächlich kommt ein schwaches Licht von der anderen Seite des Raumes.

Der Seite, auf der die Leiter steht.

Mein Herzschlag beschleunigt sich weiter, während ich auf sie zusteuere und mein Bestes gebe, um nicht zu stolpern. »Slava? Slava, komm her!« Meine Panik wächst von Sekunde zu Sekunde. Nicht nur das Kind ist verschwunden, sondern ich fange an, etwas Scharfes und Beißendes zu riechen.

*Rauch.*

»Slava!« Meine Stimme steigt in Tonlage und Lautstärke, als mehr des Lichts meine Augäpfel erreicht und meinen Magen mit kaltem Schrecken füllt.

Es gibt keinen Zweifel mehr, wohin Slava gegangen ist.

Die Deckentür am oberen Ende der Leiter ist aufgestoßen.

## 55

## NIKOLAI

Der Schrecken, der mich ergreift, ist so absolut, dass ich für einen Moment sicher bin, dass ich mich verhört habe, dass der Husten des Kindes nichts weiter als eine Halluzination war, die durch den ganzen Rauch hervorgerufen wurde.

Das kann nicht mein Sohn sein. Er ist unten im Schutzraum, wo es verdammt nochmal sicher ist. Wo er mit Chloe und meiner Schwester sein sollte.

Aber nein. Da ist wieder dieses Husten, gefolgt von einem schmerzhaft vertrauten »Papa? Daddy?«.

Mein Magen ist ein Eisball, aber ich behalte genug Geistesgegenwart, um nicht zu schreien, dass ich hier bin, für den Fall, dass der Feind auch hier drin ist. Stattdessen gehe ich in die Hocke und bewege mich dorthin, wo ich Slavas Stimme gehört habe – ein Schritt, der mir hilft, sauberere Luft zu atmen, da weiter oben mehr Rauch ist.

Trotzdem wächst der Hustenreiz, als die giftigen

Partikel meine Lunge füllen. Meine Brust hebt sich krampfhaft, meine Augen tränen von der Anstrengung, den Reflex zu unterdrücken, und ich weiß, dass ich mich in Kürze verraten werde.

Ich muss Slava so schnell wie möglich ausfindig machen.

»Papa? Wo bist du?«

Scheiße. Seine Stimme klingt weiter weg.

Er steuert auf das Garagentor zu und versucht, dem Rauch zu entkommen.

Wieso zum Teufel ist er allein? Ist etwas mit Chloe und Alina passiert?

Ich bleibe unten am Boden und eile ihm hinterher. Mein Herz pocht heftig, während meine Lungen weiter schreien, dass ich husten muss, um die verunreinigte Luft auszustoßen.

»Daddy?«

Slavas winzige Gestalt wird kurz vom Schein der Flammen umrissen, dann tritt er durch das brennende Loch und verschwindet nach draußen.

Scheiß drauf. Hustend stehe ich ruckartig auf und starte einen Sprint.

Wenn ich mir eine Kugel einfange, dann soll es so sein.

Ich stürme nach draußen, die Waffe im Anschlag, und sehe ihn.

Mein Sohn, der nur ein paar Meter entfernt steht und dessen kleines Gesicht sich bei meinem Anblick aufhellt.

»Daddy!« Er fuchtelt mit einem Messer in der Luft

herum. »Ich bin gekommen, um zu helfen – wie Superman.«

Mein Herz klopft mit einer Mischung aus Angst und Erleichterung, als ich mich auf ihn zubewege – nur um zu erstarren, als eine dunkle Gestalt aus dem Schatten hinter ihm auftaucht und eine Waffe auf mich richtet.

»Komm her, Slavchik«, sagt Alexej Leonow und zieht mit einer Hand seine Gesichtsmaske herunter, um schwarze Augen zu enthüllen, die im Licht der züngelnden Flammen hinter mir glühen. »Du bist jetzt in Sicherheit, Junge. Dein Onkel ist gekommen, um dich nach Hause zu holen.«

## 56

CHLOE

Ich vergesse alles, als ich den langen Rock meines Kleides hochziehe und die Leiter hinaufklettere. Mein Entsetzen wächst, als ich durch die offene Deckentür klettere und mich dichter Rauch einhüllt, dessen beißender Geruch sich in meine Nasenlöcher schlängelt und meine Augen brennen lässt.

»Slava!« Ich huste und spähe durch die trübe, rot gefärbte Dunkelheit. »Slava, komm zurück!«

Nichts. Keine Antwort.

»Chloe, warte!«

Ich ignoriere Alinas Ruf, klettere komplett hinaus und blicke über die rauchige Hölle, die das Innere der Garage ist. Es ist wie eine Szene aus einem Katastrophenfilm, komplett mit putzüberzogenen Autos mit zerbrochenen Scheiben und flackernden Flammen neben der großen Metalltür – einer Tür, die ein riesiges, brennendes Loch hat.

Mein Puls schießt in die Höhe, ich beginne zu laufen und ignoriere die Glasscherben und steinartigen Betonbrocken, die sich in meine nackten Füße beißen. Der Schmerz ist nichts im Vergleich zu dem Grauen, das in meinem Magen rumort.

In diesem Loch muss Slava verschwunden sein.

Er muss direkt nach der Explosion hierhergekommen und nach draußen gerannt sein, direkt in Gott weiß was für eine Gefahr.

Wenigstens sind jetzt keine Schüsse zu hören – aber das kann sich jeden Moment ändern. Hustend ziehe ich die schwere Waffe aus meinem Mieder und halte sie mit beiden Händen fest umklammert, damit sie mir nicht aus den verschwitzten Fingern rutscht.

»Slava!« Ich renne durch das Loch, ignoriere die Flammen, die sich an den Rändern festfressen – nur um dann vor Entsetzen zum Stehen zu kommen.

Vor mir liegt eine Szenerie, die direkt aus einem Western zu stammen scheint: Nikolai und ein unbekannter Mann haben Gewehre in einem tödlichen Patt aufeinandergerichtet, und in ihrer Mitte steht Slava mit weit aufgerissenen Augen.

## 57

## CHLOE

Hyperventilierend hebe ich meine Waffe und richte den Lauf auf den Fremden. »Lass deine Waffe fallen und geh zurück!«

Ich will autoritär klingen, aber stattdessen kommen meine Worte in einem heiseren, zitternden Krächzen heraus, da meine Kehle rau vom Rauch ist.

Der düstere Blick des Mannes zuckt für eine Millisekunde zu mir, aber er bewegt sich keinen Zentimeter. »*Idi syuda*, Slavchik.« Seine tiefe Stimme ist unheimlich ruhig. »*Bystro.*«

Zu meiner Überraschung verstehe ich den ersten Teil des Satzes.

*Komm her*, sagte der Fremde, und benutzte eine andere Verkleinerungsform des Namens unseres Kindes.

Nikolais Blick verlässt das Gesicht seines Gegners nicht, obwohl ich weiß, dass er sich meiner Anwesenheit bewusst ist. Ich kann die tödliche

Spannung spüren, die von ihm ausgeht, sehe, wie sich sein harter Kiefer bewegt.

»Mein Sohn geht nirgendwo mit dir hin«, knurrt er den Fremden auf Englisch an. »Slavochka, stell dich hinter mich. Jetzt.«

Slava schaut verwirrt, sein Blick wandert zwischen den beiden Männern hin und her. »*Dyadya Lyosha? Papa?*«

*Dyadya.* Ich zermartere mir das Hirn für eine Übersetzung, und dann fällt es mir ein.

*Onkel* bedeutet dieses Wort. Und *Lyosha* ist wahrscheinlich die Verkleinerungsform von *Alexej.*

Nikolai hatte recht. Es *sind* die Leonows – oder zumindest einer von ihnen.

Slavas Onkel.

Die Waffe ist schwer in meinen ausgestreckten Händen, viel schwerer, als es in Filmen dargestellt wird. Meine Schultern und Nackenmuskeln beginnen zu schmerzen, meine Unterarme ermüden vom festen Umfassen der Waffe. Ich ignoriere das Unbehagen und halte sie auf den Mann gerichtet, während mein Verstand wild herumwirbelt und versucht, einen Ausweg aus dieser beschissenen Situation zu finden.

Nach allem, was Nikolai mir über die Leonows erzählt hat, habe ich beinahe Hörner und einen Schwanz erwartet, und es *gibt* etwas Dämonisches in Alexejs rauen Zügen – besonders in seinen Augen. Sie sind so dunkel, dass sie schwarz erscheinen und mich an Teertümpel in den Tiefen eines Vulkans denken lassen, komplett mit einem rötlichen Schimmer von den flackernden Flammen, die sich darin spiegeln. Doch der Mann ist nicht hässlich, ganz im Gegenteil.

Wenn Nikolai die Messlatte für männliche Schönheit nicht so hoch angesetzt hätte, hätte ich Slavas Onkel vielleicht gefährlich attraktiv gefunden.

Nicht, dass sein Aussehen eine Rolle spielt, wenn er die Waffe auf Nikolai gerichtet hält, und *seine* dick bemuskelten Arme zeigen keine Anzeichen von Ermüdung. Genauso wenig wie Nikolais. Beide Männer könnten genauso gut aus Stahl sein, und ihre Gesichter sind vom gegenseitigen Hass angespannt.

Slava hingegen scheint dieses Gefühl nicht zu teilen. Wenn überhaupt, scheint er zwischen seinem Vater und seinem Onkel hin- und hergerissen zu sein. Sein Blick wandert von einem zum anderen, seine Haltung spricht eher von Verwirrung über die Spannung zwischen den beiden Erwachsenen als von Angst vor dem Eindringling.

Wenn das Kind missbraucht wurde, während es bei der Familie seiner Mutter lebte, dann war es nicht durch die Hände dieses Mannes.

Ich treffe eine Entscheidung und gehe vorsichtig vorwärts. So viel Angst ich auch um Nikolai habe, ich muss Slava aus der direkten Schusslinie bringen.

»Slavochka …« Ich mache meine Stimme so ruhig und sanft, wie ich kann. »Bitte komm zu mir. Mama Chloe braucht dich hier.«

Der Junge bewegt sich nicht. Irgendwie muss er spüren, dass seine Anwesenheit das Einzige ist, was die Gewalt von einer Eskalation abhält.

Ich riskiere einen weiteren halben Schritt nach vorne, und Slava bewegt sich endlich und stürzt auf mich zu. Sobald er nahe genug ist, packe ich ihn am Arm und schiebe ihn hinter mich, blockiere ihn mit meinem Körper, während ich beginne, zurückzutreten.

Der Fremde stößt ein raues Lachen aus, seine dunklen Augen blitzen kurz zu dem Ring an meinem Finger. »Mama Chloe also?« Wie Nikolais ist auch sein Englisch so amerikanisch wie nur möglich. »Schätzchen … wenn du noch einen Muskel bewegst, blase ich dir das Hirn weg, und dann das deines geliebten Mannes. Übrigens, herzlichen Glückwunsch zu eurer Hochzeit«, fährt er fort, während ich auf der Stelle erstarre. »Ich nehme an, sie war erst kürzlich?«

Nikolais Augen sind zu Schlitzen verengt, und seine Stimme ist tödlich leise. »Das geht dich einen Scheißdreck an. Jetzt geh, bevor ich den Boden mit *deinem* Gehirn bespritze. Da wir anscheinend eine Familie sind und so, werde ich dich gehen lassen, bevor die Wachen hier sind.«

»Welche Wachen?« Alexejs scharfkantiges Lächeln ist voller weißer Zähne und Grausamkeit. »Es sind jetzt nur noch ich und meine Männer hier. Und du bist verdammt high, wenn du denkst, dass ich ohne das gehe, wofür ich gekommen bin. Übergib mir den Sohn meiner Schwester und Alina – und vielleicht, nur vielleicht, lasse ich dich und deine hübsche Braut am Leben. Da wir bald eine noch engere Familie sein werden und so.«

Ich blinzele. Alina? Was hat sie mit irgendetwas zu tun? Und was meint er mit engerer Familie?

Nikolais Stimme wird noch weicher, eine tödliche Drohung in jeder sanft gesprochenen Silbe. »Du hast genau dreißig Sekunden, um die Klappe zu halten und zurückzutreten, bevor ich das Feuer eröffne.«

»Mit ihr und dem Kind hier? Das glaube ich nicht.« Sein Blick schweift für eine weitere Millisekunde zu mir. »Außerdem haben meine Scharfschützen euch beide im Visier.«

Mein Magen zieht sich noch enger zusammen, aber Nikolai fletscht nur die Zähne. »Blödsinn. Sie haben keine freie Sicht.«

»Nein? Wollen wir wetten?« Alexej grinst gefährlich. »So oder so, ich brauche nur zu warten, und meine Männer werden den Schützen auf deinem Dach ausschalten – dann bist du komplett umzingelt, und ich nehme mir, was ich will.«

»Nicht, wenn du bis dahin tot bist.« Nikolais Gesichtsausdruck ist eisig dunkel. »Du hast noch zwanzig Sekunden Zeit. Neunzehn. Achtzehn …«

Mein Herzschlag beschleunigt sich, und meine Angst verdoppelt sich mit jeder gezählten Sekunde. Er meint es ernst, ich kann es sehen – und Alexej auch, dessen schwarze Augen sich ebenfalls verengen. Die nach Rauch duftende Luft ist so dicht mit beginnender Gewalt, dass ich praktisch den warmen, kupferfarbenen Sprühnebel des Blutes schmecken kann, wenn die Kugeln durch Fleisch und Knochen dringen.

Einer oder beide dieser Männer werden heute Abend hier sterben.

Nikolai wird nicht zulassen, dass sein Sohn entführt wird, und Alexej wird nicht nachgeben.

Ich muss etwas tun.

Wenn Nikolai recht hat, dass die Scharfschützen keine freie Schussbahn haben, sind wir zu zweit gegen Alexej. Wenn ich schieße, vielleicht …

»Stopp!« Wie ein Gespenst taucht Alina aus der rauchigen Dunkelheit der Garage auf. Das Blutrot ihres Kleides kontrastiert mit der gespenstischen Blässe ihrer Haut und dem tiefschwarzen Vorhang ihrer Haare.

Wie ich ist sie bewaffnet, aber im Gegensatz zu mir hält sie ihre Waffe locker an ihrer Seite, den Lauf auf den Boden gerichtet.

»Halt, Alexej, bitte.« Sie tritt durch die zerklüftete Öffnung, der Schein der verlöschenden Flammen färbt ihre jadefarbenen Augen in einen grünlichen Haselnusston. »Slava wird nirgendwo hingehen, das weißt du. Mein Bruder wird seinen Sohn nicht aufgeben. Und er ist nicht …« Ihre Stimme versagt. »Er ist sowieso nicht derjenige, den du willst.«

Ich hole tief Luft, um endlich zu begreifen, was hier passiert. Dieser Mann und Alina – sie kennen sich.

Mehr noch, er denkt, dass er eine Art Anspruch auf sie hat.

»Alina, geh zurück.« Nikolais Ton wird schärfer, als sich Alexejs gesamte Körperhaltung verändert und eine erschreckende Art von Hunger in seinem dämonischen Blick erscheint, als er Alinas Gesicht betrachtet.

Sie hebt ihre Waffe und zielt damit auf sein Gesicht. »Du hast die Wahl«, sagt sie ruhig. »Ich weiß, dass du ein exzellenter Schütze bist, aber das ist mein Bruder auch – und ich bin es ebenfalls. Und Lyudmila ist auch da drin.« Sie neigt ihren Kopf in Richtung der dunklen Garage. »Vielleicht kannst du ein oder zwei von uns ausschalten, bevor unsere Kugeln dich finden – und vielleicht können deine Scharfschützen helfen –, aber niemand wird ungeschoren davonkommen. Du hast vielleicht den Vorteil der Kräfte, die uns umgeben, aber hier sind wir in der Überzahl. Außerdem …« Ihre Stimme nimmt einen hämischen Tonfall an. »Was nütze ich dir denn, wenn ich tot bin?«

»Alina, halt die Klappe und geh wieder rein«, knurrt Nikolai. »Du musst nicht …«

»Ich werde mit dir kommen«, fährt sie fort und ignoriert ihren Bruder. »Ich werde den Verlobungsvertrag einhalten. Und im Gegenzug wirst du deine Männer zurückrufen und meinen Neffen vergessen. Er gehört hierher, zu seinem Vater und Chloe – das kannst du selbst sehen.«

Alexejs Augen zucken für einen weiteren Sekundenbruchteil zu mir, betrachten das Kind, das ich mit meinem Körper decke, nehmen die Art und Weise wahr, wie es sich an meine Beine klammert, während es das Geschehen mit großen, verständnislosen Augen beobachtet.

Deshalb sprechen alle Englisch, stelle ich auf einmal

fest. Sie hoffen, dass Slava mit seinen noch begrenzten Sprachkenntnissen nicht alles versteht – und es funktioniert zumindest teilweise. Er kann sehen, wie die Erwachsenen mit ihren Waffen aufeinander zielen, aber er versteht nicht ganz, warum.

Alexejs Blick kehrt zu Alina zurück, und die schwarzen Augenhöhlen brennen mit noch dunklerem Hunger. »In Ordnung. Wir haben eine Abmachung. Leg die Waffe weg und komm zu mir.«

»Tu es verdammt nochmal nicht.« Nikolais Stimme ist peitschenscharf. »Ich kann es mit ihm aufnehmen.«

»Vielleicht.« Sie legt ihre Waffe auf den Boden. »Oder vielleicht werdet ihr beide sterben. Vielleicht werden Chloe und Slava das auch tun. Denk darüber nach.«

Nikolais Kiefer krampft sich zusammen. »Ich lasse dich das nicht tun.«

Ein bitteres Lächeln umspielt ihre Lippen. »Es ist nicht deine Entscheidung, Bruder. Es ist auch nicht meine. Diese ganze Schicksalsgeschichte, an die du glaubst? Nun, meine wurde entschieden, als ich fünfzehn war, und es ist Zeit, dass ich aufhöre, davor wegzulaufen. Du und Konstantin habt mich lange genug abgeschirmt.«

Nikolai will weiterargumentieren, das kann ich sehen, aber Alina kommt jeder weiteren Diskussion zuvor, indem sie schnell zu Alexej hinübergeht, der sie am Ellenbogen greift und an seine Seite zieht, sobald sie in Reichweite ist.

Die besitzergreifende Art, wie er sie an sich drückt,

lässt keinen Zweifel an seinen Absichten. Seine dunkle Gestalt, die sich über ihr erhebt, lässt mich an Hades denken, der Persephone in die Unterwelt hinabzieht.

Nikolai muss das Gleiche denken, denn sein Gesicht verzieht sich vor Wut, und er macht einen halben Schritt nach vorne – nur um stehen zu bleiben, als Alexejs Finger sich warnend um den Abzug legt.

»Tu es nicht, Kolya.« Alinas Augen glitzern hell, als Alexej anfängt, rückwärts auf die Baumgrenze zuzugehen, sie mit sich ziehend, während er seine Waffe auf Nikolai gerichtet hält. »Ich schaffe das schon. Pass einfach auf Chloe und Slava auf, und wir sehen uns irgendwann in Moskau wieder, okay? Und sag Konstantin, er soll nicht nach mir suchen. Ich will nicht, dass meinetwegen Blut vergossen wird!«

Die letzten Worte erreichen uns wie ein Schrei aus der Ferne, und Nikolais Blick brennt vor Hass, als er seinen Feind mit seiner Beute in der Dunkelheit verschwinden sieht und die Schatten sich um sie schließen, wie die heftige Umarmung eines Liebhabers.

CHLOE

Ich wache auf und höre in der Ferne das laute Rattern von Bohrern und Hämmern – ein vertrautes Geräusch der letzten Tage. Seit dem Angriff in der letzten Woche wurden sowohl das Haus als auch das Gelände umfassend renoviert und die Sicherheitsvorkehrungen verbessert, einschließlich einer Verfünffachung unserer Wachmannschaft.

Nikolai ist fest entschlossen, dafür zu sorgen, dass niemand, seien es die Leonows oder ein anderer unserer Feinde, unsere Mauern noch einmal durchbrechen kann, egal wie viele Söldner oder fortschrittliche Waffen sie zur Verfügung haben.

Ich öffne die Augen und betrachte die leere Matratze neben mir sowie das schwache Morgenlicht, das durch die Jalousien dringt. Es ist gerade erst Sonnenaufgang, also muss mein Mann früh aufgestanden sein, um mit seinen Brüdern eine Videokonferenz über die Suche nach Alina zu halten –

falls er letzte Nacht überhaupt geschlafen hat. Zu meiner großen Sorge haben seine nächtlichen Läufe seit der Attacke sowohl an Häufigkeit als auch an Dauer zugenommen, so dass ich nicht weiß, wann er überhaupt zur Ruhe kommt.

Die Tür schwingt auf, und das Objekt meiner Überlegungen betritt das Schlafzimmer.

Ich setze mich auf, und mein Herz zieht sich bei dem trostlosen Ausdruck auf seinem Gesicht zusammen.

»Nichts?«, frage ich leise, während er den Raum zu mir durchquert.

Er schüttelt den Kopf. »Es ist, als wären sie vom Angesicht des verdammten Planeten verschwunden. Konstantin glaubt, dass er sie irgendwo abseits des Netzes festhält, aber wo, weiß zu diesem Zeitpunkt niemand.«

»Es tut mir so leid.« Ich greife hinüber, um seine Hand zu drücken, als er sich auf die Bettkante setzt, aber er zieht mich stattdessen auf seinen Schoß. Er schlingt seine starken Arme fest um mich, vergräbt sein Gesicht in meinem Haar und atmet tief ein.

Als er sich zurückzieht, um meinen Blick zu erwidern, hat sich etwas von der Anspannung in seinem Gesicht gelöst. Er streichelt meine Wange und fragt sanft: »Wie fühlst du dich, *zajchik*? Hast du gut geschlafen?«

Ich drehe mein Gesicht und drücke ihm einen Kuss auf die Handfläche, bevor ich seine Hand auf meine Brust lege. »Ja.« Ich lächele, um die anhaltende Sorge in seinen Augen zu vertreiben. »Mir geht es gut, versprochen.«

Zu sagen, dass Nikolai mich in den letzten paar Tagen verhätschelt hat, wäre eine ausgesprochene Untertreibung. Obwohl ein paar oberflächliche Schnitte und Prellungen an meinen nackten Füßen das ganze Ausmaß meiner Verletzungen waren, hat er mich behandelt, als hätte ich eine weitere Schusswunde erlitten – oder zumindest ein schweres Trauma. Und obwohl es stimmt, dass ich wieder Alpträume habe, bin ich weit davon entfernt, zusammenzubrechen.

Nicht, dass ich mir keine Sorgen um Alina machen würde – das tue ich. Nikolai hat mir von dem Verlobungsvertrag erzählt, den ihr Vater mit Boris Leonow geschlossen hatte, als Alina kaum fünfzehn war – und wenn ich noch Zweifel hatte, dass der Mann sein Schicksal durch Nikolais Hände verdient hatte, verschwanden sie in diesem Moment.

Kein Wunder, dass Alexej so getan hatte, als hätte er einen Anspruch auf sie. Durch diesen barbarischen – und zweifelsohne illegalen – Vertrag tut er das. Ich kann nur hoffen, dass seine Gefühle für sie über die dunkle Lust hinausgehen, die ich in dieser Nacht auf seinem Gesicht gesehen habe, und dass er nicht so ein schrecklicher Mann ist, wie sein Ruf vermuten lässt.

Nikolais Lippen verziehen sich zu einem antwortenden Lächeln, während er mich von seinem Schoß schieben will, aber ich schlinge meine Arme um seinen Hals und weigere mich, ihn loszulassen. »Leg dich zu mir, bitte«, murmele ich in sein Ohr. »Ich bin noch nicht bereit, aufzustehen.«

So besorgt wie ich um Alina bin, so besorgt bin ich auch darüber, wie schwer Nikolai das Geschehene mitnimmt. Er hat in der letzten Woche keine einzige Nacht richtig geschlafen und das sieht man an den dunklen Vertiefungen um seine markanten Augen, den tiefen Furchen, die seinen sinnlichen Mund umschließen … seine unerbittliche Besessenheit von Slavas und meiner Sicherheit.

Nikolai hat sich nicht nur geweigert, die Kameras aus dem Haus zu entfernen, als ich ihn darum gebeten habe, sondern er lässt mich und Slava Tracker-Armbänder tragen, die ihm jederzeit unseren genauen Standort mitteilen und unsere Vitalwerte messen.

Ich habe mich entschieden, ihm in diesem Punkt nicht zu widersprechen, da wir uns auf viel wichtigere Dinge konzentrieren müssen, wie zum Beispiel die Beerdigungen für die gefallenen Wachen – ein weiterer Grund für Nikolais düstere Stimmung. Mehr als ein Dutzend unserer Männer wurden bei dem Angriff getötet, und mehrere weitere wurden schwer verletzt – glücklicherweise waren die meisten von Nikolais Armeefreunden nicht darunter.

Alexejs Männer hielten sie in einer Schlucht fest und hinderten sie daran, uns zu Hilfe zu kommen oder um Hilfe zu funken, aber alle außer Ivanko überlebten. Sogar Arkash, den eine Kugel gefährlich nahe an der Wirbelsäule erwischt hat, wird voraussichtlich wieder vollständig genesen.

Der andere Lichtblick in alldem ist Slava. Nachdem wir ihm erklärt hatten, dass das, was er gesehen hatte, ein Teil der Sicherheitsübung war und dass Alina mit *Onkel Lyosha* in den Urlaub gefahren ist, kehrte der Junge wieder zu seinem fröhlichen Wesen zurück und löcherte mich, Pavel und Lyudmila mit einer Million Fragen über die neuen Wachen und die Bauarbeiten auf dem Gelände.

»Zajchik …« Nikolais Stimme wird heiserer, als ich meine Lippen ach so unschuldig über sein Ohrläppchen streifen lasse. »Ich wünschte, ich könnte mich dir anschließen, aber ich habe heute Morgen eine Menge Arbeit.«

Natürlich hat er das, aber das kann warten, bis er etwas Schlaf bekommen hat. Ich lasse alle vorgetäuschte Unschuld beiseite, drücke mit meinem Hintern gegen die wachsende Beule in seiner Hose und küsse ihn auf den harten Unterkiefer. »Bitte …«

Wenn es eine Sache gibt, die die Ereignisse der letzten Woche nicht beeinflusst haben, dann ist es Nikolais Sexualtrieb – und natürlich ist dieser Kuss alles, was er braucht, um mich auf den Rücken zu drehen und mich zu ficken, bis wir beide verschwitzt, wund und mehr als zufrieden sind. Und, wie ich gehofft hatte, erschöpft genug, um zu schlafen … zumindest diejenigen von uns, die keinen Schlaf bekommen haben.

Ich warte, bis ich sicher bin, dass Nikolai tief schläft, bevor ich mich vorsichtig unter seinem Arm hervorwinde und ins Bad gehe, um zu duschen und mich für den Tag fertig zu machen.

Als ich herauskomme, schläft er immer noch, und die Erschöpfung lastet schwer auf seinen schönen Zügen. Zärtlich lächelnd beobachte ich ihn eine Weile. Dann lasse ich mich in einen Sessel am Fenster sinken und klappe meinen Laptop auf, um die Nachrichten zu checken, wie ich es in den letzten Tagen jeden Morgen gemacht habe.

Wie wir gehofft hatten, haben sich mehr von Bransfords Opfern gemeldet, seit die Geschichte über seinen Übergriff auf Mascha bekannt wurde – und nicht nur die beiden Frauen, die Nikolai gefunden hat. Jeder Tag hat neue, immer schrecklichere Enthüllungen gebracht … deshalb bin ich so süchtig nach den Nachrichten.

Jede vernichtende Schlagzeile rächt meine Mutter weiter.

Ich öffne den Browser und navigiere zu meiner Lieblingsnachrichtenseite – nur um bei den fettgedruckten Worten auf dem Bildschirm zu erstarren:

BRANSFORD BEGEHT SELBSTMORD IM HOTELZIMMER

Mit aufgewühltem Magen klicke ich auf den Artikel.

Anscheinend wurde Tom Bransford vor etwa 39 Minuten mit aufgeschnittenen Pulsadern in einem Penthouse des Four Seasons aufgefunden. Der

Abschiedsbrief an seinem Bett lässt wenig Zweifel daran, was passiert ist.

Das heißt, wenig Zweifel für alle, die meinen Mann nicht kennen und wissen, wozu er fähig ist.

Ich lege den Laptop beiseite, stehe auf und gehe zum Bett. Mein Herz klopft unregelmäßig, während ich den Mann anblicke, der dort schläft – den Ehemann, den ich inzwischen mehr liebe als das Leben selbst.

Hat er das getan?

Hat er entschieden, dass Bransford, selbst ohne seine politische Anziehungskraft und am Rande einer strafrechtlichen Verfolgung, eine zu große Gefahr für mich darstellt?

Ist Mascha oder jemand wie sie in das Four-Seasons-Penthouse eingedrungen und hat alles so arrangiert, dass es so aussieht, als hätte sich Bransford selbst umgebracht – so wie es seine Mörder bei meiner Mutter getan haben?

Ich sollte Nikolai aufwecken und eine Antwort auf diese Fragen verlangen, ihn dazu bringen, die Wahrheit zuzugeben – aber ich weiß, dass ich das nicht tun werde. Nicht, weil ich immer noch Angst habe, mich der Dunkelheit in ihm zu stellen, sondern weil ich merke, dass diese spezielle Wahrheit für mich keine Rolle spielt.

Selbstmord oder Attentat, Bransford ist weg, und der rachsüchtige Teil von mir – der Teil, den ich vorgeben wollte, nicht zu haben – ist glücklich. Nein, mehr als glücklich. Er ist geradezu ekstatisch.

Ob durch Nikolais Hand oder seine eigene, Tom Bransford bekam genau das, was er verdiente.

Ich bleibe noch eine Minute länger am Bett stehen, um die Erleichterung dieses Wissens in mich aufzusaugen, das Verschwinden der Last, von der ich gar nicht gemerkt hatte, dass sie noch auf meinen Schultern lag. Ich lasse dieses Gefühl zu, während ich über die tödliche Schönheit des Gesichtes meines Mannes und die schreckliche Dunkelheit in seiner Seele nachdenke – einer Dunkelheit, von der ich jetzt weiß, dass sie auch in mir existiert.

Dann lege ich mich vorsichtig, um seine dringend benötigte Ruhe nicht zu unterbrechen, neben ihn und meinen Arm über seine Brust. Seine Augen öffnen sich nicht, und seine Atmung verändert sich nicht, aber er dreht sich um, zieht mich an sich, und sein kraftvoller Körper wölbt sich um mich, wärmt mich, schirmt mich von der Welt ab.

Meine Brust dehnt sich aus, und mein Herz ist so erfüllt, dass es zu platzen droht. Noch vor ein paar Monaten war ich eine Waise auf der Flucht vor den Mördern meiner Mutter, eine Frau ganz allein auf der Welt mit einer Lebenserwartung, die in Tagen gemessen wurde. Jetzt habe ich einen Mann und einen Sohn, und eine Zukunft voller Möglichkeiten.

Vielleicht bleiben wir für die nächsten Jahre hier, und ich bekomme einen Job als Lehrerin an einer örtlichen Schule – einer Schule, die auch Slava besuchen wird. Oder vielleicht gehen wir nach Moskau, und Nikolai übernimmt wieder die Leitung seiner Familienorganisation, mit allem, was dazugehört. Oder vielleicht wird es etwas ganz anderes sein, ein Weg, den ich mir im Moment noch gar nicht vorstellen kann.

Was auch immer dieser Weg ist, wohin wir von hier aus gehen, es spielt keine Rolle.

Solange ich meinen dunklen Beschützer habe, fürchte ich nichts.

Zusammen können Nikolai und ich es mit der ganzen Welt aufnehmen.

Die Geschichte von Nikolai & Chloe endet hier. Wenn Ihnen *Der Käfig des Engels* gefallen hat, hinterlassen Sie bitte eine Rezension!

Um über meine zukünftigen Bücher informiert zu werden, einschließlich weiterer Geschichten mit der Molotov-Familie, melden Sie sich für meinen Newsletter auf www.annazaires.com/book-series/deutsch/ an.

**Sehnen Sie sich nach mehr düsteren, spannenden Liebesromanen?** Lesen Sie die Zusammenarbeit mit Charmaine Pauls, *Dunkler als Liebe*, ein fesselnder Liebesroman über einen kaltblütigen russischen Killer und eine ebenso tödliche Attentäterin, deren Wege sich nach einer leidenschaftlichen Nacht in Budapest für immer verflechten.

**Mögen Sie romantische Komödien, bei denen man laut lachen muss?** Mein Ehemann und ich schreiben gemeinsam unter dem Pseudonym Misha Bell anzügliche Liebeskomödien. Holen Sie sich ein Exemplar von *Hard Ware – Der Fremde*, die Geschichte einer scharfzüngigen Sexspielzeug-Designerin, eines mysteriösen potenziellen Investors und ihrer beiden verliebten Hunde.

**Sind Sie ein Fan von Urban Fantasy?** Lesen Sie *Dream Walker – Traumwandler*, geschrieben von meinem Mann Dima Zales. Es ist die actionreiche Geschichte einer Traumwandlerin, die ihre Mutter retten muss, ohne sich in den gefährlichen Illusionisten zu verlieben, der ihr dabei hilft.

Wenn Sie Hörbücher mögen, besuchen Sie bitte www.annazaires.com/book-series/deutsch/, um sich diese Serie und unsere anderen Bücher im Hörbuchformat anzuschauen.

Bitte blättern Sie jetzt um, um Auszüge aus *Wall Street Titan – Der Börsenhai* und *Hard Ware – Der Fremde* zu lesen.

**Ein Milliardär, der eine perfekte Frau will...**

Mit 35 Jahren hat Marcus Carelli alles: Reichtum, Macht und die Art von Aussehen, die Frauen atemlos machen. Als Selfmade-Milliardär leitet er einen der größten Hedgefonds an der Wall Street und kann große Unternehmen mit einem einzigen Wort vernichten. Das Einzige, was ihm fehlt? Eine Frau, die so großartig ist, wie die Milliarden auf seinem Bankkonto.

**Eine Katzenfrau, die ein Date braucht ...**

Die sechsundzwanzigjährige Buchhändlerin Emma Walsh weiß aus guter Quelle, dass sie eine Katzenlady ist. Sie stimmt dieser Einschätzung nicht unbedingt zu, aber es ist schwer, sie mit den Fakten zu widerlegen. Abgenutzte und mit Katzenhaar bedeckte Kleidung?

Check. Letzter professioneller Haarschnitt? Vor über einem Jahr. Oh, und drei Katzen in einem winzigen Studio in Brooklyn? Ja, definitiv.

Und ja, gut, sie hatte seit wann keinen Sex? Nun, sie kann sich nicht erinnern. Aber dieser Punkt kann geändert werden. Gibt es dafür nicht Dating-Apps?

**Eine Verwechslung ...**

Eine High-End-Heiratsvermittlerin, eine Dating-App, eine Verwechslung, die alles verändert ... Gegensätze können sich anziehen, aber kann das halten?

***

Ich hüpfe fast vor Aufregung, als ich mich dem Sweet Rush Café nähere, wo ich Mark zum Abendessen treffen soll. Das ist das Verrückteste, was ich seit einer Weile getan habe. Zwischen meiner Abendschicht in der Buchhandlung und seinen Kursen an der Uni hatten wir keine Chance, mehr als einige wenige Textnachrichten auszutauschen, also habe ich nur ein paar verschwommene Bilder, an denen ich mich orientieren kann. Trotzdem habe ich ein gutes Gefühl dabei.

Ich habe das Gefühl, dass Mark und ich wirklich eine Verbindung haben könnten.

Ich bin ein paar Minuten zu früh, also bleibe ich an der Tür stehen und nehme mir einen Moment Zeit, um

Katzenhaare von meinem Wollmantel zu streichen. Der Mantel ist beige, was besser ist als schwarz, aber weißes Haar ist auf allem sichtbar, was nicht reinweiß ist. Ich denke, Mark wird es nicht allzu sehr stören – er weiß, wie stark Perser haaren –, aber ich möchte für unser erstes Date trotzdem repräsentativ aussehen. Es hat etwa eine Stunde gedauert, aber ich habe meine Locken dazu bekommen, sich halbwegs gut zu benehmen, und ich trage sogar ein wenig Make-up – etwas, was so häufig passiert wie ein Tsunami in einem See.

Ich atme tief durch, betrete das Café und schaue mich um, um zu sehen, ob Mark vielleicht schon da ist.

Das Bistro ist klein und gemütlich, mit den typischen Diner-Bänken, die im Halbkreis um eine Kaffeebar angeordnet sind. Der Geruch von gerösteten Kaffeebohnen und Backwaren ist köstlich und lässt meinen Magen vor Hunger knurren. Ich wollte mich nur auf den Kaffee beschränken, aber ich beschließe, mir auch ein Croissant zu kaufen; mein Budget sollte dafür ausreichen.

Nur wenige der Tische sind besetzt; wahrscheinlich, weil es ein Dienstag ist. Ich überfliege sie, weil ich nach jemandem suche, der Mark sein könnte, und bemerke einen Mann, der allein am entferntesten Tisch sitzt. Er schaut in meine entgegengesetzte Richtung, so dass ich nur den Hinterkopf sehen kann, aber sein Haar ist kurz und dunkelbraun.

Er könnte es sein.

Ich sammele meinen Mut und nähere mich dem Tisch. »Entschuldigung«, sage ich. »Bist du Mark?«

Der Mann dreht sich zu mir um, und mein Puls schießt in die Stratosphäre.

Die Person vor mir sieht überhaupt nicht aus wie die Bilder in der App. Sein Haar ist braun, und seine Augen sind blau, aber das ist die einzige Ähnlichkeit. Die harten Gesichtszüge des Mannes sind weder rund noch scheu. Vom stahlharten Kiefer bis zur falkenartigen Nase ist sein Gesicht völlig männlich, geprägt von einem Selbstbewusstsein, das an Arroganz grenzt. Ein Hauch von Schatten verdunkelt seine schlanken Wangen, so dass seine hohen Wangenknochen noch deutlicher hervorstechen, und seine Augenbrauen sind dicke dunkle Schrägstriche über seinen stechend hellen Augen. Selbst hinter dem Tisch sitzend, sieht er groß und kräftig aus. Seine Schultern sind in seinem maßgeschneiderten Anzug unglaublich breit, und seine Hände sind doppelt so groß wie meine.

Unmöglich, dass dies der Mark von der App ist, es sei denn, er hat seit der Aufnahme dieser Fotos einen ernsthaften Trainingsmarathon im Fitnessstudio eingelegt. War das möglich? Konnte sich ein Mensch so sehr verändern? Er hatte seine Größe nicht im Profil angegeben, aber ich hatte angenommen, dass das Auslassen bedeutete, dass er höhentechnisch wie ich eher unterdurchschnittlich war.

Der Mann, den ich ansehe, ist in keiner Weise

unterdurchschnittlich, und er trägt mit Sicherheit keine Brille.

»Ich bin … ich bin Emma«, stottere ich, als der Mann mich weiterhin anstarrt, wobei sein Gesicht hart und unergründlich ist. Ich bin mir fast sicher, dass ich den falschen Kerl erwischt habe, aber ich zwinge mich trotzdem, zu fragen: »Bist du zufällig Mark?«

»Ich ziehe es vor, Marcus genannt zu werden«, antwortet er zu meiner Überraschung. Seine Stimme ist ein tiefes männliches Rumpeln, das etwas primitiv Weibliches in mir anspricht. Mein Herz schlägt noch schneller, und meine Handflächen beginnen zu schwitzen, als er aufsteht und unverblümt sagt: »Du bist nicht das, was ich erwartet habe.«

»Ich?« *Was zum Teufel …?* Eine Welle der Wut verdrängt alle anderen Emotionen, während ich auf den unhöflichen Riesen vor mir starre. Dieses Arschloch ist so groß, dass ich mir den Hals verrenken muss, um zu ihm aufzuschauen. »Und was ist mit dir? Du siehst überhaupt nicht aus wie auf deinen Bildern!«

»Ich schätze, wir wurden beide irregeführt«, sagt er mit angespanntem Kiefer. Bevor ich antworten kann, deutet er auf den Tisch »Du kannst dich genauso gut hinsetzen und mit mir essen, Emmeline. Dann bin ich nicht umsonst den ganzen Weg hierhergekommen.«

»Ich heiße *Emma*«, korrigiere ich vor Wut kochend. »Und nein, danke. Ich werde einfach gehen.«

Seine Nasenlöcher beben, und er tritt nach rechts, um mir den Weg zu versperren. »Setz dich, *Emma*.« Er lässt meinen Namen wie eine Beleidigung klingen. »Ich werde mit Victoria reden, aber im Moment verstehe ich nicht, warum wir nicht wie zwei zivilisierte Erwachsene essen können.«

Die Spitzen meiner Ohren brennen vor Wut, aber ich rutsche in die Bank, anstatt eine Szene zu machen. Meine Großmutter hat mir von klein auf Höflichkeit beigebracht, und selbst als Erwachsene, die allein lebt, fällt es mir schwer, gegen das anzukämpfen, was sie mir beigebracht hat.

Sie würde es nicht gutheißen, wenn ich diesem Idioten mein Knie in die Eier rammen und ihm sagen würde, dass er sich verpissen soll.

»Danke«, sagt er und rutscht auf die Bank mir gegenüber. Seine Augen funkeln eisblau, während er die Speisekarte betrachtet. »Das war nicht so schwer, oder?«

»Ich weiß nicht, *Marcus*«, sage ich und betone extra den formellen Namen. »Ich bin erst seit zwei Minuten bei dir, und schon auf hundertachtzig.« Ich gebe die Beleidigung mit einem damenhaften, von meiner Großmutter genehmigten Lächeln ab, werfe meine Handtasche in die Ecke unserer Nische und nehme die Speisekarte, ohne mich zu bemühen, meinen Mantel auszuziehen.

Je eher wir essen, desto schneller kann ich hier herauskommen.

Ein tiefes Lachen erschreckt mich, und ich schaue auf. Zu meinem Entsetzen grinst der Idiot, und seine Zähne blitzen weiß in seinem leicht gebräunten Gesicht. Keine Sommersprossen, stelle ich eifersüchtig fest; seine Haut ist perfekt ebenmäßig, ohne auch nur ein einziges Muttermal auf seiner Wange. Er ist nicht im klassischen Sinn gutaussehend – seine Gesichtszüge sind zu grob dafür – aber er sieht schockierend gut aus, auf eine starke, rein männliche Art und Weise.

Zu meinem Entsetzen breitet sich eine Hitzewelle in meinem Unterleib aus, und meine inneren Muskeln ziehen sich zusammen.

*Nein.* Auf keinen Fall. Dieses Arschloch macht mich *nicht* an. Ich kann es kaum ertragen, ihm gegenüber am Tisch zu sitzen.

Ich knirsche mit den Zähnen, schaue in die Speisekarte und stelle mit Erleichterung fest, dass die Preise an diesem Ort tatsächlich angemessen sind. Ich bestehe immer darauf, bei Dates für mein eigenes Essen zu bezahlen, und jetzt, da ich Mark getroffen habe – Entschuldigung, *Marcus* –, würde ich es ihm auch zutrauen, mich an einen noblen Ort zu schleppen, wo ein Glas Leitungswasser mehr kostet als ein Patrón. Wie konnte ich mich bei dem Kerl so sehr irren? Offensichtlich hatte er gelogen, als er behauptet hat, in einer Buchhandlung zu arbeiten und ein Student zu sein. Zu welchem Zweck, weiß ich nicht, aber alles an dem Mann vor mir schreit Reichtum und Macht. Sein Nadelstreifenanzug schmiegt sich an seinen breitschultrigen Rahmen, als wäre er für ihn maßgeschneidert, sein blaues Hemd ist steifgebügelt, und ich bin mir ziemlich sicher, dass seine subtil karierte Krawatte von einem Designer ist, der Chanel wie ein Walmart-Label aussehen lässt.

Als mir alle diese Details auffallen, habe ich einen neuen Verdacht. Könnte mir jemand einen Streich spielen? Kendall vielleicht? Oder Janie? Sie kennen beide meinen Geschmack bei Männern. Vielleicht hat eine von beiden beschlossen, mich auf diese Weise zu einem Date zu locken – aber warum sie mich mit *ihm* zusammengebracht haben und er dem zustimmen würde, ist ein großes Rätsel.

Stirnrunzelnd schaue ich von der Speisekarte auf und betrachte den Mann vor mir. Er hat aufgehört zu grinsen und betrachtet mit gerunzelter Stirn die Speisekarte, was ihn älter aussehen lässt als die siebenundzwanzig Jahre, die auf seinem Profil angegeben sind.

Dieser Teil muss auch eine Lüge gewesen sein.

Meine Wut verstärkt sich. »Also, *Marcus*, warum hast du mir geschrieben?« Ich lege die Speisekarte auf den Tisch und starre ihn wütend an. »Besitzt du überhaupt Katzen?«

Er schaut auf, und sein Stirnrunzeln vertieft sich. »Katzen? Nein, natürlich nicht.«

Die Irritation in seinem Ton lässt mich alles über Großmutters Missbilligung darüber vergessen, ihm direkt in sein schlankes, hartes Gesicht zu schlagen. »Ist das eine Art Streich? Wer hat dich dazu angestiftet?«

»Verzeihung?« Seine dicken Augenbrauen heben sich in einem arroganten Bogen.

»Oh, hör auf, so zu tun, als seist du unschuldig. Du hast mich in deiner Nachricht angelogen, und du hast die Frechheit, mir zu sagen, dass *ich* nicht das bin, was du erwartet hast?« Ich spüre praktisch den Dampf, der aus meinen Ohren kommt. »*Du* hast *mich* angeschrieben, und ich war in meinem Profil völlig ehrlich. Wie alt bist du? Zweiunddreißig? Dreiunddreißig?«

»Ich bin fünfunddreißig«, sagt er langsam, und sein Stirnrunzeln kehrt zurück. »Emma, worüber redest …«

»Das war's.« Ich nehme meine Handtasche am Henkel, rutsche von der Bank und stelle mich hin. Großmutter hin oder her, ich werde nicht mit einem Idioten essen gehen, der zugegeben hat, mich getäuscht zu haben. Ich habe keine Ahnung, was einen Kerl wie ihn dazu bringen würde, mit mir zu spielen, aber ich werde keine Witzfigur sein.

»Schönes Abendessen«, knurre ich, drehte mich um und gehe zum Ausgang, bevor er mir wieder den Weg versperren kann.

Ich habe es so eilig, fortzukommen, dass ich fast eine große, schlanke Brünette umrenne, die sich dem Café nähert, und den kleinen, pummeligen Typen, der ihr folgt.

---

Möchten Sie mehr erfahren? Falls Sie mehr darüber erfahren möchten, besuchen Sie bitte meine Homepage www.annazaires.com/book-series/deutsch/.

Also, mein Chihuahua hat eine Bärin gebumst.
Entschuldigung, eine riesige, bärenartige Hündin.

Jetzt ist der heiße Besitzer der Bärin hinter mir her
und verlangt einen Test auf Geschlechtskrankheiten …
für mein Haustier.

Ein weiteres Problem bei diesem hündischen
körperlichen Übergriff: der mysteriöse Besitzer der
Bärin könnte der Schlüssel sein, um mein neues
Projekt zu finanzieren und meine Spielzeugfirma auf
die nächste Ebene zu bringen. Und mit »Spielzeug«
meine ich die Art, die Spaß macht, die Art, die jede
Frau – und jeder Mann – braucht.

Wenn ich nur herausfinden könnte, was er verbirgt –
oder meine Libido dazu bringen, sich zu benehmen.

Denn Geschäft und Vergnügen zu vermischen ist eine schlechte Idee, und Dragomir Lamian ist vielleicht nicht der, der er zu sein scheint.

*HINWEIS: Dies ist eine romantische Komödie mit einer selbstbewussten, spielzeugbesessenen Heldin, die jeden russischen Aberglauben kennt, einem heißen, mysteriösen Fremden und zwei überdrehten Hunden, von denen einer ein besonderes Spielzeug hat. Wenn irgendetwas davon nicht Ihr Ding ist, dann laufen Sie schnell weit weg. Ansonsten schnallen Sie sich an und genießen Sie eine Achterbahnfahrt voller Lachen und guter Vibes.*

Ist das eine *Bärin*?

Die Liebeskugeln fühlen sich an, als ob sie kurz davor wären, aus meiner Vagina zu rutschen. Ich drücke meine gut trainierten Muskeln zusammen, um das Spielzeug im Inneren zu halten. Das Paar Kugeln ist von mir selbst entworfen, also weiß ich, wenn ich sie noch einmal drücke, wird die Vibrationsfunktion aktiviert, und jetzt ist kein guter Zeitpunkt dafür.

Die Leine zuckt in meiner Hand.

»Bonaparte, benimm dich.« Die Strenge in meiner Stimme ist zwecklos. Mein Chihuahua zerrt weiter, sein Blick klebt an der Bärin, und sein Schwanz wedelt so schnell, dass ich schon fast erwarte, dass er sich wie eine Drohne in die Luft erhebt.

Zu meiner Erleichterung schnüffelt die Bärin nur

am Hydranten, ohne den leckeren Zwei-Kilo-Happen zu bemerken, der nur einen Sprung entfernt ist.

Ich grabe meine Fersen in den Boden und ziehe ihn zurück, bis er bei Fuß ist. »Ernsthaft, Boner. *Willst* du gefressen werden?«

Das Ziehen hört auf, und mein Hund schaut mit einer Mischung aus Traurigkeit und Empörung in seinen grünen Augen zu mir auf. Wie immer kann ich mir vorstellen, was er sagen würde, wenn ich ein Hundeflüsterer wäre:

»*Ma chérie*, der Hund ignoriert mich. *Moi!* Undenkbar.«

Ich werfe ihm einen Hundekeks zu. »Dieser Bär hat eindeutig keine Manieren. Aber zu seiner Verteidigung: Würdest *du* widerstehen können, an diesem Hydranten zu schnüffeln? Wir sind direkt neben dem Central Park. Millionen von Hunden haben dort gepinkelt. Der Geruch muss himmlisch sein.«

Mit einem Sprung fängt Boner das Leckerli, schluckt es, ohne zu kauen, und widmet sich wieder seiner riesigen Beute.

Mein eigener Blick wandert zu dem Mann, der die Leine des Tieres hält, und meine Kinnlade fällt herunter, als meine inneren Muskeln unwillkürlich die Kegelbälle zusammenpressen.

Die Vibration aktiviert sich, aber ich ignoriere sie, während meine Augen hungrig über das große, athletisch gebaute männliche Exemplar vor mir schweifen.

Der Besitzer der Bärin ist heiß.

Glühend heiß, höschenschmelzend, gebärmutterexplodierend.

Die Art von heiß, zu der ich masturbieren werde.

Moment einmal. Streng genommen *masturbiere* ich gerade zu ihm – die Vibrationen in meiner Vagina bauen meinen Höhepunkt mit jeder Sekunde, die vergeht, auf. Zum Glück sieht er mich nicht an, so dass ich ihn schamlos mit den Augen verschlingen kann.

Der Mann erfüllt alle meine Ansprüche, auch die, von denen ich nicht wusste, dass ich sie habe.

Dickes, seidig aussehendes Haar in der Farbe eines Nerzfells. Kurzer, ordentlich getrimmter dunkler Bart, der seine königliche Nase und die gemeißelten Züge betont. Breite Schultern, gepolstert mit genau der richtigen Menge an Muskeln, und eine Brust zum Sterben, die sich zu einer schlanken Taille und schmalen Hüften verjüngt. Er trägt sogar einen Rollkragenpullover, verdammt nochmal – und jeder weiß, dass das das männliche Äquivalent zu einem sexy schwarzen Kleid ist.

Oh, und seine Lippen. Ich möchte eine Form von diesen Lippen nehmen und sie dann in ein Sexspielzeug verwandeln.

Apropos Sexspielzeug, die Bälle bringen mich immer näher an den Orgasmus. Obwohl mir vorgeworfen wird, dass ich in solchen Dingen schmerzfrei bin, erkenne selbst ich, dass es nicht der sozial akzeptabelste Schritt von mir ist, hier und jetzt vor einem Fremden zu kommen.

Ich muss die Bälle deaktivieren, was ich tun kann, wenn ich sie noch dreimal drücke. Das Problem ist, dass jeder Druck auch die Vibrationsgeschwindigkeit verändert, so dass meine Situation erst schlimmer wird, bevor sie sich verbessert.

Da muss ich durch, denke ich.

Ich drücke.

Die Schwingung intensiviert sich.

Noch zweimal und dann …

Boner bellt.

Die riesige Schnauze der Bärin löst sich von dem Hydranten, und die riesigen braunen Augen fixieren das hundeförmige Horsd'œuvre zu meinen Füßen.

Endlich bekommt er die Aufmerksamkeit, nach der er sich sehnt. Boner wedelt schnell mit dem Schwanz und versucht, in sein Verderben zu rennen.

Ich drücke wieder unwillkürlich die Bälle zusammen. Noch einmal, und sie sind aus. Nur dass die Vibration jetzt auf Hochtouren läuft, und das fühlt sich toll an. So, so toll …

Mist. Was tue ich gerade?

Ich muss noch ein letztes Mal drücken.

Aber die erforderlichen Muskeln sind zu Gelee geworden, und ich habe Probleme, sie zusammenzupressen.

War es das?

Werde ich einen Orgasmus bekommen, während mein Hund vor den Augen des wahnsinnig heißen Fremden aufgefressen wird?

*Hard Ware – Der Fremde* ist jetzt erhältlich. Falls Sie mehr darüber erfahren möchten, besuchen Sie bitte www.mishabell.com/de/.

Anna Zaires ist eine *New York Times*, *USA Today* und Internationale Nr.1 Bestseller Autorin. Anna Zaires hat sich schon im zarten Alter von fünf Jahren in Bücher verliebt, in dem ihr ihre Großmutter das Lesen beibrachte. Kurz darauf schrieb sie auch schon ihre erste Geschichte. Seitdem lebt Anna neben der realen Welt auch ständig in einer Phantasiewelt, in der ihr nur ihre eigene Vorstellungskraft Grenzen setzen kann. Zurzeit lebt die verheiratete Autorin in Florida, zusammen mit ihrem Traummann, dem Sience-Fiction und Fantasy Romanautoren Dima Zales, der auch eng mit ihr zusammenarbeitet.

Bitte besuchen Sie www.annazaires.com/book-series/deutsch/ um mehr zu erfahren.